THOMAS REVERING

Blinder Fisch

WESTFALEN KRIMI

emons:

Bibliografische Information der Deutschen Bibliothek
Die Deutsche Bibliothek verzeichnet diese Publikation
in der Deutschen Nationalbibliografie; detaillierte bibliografische
Daten sind im Internet über http://dnb.d-nb.de abrufbar.

MIX
Papier aus verantwortungsvollen Quellen
FSC® C083411

Umschlagmotiv: © mauritius images/ib/Barbara Boensch
Umschlaggestaltung: Tobias Doetsch
Gestaltung Innenteil: César Satz & Grafik GmbH, Köln
Druck und Bindung: CPI – Clausen & Bosse, Leck
Printed in Germany 2013
ISBN 978-3-95451-184-6
Westfalen Krimi
Originalausgabe

Für Tanja, Mats und Benne

Togo 1914

Wenn ich weiter schweige, sind bald alle tot.

Ein furchtbarer Gedanke, aber wie es aussah, die simple Wahrheit. Er hatte also keine Wahl, wollte er nach seinem Gewissen handeln, höchstwahrscheinlich das einzige weiße Gewissen im Umkreis von dreihundert Kilometern. Oder hatte er Verbündete, von denen er noch nichts wusste? Die Brüder von der Rheinischen Mission vielleicht?

Vielleicht. Vielleicht aber auch nicht.

Verlasse dich auf dich selbst! Es wäre nicht das erste Mal hier unten in Afrika, dass sich alle gegen ihn stellten. »Moralapostel« schimpften sie ihn, wenn sie einen ideenlosen Spaß machen wollten, »Negerfreund«, wenn sie zu viel billigen Schnaps getrunken hatten. Den einen oder anderen Missionar hatte er auch schon unter den Zechbrüdern entdeckt. Viel besser als die Regierungsvertreter waren die auch nicht, zumindest, was ihre Gedanken anging.

Ach ja, und die Rute führten sie auch nicht schlecht.

War er, Heinrich von Rathen, denn wirklich der einsame Kämpfer für Gerechtigkeit? Er selbst fühlte sich nicht wie ein Held, eine Art Michael Kohlhaas der Eingeborenen. Nein, er wollte einfach keine Schuld auf sich laden. Das Heldentum, das ihm hier präsentiert wurde, widerte ihn an. Als Held galt, wer eine Anzahl Schwarzer massakriert oder sonst wie unschädlich gemacht und somit dem Vaterland treu gedient hatte. Und wenn er sich jetzt dagegenstellen würde, dann war er doch wohl …

Ja, ein Verräter. Ein Abtrünniger.

Ein vaterlandsloser Geselle.

Heinrich von Rathen schloss die müden Augen und dachte nach. War sein Plan denn tatsächlich Verrat? Die politische Großwetterlage stand ohne Zweifel ungünstig für ihn, in Europa schien der Krieg unvermeidlich. Die Begeisterung auf deutschen Kasernenhöfen und an den Stammtischen der Wirtshäuser erinnerte ihn an die Erregung von Burschenschaftlern, die voller Ungeduld einer Lustreise entgegenfieberten. Dieses Gejohle und Geschrei. Gedichte und Lieder mit hässlichen Inhalten waberten in Deutschland durch die stickige und heiße Sommerluft. In dieser entscheidenden politischen Phase nicht zum Vaterland zu stehen, ja sogar sich gegen es zu stellen … Diesen Treuebruch würde ihm niemand verzeihen. Und er verstieße damit wohl auch gegen seinen Amtseid. Das bedeutete, dass er seine Stellung würde räumen müssen und keinen Zugriff auf das traurige Geschehen mehr hatte. Eine gewagte Rechnung.

Er lehnte sich in seinem Schaukelstuhl zurück und seufzte. Er genoss die kühle Abendluft, der Himmel war klar, unzählige Grillen zirpten, sonst war Stille. Er liebte es, wenn der Tag so sanft und leise zu Ende ging und er etwas nachdenken konnte. Wie konnte es so weit kommen, dass ein Menschenleben ausgerechnet für ihren Berufsstand nichts mehr galt? Sind wir menschlich so verroht, fragte er sich, dass die Moral weniger zählt als die Ehre? Die Moral war doch das Fundament allen zivilisierten Lebens.

Er strich seinen sorgsam gepflegten Kaiser-Wilhelm-Schnurrbart glatt und goss sich kühles Bier ein. Es war heute wieder mörderisch heiß und feucht gewesen in Misahöhe, das abendliche Bier auf seiner schmalen Veranda war für ihn die beste Entspannung nach einem langen und harten Arbeitstag. Er genoss das Alleinsein, weit weg von den dummen Sprüchen der Gewissenlosen.

»Die Kolonialwirtschaft soll sich die Negerarme dienstbar machen, die Eingeborenenhygiene soll sie stark erhalten.«

Mit solchen Parolen machte man hier Karriere. Nicht, dass die Verantwortlichen in den Kolonien auf dem Papier keine Christen waren, aber sie waren eben auch und im Besonderen Deutsche und damit den Eingeborenen per definitionem überlegen. So einfach war das. Wenn jemand es wagte, medizinische oder moralische Bedenken anzumelden, wurde einfach der kleine Dienstweg beschritten. Bevor man dreimal gefurzt hatte, fand man sich in einer lausigen Provinzgarnison in Deutschland wieder, womöglich in Bayern, wo der Schliff am übelsten war. Man bekam üblicherweise die heroische Aufgabe, bedauernswerten Rekruten die geschundenen Füße wieder in einen Zustand zu bringen, der dem vor der Militärzeit zumindest nahe kam. Sicher ein sinnvoller Dienst am Nächsten, aber ebenso sicher nicht das, was man sich vorgestellt hatte, als man sich für die Stelle als Regierungsarzt in Togo beworben hatte.

Nun gut, in einer Woche hätte er ja alles überstanden. Und was war schon eine Woche hier in Togo? Die Zeit, sinnierte er und sog so tief an seiner Zigarre, dass er husten musste. Ein unumgänglicher, ersehnter und unerwünschter Begleiter der Menschen. Hier ist Zeit einfach alles, wie ein dunkler und zugleich heller Schatten, der dich verfolgt, sogar wenn es dunkel ist oder es regnet. Er holt dich immer ein und niemals, er hält dich fest und lässt dich wieder los. Die Zeit stiehlt dir die Hoffnung und bringt sie dir zurück, ebenso wie sie dir den Schmerz raubt und wieder in dich hineinträgt.

Er lächelte. Heinrich von Rathen hatte seinen Frieden geschlossen mit der Zeit, weit weg von der Heimat. Er war zufrieden mit seiner Arbeit, so wie er sie ausübte, er sah einen Sinn darin und glaubte, dass eigentlich jeder diesen Sinn erkennen müsste. Er verstand nicht, dass das, was er tat, auch anders getan werden konnte. Es gab keinen Spielraum, nicht den Hauch einer Alternative, kein Gegenkonzept.

Die armen Kreaturen, dachte er. Was würden sie bloß machen, wenn wir nicht hier wären? In seinem Kopf spukten die schrecklichen Bilder vom Nachmittag: Die Zustände in dem Dorf, das er durchimpfen sollte, waren grauenvoll. Überall Schmutz, Exkremente, Dreckwasser, sogar einige Tote lagen in ihren kleinen Lehmhütten, vermutlich schon tagelang. Die Aufgabe, auch nur ein Mindestmaß an Hygiene hier einzuführen, war eine gewaltige und würde die Verwaltung sicherlich die nächsten Jahre in Anspruch nehmen. Zwischen den Hütten spielten Kinder mit leeren Schnapsflaschen, die von Plantagenbesitzern oder Amtsleuten einfach liegen gelassen worden waren. Auch hatte er den Verdacht gehabt, dass einige Kinder noch Reste von Branntwein getrunken hatten, ihre Augen waren glasig, ihr Gang wankend. Er hatte sich geschämt bei dem Anblick. Der Häuptling des Dorfes lag vollkommen benebelt von Alkohol in seiner Hütte und weigerte sich, von ihm geimpft zu werden. Der beleibte Dorfchef trat und schlug, fluchte unflätig und drohte mit seinem Medizinmann, was Heinrich von Rathen jedoch nicht sonderlich beeindruckte, wusste er doch, dass dieser ebenfalls sturzbetrunken auf dem Dorfplatz lag und seinen Rausch ausschlief. Erst die Zuhilfenahme des Dorfpolizisten, der zu seiner Überraschung und Freude völlig nüchtern war, ermöglichte ihm am Ende die erfolgreiche Durchführung der Arbeit.

Aber – war das wirklich ein Erfolg? Er hatte sich immer öfter gefragt, ob er es noch mit seinem Gewissen vereinbaren könnte, Teil eines Systems zu sein, das mit einer unglaublichen Respektlosigkeit, Grobheit und Ignoranz fremden Kulturen gegenübertrat. Gewiss, die anderen europäischen Mächte benahmen sich in Afrika nicht viel besser, einige sogar schlimmer. Aber das machte die Sache auch nicht vernünftiger. Sein Vater hatte ihn schon in Deutschland gewarnt, er hatte gewusst, was in den Schutzgebieten wirklich passierte, weil ein Freund und Kollege jahrelang als Missionsarzt in Kamerun gewesen war.

»Es ist eine perfide Dialektik, mein Junge«, hatte der Vater gesagt, »sie suchen ohne jede Rücksicht, sodass der Sinn des Ganzen nicht mehr erkennbar ist und es weiß Gott besser wäre, sie würden es doch lieber ganz lassen.«

Heinrich von Rathen stand auf, streckte sich und tat ein paar Schritte auf die schmale Staubpiste, die direkt vor seinem Haus vorbeiführte. Was für ein grandioser Blick: Ein paar hundert Meter nach links sah er bereits die ersten Bäume des dichten Busches, geradeaus, hinter dem Haus seines Dieners und dessen Großfamilie, tauchten in weiter Ferne die sanften Hügel der Misahöhe auf, und zur rechten Seite lag ein kleiner See. Dahinter kündigten Akazien den Beginn der Steppe an.

Er dachte nach. Sein erster Brief an die Fraktion der SPD im Reichstag müsste schon vor Wochen angekommen sein. Warum erhielt er keine Antwort? Er war bei Gott kein Sozialist, aber wenn überhaupt jemand seine Beschwerde auf den mühsamen Weg bringen konnte, dann waren das doch wohl diese linken Gesellen. Alle anderen Abgeordneten schwebten im siebenten Nationalstaatshimmel. Sollten sie doch in den unsäglichen Krieg ziehen und sich von den Franzosen zerfetzen lassen. Mit viel Glück würde seine Angelegenheit noch vor Kriegsausbruch im Reichstag zur Sprache kommen, wenn nicht, hatte die Sache äußerst schlechte Karten.

Auf dem Weg zum Schreibtisch ging er am Wasserkübel vorbei und zog noch eine Flasche Bier aus dem kühlen Nass. Er holte sich Papier und Füllfederhalter, setzte sich an seinen Tisch, nahm einen großen Schluck aus der Flasche und begann, seine Beobachtungen penibel niederzuschreiben.

Mit jedem Buchstaben wurde er sich seiner Sache sicherer. Kein Zweifel, es war richtig, was er tat. Es war nicht nur sein Gewissen, das ihm sagte, wie notwendig dieser Brief für sein eigenes Leben sein würde. Nein, er fühlte auch Verantwortung als Deutscher vor dem Urteil der Geschichte.

Keiner sollte sagen, es hätten alle mitgemacht.

Er schaute auf seine Uhr und stellte fest, dass es schon nach dreiundzwanzig Uhr war. Höchste Zeit, schlafen zu gehen, morgen hatte er ein gewaltiges Pensum zu schaffen. Er las den fertigen Text noch einmal durch, faltete die Blätter und steckte sie zusammen mit einer kurzen Notiz für den Freund in einen Dienstumschlag, den er in dessen Aktentasche steckte. Sicher ist sicher. Er stand auf und überlegte, wo er die Tasche über Nacht hinstellen sollte, und entschied sich für das kleine Regal, auf dem er immer seinen Ärztekoffer abstellte. Morgen früh wollte der Freund vorbeikommen, um neue Lymphe, Spritzen und Verbandsmaterial zu bringen. Also würde er die Tasche dort bestimmt nicht übersehen.

Heinrich von Rathen trat noch einmal auf die Straße, warf einen letzten Blick auf die Baracke seines Dieners und sog gierig die klare Nachtluft ein. Minutenlang stand er da, atmete tief und fühlte sich befreit von einer schweren Bürde, einer Last, die ihn bald zu ersticken drohte.

Jetzt bin ich frei, dachte er.

Er lächelte.

Er drehte sich um und ging langsam die Stufen zu seiner Veranda hinauf. Als er die Tür öffnen wollte, war ihm so, als hätte er hinter sich das Geräusch knirschender Steine gehört. Er drehte sich um und erstarrte.

Das Vorletzte, was Heinrich von Rathen in seinem Leben sah, waren vier merkwürdig verzerrte Gesichter.

Das Letzte war ein großes dunkles Loch, das sich schwer um seinen Kopf legte. Und dann war Stille.

Teil 1

Münster, 16. bis 19. April

1

Er lenkte seinen Wagen vorsichtig um die Ecke. Die Straße war nass, seit Stunden regnete es wie aus Kübeln. Jeder vernünftige Mensch hielt sich bei solch einem Wetter im warmen Bett auf. Aber heute Nacht ging es nicht um Vernunft. Es ging um alles, es ging um sein Leben.

Auf der Suche nach einem geeigneten Parkplatz ließ er seine wachen Augen über beide Straßenseiten schweifen. Nicht direkt vor dem Haus Finkenstraße Nr. 3, aber auch nicht zu weit weg. Man wusste ja nie, wer sich nachts noch so herumtrieb und blöde Fragen stellen konnte. Im Kreuzviertel zu parken war immer ein elendes Unterfangen, aber nachts und bei so einem Sauwetter würde es schon an ein Wunder grenzen, wenn er eine Lücke fände.

Unmittelbar vor ihm schoss plötzlich ein Tier aus einem Gebüsch und flitzte unter ein parkendes Auto. Wahrscheinlich eine Katze oder eine Ratte. Er erschrak, lächelte aber dann. Ein kleiner Adrenalinstoß hin und wieder tat ihm ganz gut. Er durfte auf keinen Fall müde werden, musste jederzeit hellwach sein, es stand zu viel auf dem Spiel. Aber er war gut vorbereitet, hatte ihn lange beschattet, seine bizarren Gewohnheiten ausgekundschaftet, ihn sogar belauscht, wenn es möglich war. Zum Glück war das öfter der Fall gewesen, als er gehofft hatte. Sein Plan war perfekt, er hatte alles organisiert und bis ins kleinste Detail ausgetüftelt. Er sah keine Lücke.

Aber eben auch keinen Parkplatz. Er fluchte leise und sah auf die Uhr. Halb drei, noch reichlich Zeit, vor halb vier würde der Professor nicht nach Hause kommen. Er war ja erst gegen Mitternacht aufgebrochen und hatte seine kleinen hübschen Huren weggeschickt. Und jetzt soff er sich seine Einsamkeit aus dem Leib und nervte den Barkeeper mit seinem Geschwätz vom Sinn und Unsinn des Lebens.

Er schüttelte verächtlich den Kopf und fuhr langsam weiter bis zum Haus Nr. 3. Als er auf gleicher Höhe war, hielt er an und riskierte einen Blick hinauf zum Schlafzimmerfenster. Dort war alles dunkel, wie erwartet. Vor ein paar Stunden musste es dort noch ordentlich zur Sache gegangen sein.

Ganz gesittet zu zweit oder auch mal zu dritt?

»Widerlich«, murmelte er und drückte sanft das Gaspedal. Er fuhr die Finkenstraße weiter und bog dann rechts in die Melchersstraße ab. Er schob Mozarts »Requiem« in den CD-Player und drehte den Lautstärkeregler auf, vorsichtig. Genau die richtige Musik, dachte er und summte leise mit.

»Requiem aeternam dona eis, Domine, et lux perpetua luceat eis.«

Ewige Ruhe gib ihnen, Herr, und ewiges Licht leuchte ihnen.

Er hielt an einer Bushaltestelle an und schloss für einen Moment die Augen. Mozart war ein Gott. Und ein wunderbares Rätsel. Warum half seine Musik so gut gegen Tinnitus, warum bei Schlafproblemen von Säuglingen? Warum bei … ja, bei dem, was er vorhatte?

»Quantus tremor est futurus, quando judex est venturus, cuncta stricte discussurus.«

Welches Zagen wird sie fassen, wenn der Richter wird erscheinen, Recht und Unrecht streng zu richten.

Sei wachsam, Mann!

Er drehte die Musik leiser und lauschte der noch immer wuchtigen Kraft der Klänge. Ja, dachte er, ich könnte sterben für diese Musik. So intensiv, so einnehmend, so gewaltig. Er lehnte seinen Kopf an die Stütze, streckte die Beine, so gut es ging, und schlug seinen Mantelkragen hoch. Es war kühl im Auto, die Heizung hatte er nicht eingeschaltet. Warme Luft konnte er jetzt nicht gebrauchen, sie machte müde und lähmte die Konzentration. Als das »Rex tremendae« des Requiems zu Ende war, setzte er sich wieder aufrecht hin.

Er holte die CD aus dem Player und schaltete das Gerät aus. So konnte er hören, dass neben ihm eine Haustür ins Schloss fiel. Der nächste Adrenalinstoß. Instinktiv duckte er sich, konnte aber keinen Menschen auf der Straße entdecken. Das Treppenhauslicht ging an, jemand musste ins Haus getreten sein. Durch ein Fenster konnte er einen jungen Mann sehen, der mit schwerem Schritt die Treppen bis in den dritten Stock emporstieg.

Er überlegte, wo der Mann wohl herkam. Ganz sicher aus einer Kneipe, um diese Uhrzeit. Bestimmt würde er sich jetzt neben seine Freundin ins warme Bett legen, ihr vielleicht noch einen

Kuss geben und dann bis zum Mittagessen schnarchen. So war das mit den Studenten hier in Münster. Damals, als er studiert hatte, war es nicht anders gewesen.

Wenn der Typ ihn jetzt gesehen hätte? Er dachte kurz nach. Er war zwei Straßen weiter weg und wahrscheinlich eine Stunde zu früh, sein Auto war ein Allerweltswagen. Er hatte im Internet recherchiert, es gab Hunderte davon mit dem Kennzeichen MS. Nein, entschied er, da war keine Gefahr zu erwarten.

Trotzdem, er musste vorsichtig sein. Er ließ den Motor an und blickte wie immer in den Seitenspiegel. Dann zuckte er zusammen. Schon wieder Adrenalin.

Langsam kam ein Streifenwagen die Straße heraufgefahren. Er schätzte die Entfernung ab. Wenn er jetzt anfuhr, würde er das Polizeiauto schneiden, also besser warten. Kein Grund, nervös zu werden, ich habe weder Pistole noch Sprengstoff an Bord. Warndreieck und Verbandskasten waren auf dem neuesten Stand, das hatte er überprüft. Wie gesagt, alles bestens organisiert. Er überließ nichts dem Zufall.

Die Streife rollte an ihm vorbei. Der Polizist auf dem Beifahrersitz warf ihm einen müden Blick zu und nickte kurz. Er nickte mit einem leichten Lächeln zurück. Dieser Bulle wünschte sich nur einen heißen Kaffee und Ruhe.

Er wartete, bis die Polizisten außer Sichtweite waren. Sie waren nach links in die Wienburgstraße abgebogen, würden also vermutlich auf den Ring fahren, raus aus dem Viertel. Gut so. Er schaltete die Scheinwerfer ein und drehte langsam seine Runde, bis er wieder die Finkenstraße erreichte. Er sah auf die Uhr, es war drei, so langsam könnte er einen Parkplatz gut gebrauchen. Wenn sein Plan an dieser läppischen Kleinigkeit scheitern sollte … Nicht auszudenken.

Nichts. Wieder keine Lücke.

Er verzog den Mund. Für alle Eventualitäten hatte er sich Alternativen zurechtgelegt, nur für den nötigen Parkplatz in unmittelbarer Nähe des Hauses hatte er keine Lösung gefunden. Je kürzer der Weg zwischen Auto und Tür, desto weniger Leute konnten ihn zufällig auf der Straße beobachten. Er hatte lange überlegt, ob er den Plan auf einen günstigeren Tag verlegen sollte, beziehungsweise auf eine günstigere Nacht, hatte es jedoch schnell wieder verworfen. Der Ablauf stand, er hatte noch eine Menge zu tun, und eine Deadline hatte er schließlich auch.

Der 5. Mai.

Weniger Zeit, als man dachte.

Dann eben noch eine Runde. Er stoppte an einer schmalen Ausfahrt, stieg vorsichtig aus, um nicht auf dem nassen Pflaster auszurutschen, und beobachtete den Weg zur Promenade. Hier würde er gleich entlangkommen, aber noch war kein Mensch zu sehen.

Er stieg wieder ein und fuhr los. Fuhr die gleiche Runde, ließ den CD-Spieler aber diesmal aus. Er merkte, dass er unruhiger wurde, nervöser, die Hände zitterten leicht. Das ist nur die feuchte Kälte, versuchte er sich Mut zu machen, ließ das Lenkrad für eine Sekunde los und klatschte in die Hände.

»Bleib ruhig, mein Junge«, flüsterte er, »es wird ein Kinderspiel.«

Als er wieder in die Finkenstraße einbiegen wollte, sah er, dass sich rote Rückleuchten in einer großen Pfütze spiegelten. Er schlug mit einer Hand aufs Lenkrad. Na also. Er bremste und näherte sich vorsichtig der Straßenecke. Ein roter Kleintransporter zwängte sich direkt vor Haus Nr. 5 knirschend aus einer Parklücke und schlingerte auf der Straße davon.

Sein Wagen kroch langsam über die nasse Fahrbahn. Jetzt bloß keinen Fehler machen, dieser Parkplatz kommt nicht noch einmal. Er kurbelte das Seitenfenster herunter, um besser sehen zu können, und navigierte das Auto sicher in die Lücke. Er stellte den Motor ab und atmete tief durch.

Der Job war so gut wie erledigt.

Er sah auf die Uhr. Viertel vor vier, so langsam könnte der Professor kommen. Er nahm noch einen Schluck Tee aus der Thermoskanne und überprüfte, ob er alles griffbereit hatte. Waren die Reißverschlusstaschen seines Mantels zu? Hatte er die Kiste dabei? Wo waren die Handschuhe?

Dann sah er ihn. Er torkelte durch den Regen und hielt sich mit einer Hand an den Häuserwänden fest.

Wie armselig du bist, dachte er, und knöpfte seinen Mantel zu. Aber das hast du gleich überstanden.

Als der Mann es endlich geschafft hatte, die Haustür zu öffnen, sprang er aus dem Auto und drückte die Wagentür vorsichtig zu. Er zählte. Sieben, acht, neun, zehn. Die Tür brauchte genau fünfzehn Sekunden, um wieder ins Schloss zu fallen, wenn sie bis zum Anschlag auf war, das hatte er mehrfach ausprobiert. Er rechnete zur Sicherheit drei Sekunden ab und betrat bei zwölf das Haus.

Er drückte sich in die Nische, in der die Briefkästen hingen, und horchte. Der Professor musste jetzt den ersten Stock erreicht haben, mehr erlaubte sein Zustand nicht. Das Treppenhaus war breit genug, um sich an die Wand gedrückt hochzuschleichen, man würde ihn von oben nicht sehen können. Und wenn auch. Er hatte Zweifel, dass der Trunkenbold da oben überhaupt noch etwas registrieren würde.

Genau die richtige Voraussetzung. Genau, wie er es geplant hatte.

Er wurde wieder ruhiger und tastete seine Manteltasche nach der kleinen Kiste ab. Sie war da, alles in Ordnung.

Oben versuchte jemand, eine Wohnungstür aufzuschließen. Stell dich jetzt bloß nicht zu dämlich an, sonst weckst du noch deine Nachbarn. Er war mittlerweile bis zur Hälfte der Treppe gekommen, hockte sich hin und lugte vorsichtig nach oben.

Ja, da stand der Kerl und bekam die blöde Tür nicht auf. Er atmete tief durch. Für einen Moment überlegte er, einfach hochzugehen, den Schlüssel an sich zu nehmen und die Tür zu öffnen. Der Kerl hätte bestimmt nichts dagegen und würde ihn womöglich noch auf einen Absacker einladen. Ja, warum nicht?

Die Tür sprang genau in dem Moment auf, in dem das Treppenhauslicht zum sechsten Male verlosch.

Besser ging es ja gar nicht. Er schlich zügig die letzten fünfzehn Stufen hoch, blieb an der Türschwelle stehen und lauschte. Leise Knarrgeräusche kamen aus dem Zimmer am anderen Ende der Diele. Die Wohnungstür stand weit offen. Er brauchte noch nicht einmal sein Werkzeug. Leise ließ er die Tür ins Schloss fallen.

Er zog langsam den Mantel aus, holte die kleine Kiste aus der Tasche und stellte sie auf ein Sideboard. Er rieb sich die Hände und streckte sich.

Ein tiefer Seufzer kam aus seinem Innern.

Tu, was du tun musst!

Professor Paul Lenze wankte mehr, als dass er ging. Mindestens 3,5 Promille hatte er getankt, schätzte er. Er musste es wissen, er war ja irgendwie vom Fach.

Er kam nur zentimeterweise voran, der Bürgersteig war von Pfützen übersät, und nichts hasste Paul Lenze mehr als nasse Füße. Zum Glück war sein Heimweg nicht lang, im Gegenteil. Von der Bar »Zum Weißen Lamm« am Rosenplatz bis zu seiner Wohnung waren es Luftlinie nur etwa fünfhundert Meter, nüchtern schaffte man das in ein paar Minuten. Heute Nacht würde es wahrscheinlich etwas länger dauern, aber morgen hatte er frei und konnte bis mittags schlafen. Das kam nicht oft vor, deshalb hatte er diesen Abend auch so intensiv ausgekostet.

Um zwanzig Uhr war er mit seiner Sekretärin ins angesagte Restaurant »Giverny« am Spiekerhof gegangen. Er wollte sich damit bei ihr für ihre unermüdliche Plackerei bedanken. Bei Rehrücken in Orangensoße und einem samtig weichen Rotwein aus Südafrika hatte er ihr dann versprochen, in Münster zu bleiben und die Professur in den USA abzulehnen. Natürlich, Frau Gruber, auch Ihretwegen. Ich werde in ganz Amerika keine so tüchtige Sekretärin finden wie Sie. Und Sie wissen ja: Was ist ein Chef ohne seine Sekretärin? Na, sehen Sie!

Gegen zweiundzwanzig Uhr hatte er sie in ein Taxi gesteckt. Vor seiner Wohnung wartete schließlich noch ein hübsches Überraschungspaket auf ihn, besser gesagt zwei. Er war gut gelaunt nach Hause geeilt und hatte sich, ordentlich gestärkt mit den Proteinen des Rehrückens, auf sein erstes Paket gestürzt. Wie fast jedes Mal waren sie gerade erst fertig geworden, als Nummer zwei Einlass ins Schlafzimmer begehrte.

Als die beiden Freundinnen wieder weg waren, hatte er sich angezogen. Zum Duschen hatte er keine Lust gehabt, obwohl das eigentlich nötig gewesen wäre. Aber bis zum Morgen würde er ihn schon irgendwie aushalten, diesen Geruch nach Sex. Es gab weitaus Schlimmeres.

Er war ins »Weiße Lamm« gegangen und hatte bis kurz vor drei allein am Tresen gesessen. Genau die Zeit und der Ort, um bei ein paar weiteren Gläsern Rotwein über sein Leben nachzudenken, wie fast jeden Donnerstag. Hatte er sich sein Leben so vorgestellt? Konnte er die Frage nach Glück oder Zufriedenheit guten Gewissens mit Ja beantworten? Zumindest ein »annehmbar« sollte dabei herauskommen. Kam aber nicht, und eine Alternative war auch nicht in Sicht.

Wie dem auch sei, das Ergebnis seiner nächtlichen Analyse musste objektiv betrachtet als äußerst dürftig angesehen werden. Gegen drei Uhr hatte Paul Lenze dies eingesehen und sich schließlich müde, erschöpft und gedankenleer auf den Weg in sein Bett gemacht.

Er torkelte durch den Regen über die leere Münzstraße und kroch hinter einem Parkplatz eine kleine, steile Treppe zur Promenade hoch. Als er die letzte Stufe erreichte, blieb er keuchend stehen. Ohne eine Pause würde er es nicht schaffen, so viel stand fest. Er lehnte sich an einen Baum, pinkelte und atmete tief durch. Der Regen hatte ihn durchnässt, die grauen Haare klebten am Kopf. Praktisch, eine Dusche tat ihm jetzt bestimmt gut, redete er sich ein. Obwohl er es besser wusste, er, der Wissenschaftler. Bei drei Promille half selbst reiner Sauerstoff nicht.

Nur Tabletten. Und ein paar Tage schlafen.

Zehn Minuten später machte Paul Lenze sich wieder auf den Weg und erreichte nach weiteren dreißig gefahrvollen Minuten seine Wohnung im zweiten Stock. Beim vierzehnten Versuch traf er tatsächlich das Türschloss und taumelte geradewegs in sein ungemachtes Bett, wo er auf der Stelle in einen tiefen Schlaf fiel.

So registrierte er nicht, dass die Tür erst ins Schloss fiel, als er nicht mehr allein in der Wohnung war.

2

Kriminalhauptkommissar Nikolaus Rothenburg machte die Augen auf, blinzelte und wünschte sich sofort zurück in den traumlosen Schlaf der vergangenen Nacht.

Wenn es etwas gab, was ihm eine zuverlässige Distanz zu seiner Frau Lisa bot, dann war das tiefer Schlaf. Einfach weg sein, Augen zu, und Körper und Geist dem dunklen Nichts überlassen. Nie fühlte er sich wirklich sicher vor dieser Frau, die seine Existenz erst mit Leben erfüllt und später fast vernichtet hätte.

Lisa Eriksson. Vor drei Jahren hatte sie geglaubt, sich in einen schwedischen Computerspezialisten verliebt zu haben, und war mit ihm nach Schweden durchgebrannt. Es stellte sich dann zwar relativ schnell heraus, dass die ganze Sache ein einziger Murks war, wie sie selbst zugab, aber Lisa blieb in Schweden, ihrer Heimat, und wollte die Situation nutzen, um über ihre verfahrene Beziehung nachzudenken.

»Wenn du meinst, dass das hilft«, hatte Rothenburger geantwortet. Mehr war ihm auf die Schnelle nicht eingefallen.

Die erste Zeit nach der Trennung herrschte absolute Funkstille. Aber mittlerweile riefen sie sich auch an, wenn nicht gerade eines ihrer gemeinsamen Kinder Geburtstag hatte. Svenja fand es richtig cool, dass ein Elternteil im Ausland lebte, und sah überhaupt keinen Grund, weshalb sich der Status quo der Familiensituation ändern sollte. Sie fühlte sich nicht so kontrolliert und genoss es, dass ein Aufpasser weniger zu Hause war und das Leben einer Zwölfjährigen noch schwerer machte, als es sowieso schon war. Beim neunjährigen Frederik sah es anders aus, er litt sehr unter der Trennung. Er vermisste seine Mutter und besuchte sie fast in jeden Ferien.

Lisa war jetzt für ein paar Tage in Münster. Nicht um ihn zu sehen, Gott bewahre. Sie wollte die Kinder zu sich nach Schweden holen. Das hatte sie ihm vor zwei Wochen am Telefon angekündigt.

»Bei mir sind sie einfach besser aufgehoben. Ich habe mehr Zeit für sie als ein Kriminalbeamter im Dauerdienst.«

Damit war eigentlich alles gesagt, und Rothenburg hatte ihr nichts entgegensetzen können. Als er an das Gespräch dachte, stöhnte er, wankte verschlafen in die Küche und nahm zwei Kopfschmerztabletten mit viel Wasser. Er stellte die Kaffeemaschine an, setzte sich im Wohnzimmer auf die verschlissene braune Ledercouch und versuchte einen klaren Gedanken zu fassen.

Nach erfolglosen zwei Minuten sah Rothenburg auf die Uhr über der Couch. Gleich halb acht. Noch zwölf Stunden bis zum Wiedersehen mit Lisa. Er verfluchte sich, ausgerechnet am Abend vor dem Treffen zu viel Weizenbier getrunken zu haben. Eigentlich hatte er sich fest vorgenommen, ihr ausgeruht und mit wachem Verstand zu begegnen. Und jetzt saß er total verkatert auf seinem Sofa und frühstückte Tabletten.

Was lag heute an? Ein Gespräch mit dem Polizeipräsidenten über eine geplante Umstrukturierung in der Abteilung. Geschenkt, das würde er mit genügend Kaffee leicht über die Bühne bringen. Danach bis nachmittags nur Papierkram, kein einziges Verhör.

Ein leichter Tag also. Zum Glück.

»Svenja, mach die Tür auf, verdammt noch mal.«

Rothenburg wurde langsam sauer. Zum vierten Mal stand er vom Frühstückstisch auf, um ins Bad zu gehen. Zum vierten Mal entschuldigte er sich bei Frederik, der wie immer still vor seiner Tasse mit warmem Kakao saß und den Vater mit seinen Augen anflehte, endlich für ihn da zu sein. Frederik hatte nur diese paar Minuten beim Frühstück, ein paar Minuten jeden Tag, die im Großen und Ganzen ohne gemeinsame Erlebnisse verstrichen. Aber er freute sich auf diese Augenblicke, wenn der Vater ihm den Kakao einschenkte, sein Brot belegte und ihm über den Kopf strich. Und er weinte, wenn sich hinter ihm die Wohnungstür schloss und er die Treppe hinunterging. Er stoppte kurz an den Briefkästen unten im Hausflur, wischte sich die Tränen weg und lief hinaus auf die Straße, wo sein Freund auf ihn wartete.

»Es ist halb acht, ich muss zum Dienst, und du bist auch wieder zu spät dran.« Rothenburg stand noch immer mit Kopfschmerzen vor dem Badezimmer und trommelte rhythmisch gegen die Tür. Ein Fehler, wie sich sofort herausstellte, ein klassisches Eigentor, denn sein Kopf drohte zu explodieren. Er verdrehte die Augen. »Scheißpubertät.«

»Das hab ich gehört, Papa. Wenn's dir wirklich so schlecht geht, geh doch aufs Gästeklo kotzen.«

Er stöhnte laut auf. »Wir haben kein Gästeklo.«

Svenja riss die Badezimmertür auf. Ihr geliebtes schwarzes Sleepshirt klebte nass an den Schultern, ein Handtuchturban schlang sich um ihre blonden Haare.

Sie stemmte die Arme in die Hüften, schüttelte den Kopf und schaute ihn mit gut gespielter Verständnislosigkeit an. »Und so was ist bei der Polizei.«

Rothenburg lächelte gequält und seufzte. »Svenja, könntest du heute Abend bei Frederik bleiben? Ich treffe deine Mutter.«

Svenja nickte. »Okay«, sagte sie versöhnlich. »Eines Tages wird es wieder, ganz sicher, ihr rauft euch schon wieder zusammen. Ihr seid ja beide keine Engel, das passt doch eigentlich ganz gut. Und jetzt geh lieber ans Telefon, es gibt bestimmt wieder einen Toten. Vielleicht ist es ja der Bürgermeister, mit achtundzwanzig Messerstichen niedergemetzelt von einem Wahnsinnigen. Oder ein berühmter Giftgasforscher wurde voll brutal vom arabischen Geheimdienst ermordet. So richtig fies, weißt du?«

»Nein, weiß ich nicht. Und keine Witze über Morde, wenigstens nicht um diese Uhrzeit. Außerdem gibt es in Münster keine Giftgasforscher.« Rothenburg drehte sich um, schlurfte ins Wohnzimmer und suchte das Telefon.

»Svenja!«

»Liegt im Badezimmer auf der Fensterbank.«

»Wieso …?« Er fluchte laut, ging wieder ins Bad, fand das Telefon auf dem Ablagekorb neben der Toilette und nahm den Anruf entgegen.

Als Svenja eine Minute später ins Bad kam, um eine Haarspange zu holen, sah sie ihn mit weit aufgerissenen Augen auf der geschlossenen Toilette sitzen. Das Telefon lag in seinem Schoß, sein dichtes braunes Haar hatte er sich zu einer Einstein-Frisur zerzaust. Er starrte sie an.

»Woher wusstest du?«

»Woher wusste ich was, Papa?«

»Ein Chemieprofessor ist ermordet worden. Und offenbar richtig fies.«

Rothenburg war heilfroh, als er am Tatort in der Finkenstraße die Polizeitechniker und sein vertrautes Team sah. Den hoffnungsvollen Gedanken, dass der Mord vielleicht doch gar keiner wäre und er damit hier überflüssig wäre, schrieb er seinem angeschlagenen Zustand zu und damit ab.

»Guten Morgen, Nikolaus«, begrüßte ihn gut gelaunt seine Kollegin Irene Franta und blies sich ein paar Haare aus dem Gesicht. Sie war fünfunddreißig Jahre alt, hatte einen frechen schwarzen Kurzhaarschnitt mit einigen langen Ponysträhnen und so dunkelbraune Augen, dass der Amtsarzt sie vor Jahren wegen einer offenkundigen Aniridie-Erkrankung erst nicht zum Polizeidienst zulassen wollte. Ihr langes Kinn und die hohen Wangenknochen deuteten schon ihr ausgeprägtes Selbstbewusstsein an, das Rothenburg an ihr so schätzte. Ein Polizeitechniker hatte sie einmal als »rattenscharf« bezeichnet, Rothenburg hatte für sich das Wort »attraktiv« gewählt. »Darf ich meinem Chef sagen, dass er heute ziemlich derangiert aussieht?«

»Darfst du nicht«, brummte Rothenburg, räusperte sich und nickte durch die Diele Richtung Schlafzimmer. »Was ist hier los?«

Franta führte ihn in ein geräumiges Schlafzimmer, in dem außer einem großen Bett und einem Spiegelschrank kein einziges Möbelstück stand. Ein Mann in einem dunklen Anzug lag im Bett auf dem Rücken und schien einen Punkt an der Decke zu fixieren. Beide Hände waren fast schon geometrisch parallel zu den Hüften gebettet und zu Fäusten geballt. Die Füße steckten in teuer aussehenden Schuhen, die von unten noch feucht und schmutzig waren. Ein schmieriger Brei aus Blut und Gewebe verklebte die beiden Stellen, wo einmal die Augen gewesen waren. Diese befanden sich sorgsam drapiert neben dem Kopf des Mannes auf dem blutbefleckten Kopfkissen.

Heiliger Strohsack, dachte Rothenburg. Was für eine Sauerei.

Ein forscher junger Mann mit viel Gel in den Haaren kämpfte sich durch Polizeifotografen und Spurensicherer zu Rothenburg.

»Der Tote ist Paul Lenze, sechsundfünfzig Jahre alt, Chemieprofessor an der Uni Münster. Seit zwei Jahren getrennt lebend von seiner Frau, Karola von Schönfeld, die auch Professorin ist, allerdings für Physik. Sie ist benachrichtigt, ist aber eben erst von einer Reise aus den USA zurückgekehrt. Sie wird ihn heute Mittag identifizieren. Kinder gibt es keine, eine Geliebte vielleicht, vielleicht auch nicht, auf jeden Fall haben wir offensichtliche Spermaspuren. Der Vater lebt in St. Mauritz, ist aber im Moment nicht zu erreichen. Das Tatmotiv ist natürlich noch völlig unklar, aber offensichtlich ist es kein Raubmord. Todesursache ist nach dem ersten Eindruck von Dr. Machalle starker Blutverlust nach dem Ausstechen beider Augen mit einem spitzen Gegenstand. Allerdings fand sich auch eine Einstichstelle im Bauchbereich, das wird noch näher untersucht. Genaueres am Mittag nach der ersten Untersuchung. Tatzeit heute Morgen etwa zwischen drei und vier Uhr.«

Kommissar Andreas Briesch schnappte nach Luft und baute sich stolz vor seinem Chef auf. Vor Rothenburgs geistigem Auge erschien ein nach Wasser lechzender Hund.

»Sagen Sie mal, Briesch, wie lange können Sie eigentlich unter Wasser die Luft anhalten?«

»Zwei Minuten, wieso?«

Rothenburg ignorierte das Lachen der anderen Kollegen. Er schätzte Briesch durchaus, wegen seines Perfektionismus, seiner Gründlichkeit und Verlässlichkeit. Manchmal ging er ihm damit allerdings auch fürchterlich auf die Nerven. Briesch verfiel leicht ins Erzählen von Anekdoten und hatte dann große Mühe, seinen Redefluss zu stoppen. Er war der Einzige aus dem vierköpfigen Team, mit dem Rothenburg sich noch nicht duzte, da er erst seit kurzer Zeit zur Kripo Münster gehörte. Der dritte männliche Ermittler, Klaus Gromzki, ein älterer Mann mit grauschwarzem Vollbart, Halbglatze und Nickelbrille, stand am Bett und winkte ihn heran.

»Die Gesellschaft verroht immer mehr, Nikolaus«, sagte er leise und blickte betrübt auf die Leiche. »Wir alle sollten mehr in uns gehen und ein wachsames Auge auf unsere Nächsten haben.«

Wachsames Auge? Rothenburg starrte erst das augenlose Opfer und dann seinen Kommissar an. Er räusperte sich und verkniff sich eine Antwort.

»Wer hat den Toten gefunden?«

»Die Nachbarin, Änne Wilhelma. Und ihre Tochter Anita Selte hat dann wiederum Frau Wilhelma gefunden, nachdem die neben der Leiche in Ohnmacht gefallen war. Das war heute Morgen, der Notruf kam um acht Uhr vierunddreißig.«

»Was wollte die Frau bei dem Professor?«

»Die Wohnungstür stand offen, und sie wollte nachsehen, ob alles in Ordnung ist. Sie ist jetzt nebenan in ihrer Wohnung und wird von ihrer Tochter und einem Arzt betreut.«

»Können wir schon mit ihr reden?«

»Können schon, ich fürchte nur, es bringt nicht viel. Die Tochter sagt, ihre Mutter habe kaum Kontakt zu Lenze gehabt. Heute Morgen hat sie ihn tot im Bett gesehen und ist prompt umgefallen. Fertig.«

»Schade«, seufzte Rothenburg, »aber durchaus verständlich. Wer würde nicht umfallen, wenn er ein Paar Augen sieht, das nicht da sitzt, wo es eigentlich hingehört. Trotzdem, versuch irgendwas von ihr zu erfahren.«

»Mach ich. Aber erwarte nicht zu viel.«

Rothenburg ging auf die andere Seite des Bettes und betrachtete das Gesicht des Toten. »Ich erwarte, dass du mir spätestens bis Dienstschluss den oder die Mörder präsentierst, dann können die Zeitungen das für morgen noch mitnehmen. In Ordnung?«

Gromzki hob die Augenbrauen, lächelte dann und schüttelte mäßig belustigt den Kopf.

»Geht klar.«

Rothenburg zog einen Stuhl neben das Bett und ließ sich schwer darauf fallen. Er sah Franta verständnislos an. »Warum sticht ein Mörder seinem Opfer die Augen aus? Ich meine, falls es doch ein Raubmörder war, kann er ihn dann nicht einfach so umbringen? Und falls seine Exfrau ihn umbringen wollte – warum auch immer –, reicht doch auch ein alter Föhn, oder? Warum die Augen ausstechen, verdammt?«

Franta zuckte die Schultern. »Keine Ahnung. Wir müssen aufpassen, dass wir den Täter nicht sofort als krankes Hirn abstempeln, wonach es vielleicht auf den ersten Blick erscheint. Der Mord sieht nach starkem Willen und wilder Entschlossenheit aus. Ich fürchte, wir müssen uns darauf gefasst machen, dass wir einen Täter mit hoher Intelligenz und einem gewissen Sinn für

Symbolismus suchen müssen, der genau weiß, was er will und was er tut.«

»Symbolismus. Soso.« Rothenburg zog die Stirn in Falten und nickte leicht. Er schätzte seine Kollegin für ihre schnelle Auffassungsgabe und Analysefähigkeit. Keiner aus dem Team konnte sich so gut in einen Mörder oder in ein Opfer hineinversetzen wie sie. Etliche Fälle hätte er ohne sie gar nicht oder erst viel später aufgeklärt. Vor sechs Monaten hatte eine junge und an schweren Depressionen leidende Frau ihren Mann mit einer Axt erschlagen und einfach in den Aasee geworfen. Mit ihrer kleinen Tochter hatte sie sich dann in einem Proberaum für Bands in Mecklenbeck versteckt und gedroht, auch das Kind zu töten. Keiner wusste, wo sie war, bis Franta das Versteck schließlich fand, indem sie für einige Stunden das Leben der Frau nachspielte. Ein gewagtes Experiment, hatte Rothenburg gewarnt, und ein verdammt hohes Risiko, schließlich raste ihnen die Zeit davon. Aber er versprach, die Aktion intern durchzuboxen. Der Rest war Routine gewesen, die Tochter wurde gerettet, die Frau war seitdem in einer Klinik.

Rothenburg stand langsam auf und ging mit Franta hinüber zu einem kleinen Balkon, von dem man bis zur Promenade sehen konnte. Auf dem berühmtesten Fahrradring Deutschlands fuhren jeden Tag Tausende von Menschen zur Uni, zur Arbeit oder einfach nur spazieren. Er beobachtete, wie ein Fahrradpolizist mit einem armen Schlucker energisch über ein Fahrrad ohne Lichtanlage diskutierte. Rothenburg fluchte laut und verschränkte die Arme.

»Die Macht war und ist die größte Gefahr für die Menschheit, weil sie eigentlich nur schändlich missbraucht werden kann«, sinnierte er. »Schon allein aus ihrem Selbstverständnis heraus. Klimawandel und Al Kaida sind dagegen Peanuts.«

»Eine äußerst bedeutende Theorie«, sagte Franta trocken und nickte artig wie eine Schülerin. »Und was bedeutet das in diesem Fall konkret, Herr Kommissar?«

»Stellen wir einmal konkret die Macht eines Schutzpolizisten der eines Kriminalpolizisten gegenüber. Wir stellen uns die Fragen: Wer hat mehr Macht, und wer gebraucht sie wie? Was stellen wir fest?«

»Ganz schön viel zu stellen.«

»Was? Äh, ja. Der Schutzpolizist hat einen großen Spielraum in seinem Tun und Handeln. Ein Radfahrer kommt angefahren, es dämmert, oder der Tag beginnt gerade erst, Licht wäre eigentlich angemessen. Der Radler hat aber keins. Was kann der Beamte tun?«

»Na ja, er kann ihn anhalten.«

»Sicher kann er das. Er kann sich aber auch umdrehen und wegschauen, eine Möglichkeit. Er kann dem Radler auch freundliche Worte zuwerfen, und es würde mich wundern, wenn er dann nicht ein freundliches Wort zurückbekäme. Verstehst du, Irene, es liegt ganz allein an ihm, und es hat für die Allgemeinheit keine Konsequenzen, egal wie er handelt. Die Menschen leben nicht weniger sicher, wenn der Schutzpolizist seine Macht so nutzt, wie es sich sein temporärer Gegenpart wünscht.«

»Temporärer Gegenpart«, wiederholte Franta. »Toll.«

»Und genau das ist der große Unterschied zum Kripobeamten. Wenn ich mich so verhalte, wie der Mörder eines unbescholtenen Chemieprofessors es sich wünscht, kann ich gleich in Pension gehen. Wir haben keinen Spielraum, wir müssen den Mörder jagen und fassen. Es liegt nicht an uns, ob wir etwas unternehmen, sondern höchstens, wie wir es tun. Das Ergebnis kann natürlich identisch sein, wenn wir zu blöd sind, den Täter zu finden. Kommt auch mal vor. Hörst du mir noch zu?«

»Was? Hm, sicher. Wissen wir denn eigentlich, dass Lenze unbescholten war?«, fragte sie. »Vielleicht hat er ja ekliges Giftgas entwickelt, oder Salmonellen-Schlampereien verheimlicht oder so etwas.«

»Warum denken Frauen bei Chemie so schnell an Giftgas?«, fragte Rothenburg. »Sonnenmilch ist doch auch Chemie, oder beispielsweise Nagellack.«

»Nagellack ist aber nicht so gefährlich wie Giftgas.«

»Das stimmt«, sagte Rothenburg. »Aber auch nicht billig.«

Als er auf die Straße trat, hatte der Regen fast aufgehört. Ein leichter Wind blies ihm die feuchte Luft ins Gesicht. Er knöpfte seinen dicken grauen Fischgrätmantel zu und sah auf die Uhr. Es war erst zehn Uhr dreißig, also noch anderthalb Stunden bis zur ersten Befragung von Lenzes Exfrau. Er beschloss, allein ins »Café Engelhardt« zu gehen, dort nachzudenken und noch einen richtigen Kaffee zu trinken, bevor er sich wieder mit der dünnen Plörre im Polizeipräsidium begnügen musste. Im Café grüßte er die flotte Bedienung mit dem Pferdeschwanz und setzte sich in die hintere Ecke an der Fensterfront.

Lisa. Lenze.

Ich kriege meine Prioritäten nicht mehr sortiert, dachte Rothenburg, das ist nicht gut. Er fühlte den Restalkohol viel zu langsam aus seinem Körper weichen und schimpfte innerlich über seine Blödheit. Zwei, drei Bier weniger, und heute würde alles klarer aussehen.

Die Kellnerin brachte mit einem breiten Grinsen den Kaffee an den Tisch. Rothenburg grinste ebenso breit wie unsicher zurück und zahlte sofort.

Nein, dachte er. Das ist alles gar nicht so einfach. Wie soll man denn mit Herzblut und Verstand einen irren Mörder finden, wenn die Noch-Ehefrau einem die Kinder entführen will? Sollte er etwa mit ihr verhandeln? Über die Kinder? Absurd. Lass mir noch vier Tage Zeit, bis ich den Irren habe, dann können die Kinder zu dir kommen. Blödsinn. Er wollte Lisa ja zurückerobern, und dann wäre auch das Kinderproblem keines mehr.

Nachdem er den Kaffee ausgetrunken hatte, wartete er, bis die Kellnerin nicht zu sehen war, stand auf, murmelte ein »Danke« in Richtung Theke und machte sich auf den Weg ins Präsidium.

Auf seinem Schreibtisch fand er eine Notiz von Briesch.

»Haben Sie den Mörder?«, fragte Rothenburg. »Oder was haben Sie sonst?«

Briesch wirkte leicht verunsichert, fing sich aber schnell.

»Es war garantiert kein Raubmord. Es ist noch alles da. Uhren, Laptop, Kreditkarten. In einer Schublade im Schlafzimmer haben wir sogar einen großen Betrag in bar gefunden. Außerdem sind an der Wohnungstür keinerlei Einbruchsspuren zu sehen. Lenze muss seinen Mörder also selbst hereingelassen haben, oder der Täter hatte einen Nachschlüssel.«

Rothenburg nickte. »Wir treffen uns um dreizehn Uhr zur ersten Lagebesprechung im Raum ›Grün‹. Bis dahin haben wir hoffentlich erste Obduktionsergebnisse und alle Aussagen von den Nachbarn und der Gattin. Sagen Sie den anderen Bescheid.«

Nachdem Briesch aus dem Zimmer war, zeichnete er auf seinem großen Spiralblock eine Tabelle und trug dort das Wenige ein, was er bislang wusste. Als er schließlich den Namen Karola von Schönfeld schrieb, blickte er aus dem Fenster und hoffte auf endlich blauen Himmel. Er schmollte, als er nur das müde Grau eines dunklen Aprilmorgens sah.

Eine adlige Physikprofessorin. Rothenburg überlegte, ob er jemanden mit blauem Blut oder einen Professor kannte. Nichts von beidem. Und jetzt, heute, sollte er beides in einer Person kennenlernen. Heutzutage gab es natürlich Tausende Menschen, die sich mit einem »von« vor dem Nachnamen schmückten, obwohl ihre letzten wahrhaftig adeligen Vorfahren während der Französischen Revolution ihre Leibeigenen geknechtet hatten. Trotzdem … Wie sie wohl aussah? Strenge Gesichtszüge und ein Dutt? Konnte eine Naturwissenschaftlerin überhaupt hübsch aussehen? Er erinnerte sich an ein politisches Magazin, das er letzte Woche im Fernsehen gesehen hatte. Es ging um Müllverbrennungsanlagen und die Verseuchung von Luft und Böden in der Umgebung. Die Expertin war eine Chemikerin von einem Naturschutzverein gewesen, eine Professorin aus Berlin. Rothenburg hatte leise gepfiffen, als er sie sah. Langes schwarzes Haar, dunkler Teint, ein äußerst sympathisches Gesicht und eine warme Stimme. Er hatte sich allerdings dann nicht mehr auf das konzentrieren können, was die schöne Chemikerin gesagt hatte. Bestimmt hatte sie aber mit allem recht gehabt. Er hatte sich fest vorgenommen, seinen Müll in Zukunft besser zu trennen.

Um Viertel nach zwölf klopfte es an die Tür.

Karola von Schönfeld war keine dunkelhäutige Schönheit, stellte Rothenburg sofort fest. Auch keine hervorstechend hellhäutige. Sie hatte ihr langes blondes Haar hinten mit einer Klammer hochgesteckt und vorne einen Pony. Sie trug einen eleganten anthrazitfarbenen Hosenanzug mit einer weißen Bluse darunter. Ihre rote Brille nahm sie ab, als sie sich setzte, und steckte sie in ein Etui.

»Mein Beileid«, sagte er mitfühlend. »Danke, dass sie so schnell kommen konnten.«

»Na ja, er war ja schließlich mein Mann – wenigstens noch auf dem Papier«, gab Schönfeld kalt zurück. »Und irgendjemand musste ihn ja schließlich identifizieren, nicht wahr?« Sie hielt einen Moment inne. »Obwohl, sein Vater lebt doch noch, oder? Eigentlich hätte er es ja auch machen können.«

Rothenburg beschloss, nie wieder ein politisches Magazin anzuschauen.

»Ich nehme an, dass Sie sich menschlich nicht mehr sonderlich nahegestanden haben.«

Karola von Schönfeld holte tief Luft und lehnte sich zurück. »Unglaublich, was der Mörder da gemacht hat.« Sie stockte kurz und sah ihn fragend an. »Bekommen Sie solche Fälle öfters rein?«

Reinbekommen? Rothenburg starrte sie entgeistert an. Die Polizei als Modeboutique?

»Was, denken Sie, könnte passiert sein?«

Schönfeld holte umständlich ihre Brille wieder hervor und setzte sie auf. »Ist das nicht Ihr Job, das herauszufinden, Herr Kommissar?«

Rothenburg fixierte eine Fliege, die am Fenster vergebens einen Weg nach draußen suchte.

»Es passt gar nicht zu ihm«, fuhr Schönfeld endlich fort, »dass er so spektakulär gestorben ist.«

»Bitte?«

»Wissen Sie, bis auf eine Ausnahme war Paul die Langeweile in Person. Er hatte nur einen richtigen Freund, und das war sein Schachpartner. Der ist allerdings vergangenes Jahr nach München gezogen. Seitdem kannte er offenbar nur noch seine Arbeit.«

»War das auch schon so, als Sie noch zusammen waren?«

Karola von Schönfeld schlug die Beine übereinander und zupfte ihren Blazer zurecht. »Im Prinzip schon. Paul reiste von einem Kongress zum nächsten und saß sonst fast jeden Abend bis Mitternacht im Labor oder am Schreibtisch.«

»Können Sie uns sagen, woran Ihr Mann gerade gearbeitet hat?«

Sie schnaubte kurz. »Keine Ahnung, fragen Sie in seinem Institut nach. Er ist … war Chemiker, ich bin Physikerin. Beruflich hatten wir nie miteinander zu tun, und er hat in den letzten beiden Jahren auch nicht über seine Projekte gesprochen.«

»Na gut«, sagte Rothenburg und seufzte. »Hat er hier noch Verwandte, die uns etwas mehr erzählen können?«

»Pauls Vater wohnt in St. Mauritz. Er ist zwar schon über neunzig, aber noch sehr rüstig, wenn auch etwas seltsam. Die Mutter ist bereits vor zwanzig Jahren bei einem schlimmen Verkehrsunfall ums Leben gekommen. Sonst ist da keiner mehr.«

»Haben Sie Kinder?«

»Nein, es ging nicht.«

»Es ging nicht?«

»Es ging nicht. Die Karriere, Sie wissen schon. Außerdem war es biologisch schon fast zu spät. Ich war bereits siebenunddreißig Jahre alt, als ich Paul kennengelernt habe. Wir haben dann beide überaus wichtige und hochinteressante Forschungsaufträge bekommen, wodurch die Kinderfrage obsolet wurde.«

Rothenburg musste an Svenja und Frederik denken und ob sie auch obsolet waren. Was war das noch gleich?

»Sie wissen nicht zufällig, was Ihr Mann gestern Abend gemacht hat?«

»Er musste sich auf eine USA-Reise vorbereiten. Das weiß ich, weil ich meine Reise extra so geplant habe, dass ich ihm in Boston nicht begegne. Er wird also im Institut gewesen sein.«

»Sind Sie sich wirklich sicher?«

Schönfeld rümpfte die Nase. »Ob ich mir wirklich sicher bin? Mein Gott, natürlich nicht, ich war doch nicht bei ihm. Was soll das?«

Rothenburg klopfte mit einem Kugelschreiber auf seinen Notizblock. »Es ist halt so, dass Herr Lenze ziemlich betrunken war. Er wird sich doch wohl kaum im Institut betrunken haben, oder?«

Schönfeld sah ihn scharf an. »Ihre Gedanken will ich nicht geschenkt haben, Herr Kommissar. Wenn er viel Alkohol im Blut hatte, dann wird er im ›Weißen Lamm‹ gewesen sein. Dort ist er immer hingegangen, um sich auszujammern und Rotwein zu trinken. Der ist vorzüglich dort.«

»Na gut«, sagte Rothenburg. »Das wäre es dann für heute, vielen Dank. Wir melden uns wieder bei Ihnen.«

Schönfeld stand auf und zog sich ihren Mantel an. »Bitte machen Sie dann einen Termin mit meinem Sekretariat aus. Ich habe in nächster Zeit sehr viel zu tun.«

Sie ging zur Tür, drückte die Klinke herunter und drehte sich noch einmal um. Ihr Blick wirkte leicht spöttisch.

»Ach, möchten Sie eigentlich gar nicht wissen, um welche Ausnahme von der Langweile es sich handelte, Herr Kommissar?«

»Wenn Sie so gütig wären, Frau von Schönfeld«, sagte Rothenburg genervt.

Sie schaute sich kurz im Zimmer um, als ob sie kontrollieren wollte, dass sie allein waren.

»Sie werden es nicht für möglich halten, aber er konnte unglaublich gut vögeln.«

3

Der Lärm eines rücksichtslosen Kampfflugzeuges riss Rothenburg aus seiner unproduktiven Denkpause. Wie lange hatte er die geschlossene Tür hinter Karola von Schönfeld angestarrt? Fünf Minuten oder eine halbe Stunde? Sein Zeitgefühl schien im Beisein dieser eiskalten Polarfüchsin erfroren zu sein.

Er sah auf die Uhr. Viertel vor eins. Genug Zeit, noch schnell zur Bogenstraße zum Feinkostgeschäft Holstein zu fahren und zwei Käsebrötchen zu holen, bevor sich das Team traf.

Rothenburg hasste Fahrstühle, nicht weil sie eng waren, sondern weil man dort immer Menschen traf, die man gar nicht treffen wollte. Menschen, die ihn eigentlich auch nicht treffen wollten. Was sollte man mit diesen Leuten reden, die man ohnehin schon jeden Tag zigmal sah und grüßte? Im Zweifel stand man Bauch an Bauch voreinander, atmete unangenehme Gerüche ein und schielte verlegen an die Decke oder auf die Fahrstuhlknöpfe. Auf der Treppe lief er dem Polizeipräsidenten »Kaiser« Wilhelm Kollau in die Arme.

»Schlimme Sache, das mit dem Professor, was?«

»Morde sind immer schlimm.«

Kollau verzog das Gesicht. »Ja, natürlich. Aber ein ermordeter Professor ist doch schon etwas Merkwürdiges, finden Sie nicht? Und dann noch das mit den Augen. Unfassbar. Wie weit sind Sie?«

»Bitte?«

»Was haben Sie schon? Ich habe für siebzehn Uhr eine Pressekonferenz angesetzt, da sollten wir schon einiges präsentieren können.«

»Auch den Mörder?«

Polizeipräsident Kollau legte eine Hand auf seinen Unterarm. »Hören Sie, Rothenburg, dieser Fall ist sehr wichtig. Wichtig für das Renommee von Stadt und Polizei. Ich will Ihnen gar nicht erzählen, wer schon alles bei mir angerufen hat. Ich sage Ihnen nur: Finden Sie den Täter, aber bitte schnell! Ich vertraue Ihnen voll und ganz. Enttäuschen Sie mich bitte nicht.«

Rothenburg entzog ihm sanft seinen Arm und ging weiter. »Ich gebe alles«, sagte er, ohne sich noch einmal umzudrehen.

Bei Holstein kaufte er zwei Brötchen mit Reypenaer Käse, nicht ohne von der Fachverkäuferin Mathilde Overkamp freundlich darauf hingewiesen zu werden, dass dies der erste Reypenaer der Saison sei.

»Wenn Sie mich fragen, Herr Kommissar, warten Sie noch ein paar Wochen. Dann schmeckt er doppelt so gut.«

»Ich habe jetzt Hunger«, sagte Rothenburg. »Ich kann nicht warten.«

»Sie sind doch kein ungeduldiger Mensch?«

»Entscheidungsfreudig, würde ich sagen. Ich kaufe den Käse jetzt.«

Mathilde Overkamp sah ihn über die Ladentheke hinweg prüfend an. »Es ist wieder etwas passiert, nehme ich an.« Sie wartete nicht auf eine Antwort. »Passen Sie auf sich auf, Herr Kommissar.«

Auf dem Weg zurück ins Büro ging Rothenburg zum Faxgerät und hoffte inständig, dass Dr. Sebastian Machalle, der Pathologe, seine ersten Ergebnisse loswerden wollte. Er hatte Glück, drei vollgeschriebene Seiten lagen im Ablagekorb. Er setzte sich mit dem Fax hinter seinen Schreibtisch und überflog den Bericht.

Schon nach dem ersten Absatz pfiff er leise.

Paul Lenze war nicht verblutet. Der Täter hatte ihm eine Spritze mit einem Medikament in den Bauch gerammt, was innerhalb kürzester Zeit zum Tod geführt hatte. Erst danach hatte der Mörder Lenze verstümmelt. Rothenburg wusste, dass diese Todesart unter potenziellen Selbstmördern kursierte. Hundertprozentig sicher war sie nicht, es mussten bestimmte Voraussetzungen erfüllt sein, sonst war das Resultat nicht der gewünschte Tod, sondern eine schwere, irreversible Schädigung des Gehirns. Was im Grunde genommen meistens auf das Gleiche hinauslief, wenigstens für den Täter. Auf jeden Fall war es für einen Mörder ratsam, das Opfer vorher zu betäuben, zum »Zwecke der Ruhigstellung vor der Injektion«, wie Machalle es fachmännisch ausdrückte.

Na ja, dachte Rothenburg, wer lässt sich denn auch freiwillig Gift verpassen?

Weiter führte Dr. Machalle in seiner blumigen Sprache und

in aller Ausführlichkeit aus, dass Lenze zum Zeitpunkt seines Todes sternhagelvoll war. Über zwei Liter Rotwein hatten stattliche 2,9 Promille hinterlassen. Auf ein Post-it-Zettelchen hatte Machalle notiert, dass er für seinen Teil schon nach zwei Gläsern einschlafe, auch ohne Fernsehen. Bei zwei Litern könne er sich getrost zu seinen auf ewig ruhenden Patienten in die Kühlfächer legen. Aber das nur zur Anschauung. Eine längere Gewohnheit lag offensichtlich nicht vor, die Leber war so weit in Ordnung.

Heiliger Strohsack, dachte Rothenburg. Hatte der Kerl eine Orgie gefeiert? Mit seinem Mörder?

Er nahm die Käsebrötchen, die Faxblätter und seinen Spiralblock und ging hinüber in das große Besprechungszimmer, wo die anderen schon warteten.

»Sind alle da?«

»Na, so viele sind wir ja nicht«, sagte Franta.

»Hm«, brummte Rothenburg, biss in ein Brötchen und schaute es zufrieden an. »Kennt ihr eigentlich Reypenaer Käse? Kommt aus Holland und hat trotzdem volles Aroma. Eigentlich schmeckt er erst im Sommer richtig gut, aber das Spannende ist ja, dass man … Na egal. Möchte jemand probieren? Keiner, wie immer? Dann fangen wir mal an.«

Er verlas den vorläufigen Obduktionsbefund und blinzelte ab und zu über die Seiten hinweg zu seinen Kollegen. Briesch machte sich fleißig Notizen, während Franta und Gromzki nur aufmerksam zuhörten. Ihre Mienen waren unbewegt. Anschließend fasste Rothenburg das Gespräch mit Karola von Schönfeld zusammen. Auch die angebliche sexuelle Leistungsfähigkeit Lenzes erwähnte er. Man weiß ja nie, dachte er.

»Zum Glück hat der Mörder seinen kranken Phantasien erst nach Lenzes Tod freien Lauf gelassen. So viel Anstand hatte er wenigstens, wenn man hier überhaupt von Anstand sprechen kann. Wer kann jetzt etwas beitragen? Klaus?«

Gromzki zuckte hilflos mit den Schultern und starrte kopfschüttelnd auf ein leeres Blatt Papier, das vor ihm lag.

»Andreas?«

Briesch nickte eifrig und schob sich seine schwarze Hornbrille zurecht. »Ich habe sämtliche Versicherungspolicen und das Testament von Lenze durchgesehen. Seine Noch-Frau bekommt eine schöne Stange Geld, etwa eine Million Euro und einen Berg Aktien, dazu noch seine Eigentumswohnung in der Finkenstraße.«

»Na prima«, sagte Rothenburg. »Betrachten wir einmal ihr Auftreten heute Mittag, ist sie also unsere erste Tatverdächtige.«

Franta verzog den Mund. »Ich glaube kaum, dass die das nötig hat.«

Rothenburg starrte aus dem Fenster und sah hinter den noch blattlosen Bäumen die Klinik für Psychiatrie.

»Das Motiv?«, fragte Gromzki. »Ich sehe kein wirkliches Motiv. Geld hatte sie ja wohl selbst mehr als genug, oder?«

»Davon gehe ich mal aus«, nickte Rothenburg. »Auch wenn die Gier des Menschen oft unerschöpflich ist. Besonders in Kreisen, die es eigentlich gar nicht nötig hätten. Ich glaube allerdings auch, dass Geld hier in der Tat keine Rolle spielt.«

Franta nippte an ihrem Kaffee. »Wir sollten vielleicht den unmittelbaren Todesumständen mehr Beachtung schenken. Ich meine, vergiftet worden sind schon viele. Aber welchem Opfer, bitte schön, wurden nach dem Exitus noch die Augen ausgestochen?«

Sie machte eine kurze Pause, um eine Reaktion abzuwarten. Alle nickten erwartungsvoll.

»Wir wissen jetzt«, fuhr sie fort, »dass sich der Mörder mit der Chemie des menschliches Körpers bestens auskennt. Also ein Chemiker, Biologe, Apotheker, Mediziner … so in der Art. Und wir wissen auch, dass Augen in seinem Leben oder in dem von Paul Lenze oder beiden möglicherweise eine gewisse Rolle gespielt haben. Oder die Fähigkeit oder Unfähigkeit des Sehens«, ergänzte sie nachdenklich.

»Sehr richtig«, sagte Rothenburg und schüttelte Brötchenkrümel von seiner Hose auf den Boden.

»Hat Lenze vielleicht mal irgendwie an der Entwicklung von Augenmedikamenten mitgearbeitet?«, fragte Gromzki, während er in ein Stück Käsekuchen biss. »Vielleicht ist da was schiefgelaufen.«

»Das wirst du herauskriegen, Klaus«, antwortete Rothenburg. »Womit wir auch schon zur Aufgabenverteilung des heutigen Nachmittags kämen. Kaiser Wilhelm hat sich nämlich mächtig ins Zeug gelegt und für siebzehn Uhr eine Pressekonferenz angesetzt. Bis dahin sollten wir einiges zusammengetragen haben. Also, Klaus und Irene fahren in die Uni zu den Chemikern und interviewen Lenzes Mitarbeiter und Vorgesetzte …«

»Letztere hatte er nicht«, warf Briesch rasch ein. »Er war selbst der Direktor des Instituts.«

»… und Sie kümmern sich weiter um die Nachbarn, Briesch, und versuchen über die Ehefrau den Schachpartner in München ausfindig zu machen. Außerdem dürfen Sie dem ›Weißen Lamm‹ einen Besuch abstatten. Dort scheint mir die einzige Hoffnung zu sein, Lenzes letzte Stunden zu erhellen. Ich werde mit dem Vater von Paul Lenze reden.«

Er nickte in die Runde. »Ende der Sitzung. Abmarsch.«

Rothenburg stand auf und fühlte, wie sich eine schwere Müdigkeit über seinen Kopf legte. Er musste an einen Artikel über Annette von Droste-Hülshoff denken, den er gestern in der Zeitung gelesen hatte. Die Dichterin hatte 1831 in einem Brief geschildert, dass sie müde wie ein Postpferd sei. Ja, dachte er, das kommt hin, wie ein Postpferd. Dankbar beobachtete er, wie sein Team den Raum verließ, setzte sich wieder, lehnte sich weit zurück und schloss die Augen.

In seinem Kopf tauchte erneut Lisa auf, die schöne Schwedin mit den wunderbaren langen rotblonden Haaren. Und mit dem kalten Herzen. Sie stand auf der Fähre von Grenå nach Varberg und winkte ihm zu. Kein Lächeln war in ihrem Gesicht zu sehen, keine Spur von Schmerz, die Familie verlassen zu haben, keine Reue, kein Mitleid, keine Sehnsucht, auch nicht nach den Kindern.

Was hatte er damals gedacht, als sie nach dem ersten Münster-Besuch wieder nach Schweden gefahren war? Zunächst wollte er den Liebhaber umbringen, danach erwog er einfältig Selbstmord. Als Rothenburg schließlich einsah, dass weder das eine noch insbesondere das andere erfolgversprechend war, fügte er sich den Anweisungen seines besten Freundes Frank Lütjens, Redakteur und Polizeireporter der Münsteraner Neuen Presse.

Zunächst hatte Lütjens sämtliche alkoholischen Getränke aus dem Haus verbannt und dafür gesorgt, dass Svenja Verstöße gegen das Verbot sofort petzte. Nach drei Versuchen, heimlich Korn zu trinken, war es Rothenburg zu blöd geworden, als Svenja ihm gestand, dass sie den Pegel in der Flasche mit einem angefeuchteten Haar markiert hatte und ihn so beweiskräftig überführen konnte. Rothenburg war stinksauer gewesen und Svenja sehr erfreut.

Als Nächstes hatte Lütjens ihn wieder bei seinem alten Handballverein angemeldet, SC Münster 08, Alte Herren IV. Zweimal Training in der Woche und ein Spiel am Wochenende, danach Apfelschorle in der 08-Kneipe. Nach drei Wochen Eingewöhnung hatte es Rothenburg sogar wieder richtig Spaß gemacht. Handball war sein Spiel: temporeich und angenehm aggressiv. Genau das Richtige, um traurige Gedanken in den Winkel zu pfeffern. Und mit der Zeit hatte er sich auch abgewöhnt, in jedem Gegenspieler einen Schweden mit Namen Markus Nordquist zu sehen.

Nach zwei Monaten hatte er mit großzügiger Erlaubnis von Lütjens und den Kindern endlich sein erstes Bier trinken dürfen.

Er war durch. Fürs Erste.

4

Das Institutsgebäude für Biochemie am Coesfelder Kreuz war ein schmuckloser Betonkasten aus den frühen siebziger Jahren, schnell und gedankenlos hochgezogen, als der Staat noch großzügig mit seinen Geldern umgegangen war. Das Einzige, was hier in der Tat passte, waren die genauso hässlichen Gebäude in der Nachbarschaft. Franta und Gromzki parkten direkt vor dem Eingang und gingen durch eine breite Glastür ins Foyer.

»Ich rieche meinen Grundkurs Chemie«, sagte Franta und hielt sich die Nase zu. Sie sah sich um. »Wo wohnt denn hier Professor Schmallenberg?«

Gromzki sah in seinem Notizblock nach. »Erdgeschoss, Zimmer 34. Immer dem Geruch nach.«

Professor Dr. Kurt Schmallenberg, der stellvertretende Institutsleiter, saß in einem riesigen Arbeitszimmer vor einem PC-Monitor, offenbar sehr vertieft in rätselhafte Diagramme und zackige Kurven, da er das laute Klopfen nicht gehört hatte. Franta spähte ihm über die Schultern und schüttelte den Kopf.

»Brrrrr«, sagte sie statt einer Begrüßung und schüttelte sich. »Sagen Sie nur, Herr Professor, Sie verstehen, was das sein soll?«

Schmallenberg wirbelte mit seinem Stuhl herum und lächelte die beiden Polizisten an.

»Guten Tag«, sagte er, stand auf und steckte die Hände in die Taschen seines weißen Kittels. »Ich versuche es gerade. Das sind die neuesten Forschungsdaten von Professor Lenze, die er übermorgen in den USA hätte präsentieren sollen. Jetzt muss ich das übernehmen. Kein schöner Anlass.« Er schloss kurz die Augen. »Sie sind von der Polizei, richtig?«

»Jawohl«, sagte Gromzki, »wir hatten angerufen.« Er setzte sich mit seinem Block in einen gemütlichen Ledersessel, der an einem kleinen Besprechungstisch stand. Franta blieb stehen und musterte den Professor unauffällig. Etwas zu glatt, dachte sie, gut aussehend und glatt. Eine gefährliche Mischung.

»Über was hat Lenze geforscht?«

»Sie kommen schnell zur Sache, meine Dame. Sehr schön, das gefällt mir. Nun, Pauls Schwerpunktthema waren Lipide. Fette«, antwortete Schmallenberg und beobachtete amüsiert, dass

Gromzki seinen Bauch einzog. »Genauer gesagt, Fettsäuren und ihre möglichen chemischen Verbindungen. Und ihre praktischen Anwendungen in der Medizin und der Industrie. Damit hat er jede Menge wichtiger Drittmittel für uns eingeworben.«

»Was heißt das?«

Schmallenberg setzte sich wieder an seinen Schreibtisch und holte tief Luft. »Vereinfacht ausgedrückt: Wir stecken uns ein bestimmtes Forschungsziel und werben dafür Mittel von der Industrie sowie von öffentlichen oder privaten Stiftungen an.«

Gromzki atmete tief ein und streckte seine Beine unter dem Tisch aus. »Könnten Sie uns vielleicht ein konkretes Beispiel von Lenzes Forschungsprojekten nennen? Aber bitte so, dass auch Polizisten es verstehen.«

»Natürlich, sehr gerne«, sagte Schmallenberg freundlich. »Was Sie hier zum Beispiel auf dem Monitor sehen, sind Diagramme über die Fähigkeit von verschiedenen Fettsäuren, Verbindungen mit bestimmten Proteinen, also Eiweißen, einzugehen. Konkret soll erforscht werden, ob es möglich ist, Salben und Cremes völlig ohne Fette oder Öle herzustellen.«

»Also hat Ihre Forschung immer einen bestimmten praktischen Zweck?«

Schmallenberg wirkte genervt. »Jaha, Herr Kommissar, sonst würden wir keinen Cent dafür einwerben können.«

Gromzki sah seine Kollegin unsicher an. Franta kannte diesen hilflos-traurigen Blick genau und wusste, dass er in diesem Augenblick das Gefühl hatte, auf den Arm genommen oder für einen vollkommenen Idioten gehalten zu werden. »Hätten Sie denn auch die Güte, mir den Zweck zu nennen, Herr Professor?«, fragte er.

Schmallenberg stand auf und ging langsam, mit geheimnisvoller Miene, auf Franta zu. Einen Meter vor ihr blieb er stehen und lächelte sie unvermittelt an. »Cremes und Salben ohne oder mit wenig Fett lassen sich doch viel besser vermarkten als fetthaltige. Oder was sagen Sie als Expertin dazu, Frau Kommissarin?«

Was ich dazu sage?, dachte Franta. Blödes Arschloch.

»Sie haben völlig recht, Herr Professor. Zu viel Fett ist nie gut.«

»Tatsache ist«, fuhr Schmallenberg unbewegt fort, »dass uns

gerade die Kosmetikindustrie Lösungen für fettarme oder fettfreie Emulsionen schier aus den Händen reißt. Damit bekommen wir ordentlich Drittmittel, können genügend qualifizierten Nachwuchs ausbilden und fahren nebenbei noch höchste internationale Anerkennung ein. Sogar aus den USA.«

Franta befürchtete einen Wutausbruch oder eine unbedachte Äußerung ihres Kollegen und warf Gromzki einen warnenden Blick zu, den dieser gekonnt ignorierte. Stattdessen schaute er offensichtlich teilnahmslos aus dem Fenster. »Wer genau fährt denn hier die Anerkennung ein? Der Chef persönlich oder das ganze Institut?«

»Man merkt, dass Sie nicht studiert haben, Herr Kommissar«, sagte Schmallenberg mit unverhohlen verächtlicher Miene, »sonst wüssten Sie, dass internationale Anerkennung immer untrennbar mit klugen Köpfen verbunden ist. Und diese klugen Köpfe stehen meistens einem Institut vor, das sozusagen im Fahrwasser des genialen Geistes mitschwimmt und sich durch eine ebenso geniale Spitzenleistung ganz oben halten kann. Man ist aufeinander angewiesen, der Chef auf den Stellvertreter, auf die Doktoranden und andere Nachwuchswissenschaftler und natürlich auch umgekehrt. Sonst funktioniert es nicht. Wenn Doktoranden dem Institutsleiter nur Mist zuliefern, kann der Chef auch nicht glänzen.«

»Soso«, sagte Franta, »und dafür sind Sie wahrscheinlich mitverantwortlich, nicht wahr? Dass die Juniorchemiker nur tolle Ergebnisse liefern.«

»Kluge Frau. Natürlich nicht nur dafür, aber unter anderem auch.«

»Wie standen Sie zu Ihrem Chef, Herr Schmallenberg? War er ein guter Vorgesetzter und Kollege?«, fragte Gromzki, so freundlich er konnte. Was im allgemeinen Maßstab nicht besonders viel war.

Schmallenberg drehte den Kopf zum Fenster und dachte kurz nach. Als ob er seine Worte gut wählen müsste, dachte Franta.

»Er war ein ausgezeichneter Experte auf seinem Gebiet, eine Koryphäe sozusagen. Die Fachkongresse in aller Welt haben sich darum gerissen, Vorträge von ihm zu hören. Er hat laufend publiziert, und immer haben diese Studien sein Fachgebiet ein

Stück vorangebracht, es waren nie Seifenblasen darunter. Von seinem Erfolg haben wir alle ungeheuer profitiert.«

»Wer ist denn alle, bitte schön?«, fragte Gromzki.

»Na ja, das Institut selbst natürlich, also sein Ruf. Dann auch ich, gebe ich zu, die Doktoranden natürlich und schließlich die Studenten.«

Er stockte, lächelte – falsch, wie Franta fand – und blickte starr auf seinen Monitor. Es schien ihr, als ob er noch etwas hinzufügen wollte, es sich dann aber schnell anders überlegte.

»Wie geht es nun weiter hier am Institut? Werden Sie jetzt Chef, Herr Professor?«

»Das entscheiden das Ministerium und die Universität.«

»Jaja«, sagte Gromzki, »aber nach allem menschlichen und bürokratischen Ermessen kann man doch schon davon ausgehen, dass Sie der Nachfolger werden, oder?«

Professor Schmallenberg stand auf und schüttelte ärgerlich den Kopf. »Ich kann Ihnen dazu nicht mehr sagen, tut mir leid. Ich habe jetzt auch keine Zeit mehr. Sie wissen, Pauls USA-Reise, ich muss mich noch intensiv vorbereiten. Würden Sie jetzt bitte gehen?«

Franta blickte Schmallenberg scharf an und zog die Stirn kraus. »Wo waren Sie heute Morgen zwischen drei und vier Uhr?«

»Was glauben Sie wohl, wo ich war? Im Bett vielleicht?«

»Vielleicht.« Franta wurde ärgerlich. »Wer kann das bezeugen?«

»Meine Frau. Zufrieden?«

»Kennen Sie eigentlich Karola von Schönfeld, die ehemalige Frau von Lenze, Herr Professor?«

Sie glaubte, einen Schatten über das Gesicht von Schmallenberg huschen zu sehen, fast unsichtbar, die Augen schienen für den Bruchteil einer Sekunde wacher zu sein als vorher.

»Nein, warum fragen Sie?«

»Bestimmt nicht? Nicht mal vom Sehen?«

»Ich weiß, wie sie aussieht, und ich weiß ungefähr, was sie macht, schließlich ist sie ja auch Professorin. Ja, Sie werden es nicht glauben, ich habe ihr auch schon mal Guten Tag gesagt, aber alles Weitere entzieht sich meiner Kenntnis.«

Gromzki klappte sein Notizbuch zu, seufzte und stand auf. »Tja, dann wollen wir das mal glauben und gehen, was?«

»Ja, dann gehen wir jetzt«, sagte Franta.

Auf dem Weg ins Kuhviertel erinnerte sich Kommissar Andreas Briesch noch einmal an seine ersten Tage in Münster und lächelte vor sich hin.

Es war alles noch so frisch hier für ihn, aber es hatte sich viel getan in den drei Monaten seit seinem Dienstantritt bei der Kripo Münster. In den ersten Stunden hatte er das sichere Gefühl gehabt, dass ihn hier kaum jemand ernst nahm, weil viele mit seiner zugegebenermaßen gewöhnungsbedürftigen Angewohnheit, ständig ins Plaudern zu verfallen und Geschichten zu erzählen, einfach nicht klarzukommen schienen. Kollegen in Stuttgart hatten ihn vor den maulfaulen Westfalen gewarnt, und sie schienen recht zu behalten. Außerdem wusste er, dass er im Dialog oft leicht verwirrt wirkte. Franta nannte es eher entrückt oder das Columbo-Syndrom. Zwei Punkte waren es, denen er verdankte, dass er sich mittlerweile im Team sehr wohlfühlte: sein korrekter Fleiß und Rothenburgs entspannte und humorvolle Art, mit seiner Art umzugehen. Briesch konnte sich keinen besseren Chef wünschen, und er arbeitete hart an sich, um Rothenburg nicht zu enttäuschen.

Die Tür zum »Weißen Lamm« stand offen. Briesch war noch nie hier gewesen, hatte aber gehört, dass das KU13, wie das Kneipenrestaurant auch hieß, eine ausgewiesene Örtlichkeit für Freunde der herzhaften westfälischen Küche war. Nebenbei traten hier auch lebenslustige Bands wie die Mallorca Cowboys auf. Briesch betrachtete die kleine Bühne mit dem Klavier rechts neben der Theke und fragte sich, wie viele Musiker wohl darauf Platz hätten, ohne sich gegenseitig ihre Instrumente in den Bauch zu rammen. Vielleicht drei? Maximal.

Ein glatzköpfiger Mann mit einem veritablen Bierbauch stand hinter dem Tresen und polierte Gläser. Weingläser, wie Briesch messerscharf registrierte. Sonst war um diese Uhrzeit noch kein Gast hier. Er wies sich aus.

»Sind Sie der Chef?«

Der Mann sah auf und warf sich das Trockentuch um die

Schulter. »Ja«, brummte er. »Jochen Kiffer. Mir gehört der Laden, und keine Witze über meinen Namen.«

»Keine Sorge, die Lage ist todernst«, sagte Briesch trocken. »Waren Sie gestern Abend auch hier?«

»Ich bin immer hier.«

»Kennen Sie einen Professor Paul Lenze?«

Kiffer hob die Augenbrauen. »Sicher kenn ich den. Was ist mit ihm?«

»Er ist tot.«

Der Kneipenbesitzer starrte Briesch entsetzt an. »Jetzt machen Sie doch einen Spaß, oder?«

Briesch seufzte. »Nein, wie gesagt, die Lage ist todernst. War Lenze gestern Abend hier?«

Kiffer schüttelte den Kopf. »Ich fass es nicht, Paul soll tot sein, unmöglich.« Dann nickte er. »Ja, er war hier, wie fast jeden Donnerstag. Er saß immer dort am Ende der Theke. Von dort kommt man am schnellsten wieder zur Tür.«

»Von wann bis wann war er gestern hier?«

»Er kam so gegen elf oder halb zwölf und ging um drei Uhr.«

»Allein?«

»Natürlich ging er allein. Wer hätte denn bei ihm sein sollen?«

Briesch zog sich einen Barhocker heran, setzte sich und winkte den Besitzer konspirativ zu sich. »Sie werden es ja auch bemerkt haben: Lenze war offensichtlich total betrunken, da ist es doch möglich, dass sich ihn jemand als ein leichtes Opfer ausgesucht hat.«

Kiffer stutzte. »Opfer? Wieso? Er hatte nie viel Geld bei sich. Manchmal musste er sogar einen Deckel machen. Das war aber kein Problem, wir kennen uns schon fast zwanzig Jahre.«

Briesch notierte sich das Stichwort »Bierdeckel«. Ihm als gebürtigen Schwaben war die Praxis des Anschreibens fremd. »Und er saß wirklich vier Stunden hier allein am Tresen und hat getrunken? Er war wohl ziemlich einsam, was?«

Der Kneipier lächelte sauer. »Was man gemeinhin so einsam nennt, ja. Über einen Mangel an charmanten Bekanntschaften konnte er sich nicht beklagen, aber das war nie was Verbindliches. Das hat er auch nicht gesucht.«

»Sondern?«

Kiffer zuckte die Schultern. »So genau wusste er das wohl selbst nicht, ich würde sagen, eine heftige Lebenskrise. Wie gesagt, wir kannten uns schon lange, und er schüttete mir regelmäßig donnerstags sein Herz aus. Aber leider immer unter Einfluss von Rotwein, sodass ich mir nie sicher war, was ich von dem ganzen Zeug wirklich halten sollte, das er mir erzählt hat.«

»Was hat er gestern Abend erzählt?«

Kiffer nahm wieder ein Glas in die Hand, betrachtete es im Gegenlicht und fing an, es zu polieren. Er holte tief Luft und stellte das Glas wieder hin.

»Seine Arbeit hat ihn schon seit Monaten angekotzt, sorry, aber das waren seine Worte. Er meinte gestern, dass er ernsthaft mit dem Gedanke spiele, alles hinzuschmeißen und stattdessen auf einem Weingut in Südfrankreich zu arbeiten. Er hat mir in allen Einzelheiten beschrieben, wie er sich das Leben als Winzer so vorstellt. Mit nacktem Oberkörper die Rebstöcke abernten, abends an einer langen Tafel sitzen und mit zwanzig Leuten das Leben genießen, Rotwein trinken … Ganz romantisch eigentlich, wenn es nicht so traurig wäre.«

Briesch kratzte sich mit seinem Stift am Kopf. »Er hatte doch hier einen super Job. Was passte ihm denn nicht?«

Kiffer hob die Arme. »Weiß nicht genau. Ich glaube, ihn nervte das ständige Reisen, die Kongresse und Veranstaltungen, wo jeder Wissenschaftler mit Argusaugen beobachtet, was der Kollege macht, diese ganze Rivalität, das alles mochte er nicht mehr. Er wollte mehr vom Leben.«

Briesch blätterte in seinem Notizbuch. »Entschuldigung, aber hatten Sie jetzt schon gesagt, ob Lenze gestern die ganze Zeit über alleine war?«

Kiffer nahm ein neues Glas in die Hand. »Nein, ich hatte es noch nicht gesagt, und ja, er war die ganze Zeit alleine.«

»Und geredet hat er nur mit Ihnen?«

»Soweit ich das mitbekommen habe, ja. Das war aber nichts Besonderes, das war jeden Donnerstag so. Ich war allerdings ab und zu auf dem Klo.«

Briesch nickte verständnisvoll. »Und beim Hinausgehen war er auch allein?«

»Ja, aber das hatte ich Ihnen schon gesagt.«

»Entschuldigung. Ganz sicher?«

»Todsicher.«

Briesch nickte, bedankte sich und stand auf. »Ein schöner Laden, so insgesamt«, sagte Briesch und verabschiedete sich. »Ich denke, ich werde mal vorbeischauen.«

5

Rothenburg war dankbar für die Autofahrt vom Präsidium am Friesenring bis nach St. Mauritz. Noch auf dem Parkplatz wählte er einen Klassiksender im Radio und fand ein melancholisches Klavierkonzert von Chopin, für ihn eine angemessene Vorbereitung auf die unangenehme Aufgabe, Lenzes Vater die Nachricht vom Tod seines Sohnes zu überbringen.

Auf der Ringstraße kroch er mit seinem sechsundzwanzig Jahre alten Golf I weiter und verfluchte seine kaputte Belüftung, für die es nach Auskunft seiner Werkstatt keine Ersatzteile mehr gab. Nächsten Monat musste der Wagen zum TÜV, die Chancen standen gleich null, also musste er wohl zweitausend Euro für einen ordentlichen Gebrauchten aufbringen. Eines seiner Prinzipien war es früher immer gewesen, nie richtig viel Geld für ein Auto auszugeben, so ein stinkendes Gefährt, das die Luft verpestete, die Straßen verstopfte und Menschen umfuhr. Mit den Kindern kam dann die Einsicht, dass ein verlässliches Auto etwas mehr kostete und ein ausreichend großes eben noch mehr. Aber die Prinzipien behielten in der Vergangenheit stets die Oberhand gegen die Einsicht. Damit war nun wohl endgültig Schluss.

Der Verkehr nahm jetzt um die späte Mittagszeit auf der Warendorfer Straße stadtauswärts etwas ab. Er bog in die Mondstraße und dann in den Prozessionsweg ein. Eine doppelte Baumreihe trennte großzügig die Fahrtrichtungsspuren. Rothenburg sah sich durch die Windschutzscheibe die vornehmen Villen mit ihren großzügigen Vorgärten und Carports an. Schick, dachte er. Was das wohl kostet, es drinnen schön warm zu halten? Er fand die richtige Hausnummer und glücklicherweise auch einen Parkplatz direkt vor dem Haus. Rothenburg stellte das Radio aus und schürzte die Lippen. So oft hatte er Angehörigen die traurige Botschaft vom Tod überbracht, und trotzdem war es nie Routine. Und würde es auch nie werden, hoffte er. Rothenburg holte tief Luft und stieg aus.

»Guten Tag, Herr Lenze«, begann er vorsichtig an der Gartenpforte, nachdem er geklingelt hatte. »Hätten Sie ein paar Minuten für die Kripo Münster?«

»Was wollen Sie?«, schnarrte es unfreundlich aus der Gegensprechanlage.

»Ich muss Sie sprechen. Es geht um Ihren Sohn Paul.«

Der Lautsprecher blieb stumm, dafür summte das Tor. Rothenburg ging vorsichtig über die matschigen Gartenplatten und streifte den Dreck unter den Schuhen an einer Treppenstufe ab. Die Haustür öffnete sich.

Heinrich Lenze hatte eine schlabberige braune Cordhose an, ein weiß-blau kariertes Hemd und darüber eine beige Strickjacke. Die Füße steckten in dicken grauen Filzpantoffeln. Die Cordhose hatte er fast bis unter die Achseln hochgezogen. Sein gebräuntes, von Falten zerfurchtes Gesicht glich dem eines Fischers, der Tag für Tag auf hoher See war, die Mundwinkel hingen ihm hinunter bis auf die ausgeprägten Kieferknochen. Wie kann der bloß lachen?, fragte sich Rothenburg.

»Was gibt es?« Die Augen von Heinrich Lenze funkelten misstrauisch.

»Wie gesagt, es geht um Ihren Sohn Paul. Wenn ich einen Augenblick hereinkommen könnte? Es ist etwas ungemütlich hier draußen.«

Rothenburg glaubte leise »Weichei« zu hören, als er an Lenze vorbei ins Wohnzimmer ging.

Er schaute sich kurz um. An den Wänden hingen unzählige vergilbte Schwarz-Weiß-Fotografien, viele in billige Goldrahmen gesteckt, fast ausnahmslos lächelnde Soldaten an verschiedenen Fronten. Er hatte keine tieferen Kenntnisse in Militärgeschichte, doch glaubte er die meisten Fotos den Uniformen nach in die Zeit des Ersten und Zweiten Weltkriegs einordnen zu können. Manche schienen sogar noch älter zu sein, vielleicht vom Deutsch-Französischen Krieg 1870/71. Diese Pickelhauben.

Rothenburg wartete, bis sich Heinrich Lenze auf die Couch gesetzt hatte, und räusperte sich. »Also, ich muss Ihnen leider mitteilen, dass ihr Sohn Paul tot ist.«

Heinrich Lenze zog die Stirn in Falten und schaute ihn verächtlich an. »Wollen Sie mich auf den Arm nehmen? Ich habe gestern noch einen Brief von ihm bekommen.«

»Das ist bestimmt richtig, Herr Lenze. Aber seit heute Nacht ist er leider tot. Wir haben ihn auf seinem Bett gefunden. Allem Anschein nach wurde er getötet. Es tut mir sehr leid.«

Langsam glätteten sich die Falten auf Lenzes Stirn, die Augen starrten an Rothenburg vorbei zum Fenster. Er senkte langsam den Kopf und nickte ein paarmal, ganz leicht nur, fast unmerklich. »Jaa, jetzt bin also nur noch ich übrig«, sagte er mit fester Stimme. Er sah Rothenburg streng in die Augen. »Getötet, sagen Sie? Also ermordet? War es eine Frau?«

»Ähem, nein, eine Frau? Vielleicht ... Wissen wir noch nicht«, sagte Rothenburg irritiert. Das war so ziemlich die letzte Reaktion, die er erwartet hatte, wenn er einem Vater vom Tod des einzigen Sohnes berichtete.

»Würde mich nicht wundern«, fuhr Heinrich Lenze fort, »wo sich doch alles bei ihm um Frauen drehte. Da würde es schön passen, wenn eine Frau ihn auch umbringt. Er hätte schon seit Jahren der absolute Spitzenforscher auf seinem Gebiet sein können. USA, Eliteuniversitäten, Nobelpreis und der ganze Kram ... Alles aufgegeben wegen seiner Frauen. Wenn er jemanden mit einem Rock oder dickem Busen sah, setzte sein Verstand aus.«

»Na ja, er war doch schließlich Institutsleiter der Chemiker an der Uni, oder? Also so etwas wie ein Chefforscher oder ...«

»Hach, hören Sie doch auf mit dem Blödsinn«, schnauzte der Alte mürrisch. »Wenn Sie mich fragen, hat er sich den Posten ervögelt.«

Ein bemerkenswertes Wort, dachte Rothenburg.

»Meinen Sie das ernst? Das kommt tatsächlich noch vor?«, fragte er. »Ich meine, man hörte das ja früher aus der Filmbranche, Hollywood, Besetzungscouch und so weiter, aber in der modernen wissenschaftlichen Forschung? Und dann noch als Mann?«

Heinrich Lenze musterte ihn verächtlich. »Mann, Frau, völlig egal. Wichtig ist immer, wer die Macht hat und was für einen dabei herausspringt. Und heutzutage zählen halt andere Werte als zu meiner Zeit oder der meines Vaters. Wir waren beide Ärzte und haben hart gearbeitet, den ganzen Tag, sieben Tage die Woche, weil es das war, wozu wir berufen waren. Wir waren stolz darauf. Und es war für uns eine Verpflichtung für unsere Heimat. Wissen Sie denn noch, was das ist, Heimat?«

Rothenburg entschied sich, sachlich zu bleiben. »Ich nehme an, Sie meinen Deutschland beziehungsweise das Deutsche Reich.«

»Ich habe immer für Deutschland gearbeitet, nie für mich. Das hat Paul aber nie verstanden.« Lenze stand auf. »Kaffee?«

Rothenburg war überrascht. »Wenn's keine Mühe macht, ja, gerne.«

Er hörte Lenze in der Küche mit Geschirr klappern, stand auf und schaute sich die Bilder an den Wänden genauer an. An der linken Wand neben dem großen Fenster zur Terrasse hingen offensichtlich die Fotos des Zweiten Weltkriegs. Auf den meisten hatten sich Soldaten die Arme um die Schultern gelegt und lachten in die Kamera. Unten rechts stand jeweils in kleiner schwarzer Schrift Ort und Datum, von 1939 bis 1945 war alles vertreten. Rothenburg war sich sicher, dass auch Heinrich Lenze hier irgendwo zu sehen sein musste, aber ob er ihn erkennen würde? Keine feindlichen Soldaten, keine Toten oder Verstümmelten, alles blitzsaubere Fotos für die Nachwelt. Auf den ersten schnellen Blick konnte er Lenze nicht erkennen. Aber wozu sollte das auch gut sein? Er drehte sich um, spähte vorsichtig in die Küche und sah, dass der Alte noch mit dem Kaffeefilter hantierte. Er ging hinüber zur rechten Wand und betrachtete die Fotos aus der Zeit des Kaiserreichs.

Was waren das doch für lächerliche Figuren, dachte Rothenburg und schüttelte verständnislos den Kopf. Irgendwie nichts dran an den Gestalten mit den albernen Schnauzbärten und Pickelhelmen. Ihm fiel auf, dass die Soldaten des Kaisers alles andere als fröhlich gestimmt waren, sie blickten sehr ernst, ja fast schon böse in die Kamera. Die Arme hingen hier nicht über den Schultern der Kameraden, sondern waren eng vor der Brust verschränkt. Schaut nur, wie wir hier für euch den Kopf hinhalten, schienen die Blicke zu sagen.

Rothenburg blies leise Luft aus. Mann, bin ich froh, dass ich jetzt lebe und nicht damals, dachte er.

Ein Foto war anders. Die Männer, die an einem langen Tisch saßen, hatten keine grauen Uniformen an, sondern weiße Kittel, höchstwahrscheinlich Ärzte. Rothenburg trat näher an das Bild heran und sperrte die Augen auf. Ja, bei einem Arzt war tatsächlich eine gewisse Ähnlichkeit vorhanden.

»Interessiert Sie das etwa?« Heinrich Lenze war mit einem kleinen Rollwagen zurück und stemmte die Hände in die Hüfte. »Es sind alles Erinnerungen an eine gute Zeit, aber so etwas wollen die meisten Menschen ja nicht mehr hören.«

»Für sehr viele Menschen war diese Zeit ja auch nicht besonders gut.« Rothenburg merkte langsam, dass das Gespräch in eine falsche Richtung zu gleiten drohte und er auf diese Richtung überhaupt keine Lust hatte. Er ging zum Rollwagen und deckte den Tisch. Rothenburg war erstaunt, wie hässlich ein Kaffeeservice sein konnte. »Ich möchte Ihnen gerne noch ein paar Fragen zu Ihrem Sohn stellen, wenn es Ihnen möglich ist.«

Der Alte schien leicht verärgert, setzte sich aber in seinen riesigen Fernsehsessel. »Fragen Sie, wenn Sie unbedingt müssen.«

Rothenburg nahm einen Schluck Kaffee, der gut schmeckte, und nahm wieder auf dem Sofa Platz. »Können Sie sich vorstellen, wer das getan haben könnte?«

»Nein, keine Ahnung.«

»Überhaupt nicht?«

»Nein, überhaupt nicht!«

»Wann haben Sie Ihren Sohn denn zum letzten Mal gesehen oder gesprochen?«, fragte Rothenburg, so behutsam und freundlich er konnte. Er versuchte sogar, aufmunternd zu lächeln.

»Weihnachten letztes Jahr, am zweiten Weihnachtstag. Da kommt er immer am Nachmittag, bringt Sahnekuchen mit und manchmal eine Frau, und dann langweilen wir uns zusammen.« Heinrich Lenze hatte die Beine übereinandergeschlagen, seine Augen funkelten herausfordernd.

»Und seitdem haben Sie nichts mehr von ihm gehört?«

»Richtig, Herr Kommissar. Bis auf den Brief gestern.«

»Was stand in dem Brief?«

Der Alte sah ihn fest an. »Er hat sich nur dafür entschuldigt, dass er wieder einmal meinen Geburtstag vergessen hat. Sonst nichts. Vier Zeilen.«

Rothenburg seufzte. Er wagte einen Vorstoß. »Sind Sie enttäuscht von Ihrem Sohn?«

Lenze hob die Brauen. »Ja, das kann man wohl sagen, enttäuscht. Maßlos enttäuscht sogar. Ich habe sehr gehofft, dass Paul so wird wie ich oder sein Großvater. Aber es war schon früh klar, dass das wohl nicht so sein würde. Ich habe ihm eine erstklassige Ausbildung ermöglicht: naturwissenschaftliches Gymnasium, Spitzenuniversität, Auslandsaufenthalte in den USA – alles habe ich finanziert, zum großen Teil wenigstens. Und dann hat er einfach alles weggeworfen für seine Frauen.«

Rothenburg legte den Kopf schief und dachte an das Gespräch mit Karola von Schönfeld. »Ich verstehe nicht ganz«, sagte er. »Die Frau Ihres Sohnes sprach davon, dass Paul nur seine Arbeit im Kopf hatte. Er war schließlich Institutsdirektor, das klingt doch ganz ordentlich nach Karriere, oder? Was passte Ihnen denn nicht?«

»Lügen, alles Lügen«, fauchte der Alte. »Er war clever und hat andere für sich schuften lassen. Erst hat er bei Prüfungen geschummelt, erstklassig zwar, aber eben geschummelt. Als er dann seinen Doktor hatte, hat er seine Studentinnen für sich forschen lassen und für eine gewisse Gegenleistung«, er senkte kurz den Kopf, »ihre Ergebnisse für sich genutzt. So ging es dann weiter, als Privatdozent, als Professor und schließlich als Direktor des Instituts. Er hat nur das Allernötigste gemacht, und keiner hat je irgendetwas gesagt, obwohl viele es wussten.«

»Auch seine Frau?«

Heinrich Lenze schnaubte verächtlich. »Na klar, die hat es sofort durchschaut, dumm ist die ja nicht. Für Karola war es nur wichtig, dass ihr Mann ein Professor war und dass sie sich ihr Vergnügen abholen konnte, wenn sie es brauchte. Was er sonst so tat, interessierte sie überhaupt nicht.«

Rothenburg nickte und dachte nach. »Tja«, sagte er, »dann danke ich Ihnen für Ihre Zeit. Der Kaffee war übrigens ausgesprochen gut.« Er stand auf und ging langsam zur Tür. »Ach, eine Frage habe ich noch, nur so aus Neugier.«

»Und?«

»Waren Sie im Krieg?«

»Natürlich war ich im Krieg, was denken Sie denn?«

Dass du vielleicht etwas glücklicher wärst, wenn du diesen Scheiß damals nicht mitgemacht hättest, dachte Rothenburg. Er nickte und sah dem Alten in die Augen.

»Nochmals danke für den guten Kaffee.«

Rothenburg stand vor seinem Golf, holte eine Flasche Mineralwasser aus dem Auto und nahm einen langen Zug. Keine Spur von Trauer beim Tod des einzigen Kindes – konnte eine Enttäuschung oder was auch immer so tief sitzen, dass jegliche Trauer vereist war? Rothenburg dachte an Svenja und Frederik und war entsetzt und erschrocken bei dem Gedanken, dass seine Kinder vor ihm sterben könnten. Er erinnerte sich, irgendwo gelesen zu haben, dass dies das Allerschlimmste sei, was einem Menschen überhaupt passieren könne. Heinrich Lenze sah dies offensichtlich anders.

Rothenburg warf die Flasche ins Auto und fuhr los. Schon nach hundert Metern kurbelte er das Fenster herunter, da die Scheiben beschlugen. Ein Windstoß beförderte frische Luft ins Auto. Rothenburg war froh darüber, die kühle Luft sortierte seine Gedanken. Was war Paul Lenze für ein Mensch gewesen? Was hatte er im Kopf, im Sinn gehabt – Frauen oder Karriere? Oder doch beides? Konnte man einem unverbesserlichen Nazi und verbitterten Menschen wie Heinrich Lenze einfach so glauben? Mehr glauben als seiner eiskalten Schwiegertochter, die aber trotz aller Arroganz noch alle fünf Sinne beieinanderzuhaben schien?

Vermutlich lag die Wahrheit irgendwo zwischen diesen beiden Welten.

6

Privatdozent Dr. Christian Waacke war ein kleiner Mann von etwa vierzig Jahren mit gedrungenem Körperbau, nicht dick, aber kräftig. Ein Mann, der größten Wert auf korrekte Kleidung und korrektes Benehmen legte. Er lächelte zufrieden und glättete stolz sein teures Jackett, als er die E-Mail zu Ende gelesen hatte. Der große Münsteraner Historiker Professor Alexander Gundelach bedankte sich bei ihm für die Hilfe bei der Quellenbeschaffung und -auswertung.

Waacke wusste, dass Gundelach mit seiner schwer kranken Frau eine harte Zeit durchmachte, und dass er des Öfteren Kollegen um Unterstützung bei der Auswertung von Quellen bitten musste, weil ihm die Zeit und auch die Kraft fehlten. Dass er damals bei seiner Anfrage an den aufstrebenden jungen Wissenschaftler Dr. Waacke gedacht hatte, zeigte doch offensichtlich seine Wertschätzung. Vielleicht war Gundelach tatsächlich auch schon so vorausschauend, dass er wusste, dass er sein Werk mit dem Namen einer künftigen Koryphäe schmücken würde.

Noch vor einiger Zeit hätte Waacke es niemals für möglich gehalten, dass sich der Professor bei einer eher einfachen Recherchearbeit ausgerechnet an ihn wandte. Sein Ruf im Historischen Seminar im Fürstenberghaus war nicht der beste. Er galt zwar fachlich als höchst kompetent, versiert, gründlich und exakt, aber auf der menschlich-sozialen Ebene haperte es doch gewaltig. Viele Studenten und auch ein großer Teil der wissenschaftlichen Mitarbeiter bezeichneten ihn als humorlos, ehrgeizig und unkollegial. Seine Hilfskraft, ein Student namens Jo Terhöven, der bei ihm promovierte, ermunterte ihn von Zeit zu Zeit ebenso vorsichtig wie erfolglos, etwas respektvoller mit seinen Mitmenschen umzugehen. Aber an Waacke prallten die gut gemeinten Ratschläge ab wie Tennisbälle an einer Betonmauer.

Waacke war sich seiner schlechten Sympathiewerte durchaus bewusst, aber sie waren ihm gleichgültig, solange seine fachliche Autorität bei den Kollegen nicht angezweifelt, sondern weiter angemessen bewundert wurde. Die Bitte Professor Gundelachs war der beste Beweis dafür, dass seine Einstellung die richtige war. Er hatte sich schließlich nicht jahrelang wie ein einsamer

Ochse in Archiven gequält und mehr mit seinem Kugelschreiber als mit seinen Kindern gesprochen, um dann schließlich nur als sympathischster Historiker und Studentenkumpel Münsters dazustehen. Abgesehen davon, dass er die Gespräche mit den Töchtern sowieso lieber seiner Frau überließ.

Nein, so lief das nicht. Nicht für den Privatdozenten und hoffentlich bald künftigen Professor Dr. Christian Waacke.

Im Anschluss an seine nächste Publikation wollte er endlich in der Ersten Liga der deutschen Historiker mitspielen. Wer auf dem wissenschaftlichen Feld der Neueren Geschichte etwas zu sagen hatte, sollte in Zukunft sein unbestechliches und gerechtes Urteil fürchten müssen. Die Biografie sollte sein Durchbruch werden, sein Meisterstück, nicht nur im formalen Sinne einer Habilitationsschrift, und sollte ihn über die Grenzen Deutschlands hinaus in den einschlägigen Kreisen bekannt machen.

Waacke fuhr den Rechner runter und rief wie jeden Nachmittag seine Frau Thea an. Lustlos erkundigte er sich nach den Kindern, während er auf ein Foto starrte, das neben dem Schreibtisch an der Wand hing.

»Was meinst du wohl, wo sie sind, um diese Uhrzeit und bei diesem Scheißwetter?«, fauchte Thea offensichtlich sehr gereizt. »Sie sind in ihren Zimmern und spielen.«

»Ist doch super. Dann kannst du endlich mal in Ruhe einen Kaffee trinken. Mit Heidi oder …«

»Was redest du da für einen Quatsch?«, schnaubte Thea durch den Hörer. »Ich trinke so viel Kaffee, dass er mir schon wieder aus den Ohren kommt. Was ich brauche, weißt du ganz genau. Auf jeden Fall keinen Kaffee.«

Christian Waacke hielt den Hörer eine Armlänge von Mund und Ohr entfernt. »Puh«, murmelte er. Dann sagte er zu Thea: »Hör mal, ich habe dir schon so oft gesagt, dass ich nicht mehr lange brauche, um die Biografie fertigzustellen. Danach wird sich unser Leben ändern, das verspreche ich dir. Du kannst dann wieder arbeiten gehen, wenn du möchtest. Halbtags, den ganzen Tag, wie du willst. Wir werden genug Geld haben, um Kindermädchen zu bezahlen.«

Er wartete gespannt auf die Antwort, doch sie fiel anders aus, als er gedacht hatte.

»Kindermädchen? Ich hatte mir das vor ein paar Jahren noch ganz anders vorgestellt«, sagte Thea leise, »aber ich glaube langsam nicht mehr, dass du das jemals verstehen wirst.«

Dann legte sie auf.

Christian Waacke seufzte genervt und erhob sich schwerfällig. Er kannte die Diskussion und verabscheute sie wie hingeschluderte Seminararbeiten seiner Studenten. Thea wollte schon lange wieder als Biologin arbeiten, fand aber keine Halbtagsstelle in der Umgebung. Und ihre vier kleinen Mädchen von acht Uhr bis vierzehn Uhr in einen Kindergarten zu stecken und sie dann noch bis siebzehn Uhr von einem Kindermädchen betreuen zu lassen, das war ihr doch entschieden zu viel. Thea hatte nachgegeben und ihrem Mann so die Möglichkeit eröffnet, die Universitätslaufbahn einzuschlagen, wovon er immer geträumt hatte.

Fast zärtlich streichelte Christian Waacke den goldenen Bilderrahmen an der Wand. Das alte Schwarz-Weiß-Foto zeigte einen Greis in kurzen Hosen und mit nacktem Oberkörper, der an einem Sandstrand stolz einen gefangenen Fisch in die Kamera hielt. Im Hintergrund waren Palmen zu sehen, ein paar einfache Ruderboote lagen auf dem Wasser.

»Danke«, sagte Christian Waacke leise. »Mit deiner Hilfe werde ich es schaffen.«

Er stand so dicht vor dem Erfolg, wenn alles gut ging. Und daran hatte er nicht den geringsten Zweifel.

7

Rothenburgs Team erwartete ihn bereits im Besprechungsraum »Rot« des Präsidiums. Alle Ermittler waren anwesend, dazu ein Techniker namens Sven Behle. Am Kopfende der u-förmig angeordneten Tische thronte der neue Staatsanwalt Christian Rabbel auf seinem privat erworbenen Gesundheitsstuhl. Rothenburg hatte den Staatsanwalt auf Anhieb gemocht. Rabbel hatte Humor, war direkt, ehrlich, kollegial und hatte ihnen noch nie Steine in den Weg gelegt.

»Ich fange mal ganz klassisch an – wie im Film.« Rabbel grinste, schaute erwartungsvoll in die Runde und genoss seinen Auftritt. Er wackelte etwas auf seinem Gesundheitsstuhl und prüfte die Einstellungen. »Was haben wir bis jetzt?«

»Leider nicht sehr viel, was wir präsentieren könnten«, sagte Rothenburg und berichtete kurz über seine Gespräche mit Karola von Schönfeld und Heinrich Lenze. Zum Schluss fasste er die Fakten zusammen. »Wir haben keinen dringend Tatverdächtigen, noch nicht einmal einen normal Tatverdächtigen. Wir haben keine Zeugen, ein potenzielles Tatwerkzeug ist nicht aufzutreiben, und ein Motiv ist auch nicht in Sicht. Super, was?«

Rabbel kratzte sich am Hals. »Was hat es denn mit den ausgestochenen Augen auf sich? Das ist schon außergewöhnlich. Da steckt doch etwas dahinter.«

»Sicher«, sagte Franta, »die Frage ist nur: was? Auf was kommt es hier wirklich an? Auf die Augen, auf die Spritze? Auf beides?«

»Vielleicht war es einfach ein Ablenkungsmanöver«, warf Briesch ein.

»Oder ein Irrer«, sagte Rabbel.

»Ein Sadist vielleicht?«, schlug Gromzki vor.

»Also das Ablenkungsmanöver eines irren Sadisten«, seufzte Rothenburg. Er blickte in die Runde und verzog einen Mundwinkel. »Wo können wir ansetzen? Vorschläge?«

Sven Behle meldete sich. »In der Wohnung gibt es kaum verwertbare Spuren. Die Wohnungstür wurde mit seinem Schlüssel aufgemacht, also keine Einbruchspuren. Auch keine Kampfspuren im Schlafzimmer, nur die Sauerei mit dem Blut. Wir haben an verschiedenen Stellen Proben genommen und prüfen, ob sie ausschließlich vom Opfer stammen. Der Täter muss Lenze in seinem Bett überwältigt, betäubt, ermordet und verstümmelt haben.« Er machte eine Pause und holte tief Luft. »Wir haben allerdings am Jackett des Mannes Faserspuren anderer Kleidung gefunden, vermutlich ein schwarzes Wollgemisch. Das wird noch analysiert und wird einige Tage dauern.«

Rothenburg machte den Mund auf und wollte protestieren, aber Behle kam ihm zuvor. »Bedankt euch beim Land, zwei Stellen sind uns gerade gestrichen worden, und Moors und Flemming sind mit den Raubmorden im Ostviertel ohnehin schon überlastet. Also keine Chance.« Er schaute auf seine Notizen und fuhr fort: »Dr. Machalle hat in den Augenhöhlen des Toten winzige Metallspäne gefunden, was darauf schließen lässt, dass das Tatwerkzeug eine spitze Metallfeile oder etwas Ähnliches sein dürfte. Auch die Späne werden zurzeit genauer untersucht.«

Behle schaute in die Runde und lehnte sich zurück. »Das war's fürs Erste. Leider.«

Rothenburg räusperte sich. »Was machen die Chemiker?«

Franta und Gromzki berichteten kurz über das Gespräch mit Professor Schmallenberg. Franta stand auf, ging ans Fenster und öffnete es. »Er ist, gelinde gesagt, ein borniertes Arschloch, aber sein Alibi zu widerlegen wird schwierig werden. Nachts um vier Uhr sind die meisten Leute im Bett und schlafen. Und schlafende Ehegattinnen bekommen auch nicht immer mit, wenn der Mann das Haus verlässt.«

»Aber als Chemiker hätte er Lenze doch betäuben und ihm die Spritze setzen können, oder?«, fragte Rabbel.

»Ja, das hätte er gekonnt«, sagte Gromzki. »Schließlich ist das nur ein einfacher Stich in den Bauch. Aber macht ihn das schon verdächtig?«

»Und er wird vermutlich neuer Chef. Warten wir's also ab«, brummte Rothenburg. »Warten wir es ab, er läuft uns nicht weg. Hatten wir wenigstens in der Kneipe, bei den Hausnachbarn oder beim Schachpartner Erfolg? Briesch?«

Andreas Briesch senkte den Kopf und lugte über seinen schwarzen Brillenrand. »Nun ja, es könnte sein. Zuerst die Kneipe: Lenze schien schon lange ziemlich deprimiert über sein derzeitiges Leben und hat seinen Frust regelmäßig in Rotwein ertränkt. Besonders seine Arbeit hat ihn wohl richtig angewidert, sagt der Wirt vom KU13. Die einzigen Lichtblicke waren offensichtlich diverse Damenbekanntschaften. Dann der Schachspieler: Lenzes Frau hat mir noch seinen Namen gegeben, den ich aber gar nicht laut ausspreche, weil der Mann als Zeuge und Verdächtiger komplett ausscheidet. Der Mann ist vor sechs Monaten mit schwersten psychischen Störungen in eine Klinik eingewiesen worden und steht seitdem völlig unter Drogen. Eine freundliche Kollegin aus München hat sich heute Mittag extra für uns persönlich davon überzeugt, dass der Mann auch da ist, wo er sein sollte, und auch heute Nacht da gewesen ist.«

»Das wäre auch zu einfach gewesen«, murmelte Rothenburg.

Briesch fuhr fort: »Aber jetzt: In der Nacht hat eine Nachbarin im Erdgeschoss gehört, wie im Abstand von etwa einer halben Stunde direkt vor dem Haus zwei Autotüren zugeknallt wurden und dann die Wagen wegfuhren. Die Frau ist Studentin und kurz vor der Abgabe einer Seminararbeit, darum war sie noch wach. Sie kann allerdings keine genaue Uhrzeit angeben, meint aber, dass es auf jeden Fall nach zwei war, weil sie ab eins immer diesen Dämian im Radio hört.«

Rabbel grinste. »Domian«, korrigierte er.

»Wer ist das?«, fragte Gromzki.

»Ein Nachttalker bei EinsLive«, antwortete Rabbel, »bei dem sich die Leute entweder aufplustern oder ausheulen.«

»Genau, und diese Sendung ist um zwei zu Ende. Sie muss gestern Nacht sehr spannend gewesen sein, lauter Durchgeknallte, die sich umbringen wollten. Irgendwann danach hörte die Frau dann die Autos. Leider nützt uns das alles gar nichts, weil wir technisch noch nicht in der Lage sind, anhand des Geräuschs einer zufallenden Autotür eine Fahndung rauszugeben.«

»Aber sie hat zwei Wagen gehört?«, fragte Franta interessiert.

»Gut und schön, Briesch hat recht«, sagte Rabbel, als hätte er Frantas Einwurf überhört. »Es bringt uns nicht weiter. Wie können wir da ansetzen? Ein Aufruf in der Presse? Wer hat gegen drei oder vier Uhr ein Auto im Kreuzviertel gesehen?«

»Mehr Nachbarn«, sagte Rothenburg energisch. »Wir müssen die ganze Finkenstraße rauf und runter befragen, ganz normale Ermittlungsarbeit, Klinken putzen. Wir müssen darauf hoffen, dass noch mehr Leute wach waren und vielleicht sogar etwas gesehen haben. Hier gibt es doch so viele Studenten. Und …«, er schenkte sich Kaffee ein, »… an der Kreuzkirche stehen doch immer Taxen, oder? Vielleicht hat da jemand was gesehen. Fragen?«

»Bringen die sich wirklich um, die da anrufen?« Gromzki fiel es offensichtlich schwer, diese Frage zu stellen. Alle Köpfe schossen in seine Richtung. Alle lachten, nur Rothenburg blickte ihn ernst an.

»Nein, meist sind es Wichtigtuer, die gewettet haben, dass ihr Blödsinn im Radio läuft. Bei den wirklich ernsten Fällen helfen die Redakteure mit Kontakten für eine psychologische Beratung. Wenn es richtig heftig wird, rufen die auch die Polizei an, schätze ich. Warum fragst du?«

Gromzki kaute verlegen auf seinem Bleistift herum und starrte auf seinen Notizblock. »Nur so.«

Rothenburg hielt seinen ernsten Blick noch eine Weile auf seinen Kollegen gerichtet, dann stellte er seine Tasse ab und sah Staatsanwalt Rabbel an. »Okay. Ich würde vorschlagen, dass wir das mit den ausgestochenen Augen auf der Pressekonferenz zunächst weglassen.«

»Einverstanden. Wir bringen die Spritze und sonst gar nichts. Sind Sie dabei?«

»Wenn ich nicht unbedingt muss, lieber nicht.« Rothenburg stand auf und streckte sich. »Die Aufgaben sind klar? Gut, wir treffen uns morgen um elf Uhr hier, schließlich ist Samstag.«

Ein paar Minuten später saß Rothenburg in seinem Büro und war froh, endlich allein zu sein. Er war todmüde. Er streckte die Beine aus, dass es schmerzte, und rieb sich die Augen. Langsam stand er auf, ging zum Fenster und öffnete es. Es regnete, der Wind war stärker geworden, die Temperatur ein paar Grad wärmer.

Die Ermittler der Mordkommission waren da draußen unterwegs, die Meute der Reporter war angefüttert. Die Jagd auf den Unbekannten war eröffnet.

Was war in der Wohnung des Professors passiert? Was hatte Lenze getan, dass ihm so eine Scheußlichkeit widerfahren musste? Fehlende Einbruchsspuren bedeuteten meist, dass sich Täter und Opfer kannten. Verwandte, Frau, Freunde, Bekannte, Kollegen –

sie mussten gefunden und befragt werden. Wo gab es unterschwellig Streit, nicht gelöste Spannungen, offene Konflikte?

Rothenburg überlegte kurz und griff zum Hörer. Sein Herz pochte. Er räusperte sich laut.

»Irene, bist du schon unterwegs?«

»Sicher. Was gibt's?«

»Darf ich dir eine Frage von Kommissar zu Frau stellen?«

»Von Kommissar zu Frau? Klingt interessant, schieß los.«

»Angenommen, du bist eine Studentin oder Doktorandin. Nicht besonders klug oder fleißig …«

»Danke für deine positive Einschätzung.«

»… aber ungeheuer ehrgeizig …«

»Schon besser.«

»Geld hast du keines …«

»Stimmt.«

»Wie weit würdest du gehen, um deine Ziele zu erreichen, also um einen Abschluss oder den Doktortitel zu schaffen?«

Nikolaus Rothenburg hörte, dass Franta die Luft anhielt. »Du sollst dir das nur vorstellen. Ich rede nicht von dir.«

»Ich weiß. Bin ich schön?«

»Wer? Du?«

»Nein, die Studentin.«

»Äh, nun ja, ich weiß nicht … vielleicht. Ja, wir nehmen es mal an.«

»Also gut. Ich bin einigermaßen hübsch, ungeheuer ehrgeizig und ebenso untalentiert, dazu noch stinkfaul, blond können wir meinetwegen noch obendrauf legen. Wenn du es genau wissen willst, würde ich meinen Professor wund vögeln, damit ich mein verdammtes Papier bekomme. Vorausgesetzt, er sieht nicht aus wie Wilhelm Kollau und ist männlicher als Leonardo DiCaprio.«

Nikolaus Rothenburg hielt den Hörer ein Stück vom Ohr weg und starrte ihn an. Und dann meint man, man kennt seine Mitmenschen, dachte er.

»Aha … Gut, danke. Und, glaubst du, dass viele Frauen das so machen würden, die in ähnlichen Situationen sind?«

»Keine Frage. Männer aber auch. Die haben leider nur das große Problem, dass es zu wenige Professorinnen gibt.«

»Okay, danke. Ich fasse mal zusammen: Du hältst es also für

durchaus möglich und denkbar, dass Studentinnen sich ihr Examen oder ihren Titel erschlafen?«

»So etwas kommt vor, habe ich gehört. Aber glaubst du allen Ernstes, eine verliebte Studentin sticht ihrem Doktorvater die Augen aus?«

»Warum nicht?« Rothenburg stützte seinen Kopf auf eine Hand und kickte mit dem Fuß einen dicken Brötchenkrümel zwischen zwei Tischbeinen hindurch. Guter Schuss, dachte er. »Ich denke gerade über diese Frage nach.«

Heinrich Lenze, Professor Schmallenberg und Karola von Schönfeld hatten sich sehr unterschiedlich dazu geäußert, was für eine Rolle Frauen im Leben des Opfers gespielt hatten. Die ganze Palette war vertreten. Vom hirnlosen Frauenheld bis zum steifen Karrieretyp. Es war doch denkbar, dass sich eine Frau verkauft hatte, um an ein Examen zu kommen, und dann hatte Lenze es doch aus irgendeinem Grunde verweigert. Oder die Frau hatte sich unglücklich verliebt. Oder Paul Lenze. Man kennt das ja, überlegte Rothenburg, erst geht's nur ums Geschäft, dann kommen die Gefühle ins Spiel, die aber für eine Seite völlig indiskutabel sind. Ein Mord war dann schon eine sehr extreme Lösung, aber was musste nicht auch alles beachtet werden – kleine Kinder, ein unbezahltes Haus, unsägliche Nachbarn, stocksteife Eltern und nicht zuletzt natürlich die eigene Karriere. Das so sorgfältig geplante Leben konnte sich durch einen kurzen Moment der Unbedachtheit – oder der Willensschwäche – in ein tödliches Fiasko verwandeln. Wer dann nicht rechtzeitig aus dem Strudel schwamm oder einen Rettungsring zugeworfen bekam, war verloren. Ein Zurück gab es nicht.

Wer hatte Paul Lenze in einen Strudel geworfen?

»Und?« Franta riss ihn barsch aus seinen Gedanken. »Sonst noch was, Herr Kommissar?«

»Habt ihr wenigstens Spaß da draußen?«

»Ich kann nicht klagen. Ich stehe hier im Regen auf der Straße und klingel mich durch die Finkenstraße, ich habe Hunger und kalte Füße, mein Kühlschrank ist leer, und ich muss aufs Klo. Ein fulminanter Nachmittag.«

»Jaja«, sagte Rothenburg, »die Polizei ist ein Knecht der modernen Gesellschaft.«

Nachdem er den Hörer aufgelegt hatte, spazierte er eine Runde um die Tische, die Arme auf dem Rücken verschränkt. Wie ein lahmer Opa, dachte er, und es sieht total bescheuert aus. Aber es tut ganz gut.

Gedanken schwirrten durch seinen Kopf wie emsige Bienen. Sie summten laut und forderten ihr Recht auf Anerkennung. Sie brauchten eine ungefähre Richtung, einen Weg nach draußen, der aber noch versperrt war. Die Ermittler hatten noch nichts außer ein paar schrägen Gedanken. Möglich war zurzeit alles – außer Selbstmord und Verkehrsunfall. Woher zum Teufel sollten neue Hinweise kommen? Was würde die Befragung der Nachbarn ergeben? Bei viel Glück hatte eine Nachteule vielleicht die Automarke erkannt.

Auf ein identifizierbares Kennzeichen hoffte Rothenburg erst gar nicht. Ganz schlechte Karten, seufzte der Kommissar.

Er schaute auf die Uhr. Halb sechs, noch über zwei Stunden bis zum Treffen mit Lisa. Er blickte auf die kleine weiße Magnettafel, die vollgeklebt und -gekritzelt war mit schwarzen Namen und bunten Linien. Sie brauchten wirklich eine größere Tafel. Schon bei einem Opfer und drei Namen war das Ding voll. Er nahm sich vor, gleich am Montag einen Antrag zu stellen.

Rothenberg fuhr zum Supermarkt, kaufte Milch, Brot, Butter, Schinken, Eier, Wein, geröstete Pinienkerne und Tacos. In der Drogerieabteilung besorgte er sich Putzmittel. Als er an den Kondomen vorbeikam, überlegte er wie jedes Mal, ob er in nächster Zeit welche brauchen würde. Er nahm eine Packung aus dem Regal, die mit einem fruchtigen und bunten Inhalt warb, und starrte sie an. Dann legte er sie zurück, bezahlte und fuhr nach Hause.

Eine leere Wohnung und feuchte Kälte empfingen ihn. Rothenburg stellte die Tüten im Flur ab und drehte die Heizkörper auf. Es kam schon mal vor, dass er es morgens vergaß, auch wenn kein Alarmruf ihn ins Präsidium beorderte. Frederik und Svenja machte Kälte nichts aus. Frederik wärmte sich an seinem Kakao und an seinen Träumen, in denen seine Mutter ihn umarmte und mit nach Schweden nahm. Und Svenja stand einfach eine Viertelstunde unter der heißen Dusche.

Die Kinder waren noch bei Freunden. Wieder ein Tag, an dem

er sie kaum sehen würde. Ich bin ein schlechter Vater, dachte er, als er die schmutzige Kakaotasse in der Spüle sah. Ein paar Minuten gemeinsames Frühstück, dafür habe ich keine Kinder gewollt.

Den Anflug von Resignation überwand er mit Aktionismus. Er räumte die Wohnung auf, bezog die Betten neu, spülte das Geschirr, saugte die Böden und putzte Bad und Küche. Überall verteilte er saubere Handtücher. Dann duschte er lange und heiß, so heiß, dass er sich fast verbrannte.

Was für ein Hemd soll ich anziehen?, überlegte er, als er vor seiner kleinen Wäschekommode stand. Schließlich entschied er sich für ein schlichtes weißes. Er setzte einen starken Kaffee auf, weil er hellwach sein wollte, wenn er Lisa gegenübersaß.

Im Radio säuselte Annett Louisan: »Dass du alles schmeißt, wegen einer Nacht, und alles verlierst, war so nicht gedacht.«

Lieber Himmel, fluchte Rothenburg und schaltete das Radio aus. Er war nervös, das musste er zugeben, oder zumindest aufgeregt. Aber nicht wie vor dem ersten Date, sondern wie vor einer Prüfung, auf die man sich nicht vorbereitet hat. Er hatte Angst zu versagen. Was war sein Leben ohne Lisa denn wert?

Der Kaffee wirkte nicht. Er aß einen Riegel Schokolade und klatschte sich eiskaltes Wasser ins Gesicht.

Ich komme gleich wieder und werde ein besserer Vater. Versprochen. Ich liebe euch, Papa.

Sie werden es doch nicht glauben, dachte er betrübt, als er den Zettel auf dem Esstisch drapierte.

8

Polizeireporter Frank Lütjens war mit seinen dreiundvierzig Jahren im besten Mannesalter, aber in seinem Geschäft bereits ein alter Hase und ließ sich deshalb nicht gern mit Luftblasen abspeisen. Deshalb betrachtete er Pressekonferenzen auch als pure Zeitverschwendung. Nur wenn er absolut nichts Besseres zu tun hatte, ging er hin und quälte die Beamten mit unbequemen Fragen. Meistens allerdings zog er es vor, an seinem Schreibtisch bei der Münsteraner Neuen Presse das Fax der Polizeipressestelle zu lesen und sich seine eigenen Gedanken zu machen, wenn ihm die Geschichte interessant genug erschien. Dann recherchierte er, rief seine Kontakte an und fuhr selbst zum Tatort. Er wühlte in Archiven, ging auf Hochzeiten und Beerdigungen, in Bibliotheken, Gerichte und Universitäten. Er spionierte Finanzbeamten hinterher und wusste, wo die lokale Politikprominenz abends zu speisen pflegte. Wenn die Story dennoch stockte, musste Rothenburg mit ran.

Es gab sonst keine Kollegen in Münster, die in der komfortablen Situation waren, einen leitenden Kripobeamten zum Freund zu haben. Rothenburg und Lütjens verstanden es klug, ihre beruflichen Positionen zum gegenseitigen Gewinn zu nutzen. Das ging ohne dienstliche Komplikationen, weil beide in der Weitergabe von Informationen sehr vorsichtig waren, sich seit vielen Jahren kannten und sehr gute Freunde waren.

Sie hatten sich beim Handball kennengelernt, aber bereits nach ein paar Monaten sah es so aus, als ob ihre Freundschaft am Ende wäre, noch bevor sie richtig angefangen hatte: Lütjens Frau und seine beiden kleinen Kinder waren bei einem Flugzeugabsturz vor Griechenland ums Leben gekommen. Er selbst saß nicht im Flieger, sondern noch in der Redaktion des Westfalenkuriers an einer Geschichte über Friedhofsschänder. Nach dem Unglück war er in einer Trauer versunken, die nicht enden wollte. Er war jeden Morgen aufgestanden, nur um neue Bierflaschen vom Kiosk zu holen. Die erste war leer gewesen, noch bevor er wieder in seiner Wohnung war.

Es war schließlich Svenja Rothenburg, die ihn gefunden hatte, zarte drei Jahre alt damals und in Begleitung ihrer Mutter Lisa.

Lütjens lag hinter einem dichten Gestrüpp auf einem Spielplatz dicht an der Promenade, eingenässt und vollgekotzt. Obwohl es tiefster Winter war, trug er weder Strümpfe noch Schuhe. Die Kälte hatte verhindert, dass der üble Gestank sich über das Gestrüpp hinaus ausgebreitet hatte, dafür waren zwei Zehen fast erfroren. Aus seiner Nase hingen lange gelblich-glibberige Eiszapfen, die Haare waren steif gefroren. So etwas hatte auch der erfahrene Notarzt noch nicht gesehen.

Die gründliche Säuberung seines Körpers kostete einen tapferen Krankenpfleger den Mageninhalt, er selbst bekam das Waschen gar nicht mit. Als er endlich aus seinem Delirium erwachte, faselte er zwei Tage lang unverständliches Zeug, danach schaffte er es, den behandelnden Arzt von einer Krankenschwester zu unterscheiden. Nach vier Tagen blieb die dünne Krankenhaussuppe zum ersten Mal dort, wo sie hingehörte. Nach einer Woche konnte er alleine zum Klo humpeln und ohne neue Beulen wieder zurückkommen.

Nach Entzug und Reha zog Lütjens in eine kleine Wohnung am Hafen, wo ihn nichts mehr an die Vergangenheit erinnerte. Er fing an zu schreiben, erst kurze Gedichte, manchmal nur zwei Zeilen, manchmal zwei Seiten. Er schrieb über alles, nur nicht über Liebe und Tod. Dann ging er raus und beobachtete die Leute, wie sie sich auf der Straße bewegten, wie sie sich stritten und umarmten, wie sie lachten und weinten. Er dachte sich kleine Geschichten zu diesen Menschen aus und schrieb sie auf, erst nur für sich. Später verkaufte er sie an die Zeitung für die Wochenendbeilage.

Die Selbsthilfegruppe, die ihm die Ärzte verordnet hatten, ödete ihn furchtbar an, aber es musste wohl sein. Er traf sich mehrmals in der Woche mit Rothenburg, manchmal kam auch Lisa dazu. Sie gingen essen, ins Kino und Theater, zum Fußball und Handball. Sie besuchten Lesungen und Ausstellungen und lungerten in Lütjens Wohnung vorm Fernseher herum.

Bald kam das Angebot der Münsteraner Neuen Presse, dem Konkurrenzblatt seiner alten Zeitung. Der Chefredakteur wollte die Chance nutzen, einen Mann ganz nah an der Polizei zu platzieren.

Lütjens arbeitete wie ein Besessener, sieben Tage die Woche

mit fünf Stunden Schlaf in der Nacht, wenn überhaupt. Er tippte sich die Finger wund, der Schmerz war herrlich und spornte ihn noch mehr an. Polizeimeldungen reichten ihm schon bald nicht mehr, er schrieb Reportagen und große Storys für die dritte Seite. Als er seinen ersten Journalistenpreis mit nach Hause nahm, holte er alte Fotos aus der Umzugskiste und stellte sie auf das leere schwarze Regal neben dem Fenster.

Dann weinte er hemmungslos.

Am Nachmittag rief Lütjens Rothenburg an, um ihm mitzuteilen, dass er wieder einmal nicht zur Pressekonferenz kommen würde, wenn es nicht wesentlich mehr Informationen gäbe als die auf dem Fax.

Rothenburg überlegte kurz und entschied dann, Lütjens auf Montag zu vertrösten. Sie konnten es nicht riskieren, dass die Münsteraner Neue Presse als einziges Blatt die hochbrisanten Tatumstände meldete.

Lütjens verstand und bedankte sich für die gewonnene Zeit. So konnte er vor dem Spiel von Preußen Münster gegen Rot-Weiß Essen noch kurz die Beine hochlegen.

9

Der Wind war noch stärker geworden, als Rothenburg auf die Straße trat. Die Tiefs »Quirin« und »Robert« schienen auf Kosten der Münsteraner einen erbitterten Kampf um die Vorherrschaft auszufechten. Die Haustür fiel hinter ihm zu. Auf dem Hansaring schaute er den Autos nach, die wie jeden Abend die Straßen verstopften. Dann schlug er seinen Mantelkragen hoch und stapfte los. Zum Glück war es von der Emdener Straße bis zum Hafenviertel nur ein Katzensprung.

Er betrat das hippe Restaurant »Große Freiheit 26«, klopfte den Mantel ab und schaute sich um. Lisa saß in der hintersten Ecke an einem kleinen Tisch am Fenster und nippte an einem Glas Wasser. Er war überrascht, als sie winkte und aufstand. Sie trug eine ausgewaschene Jeans und ein langärmeliges schwarzes Shirt, das im Brustbereich mit verschiedenfarbigen Rosen bestickt war. Todschick, dachte Rothenburg. Und kostet bestimmt ein halbes Monatsgehalt. Ihre langen Haare trug sie nicht wie gewohnt als Pferdeschwanz, sondern hatte sie hinten hochgesteckt.

»Gut siehst du aus«, begann er vorsichtig.

»Du nicht«, antwortete Lisa, lachte jedoch dabei. »Aber ich kenne dich kaum anders. Ich kann mich nicht erinnern, dass deine Augen nach achtzehn Uhr irgendwann mal frisch ausgesehen hätten.«

Sie kam auf ihn zu, drückte ihn vorsichtig, küsste ihn aber nicht. Rothenburg roch schwach ein aufregend duftendes Parfüm, den Namen kannte er natürlich nicht. Danach frage ich lieber nicht, dachte er. Er setzte sich und nahm mutig einen neuen Anlauf zur Gesprächseröffnung.

»Hast du eine neue Frisur?«

Lisa lächelte gequält und verdrehte die Augen. »Nein, eigentlich nicht. Die nächste Frage lautet bestimmt: Wie geht es dir?«

»Was wäre so schlimm, wenn ich das fragen würde?« Rothenburg fühlte, dass schon der Beginn ihres Treffens in einem Drama enden könnte. »Ich möchte es wirklich wissen.«

Sie setzte ihr Wasserglas ab und sah ihn ernst an. »Okay, du hast recht, entschuldige. Es geht mir gut, sehr gut. Ich fühle mich wohl in Schweden und möchte vorerst dort bleiben – am liebsten mit den Kindern. Ich kenne natürlich auch Svenjas und Frederiks Meinung. Mal sehen, was geht.«

»Warum ausgerechnet jetzt?«, fragte Rothenburg. »Ich meine, du bist seit drei Jahren dort und hast ein abwechslungsreiches und freies Leben geführt. Warum willst du das jetzt auf einmal aufgeben?«

»Du wirst es nicht glauben, aber ich war und bin auch eine Mutter, wenn auch in deinen Augen vielleicht eine schlechte oder eine egoistische. Die Kinder fehlen mir. Ich weiß nicht, was du unter abwechslungsreich und frei verstehst, aber mein Leben, so wie ich es jetzt führe, würde ich auch dann nicht aufgeben müssen, sollten Svenja und Frederik zu mir kommen. Die Strukturen in Schweden sind anders. Ich arbeite nicht Vollzeit, verdiene aber einen Haufen Geld und zahle kaum Miete. Die Betreuung der Kinder ist exzellent und mit der in Deutschland nicht zu vergleichen.«

»Möglich«, brummte Rothenburg, »aber noch kein Grund, sie aus ihrem sozialen Umfeld zu reißen. Deutschland ist doch nicht China.«

»Was ist mit China?«

»Na, ich habe neulich in einer Zeitung gelesen, dass dort Dreijährige an Sprossenwänden hängen müssen, bis sie runterfallen, sozusagen als erste Turnübung für die Olympischen Spiele. Oder auf einem Drahtseil balancieren müssen. Wenn sie runterfallen, warten Raubtiere auf sie.«

»Du spinnst.«

»Nein, aber egal.«

Die Bedienung kam. Rothenburg war froh, dass er kein China-Restaurant gewählt hatte, sondern einfach ein Restaurant mit leckerem Essen. Er wählte den »Westfälischen Rosenkranz«, Bratwurstkringel mit Bratkartoffeln, dazu ein großes Bier, Lisa nahm die Garnelenpfanne und einen trockenen Weißwein.

Als sie wieder allein waren, plauderten sie eine gute Stunde über die Eurokrise und den Unterschied zwischen dem deutschen und dem schwedischen Bildungssystem. Dann wagte Rothenburg einen riskanten Vorstoß.

»Hast du eigentlich momentan einen Freund?«

Lisa lehnte sich zurück und verschränkte die Arme. Sie kniff die Augen so fest zusammen, dass Rothenburg gleich wieder an China denken musste. Hätte ich doch einfach besser die Schnauze gehalten, durchfuhr es ihn.

»Nein, seit Monaten nicht mehr. Bei dir brauche ich nicht zu fragen, du bist immer noch mit der Polizei zusammen, stimmt's? Und die lässt keine Rivalinnen zu.«

»Was war der Grund, dass du gegangen bist?«, fragte Rothenburg gereizt, ohne auf die Frage zu antworten. »Mein Leben oder dein Liebhaber?«

»Das hing zusammen, das weißt du. Wenn es anders zwischen uns gelaufen wäre, wäre mir Markus nicht passiert. Ich hätte ihn einfach nicht gesehen, verstehst du? Er war da und du nicht, so einfach ist das manchmal.«

Die Bedienung brachte das Essen und die Getränke. Rothenburg nahm einen großen Schluck. Nur nichts versauen jetzt, dachte er.

»Aber er war ja auch ziemlich schnell wieder weg, muss man sagen.«

»Ni-ko-laus«, sagte Lisa energisch, »das meinte ich eben mit ›das hing zusammen‹. Du hast es immer noch nicht kapiert, mein Gott. Markus war egal, er hätte auch Stefan oder Pierre oder Kasimir heißen können. Er war einfach zur richtigen Zeit am richtigen Ort. Was danach kam, ist unwichtig für uns.«

Rothenburg kaute auf einem gut durchgebratenen Stück Speck und überlegte. Für uns, das klang doch gar nicht so übel. Vielleicht brauchte man ja einige Zeit, um eine Sache so oder so zu sehen. In dieser Form hatte Lisa den Grund für ihre Trennung jedenfalls noch nicht geschildert.

»Gut. Und wie machen wir jetzt weiter mit Svenja und Frederik?«

»Wann kann ich mit ihnen reden?«

»Wann du willst, es sind auch deine Kinder. Du hast meine Nummer, ruf sie an.« Er machte eine kleine Pause, bevor er fortfuhr. »Ich möchte nicht da sein, wenn du anrufst. Sonst fühlen sie sich womöglich beeinflusst.«

»Sehr anständig, Herr Kommissar. Deine Toleranz und Großzügigkeit hast du schon immer wunderbar herausgestellt. Damit kommt man bei Kindern todsicher an. Aber verwechsele es nicht mit Gleichgültigkeit. Auf die Dauer kannst du die Kinder nicht täuschen.«

»Täuschen? Wieso täuschen? Wen täusche oder wen habe ich getäuscht?«

»Auf jeden Fall dich selbst. Du glaubst, es ist lässig oder cool, wenn du Dinge einfach den Kindern überlässt. ›Zieh doch an, was du willst‹ oder ›Klar kannst du heute länger aufbleiben, kein Problem‹. Machen sich gut, diese Sprüche, und du glaubst, es ist wirklich dein tolerantes Wesen, das es dir erlaubt, so zu handeln. In Wirklichkeit ist es deine Gleichgültigkeit oder deine Bequemlichkeit. Du hast einfach keine Lust, dich um die Klamotten von Svenja zu kümmern, du traust dir nicht zu, ›Nein, das gibt es nicht‹ oder wenigstens ›Frederik, heute gibt es keine Sportschau‹ zu sagen. Du hast keine Lust oder keine Zeit, dich mit den Kindern hinzusetzen und über ihre Angelegenheiten zu reden. Und weißt du, warum? Du bist einfach nicht da! Physisch. Du, als Vater! Du bist nicht am Platz, nicht zu Hause, nicht in ihren Zimmern, wo du dich von Zeit zu Zeit mal blicken lassen solltest. Du interessierst dich für Mörder und Totschläger, aber nicht für unsere Kinder. Du redest dir ein, dass du für sie da bist. Das bist du nicht! Du versorgst sie, sorgst dafür, dass der Laden hier irgendwie läuft, aber er läuft nur, weil wir zwei Kinder haben, die es gelernt haben, weitgehend ohne Vater und Mutter zu leben. Mit wem reden sie, wenn sie mal Probleme haben? Mit ihren Freunden, vielleicht auch mit einigen Lehrern. Aber bestimmt nicht mit dir, schätze ich.« Lisa nahm einen großen Schluck Wasser. »So. Das musste mal gesagt werden.«

Rothenburg saß regungslos am Tisch und kam sich vor wie bei einem Verhör auf dem Jugendamt. Nicht, dass er schon einmal wegen seiner Kinder dort gewesen wäre, aber er hatte oft genug ähnliche Situationen erlebt, wenn es um Fälle ging, die er gerade bearbeitete.

»Unsere Wahrnehmung war schon immer sehr unterschiedlich«, hörte er sich etwas kläglich sagen. »Mir kann eigentlich jeder erzählen, dass ich nicht oft genug da bin für die Kinder – aber nicht gerade du. Meines Wissens liegt Schweden einige hundert Kilometer von Münster entfernt. Von physischer Anwesenheit kann da ja wohl nicht die Rede sein. Klar, ihr mailt euch, schreibt vielleicht sogar Briefe, ihr telefoniert, aber das sind nur Momente.« Er nahm einen großen Schluck Bier. »Weißt du, dass Frederik zwei Hasen hat?«

Lisa schüttelte den Kopf und presste den Mund zusammen.

»Gut. Frederik hat im Wienburgpark drei von einem Hund verletzte kleine Hasen gefunden. Er hat sie zum Tierarzt gebracht und sein halbes Gespartes dafür ausgegeben. Zwei Wochen hat es gedauert, bis er erfahren hat, dass zwei Hasen überleben würden. In diesen zwei Wochen lag der Junge jeden Abend bis tief in die Nacht weinend im Bett und konnte keinen Schlaf finden. Er wollte morgens nicht in die Schule und beklagte sich über Bauchschmerzen. Die hatte er, ohne Frage, weil er mit den Hasen gelitten hat.« Er machte eine kleine Pause und seufzte. »Ich habe mit ihm gelitten, und es tat mir verdammt gut. Ich war natürlich nicht froh über seine Angst, aber ich denke, es hat uns wieder näher zusammengebracht. Verstehst du, was ich damit sagen will?«

»Natürlich, mein Lieber, ich bin ja nicht blöd.«

Lisa stand auf und legte Geld auf den Tisch. »Ich muss jetzt los, ich treffe noch alte Freundinnen.«

Rothenburg starrte ihr nach, als sie zur Garderobe ging, um ihren Mantel zu holen. Er suchte nach Signalen, die ihm zeigen sollten, dass es Hoffnung gab. In Gedanken ging er ihren Körper durch. Die Augen! Hatten die Augen ihm gesagt, was sie noch fühlte? Sie hatten doch wirklich gefunkelt, oder nicht? Die Hände! Wie hatte sie ihre Hände gehalten? Es schien ihm, als hätte sie mit den Händen die seinen gesucht. Ihre Handflächen lagen immer oben, erinnerte er sich vage. Der Mund! Sie hatte doch ab und an ihren rechten Mundwinkel so nach oben gezogen, wie sie es früher immer gemacht hatte, als sie noch so herrlich verschwenderisch verliebt waren. Oder hatte er sich das eingebildet? Der Gang! Hatte sie nicht eben auffallend mit ihren Hüften gewackelt? Ja, das hatte sie, da war er sich sicher.

Er zuckte zusammen, als Lisa wieder vor ihm stand.

»Du hast gerade von mir geträumt, nicht wahr?«

»So etwas in der Art, ja«, brummte Rothenburg, noch immer leicht abwesend.

Sie ging zu ihm und drückte ihn leicht.

»Wie heißen sie eigentlich?«, fragte Lisa.

»Wer?«

»Die Hasen.« Sie lächelte sanft.

»Ah, die Hasen. Appelmus und Pampelmus.«

»Ah«, sagte Lisa und ging zur Tür hinaus.

Am nächsten Morgen fand Rothenburg auf seinem Schreibtisch eine Nachricht von Dr. Machalle vor. Er pfiff leise, als er sie las.

Na, das ist doch schon mal was.

Gromzki war der Letzte, der in den Besprechungsraum kam. Er ließ seine Schultern hängen und wirkte betrübt.

»Was ist los, Klaus?«

»Nichts«, murmelte Gromzki und krallte sich krampfhaft an einem Kugelschreiber fest. »Später. Tut nichts zur Sache.«

»Sicher?«

»Sicher!«

Rothenburg blickte ihn fest an und überlegte, ob er ihn kurz beiseitenehmen sollte. Er brauchte jetzt alle Kräfte, aber frisch, unbelastet und ausgeruht. Dann fiel ihm ein, dass er selbst eine Last mit sich schleppte.

»Na gut. Ja, dann wollen wir mal anfangen«, sagte er und gab eine kurze Zusammenfassung über den bisherigen Stand der Ermittlungen.

»Die Sache ist die: Wir fischen ziemlich im Trüben. Wir haben kein Motiv, und wir haben keine ernsthaft Verdächtigen. Wir haben noch nicht mal eine Spur. Das Umfeld von Paul Lenze kann sich nicht einigen, was für ein Mensch er war. Ein Frauenheld, ein ehrgeiziger Wissenschaftler oder beides? Und was, um Himmels willen, sollen wir mit den ausgestochenen Augen anfangen?«

Die Ermittler schauten sich an, sagten aber nichts.

»Genau. Dr. Machalle hat allerdings herausgefunden, dass Lenze noch am Tag oder Abend vor seinem Tod Geschlechtsverkehr mit zwei Frauen gehabt hat. Was sagt uns das?«

Briesch war irritiert. »Zwei Frauen? Auf einmal?«

Franta wiegte den Kopf ein wenig und grinste. »Na ja, vielleicht nicht direkt auf einmal, obwohl … Im Ernst: Es kann mit der Tat zusammenhängen, muss aber nicht. Wir müssen die Frauen allerdings finden, wahrscheinlich hat eine von ihnen

Lenze als Letzte lebend gesehen. Ich nehme an, Machalle hat die DNA der Frauen gesichert.«

»Davon gehe ich aus«, brummte Rothenburg, schaute im Fax nach und nickte. Er kramte in seiner Tasche und holte zwei Käsebrötchen hervor. »Die Proben werden schon abgeglichen, da mache ich mir aber keine allzu großen Hoffnungen. Wir suchen also nach zwei Frauen aus der Umgebung von Paul Lenze, die mit ihm geschlafen haben könnten. Weiter. Was haben die Hausbefragungen und die Taxen ergeben?«

Briesch blätterte eifrig in seinem Notizblock. »Von den Anwohnern haben wir niemanden angetroffen, der um die fragliche Zeit einen Wagen gehört oder gesehen hat. Uns fehlen noch fünf Haushalte, dann sind wir durch. Die Taxibefragung läuft, wir sollten eigentlich heute oder morgen Bescheid bekommen.«

»Wieso erst morgen?«

»Die Taxizentrale hatte ausgerechnet in dieser Nacht eine Software-Umstellung, und da ist einiges durcheinandergeraten. Drängen hilft da nicht viel, wir müssen uns gedulden.«

Rothenburg schloss die Augen und überlegte. Was konnten sie jetzt noch tun? Eine oder zwei Frauen suchen wie die Nadel im Heuhaufen, ohne zu wissen, wozu sie die Nadel überhaupt brauchten.

»Also, man könnte Lenzes Frau bitten, eine Speichelprobe abzugeben«, schlug Gromzki mit leiser Stimme vor.

»Warum?«, fragte Rothenburg verwundert. »Sie saß im Flieger aus den USA. Aber wir werden uns noch mal im Institut umsehen.«

»Nach Frauen?«

»Nach Frauen. Klingt doch verlockend, oder? Wenigstens für uns Männer. Es gab bestimmt Doktorandinnen oder Studentinnen im Examen, die von Lenze betreut wurden oder geprüft werden sollten. Das könnten durchaus interessante Kandidatinnen sein.«

Nanu, dachte Rothenburg, als keiner etwas sagte, wo bleibt denn die allgemeine Zustimmung?

Stattdessen meldete sich Franta zu Wort.

»Es könnte aber auch sein, dass du mit deiner Frauentheorie

voll danebenliegst, Nikolaus«, sagte sie und verschränkte die Arme vor ihrer Brust.

Rothenburg lehnte sich zurück und knetete seine Hände. »Weiter«, bat er.

»Du schießt dich ohne irgendeinen vernünftigen Anhaltspunkt auf eine geile Studentin als mögliche Täterin ein. Wie kommst du darauf?«

Rothenburg seufzte tief und stöhnte. »Weil wir nichts anderes haben, Irene. Wir müssen irgendwo weitermachen, obwohl wir rein gar nichts wissen. Die Frauenspur, wenn ich sie mal so nennen darf, ist die einzige, bei der wir noch keinen Prellbock vor uns sehen. Wir haben einen bornierten alten Nazi als Vater, einen stummen Irren in einer Münchner Klinik, eine eiskalte Exfrau, die zur Tatzeit in der Luft war, und einen ehrgeizigen Kollegen mit einem vermutlich unwiderlegbaren Alibi. Dann ein lautes Motorengeräusch, ein paar Wollfasern, ein paar Tropfen Scheidensaft und ausgestochene Augen. Was sollen wir damit anfangen? Die Zivilisation wird immer unzivilisierter.«

»Da möchte ich aber an die alten Perser, Griechen, Römer und wie sie sonst noch hießen erinnern«, merkte Briesch an. »Was die früher mit ihren Leuten angestellt haben, war auch schon reichlich unzivilisiert.«

»Das war damals auch noch keine Zivilisation, das waren doch alles wilde Barbaren.«

»Ach ja, und was ist dann mit den zivilisatorischen Errungenschaften wie Kanäle, Thermen, Straßen und so? Haben das etwa alles Barbaren gebaut?«

»›Die Grenze zwischen Zivilisation und Barbarei ist nur schwer zu ziehen‹«, murmelte Gromzki. »Pearl S. Buck.«

»Und wer ist Pearl S. Buck?« Rothenburg spürte, wie ihm das Gespräch wieder einmal entglitt.

»Eine Schriftstellerin aus den USA«, sprang Briesch Gromzki zur Seite. »Eine ausgezeichnete sogar, 1938 bekam sie den Literaturnobelpreis. Sie hat vorzüglich über den Alltag chinesischer Bauern in den dreißiger Jahren geschrieben.«

»Großartig«, sagte Rothenburg, »hört sich spannend an.«

»Es geht ja noch weiter«, sagte Gromzki, »sie erklärt es natürlich auch: ›Stecken Sie sich einen Ring in Ihre Nase, und Sie sind eine Wilde; stecken Sie sich zwei Ringe in Ihre Ohren, und Sie sind zivilisiert.‹ Hat sie recht, was?«

Rothenburgs Handy unterbrach das Literaturseminar, eine SMS war eingegangen. Der Kommissar schaute aufs Display und verdrehte die Augen.

»Interessiert es hier jemanden, dass Preußen vier zu null gewonnen hat? Nein? Dann verteile ich jetzt die Aufgaben für morgen und beende die Sitzung. Ruht euch gut aus, wir brauchen viel Kraft in der nächsten Zeit.«

Teil 2

19. bis 21. April

10

Es war ein stürmischer Tag, als Jodie Grant hinter das Geheimnis ihrer besten Freundin kam.

Der Himmel über Wick war strahlend blau, aber ein eiskalter Nordostwind fegte über die schottischen Klippen und schien selbst die härtesten Steine zu schleifen. Wer nicht unbedingt nach draußen musste, blieb zu Hause.

Jodie musste aber. Sie hatte zwei Stunden lang einen fetten Pudel ausgeführt und wollte auf dem Heimweg Erin besuchen. Die Haustür war nicht abgeschlossen, wie immer, aber Erin hörte ihre Rufe nicht. Jodie ging durch alle Räume und brüllte Erins Namen.

Wo steckte diese alte Schnecke bloß?

Sie fläzte sich in Tante Margarets gemütlichen, hässlich braunen Fernsehsessel, nahm ihre modische Wollmütze ab und zog die dicke Outdoorjacke aus. Der Schweiß lief ihr in einem kleinen Rinnsal bereits den Rücken hinunter.

Ganz schön warm hier.

Sie lauschte angestrengt, hörte aber nur den scharfen Wind durch die Fensterritzen pfeifen. Dann vernahm sie ein leises Stöhnen, fast flehentlich, so wie ein Sterbender, der mit letzter Kraft darum kämpfte, endlich erlöst zu werden. Zwischen den Lauten glaubte sie ein leises Gemurmel zu hören, vielleicht betete da ja jemand.

Tante Margaret?

Jodie stand auf und ging zur Diele. Sowohl das Stöhnen als auch die Stimme wurden lauter. Sie zog die Stirn kraus.

Irgendetwas stimmte hier nicht. Sollte sie nicht besser die Polizei holen?

Unsinn! Was soll schon sein? Wahrscheinlich hörte Erin wieder ihre schreckliche Chill-out-Musik.

Langsam folgte sie der Stimme. Ihr Herz klopfte. Sie zögerte. Vielleicht doch lieber die Bullen rufen? Jodie Grant war zwar schon immer die Schönste gewesen, aber bei Weitem nicht die Mutigste.

Sie hatte pechschwarze Haare, so glänzend wie ein verschwitzter Rappe auf der Rennbahn, ein Gesicht, feiner geschnitten als

Nofretete, und einen Körper wie Uma Thurman. Die Männer aus Wick verloren fast den Verstand, wenn sie aus der Tür trat und sich auf den Weg zur Arbeit beim Juwelierladen Buchanan in der High Street machte. Die Schüchternen unter ihnen lugten hinter den schmutzig grau-braunen Häuserecken hervor, schlichen ihr heimlich hinterher und hofften inständig, Jodie möge sich nicht umdrehen und wie heiße Lava auf sie zukommen. Diesen Vulkanausbruch hätten sie nicht überlebt. Die Forscheren unter den Kerlen schlenderten lässig mit beiden Händen in den Hosentaschen auf der anderen Straßenseite und riefen ihr freche Sprüche zu.

Jodie ignorierte sie mit einem milden Lächeln. Sie wusste, dass sie außergewöhnlich schön war, aber es interessierte sie nicht besonders.

Was Jodie Grant einigermaßen gefiel, war, dass sie beliebt war. Sie war freundlich, hilfsbereit, klug – und wahnsinnig schüchtern. Offenbar war es diese Mischung aus Schönheit, Bescheidenheit und Schüchternheit, die in vielen Menschen eine Woge der Sympathie für Jodie auslöste. Außergewöhnlich schöne Menschen sind in der Regel nicht schüchtern, weil sie wissen, dass sie schön sind, hatte sie mal in einer Frauenzeitschrift gelesen. Jodie wollte oder konnte nichts mit ihrer Schönheit anfangen. Sie balancierte auf einem schmalen Grat. Frauen betrachteten sie keineswegs als Rivalin auf dem Männermarkt. Viel zu schüchtern, um anderen Frauen den Kerl auszuspannen, meinten sie. So genoss sie die Freundschaft vieler Frauen, ohne dass sich Lästerzicken im Hintergrund die Mäuler zerrissen.

Aber irgendwann hatten abgewiesene Verehrer Gerüchte gestreut, dass sie lesbisch sei. Auch gut, dachte Jodie, dann lassen mich die blöden Typen wenigstens in Ruhe. Sie schloss eine Vereinbarung mit einem guten Freund und gleichzeitigen Verehrer, Nathan. Sie würden weiterhin nach außen hin nichts gegen die Unterstellung unternehmen, dass sie lesbisch sei. Dafür durfte Nathan einmal in der Woche mit ihr schlafen. Nathan willigte hocherfreut ein. Er fühlte sich fortan als König von Wick.

Jodie hatte einen besonderen Grund für diese Maßnahme. Sie verabscheute ihre Eltern bis aufs Mark. Für sie war es eine tägliche Pflicht, sie zu provozieren und ihnen zu zeigen, wie sehr sie sie verachtete. Auch jetzt noch, mit fünfunddreißig Jahren. Und eine lesbische Tochter war so ziemlich das Letzte, was die Alten in ihrem steifen Leben ertragen konnten.

Ihre Eltern, ein aufgeblasener Immobilienmakler und eine reichlich bigotte Anwältin, schwammen im Geld und hatten ihr aus eigenem Antrieb und aus Langeweile alles gekauft, was man sich vorstellen konnte, am liebsten teure Kleidung. Als Jodie zur Schule ging, konnten sie sich nur schwer damit abfinden, dass ihre schöne Tochter gerne mit einem dunkelblauen Faltenrock, ebensolchen Strümpfen und einer weißen Bluse mit dunkelroter Krawatte auf die Straße ging. Aber die Schuluniform schützte Jodie davor, völlig aus dem Rahmen zu fallen. Die Uniform war für sie wie eine Rüstung gegen die elterliche Bevormundung. Neue Sachen hatte sie ein paarmal getragen und dann anderen Kindern überlassen.

Einen Teil ihres üppigen Taschengeldes hatte sie regelmäßig ärmeren Schülern zugesteckt, ohne dass diese das mitbekamen. Statt zu reiten, wie die Eltern es gern gesehen hätten, verbrachte sie etliche Stunden damit, kleine Hunde von Rentnern auszuführen. Dass sie diese Tätigkeit bis zum heutigen Tage ausübte, war zwar nicht ihre Absicht gewesen, es hatten sich aber einige enge Freundschaften zu den meist sozial schwachen Hundehaltern entwickelt, auf die Jodie nicht mehr verzichten wollte.

Die Kläffer mussten damals mit ihr und den Freundinnen zum knapp eine Meile entfernten kleinen Wäldchen laufen, wo Joints und Whisky die Runde machten. Ab und zu war es vorgekommen, dass sie den Rückweg nicht mehr allein schaffte. Die Hunde abzugeben war für die Freundinnen kein Problem, Jodies Abgang war schwieriger. Meist stellten die Mädchen die volltrunkene Elendsgestalt einfach vor der Haustür ab, klingelten und verschwanden blitzschnell. Manchmal gesellten sich irgendwelche Trunkenbolde zu ihr auf die schmale Steintreppe, um gemeinsam ein paar Strophen schottischer Volkslieder zu schmettern. Zur ersten Schulstunde erschien Jodie seltsamerweise immer so frisch, als hätte das kleine Gelage im Wald nie stattgefunden. Sie hatte noch nicht einmal eine Fahne.

Ihren Eltern waren die Whiskyausflüge ihrer wohlerzogenen Tochter immer furchtbar peinlich gewesen, und sie hatten die

Eltern der Freundinnen angerufen und den Umgang untersagt. Das schweißte die Mädchen noch mehr zusammen. Jodies Eltern waren ratlos und entsetzt, und sie genoss ihre Reaktion.

Wenn man Jodie Grant imponieren wollte, musste man nur etwas tun, was ihren Eltern nicht gefiel.

In der Schule war Jodie guter Durchschnitt gewesen. Singen und zeichnen konnte sie nicht, dafür hervorragend laufen und sehr gut rechnen. Als erste Fremdsprache wählte sie, gegen den Willen ihrer Eltern, Deutsch, weil sie es umwerfend fand, dass der deutsche Bundeskanzler Helmut Schmidt im Fernsehen eine Zigarette nach der anderen rauchte. Sie liebte die deutsche Sprache wegen vieler lustiger Wörter wie »Baumhöhle« und »Kohlenkeller« und belegte auch während ihrer späteren Ausbildung Fortgeschrittenenkurse. Mindestens zweimal pro Jahr besuchte sie mit oder ohne ihre Eltern Deutschland.

Nach der letzten Schulstunde fuhr sie mit ihrer besten Freundin Erin auf ihrem Mountainbike durch die angrenzenden Wälder. Oder sie zog mit ihren Freunden los zu den rauen Klippen an der Wick Bay. Obwohl es strengstens verboten war, rutschten sie dort laut juchzend auf alten Plastikscheiben die Klippen hinunter, verschanzten sich zwischen den Felsbrocken und kifften, was das Zeug hielt. Die örtlichen Constables machten einen weiten Bogen um die Bucht, wenn die Möglichkeit bestand, dass Jodie Grant dort war. Sie hätten ihre Eltern informieren müssen, und alle wussten, was das bedeutete. Keiner wollte riskieren, dass sie sauer war.

Jodie hasste ihre Eltern und liebte alles, was sie hassten. Zum Beispiel Erin MacDuff.

Erins Eltern waren bei einem Badeunfall ertrunken, als sie sechs Jahre alt war. Sie wuchs bei ihrer Tante auf, die einen Feinkostladen hatte und keinerlei Lust verspürte, sich um das aufsässige Mädchen zu kümmern. Tante Margaret legte ihr regelmäßig Geld auf den Küchentisch, meist zu wenig, und meinte, Erin solle sich kaufen, was sie brauche, aber sie sonst in Ruhe lassen. Dann verschwand sie in ihr Edelgeschäft. Erin sah sie tagelang nicht und freute sich darüber.

Mit zwölf Jahren hatte sie ihren ersten Geschlechtsverkehr und mit vierzehn mehr Piercings im Gesicht als Jodies Juwelierladen in seinen Auslagen. Die Haare rasierte sie sich regelmäßig bis auf einen millimeterlangen Rest. Sie hatte keine Lust, sie zu waschen, und wollte das Geld für das Shampoo sparen. Mit fünfzehn Jahren schmiss sie die Schule und richtete sich auf dem Dachboden der Tante ein.

Sie begann, sich intensiv mit Computern zu beschäftigen. Die Grundlagen brachte sie sich selbst bei, später halfen ihr ein paar fitte Kerle aus der Nachbarschaft, die sie dafür auf den Bauch küssen durften. In der Buchhandlung stahl sie Fachliteratur, auf einem Flohmarkt ein Notebook und andere Hardware. Sie lernte Programmiersprachen und wühlte sich durch Foren, lernte Nerds kennen. Gute Software war gratis im Netz verfügbar, dafür gab sie keinen einzigen Penny aus. Zu Beginn staunte sie noch, was es alles gab im Internet, nach ein paar Monaten wunderte sie sich nur noch, wenn sie etwas nicht fand. Der Computer im Arbeitszimmer der Tante war immer auf dem neuesten Stand, die WLAN-Verbindung reichte bis auf den Speicher, nachdem sie einen Verstärker dazwischengeschaltet hatte. Die Verschlüsselungsziffern standen auf einem Stück Papier, das am Monitor klebte. Tante Margaret hatte ein Gespür für die Gelüste der Wicker Oberschicht, aber von Computern hatte sie keine Ahnung.

Erin rechnete sich aus, wie viel Geld sie brauchen würde, um irgendwann mit ihrer Freundin Jodie aus Wick verschwinden zu können. So kalkulierte sie ihre Preise, und dann legte sie los mit ihrem Job. Im Laufe der Zeit stellte sie jedoch fest, dass es nicht das fehlende Geld war, was sie am Fortgehen hinderte. Jodie hatte Angst und scheute jedes Risiko, Erin hatte plötzlich einen Haufen Geld und gönnte sich ein Leben nach ihren Vorstellungen.

So hingen sie immer noch hier rum, an der kargen schottischen Küste, und es war auch nicht abzusehen, dass es irgendwann einmal anders sein würde.

Als Jodie jetzt vor der schmalen und steilen Treppe zum Dachboden stand, sah sie, dass die Luke oben geschlossen war, wie immer. Aber die wimmernde Stimme erklang eindeutig von dort oben. Sie überkam ein furchtbarer Gedanke. Erin hatte sich vermutlich eingeschlossen, dann verletzt, und kam jetzt nicht mehr runter. Es war Sonntag, und sie hatten sich lange nicht mehr gesehen. Jodie stürmte die Treppe hoch und schrie.

»Erin, ich komme, halt durch.«

In der Mitte der Treppe rutschte sie ab, konnte sich gerade noch am Geländer festhalten, fluchte und kletterte weiter. Sie stemmte ihre Arme unter die Luke und wuchtete sie hoch, die letzten drei Treppenstufen nahm sie mit einem Satz. Mit einem fürchterlichen Krachen flog die Luke nach hinten gegen den Kaminschacht.

Jodie keuchte und stemmte die Arme in die Hüften, als sie auf dem Speicher stand und gebannt zum Dachlukenfenster blickte. Davor hatte Erin ihre umfangreiche Computeranlage aufgebaut. Der Speicher war abgedunkelt, nur um den Schreibtisch herum erleuchteten Lampen mit weißen und roten Glühbirnen matt das seltsame Geschehen.

Mit dem Rücken zu ihr saß eine Frau mit langen blonden Haaren vor dem Monitor, die Beine weit gespreizt auf den Schreibtisch gelegt. Die Frau war offensichtlich nackt bis auf die Schuhe und ein Headset. Jodie erkannte die knallrosa Pumps.

»Erin?«, brüllte Jodie.

»Oh ja, super, wie du das machst«, säuselte Erin.

»Wie bitte? Was machst du?« Jodie starrte fassungslos auf die Szene. »Erin, um Himmels willen, was tust du da?«

»So, jetzt komm aber mal langsam zur Sache, Schätzchen«, befahl Erin dem Monitor streng, »unsere geile Zeit ist gleich schon wieder vorbei.« Dann stöhnte sie laut auf. »Komm, schnell, los doch!«

Jodie kniff die Augen zusammen. Sie blickte über Erins Schulter auf den Schirm, sah aber nur flinke weiße Ziffern und Befehlszeilen in einem DOS-Eingabefenster. Die Zeichen huschten blitzschnell über den Bildschirm. Jodie ging ein paar Schritte nach links, um sich Erin von der Seite zu nähern. Jetzt konnte sie erkennen, dass Erin mit einer Hand ihre Vagina rieb, mit der andern ihre kleinen Brüste streichelte. Ihr Gesicht war nicht wiederzuerkennen, haufenweise Schminke hatte sie dort verteilt. Nicht besonders geschmackvoll, wie Jodie auf den ersten Blick feststellte.

»Oh, Mann, Alter, du machst mich wirklich fertig«, stöhnte sie ins Mikrofon. »Komm jetzt endlich, schnell! Du hast mich geil gemacht.«

Sie rieb sich heftiger.

In diesem Augenblick sah sie Jodie aus den Augenwinkeln und zuckte zusammen. Sie nahm die Hand von der Brust und gab ihr mit einer flinken und versteckten Bewegung ein Zeichen, Abstand zu halten und zu warten. Ihre Augen waren weiter starr auf den Bildschirm gerichtet.

»AAAAhhhhhhhh«, kreischte sie atemlos und schnappte nach Luft. »Geile Nummer mal wieder mit dir. Ich wünsch dir was, Frank. Bye.«

Erin drückte eine Taste und riss sich das Headset vom Kopf. Mit einer kräftigen Bewegung stieß sie sich vom Schreibtisch weg, ließ die Beine unter den Tisch und ihren nackten Oberkörper nach vorne fallen. Ihre blonde Mähne verdeckte die halbe Tischfläche. Ein paar Sekunden herrschte absolute Stille auf dem Speicher, dann brüllte Erin laut los vor Lachen.

»Na, wie war ich, Jodie?«

»Was … was war das denn?« Jodie war kreideweiß im Gesicht.

»Na, wonach sah es denn aus? Ich arbeite und verdiene Geld. Home-Office nennt man das in der Businesswelt.«

Jodie schlich zum Sofa und ließ sich fallen. »Ich fass es nicht, Erin, du machst live Cybersex?«

»Klar, so easy kriegst du nirgendwo schnelle Kohle und brauchst nicht mal deinen Arsch groß zu bewegen. Es gibt so viele Kerle, die keine Lust mehr auf ihre Alte zu Hause haben, du glaubst es nicht.«

Erin stand auf und zog sich an. Slip, eine schwarze Gymnastikhose und ein Schlabber-T-Shirt hingen über einem Stuhl, einen BH hatte sie noch nie getragen. Sie setzte sich neben Jodie und umarmte sie.

»Na, Süße, geschockt?«

»Kann man wohl sagen.« Jodie stand auf und ging zum Monitor. Sie bewegte die Maus, aber der Bildschirm blieb schwarz. »Erin, wie lange machst du das schon?«

»Das hier? Knapp zwei Jahre. Aber erst seit ein paar Monaten knallt es richtig auf dem Konto, weißt du? Du brauchst erst einen Namen im Geschäft und natürlich die richtige Software, damit es sich lohnt und nicht zu anstrengend wird.«

»Na ja, besonders anstrengend sah das nicht gerade aus.«

»Eben, Jodie, weil ich das alles perfekt programmiert habe und die Kerle nur kommen können, wenn ich Lust und Zeit habe.«

»Aha«, machte Jodie unsicher, »und wie machst du das?«

»Ich hab eine Website, da stehen so'n paar Lockfotos von der geilen Kirstie drauf, das bin ich. Nichts Hartes, mehr so Tanga und Push-up mit Schmollmund und so'n Scheiß eben. Dann gibt's ein Probeabo, eine Sitzung – muss sein, sonst macht das keine Sau –, und dann Monatsabos. Die Kerle tragen in einem Online-Terminkalender ihre Wünsche ein, und ich bestätige oder auch nicht. Meine Site läuft über einen Server in Trinidad, da kommt mir keiner zu nahe, dafür hab ich gesorgt. Tja, und dann zahlen sie mit Kreditkarte, und ich sitze vor dem Computer und denke, was sind die doch blöd allesamt.«

»Kirstie, aha. Was zahlen die denn so?«

»Ein Monatsabo kostet hundert Pfund. Ist 'ne Menge, aber dafür kriegen sie fünf Livesitzungen und ein paar Fotos davon zum Wichsen danach. Das macht sonst keine.« Erin lachte dreckig. »Weißt du eigentlich, wie lange ich für die Summe putzen gehen müsste?«

»Weißt du eigentlich, wie lange ich dafür beim Juwelier Piercings verkaufen muss? Und du willst die Männer gar nicht dabei sehen, nein?«

»Nee, danke. Beim ersten Mal schaue ich sie mir kurz an, man will ja wissen, mit wem man es zu tun hat, oder? Ha! Dann schalte ich mein Programm um. Die Männer können mich natürlich sehen, müssen sie ja, aber ich verfolge lieber die Logfiles und IP-Daten, um zu kontrollieren, ob das alles mit rechten Dingen zugeht. Wenn ich will, kann ich sie jederzeit wieder zuschalten. Will ich aber eigentlich nie.«

»Warum nicht? Ekeln sie dich an?«

»Quatsch, es ist einfach nur total öde. Wenn du *einen* Kerl beim Rubbeln gesehen hast, reicht es völlig, so spannend ist das echt nicht.« Erin ging zur Küchenzeile und grinste. »Kaffee?«

»Ja, den kann ich jetzt echt vertragen.« Jodie atmete tief durch und rieb sich das Gesicht.

»Sag mal, was sind denn das so für Männer, die dich da beglotzen?«

»Ooch, da ist alles dabei. Lüsterne Japaner, verklemmte

Amerikaner, betrunkene Engländer, die ich natürlich besonders abrechne. Dann hab ich noch Holländer, Schweden, Ungarn, Deutsche, Finnen und Australier, es wechselt ab und zu. Ich weiß gar nicht genau, wie viel es sind, aber so um die zwanzig werden es schon regelmäßig sein.«

Jodie nickte stumm.

»Die Japaner sind lustig«, fuhr Erin unbekümmert fort, während sie kochendes Wasser in Tassen goss, »die sind immer irre höflich und bedanken sich bei jedem Scheiß. Selbst wenn du sie anschreist, dass sie Luschen sind, sagen die noch: ›Danke, Missis‹. Irre, was?«

Jodie nickte zweimal, sagte aber immer noch nichts.

»Manchmal guck ich mir auch einen Film dabei an. Hardcoreporno!« Erin sah Jodie ernst an und lachte dann laut. »Quatsch, irgendeinen Scheiß natürlich, Soaps oder Tierfilme, was gerade so läuft. Aus Langeweile. Siehst du? Direkt über dem Monitor ist 'ne Glotze, dann fällt's gar nicht auf, dass ich nach oben schiele.«

Sie brachte zwei Tassen dampfenden Kaffee und ließ sich neben Jodie plumpsen. »So, jetzt kennst du mein großes Geheimnis.«

Jodie nahm einen kleinen Schluck und starrte aus dem winzig kleinen Dachlukenfenster. Wie lange waren sie jetzt befreundet? Zwanzig Jahre? Und sie hatte nie etwas geahnt oder gespürt. Wie gut kannte sie eigentlich ihre Freundin? Gar nicht? Oder nur so oberflächlich wie eine dünne Farbschicht auf einer Tapete? Wenn man ein bisschen kratzen würde, käme eine ganz andere Erin zum Vorschein. Sie hatte aber nie gekratzt, sie hatte ihre kleine heile Welt mit dem Schmuck, der kleinen Wohnung und Nathan, der sie immer noch einmal in der Woche besuchte, obwohl er längst verheiratet war und zwei Kinder hatte.

Sie schämte sich und kam sich vor wie ein egoistischer Vormund, der seinen Schützling total vernachlässigt hatte. Hatte sie sich zu wenig um Erin gekümmert? Warum hatte sie nie gekratzt? Gleichzeitig räumte sie sich ein, dass Erin eine äußerst starke und selbstbewusste Persönlichkeit war, die schon früh lernen musste, für sich selbst zu handeln. Erin war eindeutig die Stärkere von ihnen beiden. Jodie war von ihren verhassten Eltern verhätschelt worden, kein Wunder, dass sie jetzt hier saß wie eine Schulanfängerin, der man erst das ABC beibringen musste. Das ABC des Lebens, dachte sie betrübt.

»Hey Jodie, wach auf. Ich weiß, was du denkst. Mach dir keine Gedanken, es ist okay. Wenn ich gewollt hätte, dass du es weißt, wüsstest du es längst.«

»Und warum wolltest du es nicht?«

»Weiß nicht«, brummte Erin und roch an ihrer Hand. »Puh, ein bisschen riecht's noch«, grinste sie und ging zur Spüle. Sie wusch sich die Hände mit Spülmittel und setzte sich dann rittlings auf einen Stuhl.

»Es hat total locker angefangen damals, nachdem ich die Schule geschmissen hab. Erst hab ich so'n bisschen Telefonwerbung gemacht für Dessous und so. Weißt schon, Kerle aufgeilen, wie toll ihre Alten mit den schicken Fummeln wieder aussehen und so. Da hab ich fett Kohle für gekriegt, weil ich das einfach draufhatte, die Typen scharfzumachen. Irgendwann hat mich dann so'n Futzi von dem Fummel-Versandhaus gefragt, ob ich nicht auch mal Telefonsex versuchen wolle. Ich sei bestimmt 'ne Kanone, hat er gesagt.«

»Und? Warst du eine?«

»Hah, 'ne Rakete war ich. Das war doch total easy. Wie im Film. Da ruft einer an und will Schweinereien von dir, und du sitzt aufm Klo und kackst oder machst Kreuzworträtsel oder sonst was. Herrlich.«

»Und weiter?«

»Und weiter? Tja, irgendwann kam das Internet, und man konnte noch mehr machen von zu Hause. Schnelle Leitungen, gute Technik und Software. Weißt du, wenn man sich da richtig reinfuchst, dann kannst du alles machen, was du willst, ehrlich. Den Rest kennst du ja jetzt.«

»So, kenne ich den Rest?«, fragte Jodie schnippisch. Ihre Fassungslosigkeit war vorbei, innerer Zorn keimte auf und brannte in ihrem Bauch. Zorn auf Erin, aber vor allem auf sich selbst.

»Ich platze hier in deinen Computerpuff rein und sehe, wie du dir einen abrubbelst, und du sagst mir, ich kenne dein Leben der vergangenen Jahre?«

Jodie stand auf, stellte sich vor Erin und sah ihr in die Augen.

»Ich komme mir vor wie die letzte Idiotin und schäbigste

Freundin. Ich kann es einfach nicht glauben, dass du mir nie etwas gesagt hast und vor allem, dass ich nie etwas gemerkt habe. Bin ich so egoistisch geworden? Sag's mir, los!«

»Sachte, Mädchen, du …«

»Nenn mich nicht Mädchen, verflucht noch mal. Ich bin fünfunddreißig«, brüllte Jodie. Sie fühlte, dass ihr die Tränen in die Augen stiegen, aber sie wollte diesmal nicht dagegen ankämpfen. »Und nimm verdammt noch mal diese beschissene Perücke ab!«

Erin seufzte, stand auf und ging zum Schreibtisch. Vorsichtig zog sie die Perücke ab und hängte sie an einen Haken. Sie drehte sich um und ging mit langsamen Schritten auf ihre Freundin zu.

Jodie erstarrte, wich zurück und ließ sich aufs Sofa fallen.

»Oh mein Gott, was ist das denn?«

11

Montagmorgen. Rothenburg fühlte sich herrlich ausgeruht. Er hatte acht Stunden durchgeschlafen, und die Kinder waren bester Laune. Frederik hatte zwei Tassen Kakao getrunken, weil Rothenburg ihn früher geweckt hatte, um mehr Zeit für das Frühstück zu haben. So hatte er es tatsächlich geschafft, ohne Tränen das Haus zu verlassen. Frederik zehrte offensichtlich noch vom sonntäglichen Ausflug zum Hochseilgarten. Vier Stunden lang hatten sich die beiden beim Klettern ausgetobt, sich angefeuert und unterstützt. Danach war Rothenburg ohne schlechtes Gewissen ins Präsidium gefahren, um die Ermittlungen voranzutreiben. Lisa hatte sich noch nicht gemeldet. Ein gutes Zeichen, dachte Rothenburg, vielleicht überlegt sie es sich noch einmal. Aber eigentlich wusste er es besser.

Er kaufte bei Holstein zwei Brötchen.

»Herr Kommissar«, sagte Mathilde Overkamp sanft, während sie den Käse schnitt. »Herr Kommissar, Sie sollten diesen Käse nicht zum Frühstück essen, dazu ist er nicht gemacht. Sie sind ein Banause.«

Rothenburg lächelte sauer. »Ich weiß. Ich schmiere mir auch Heringssalat auf ein Rosinenbrötchen.«

Mathilde Overkamp spielte die Verzweifelte und schlug die Hände zusammen. »Mein Gott, welch Frevel. Sie wollen sich einfach nur abheben, nicht wahr? Nein … warten Sie, das ist nicht richtig … Sie denken über Ihr Essen nicht nach, weil es Ihnen zu belanglos erscheint. Richtig?«

»Kann sein«, murmelte Rothenburg beim Hinausgehen.

Das Ermittlerteam war bereits vollzählig erschienen, als er ihren Besprechungsraum betrat. Rothenburg packte seine Käsebrötchen aus. »Ist Kaffee da?«

Briesch zeigte auf ein Tablett mit zwei Kannen und Tassen.

»Sehr gut.« Er fasste das Wichtigste noch einmal kurz zusammen. »Gab's Fortschritte übers Wochenende?«

»Puh, was stinkt denn hier so?« Franta verzog angewidert das Gesicht.

»Korsischer Schafskäse. Lange gereift und in einer Marinade

aus Öl und Knoblauch eingelegt. Ich gebe zu, er riecht etwas streng, aber …«

»Schon gut. Das Fenster ist ja auf.«

Briesch zückte seinen Notizblock.

»Vom Pathologen nichts Neues. Aber die Taxizentrale hat sich gemeldet. Ein Fahrer war tatsächlich zur fraglichen Zeit in der Finkenstraße unterwegs. Vier Häuser weiter sollte er einen Mann abholen und ihn zum Flughafen nach Greven bringen. Er hat etwa fünf Minuten vor dessen Haus gewartet und dabei einen weißen Wagen gesehen, der nach einigen Startschwierigkeiten vom Tatort wegfuhr.«

»Hat er das Modell erkannt?«

»Er vermutet einen Kombi. Golf, Passat oder Astra, ist sich aber nicht sicher. Er war gerade dabei, eine Zigarette zu drehen, als der Motor mehrmals gestartet wurde. Außerdem waren seine Scheiben zum Teil beschlagen. Den Fahrer hat er nicht einsteigen sehen.«

»Dann wissen wir also immer noch nicht, ob der Täter ein Mann oder eine Frau war«, stellte Franta fest. »Aber es würde mich schon sehr überraschen, wenn da eine Frau ihre Hand im Spiel hätte.«

»Wir wissen auch nicht, ob das Auto überhaupt was damit zu tun hat«, sagte Rothenburg. »Aber gut, wir können es mal annehmen, schadet nicht. Den Namen des Taxifahrers haben wir?«

Briesch nickte. »Klar. Hassan Celik.«

»Gut. Dann unterhältst du dich gleich noch mal mit ihm. Du kriegst bestimmt mehr raus als die Zentrale.«

Rothenburg lehnte sich zurück und straffte die Schultern. Mann, bin ich steif, dachte er, ein bisschen Sport würde mir ganz guttun. Vielleicht wieder mit Handball einsteigen, oder wenigstens um den Aasee joggen. Bloß nicht dick und träge werden.

»Irene und ich werden gleich noch einmal zu den Chemikern fahren und uns auf die Suche nach den geheimnisvollen Frauen machen, mit denen Lenze offensichtlich einigen Spaß hatte.«

Er sah Franta kurz an.

»Vielleicht ist ihnen die Beziehung zum Professor peinlich, dann kann ich deine Hilfe sehr gut gebrauchen.«

»Und du meinst im Ernst, dass wir dort eine Frau finden, die zugibt, mit ihrem Doktorvater ins Bett gestiegen zu sein?«, fragte Franta süffisant. »Das glaubst du doch wohl selber nicht.«

»Wonach sollen wir denn sonst suchen, Herrschaft noch mal! Du hast doch selber gesagt, du würdest das auch tun.«

»Was würde Irene tun?«, fragte Briesch verwirrt. »Mit Lenze schlafen?«

Franta sah Rothenburg scharf an.

»Diskretion ist nicht deine Stärke, was?«

»Also hättest du echt auch mit Lenze geschlafen?«, fragte Briesch erstaunt nach. »Man konnte doch gar nicht mehr richtig erkennen, wie er ausgesehen hat.«

»Oder meinst du das mehr theoretisch, Irene? Vielleicht so als Frau an sich in ihrer untergeordneten Stellung in der Gesellschaft?«, schlug Gromzki bedächtig vor.

Franta starrte die drei Männer an. Am liebsten wäre sie von einem zum anderen gegangen und hätte jedem eine gepfeffert. Aber dann wurde ihr klar, dass Gromzki und Briesch es einfach nicht besser wussten. Bei ihrem Chef war sie sich nicht ganz so sicher. Vermutlich hatte er nur mal wieder unbedacht losgequatscht. Sie verdrehte genervt die Augen.

»Ihr könnt mich alle mal«, murmelte sie.

Rothenburg war inzwischen zusammengesackt und stierte auf einen leeren Notizzettel. Er räusperte sich.

»Wie dem auch sei, wir werden dem jetzt nachgehen, liebe Irene. Klaus, du nimmst noch mal Kontakt zu Lenzes Exfrau auf. Lass dir die Tickets zeigen, vielleicht auch Hotelrechnungen aus den USA oder so was. Bitte sie um eine Speichelprobe. Du hattest recht mit deinem Vorschlag, wir müssen hundertprozentig ausschließen, dass diese Frau uns linkt.«

Gromzki nickte stumm. Rothenburg versuchte seinen Blick zu interpretieren. Es war irgendetwas zwischen Lethargie und selbsterniedrigender Demut, ein verzweifelter Versuch, aus einer seltsamen Passivität auszubrechen. Ein in letzter Zeit öfter aufblitzendes Symptom des geschätzten Kollegen, stellte er fest. Es war auf jeden Fall etwas, was er zurzeit nicht brauchen konnte.

Aber er würde sich auch darum kümmern müssen.

12

Jodie Grant sah fassungslos auf Erins Kopf.

Wo sonst wenigstens ein lustig-frecher Stoppelschnitt gewesen war, erblickte sie nur noch einen unförmigen roten Kreis mit gelblichen Streifen, die unregelmäßig auf dem Kreis verteilt waren. Nur an wenigen Stellen konnte man noch die Glatze sehen, die Erin sich wohl selbst geschnitten hatte. Oh Gott, das sah ja aus wie eine Pizza Margherita.

»Erin, was ist das?«

»Mich juckt's auf dem Schädel, und ich kratze mich echt bald zu Tode«, stöhnte Erin und ließ sich neben Jodie auf das Sofa fallen. »Das ist vielleicht ein Scheiß, sag ich dir.«

»Und dann setzt du dir eine Perücke auf?«

»Mensch, Jodie, soll ich die Männer vielleicht mit meinem blutigen Schädel antörnen? Dann kann ich den Laden ja gleich dichtmachen.«

Jodie traute sich jetzt, den Kopf genauer zu betrachten. Blutig gekratzte Ekzeme und eitrige Wunden überwucherten große Teile der Kopfhaut. Es gab nur wenige Quadratzentimeter, die noch intakt schienen. Deutlich sah sie tiefe rote Rillen in der Haut, vermutlich hatte Erin sich dort heftig gekratzt. Der ganze Kopf glänzte matt.

»Und das ist ja noch nicht alles. In meiner Nase juckt es auch noch wie bescheuert. Aber ich kann mir ja nicht permanent einen Finger ins Nasenloch stecken, oder? Ich schmier mir seit sechs Wochen jeden Tag kiloweise Cremes und Salben auf den Kopf und in die Nase, das hilft für ein paar Stunden, aber dann geht es wieder los. Und es wird verdammt noch mal nicht besser. Ich könnte kotzen und tu das auch manchmal.«

Jodie hatte keine Chance mehr aufzuspringen. Ein fast klarer Schwall ergoss sich in hohem Bogen über ihre Jeans. Es stank widerlich nach Galle.

»Erin«, schrie Jodie. Sie saß wie festgeschnallt auf dem Sofa und konnte nur ihre Arme ausbreiten wie ein Priester bei der Wandlung. Vorsichtig holte sie ein Papiertaschentuch aus der Hose und tupfte einige besonders triefende Stellen ab. Dann stand sie vorsichtig auf, warf das Taschentuch weg und zog ihre Hose aus.

»Wie früher im Wald«, grinste Erin. »Sorry, Jodie, das kommt echt ganz schnell, ich merk das gar nicht.«

Sie öffnete das Fenster. Sofort blies ein kalter Wind ins Zimmer und vertrieb den übelsten Geruch.

»Wow, hast du Beine«, pfiff Erin bewundernd, »wie Kate Moss, nur schöner.« Sie hatte sich schnell wieder erholt und spülte den Mund mit einem Glas Wasser mit Zitrone aus.

»Witzbold. Was sagt der Arzt?«, fragte Jodie.

»Hach, Dr. Peebles, der geile alte Lustmolch. Ich sollte mich natürlich komplett ausziehen, obwohl ich den Mist nur auf dem Kopf habe. Wollt ich aber nicht, da hat er mir bloß eine Salbe aufgeschrieben und gesagt, ich solle woanders hingehen. Bin ich auch. In Inverness gibt's einen Hautarzt, der war ganz okay, der hat tausend Proben genommen und mir 'n Loch in den Bauch gefragt. Die Salbe von Peebles wäre gut, meinte er, aber jetzt müssten wir rauskriegen, was ich nicht vertrage oder was nicht stimmt mit meinen Organen oder meinem Immunsystem. Das dauert lange, Scheiße noch mal.«

»Und, habt ihr schon was rausgekriegt?«

»Weniger als nichts. Der Doc weiß auch nicht weiter und will sich bei Kollegen erkundigen, wer mir noch helfen könnte. Aber lange halt ich das nicht mehr aus, dann dreh ich voll durch, das kannste mir glauben, Mädchen.«

Jodie nickte stumm. Sie kam sich so hilflos vor wie die Mutter eines kranken Kindes. Sie, die behütete Anwaltstochter, mit einer Ausbildung zur Goldschmiedin und einer zwar schlecht bezahlten, aber immerhin festen Stelle in einem Juwelierladen. Und Erin, die Waise, die die Schule abgebrochen hatte, die Kerle zu sich auf den Speicher holte und Cybersex praktizierte, wie sie jetzt erfahren musste. Kein Wunder und ein Jammer, dass sie immer weniger wusste von ihrer Freundin.

Wieder schien Erin ihre Gedanken zu erraten.

»Jodie, du kannst da nichts machen, es ist mein Schädel. Wenn du mir einen Gefallen tun willst, dann hör auf, so mitleidig zu gucken. Das brauch ich nicht.«

»Sorry, Erin. Es ist nur so, ich erfahre gerade so viel von dir wie in den letzten Jahren nicht und habe das Gefühl, dass du mir eigentlich völlig fremd geworden bist.«

»Dafür weiß ich alles von dir«, grinste Erin. »Du bist der Star bei Buchanan, trinkst immer noch ordentlich Whisky, gehst ab und zu noch mit fetten Kötern auf die Straße und mit dem süßen Nathan ins Bett. Und danach kifft ihr euch immer einen. Hab ich was vergessen?«

Jodie schüttelte matt den Kopf. »Schrecklich, so ein Leben, was? Klingt doch total langweilig.« Sie sah den Computer an. »Aber mit dir tauschen will ich auch nicht.«

Die Freundinnen blickten sich in die Augen und prusteten laut los. Erin hatte die Angewohnheit, bei ihren Lachanfällen zu wiehern wie ein Esel, was die Ausbrüche immer beträchtlich in die Länge zog. Als sie sich einigermaßen beruhigt hatten, ging Jodie auf Erin zu und nahm sie in die Arme.

»Es ist ja wohl nicht ansteckend, oder?«

»Keine Bange, Jodie, die Scheiße hab ich für mich allein.« Erin sah auf die Uhr und stieß Jodie sanft von sich. »In fünf Minuten hab ich meinen nächsten Kerl. Willste zugucken?«

Jodie starrte Erin an. »Das ist doch nicht dein Ernst, oder? Du willst, dass ich dir beim Rubbeln zuschaue?«

»Nicht mir, dem Kerl natürlich. Ich schalte den Typen zu, und du setzt dich so, dass er dich nicht sehen kann. Ich weiß, wo meine Webcam dich nicht mehr erfasst.«

Jodie stand unschlüssig vor dem Computer. Plötzlich hatte sie furchtbares Herzrasen und das Gefühl, Erin müsste ihr pochendes Herz durch ihr T-Shirt bemerken. Ihr Bauch wurde schwer, und ihre Hände zitterten wie bei einer Alkoholikerin. Sie strich sich über Mund und Kinn und atmete tief durch. Ihr fiel nur die Sozialarbeiterfrage ein: »Echt?«

»Na klar, kein Problem für mich. Du musst dich nur entscheiden. Wenn du nicht willst, solltest du jetzt schnell verschwinden. Ich muss mich zurechtmachen.«

Erin grinste, zog sich ihre Sachen aus und stülpte die Perücke und das Headset über. »Und, was ist?«

»Was kommt denn für einer?«, fragte Jodie unsicher und setzte sich auf einen Stuhl seitlich des Schreibtisches, außerhalb der Reichweite der Webcam, den Erin für sie hingestellt hatte. Den Monitor hatte sie noch gut im Blick, die Hände krallten sich an der Sitzfläche fest.

»Antonio, ein Italiener. Nett, fett, harmlos, verrückt. Bei ihm dauert's nie lange, er kann sich kaum zurückhalten und geht immer ab wie 'ne Rakete. Und das Beste ist, er hat ein Abo für zwölf Monate bezahlt.«

Erin setzte sich nackt vor den Computer und aktivierte die Webcam. In einem kleinen Fenster verfolgte sie die IP-Adressen, die auf ihren Server zugriffen. Sie legte die Beine hoch.

»Deine Beine sind aber auch nicht ohne. Auf jeden Fall noch länger als meine«, meinte Jodie und entspannte sich etwas.

»Psst, es geht los«, flüsterte Erin.

Der Monitor flackerte kurz und zeigte dann einen Fleischberg, der es sich auf einem Bett bequem gemacht hatte.

Fett?, dachte Jodie. Ein feister Klops ist das. Sie versuchte, einen Blick auf sein Glied zu erhaschen, das aber noch zwischen den Fettringen seines Bauches und der Oberschenkel eingequetscht war, obwohl er die Beine zur optimalen Vorbereitung schon gespreizt hatte.

Die Qualität des Bildes war perfekt. Offenbar hatte Antonio ordentlich in Hardware investiert, um sich angemessen präsentieren zu können. Er lag entspannt auf drei voluminösen Kopfkissen und griente in die Kamera. Dann erst sah Jodie seinen Kopf und erstarrte.

»Mein Gott, was soll das denn?«, flüsterte sie und presste sich die Hand vor den Mund.

Antonio hatte sich eine gezackte goldene Krone aufgesetzt, unter der seine langen dunklen Locken nach allen Seiten hervorlugten.

»Hallo, mein König«, begrüßte Erin ihren Kunden mit ernster Miene.

Jodie verließ fluchtartig ihren Platz und schmiss sich aufs Sofa. Ihren Kopf presste sie unter ein Kissen.

»Wie geht's uns denn heute? Alles fit im Schritt?«

»Si, bene, Miss. Mir gehen es wundervoll, weil iche habe gewartet so lange wieder auf Sie, und jetzte sind Sie da. Fantastico.«

»Schön, mein König, sollen wir dann loslegen? Ich hab so 'ne Lust auf dich.«

Erin fing an, ihre Brust zu streicheln. »Schau mal, wie findest du das?«

»Ah, Miss, dasse ist bene. Auch iche habe Lust und bin ganze zitterig vor Spannung. Uuuhh, Sie sehen aus so fantastico mitte ihre schöne Haar und ihre kleine Busen. Uuuhh, iche fange schon an, bei mir regen sich soo viele Sachen inne meine kleine Schwanz.«

Jodie biss in das Kopfkissen, das leider total muffig schmeckte. Sie konnte unmöglich aufstehen und zum Monitor schauen. Ihre Fingernägel schnitten sich in ihre Handflächen. Sie zwang sich, die Augen zu schließen.

»Ja, mein König, ich sehe, da regt sich schon was. Komm, weiter, da geht doch noch viel mehr. Ich weiß das.«

»Uuuhh, mare mio, was machste du da mit mir, Miss?«

Erin hatte angefangen, ihre Vagina zu reiben.

»Oh, mein König, so wie du schafft mich keiner, wirklich«, stöhnte sie mit todernster Miene. Dann hörte Erin lautes Gepolter, das vom Sofa herzukommen schien.

Jodie war heruntergefallen und kniete mit angezogenen Beinen auf dem Boden. Ihr Oberkörper war nach vorne gestreckt, der Kopf klebte weiterhin im Kissen fest. Ihre Füße trampelten wie im Zorn auf den Boden. Erin vernahm dumpfe Laute, als würde jemand ersticken und um Hilfe schreien.

»Uuuhh, aaahh«, vernahm Jodie aus weiter Ferne. »Iche binne exeplodiert wie eine Bombe Atom, uuuhh.«

Jodie presste die Lippen so fest zusammen, dass sie schmerzten. Sie wagte kaum zu atmen. Ihre Lungen drohten zu zerreißen.

»Ouh, mein König, das war aber eine Fontäne, mein lieber Mann«, sagte Erin gerade in bewunderndem Tonfall. »Du bist echt ein wahrer König.«

»Oh, Miss«, hechelte Antonio, »iche kanne nicht genug kriegen von Sie. Können Sie nicht noche ein bisschen machen weiter?«

»Du darfst nächste Woche wieder ran«, säuselte Erin süß. »Die Fotos kommen gleich per Mail. Arrivederci, mein König.«

Sie drückte eine Taste und nahm ihre Beine vom Tisch.

»Na, Jodie, bist du vor der Atombombe in Deckung gegangen?«

Jodie lag auf dem Holzboden und warf das nass gewordene Kissen zur Seite.

»Das war gemein. Mir tut alles weh«, japste sie und wischte sich die Lachtränen aus dem Gesicht. »Sind die alle so?«

Erin hatte sich schon wieder angezogen und die Perücke abgenommen. Sie stand vor dem Spiegel und schmierte sich Salbe auf die Kopfhaut. Dann ging sie zur Spüle und wusch sich die Hände.

»Nee, leider nicht. Antonio ist 'ne Ausnahme, wie gesagt, nett und harmlos, ein kleiner Spinner. Viele von den Typen sind ganz normal, fast schon sachlich, so Bürohengste oder Lehrertypen. Ein paar sind echt anstrengend, die machen fast gar nichts und wollen nur mich in Action sehen.« Sie blickte Jodie an und grinste. »Da hätte ich dich nicht zuschauen lassen. Aber ist auch okay, bringt halt 'ne Menge Kohle.«

Jodie hatte sich wieder beruhigt und auf dem Sofa Platz genommen. Sie fröstelte und rieb sich ihre nackten Beine.

»Erin, wie lange willst du das noch machen? Ich meine, klar, es gibt gutes Geld für wenig Arbeit, aber ewig …?«

»Ewig mach ich den Scheiß bestimmt nicht, keine Bange. Aber guck mal, ich hab keinen Job und will nicht ewig hier auf dem Dachboden von Tante Margaret hausen. Ich spar mir was zusammen und suche mir den besten Hautarzt der Welt. Vielleicht kaufe ich mir danach auch irgendwo ein kleines Häuschen. Aber bestimmt nicht in Wick, das schwör ich dir.«

Jodie schloss die Augen und lehnte sich zurück. Hatte sie eigentlich jemals Träume gehabt, Vorstellungen, wie ihr Leben einmal aussehen sollte? Hatte sie ein Ziel, das sie unbedingt erreichen wollte, auf das sie hinarbeitete? Sie kam sich plötzlich wie ein kleines Holzstück vor, das in einem müden Fluss vor sich hin trudelte. Sie stieß nirgendwo an, und ihr Leben plätscherte immer weiter – völlig ziellos. Ihr fiel nichts ein, ob es etwas gab, was sie aufhalten konnte. Plötzlich sehnte sie sich nach Widerstand, nach einer Gefahr, nach einer Herausforderung, der sie begegnen konnte.

Die Frage war nur, ob sie eine Herausforderung meistern würde.

Was hatte sie bis jetzt schon für ernsthafte Probleme gehabt in ihrem Leben? Der Hass auf ihre Eltern war kein wirkliches Problem gewesen, eher ein sportlicher Wettbewerb und ein Ansporn, möglichst immer das Entgegengesetzte von dem zu tun, was ihre Eltern erwarteten. Probleme mit Männern? Nein, sie wollte einfach nichts Festes, wollte ihre Unabhängigkeit. Einmal pro Woche Sex mit Nathan war vollkommen ausreichend, um sich nicht als alte, unbefriedigte Jungfer zu fühlen. Nathan war freundlich, gut aussehend, anspruchslos und roch wunderbar, was wollte sie mehr. Umso besser, dass er seit ihrem gemeinsamen Deal nie weitere Forderungen gestellt hatte. Er schien seine Rolle für ewig akzeptiert zu haben. Er war überglücklich, mit der schönsten Frau weit und breit zu schlafen. Auch wenn sie nach außen hin eine Lesbe war. Das war ihm egal.

Der Job im Juwelierladen machte Spaß. Was sie liebte, war der Umgang mit Metall und Werkzeug, der Prozess, wenn aus einem Rohling ein Schmuckstück wurde. Was sie besonders faszinierte, waren Uhren. Es gab nur ein kleines, ausgewähltes Sortiment im Laden, weil der Chef meinte, die Gewinnspanne sei bei Ringen oder Ketten größer, aber sie stürzte sich mit Feuereifer auf jede Uhr, die es bis in die Auslage schaffte. Sie las Chroniken über Uhrenhersteller und Fachzeitschriften, klapperte Flohmärkte ab und konnte abends stundenlang eine zerlegte alte Uhr betrachten.

Es war schon lange keine Herausforderung mehr im Geschäft, viel Routine, viel Gewohnheit. Doch die meisten Leute kamen ihretwegen in den Laden. Sie hatte ein Gespür für den passenden Schmuck.

War da noch etwas?, überlegte Jodie.

Erin.

»Hey Jodie, bist du eingepennt, oder was?«

Jodie erschrak und öffnete die Augen. Erin stand vor ihr mit ihrer notdürftig gereinigten und geföhnten Jeans und grinste sie an.

»Du kannst sie wieder anziehen. Ich hab sie mit Seife geschrubbt und ordentlich mit Parfüm eingesprüht, jetzt stinkt's nicht mehr.«

Dankbar stand Jodie auf und zwängte sich in die Hose.

Erin beobachtete amüsiert ihre wackelnden Hüften. »Mensch, Jodie, du könntest sie alle haben.«

Jodie lachte. »Ich will nur Antonio.«

Erin wurde ernst und verschränkte die Arme. »Willst du auch

mal eine Explosion auslösen? Ich könnte das für dich einrichten, wär kein Problem.«

»Bist du bescheuert? Ich kann das nicht und will das nicht. Ich brauch kein Geld.«

»Klar, wenn du ewig hier versauern willst, reicht dir dein Job, ich weiß. Aber vielleicht willst du ja auch noch mehr sehen als fette Köter, Schmuck und schottischen Dauerregen.«

Jodie war irritiert. Auf diesen Überfall war sie nicht gefasst.

»Was soll das, Erin? Ich will nicht.«

Erin setzte sich neben Jodie aufs Sofa und legte einen Arm um ihre Schulter. Sie streichelte ihr schwarzes Haar. Jodie bekam eine Gänsehaut.

»Ich will dich nicht überreden, ich will dir einen Weg zeigen, wie man hier wegkommt. Wer nicht will, bleibt hier.«

Jodie starrte den Monitor und den Stuhl davor an. Sie konnte sich einfach nicht vorstellen, dort zu sitzen und fremde Typen aufzugeilen. Nein!

»Du kannst ja noch mal zuschauen, wenn du magst.«

»Ich überlege es mir. Aber keinen Antonio mit Atombomben und Königskronen oder so'n Mist.«

»Keinen Antonio, versprochen.«

»Und keinen Perversen oder Sadotypen.«

»Geht klar.«

»Nur so einen richtigen Normalen aus einem Büro oder so was. Deine Sofakissen schmecken nicht besonders.«

»Okay, ich hab verstanden und sag dir Bescheid.«

»Erin?«, flüsterte Jodie und nahm ihre Freundin in den Arm.

»Ja?«

»Werd wieder gesund.«

13

Rothenburg war froh, dass es endlich wärmer geworden war. Tief »Robert« hatte sich verabschiedet und Hoch »Steffi« Platz gemacht. Der Himmel war strahlend blau, Wind war kaum zu spüren. Die Temperatur kletterte zum ersten Mal in diesem Jahr auf über zwanzig Grad. Wer nicht ständig im Büro hocken musste, konnte jetzt den Frühling spüren.

Der Golf schlingerte mit der morgendlichen Blechkarawane durch die vom nächtlichen Regen gesäuberten Straßen. »Ich sollte endlich Sommerreifen aufziehen«, murmelte Rothenburg, als er den Wagen vor dem Institut parkte. Dann fiel ihm ein, dass er keine mehr hatte. Der Satz vom vergangenen Jahr war gleich beim Händler geblieben.

Die Sekretärin von Professor Lenze hatte immer noch verheulte Augen. Sie saß zusammengesunken auf ihrem Schreibtischstuhl und rührte in einer leeren Kaffeetasse.

Rothenburg und Franta wiesen sich aus und setzten sich auf die Besucherstühle am Fenster. Draußen konnte man die Bettentürme der Uniklinik sehen. Vor blauem Himmel sehen sie gar nicht so übel aus, dachte Rothenburg.

»Frau Gruber, wir hätten gerne eine Liste aller Doktoranden und Examenskandidaten, die von Professor Lenze betreut wurden. Mit Adressen und Telefonnummern. Geht das?«, fragte er freundlich.

Frau Gruber schniefte heftig in ihr Taschentuch und nickte.

»Ist es auch möglich, den Fortschritt der Arbeit und das Thema beizulegen?«

Frau Gruber nickte wieder, schaute dann aber plötzlich unsicher auf.

»Was meinen Sie mit Fortschritt der Arbeit?«

»Ich meine, ob der Kandidat erst am Anfang war oder ob die Prüfung kurz bevorstand.«

Frau Gruber nickte zum dritten Mal.

»Ja, das lässt sich machen.«

»Wunderbar. Mit wie vielen Studenten können wir denn in etwa rechnen? Fünfzig?«

Diesmal schüttelte Frau Gruber heftig den Kopf. Ihre Dauerwelle wackelte.

»Oh nein, um Gottes willen. Der Professor war doch viel mehr Forscher als Lehrender, zudem hatte er letztes Wintersemester ein Forschungssemester. Er musste keine Vorlesungen halten und brauchte keine Seminare zu leiten. Das heißt, er konnte sich voll auf seine Studien konzentrieren und hat nur die Studierenden betreut, die er schon vorher hatte. Diplomanden waren, so weit ich weiß, gar keine dabei, nur sieben oder acht Doktoranden.«

»Schön, Frau Gruber«, sagte Franta, »das ist ja überschaubar. Wann könnten wir die Liste bekommen?«

»Wenn Sie ein paar Minuten Geduld haben, kann ich sie Ihnen gleich geben. Sie werden mir wahrscheinlich nicht sagen, wozu Sie die Namen brauchen?«

»Leider geht das nicht, Frau Gruber«, sagte Franta in wichtigem Beamtentonfall und schielte Rothenburg an. »Sie wissen schon, die Ermittlungen laufen noch und so weiter. Sie kennen das ja wahrscheinlich vom ›Tatort‹.«

»Ja, natürlich, entschuldigen Sie, ich wollte nicht indiskret sein.« Sie wandte sich ihrem Computer zu. »Ich stell jetzt mal die Liste zusammen. Bitte nehmen Sie doch so lange Platz.«

»Danke, wir sitzen bereits.«

Frau Gruber starrte ihre Besucher mit glasigen Augen an und nickte zum vorläufig letzten Mal.

Dann fing sie wieder an zu weinen.

Im Präsidium setzte sich Franta zu Rothenburg ins Büro und zog die Liste aus ihrer Tasche. Sie sieht wieder einmal himmlisch aus, dachte er. Es ist schön, hier zu arbeiten.

»Nikolaus? Ich lese jetzt mal die Namen vor, wenn du Zeit hast. Vielleicht sagt uns ja einer was.«

Rothenburg nickte schnell und konzentrierte sich.

»Nicola Wagner, Matthias Kronenberg, Katharina Dohlsen, Stefanie Migant, Olaf Zeus, Susanne Tarnet, Hassan Celik, Martin Dobrinski.«

»Mmmh«, brummte Rothenburg, »kenn ich alle nicht. Woher auch? Die sind doch bestimmt alle zwanzig Jahre jünger als ich.«

Frantas fragender Blick entging ihm nicht.

»Vier Männer also und vier Frauen«, fuhr der Kommissar unbekümmert fort. »Wenn wir die Männer zunächst weglassen, bleiben vier Kandidatinnen für Lenzes Entgegenkommen. Hier steht, Nicola Wagner hat gerade erst angefangen mit ihrer Promotion, Susanne Tarnet hat ein Forschungssemester in Italien, bleiben noch Dohlsen und Migant. Das …«

»Celik«, rief Franta dazwischen, »den kennen wir doch schon. Hassan Celik, ist das nicht der Taxifahrer aus der Finkenstraße?«

Rothenburg hob die Augenbrauen. »Richtig. Ruf bitte sofort Briesch an, der muss wissen, dass Celik Lenze gekannt hat. Andreas soll in der Taxizentrale Druck machen, dass wir schnell etwas in der Hand haben. Aber weißt du, wie viele Studenten in Münster Taxi fahren? Mehr als es Taxis gibt, auf jeden Fall. Es könnte also auch ein bloßer Zufall sein.«

»Also, zumindest haben wir den Kreis schon ordentlich eingeengt … Na ja, fragt sich nur, welchen Kreis eigentlich.«

Franta trat ans Fenster und starrte verträumt in den Himmel.

»Irene?«

Er ist so anders als die ganzen vergangenen Wochen, dachte sie, so herrlich blau. Sie überlegte, wann sie das letzte Mal diese Farbe gesehen hatte. Ihr fiel es nicht ein, vermutlich war es vor Weihnachten gewesen. Wie schrecklich. Sie setzte sich Rothenburg gegenüber und massierte ihre Schläfen.

»Wir ermitteln in die falsche Richtung«, sagte sie dann. »Das habe ich dir bereits mehrfach gesagt. Du verrennst dich in die Idee mit der unbekannten Frau. Schönfeld sagt, dass Lenze im Bett sehr gut war, okay. Und dass er Sex praktiziert hat, wissen wir ja auch. Die Frage jetzt ist: War er nur ein einsamer Casanova oder ein fieser Lustmolch, der Probleme von Studentinnen ausgenutzt hat? Keine Ahnung, aber das können wir herausbekommen, und das werden wir herausbekommen. So weit, so gut, aber was hat das, bitte schön, mit den ausgestochenen Augen zu tun? Nichts, aber auch wirklich gar nichts. Nein, der Mord war eine symbolische Tat, symbolischer geht es doch kaum.«

»Hm, und Lenze war eigentlich gar nicht gemeint als Opfer, sondern musste nur für jemand anderen oder eine fixe Idee sterben?«

Franta nickte. »Eine Möglichkeit. Natürlich kann Lenze auch persönlich ausgewählt worden sein, weil er in ein Schema passte oder er früher in etwas verwickelt war. Er stand für etwas oder hat etwas getan, was in den Augen des Täters nicht richtig war, um es vorsichtig auszudrücken. Und die herausgestochenen Augen müssen etwas damit zu tun haben. Der Täter hat das Symbolische so weit in den Vordergrund gerückt, dass es fast schon sein könnte, dass der Mann Paul Lenze eigentlich bedeutungslos und austauschbar ist. Das Opfer Paul Lenze, das ist wichtig.«

Rothenburg wiegte leicht den Kopf. »Also Rache, meinst du?«

»Könnte gut sein. Aber er muss noch nicht einmal selbst den Täter bis zum Äußersten provoziert haben, es kann sein, dass schon sein Beruf als Chemiker für das Todesurteil reichte.«

Franta stand auf und ging wieder zum Fenster. Rothenburg nutzte die Unterbrechung für die Suche nach einem Käsebrötchen.

»Ich spinne mal ein Szenario, völlig aus der Luft gegriffen und an den Haaren herbeigezogen, aber zur Veranschaulichung taugt es vielleicht.« Franta öffnete das Fenster und sog gierig die klare Luft ein. »In einer Schule für Sehbehinderte gibt es im Chemieunterricht einen schrecklichen Unfall. Der Lehrer stirbt, ebenso einige Schüler, viele werden schwer verstümmelt, unter ihnen auch ein Kind mit dunkler Hautfarbe.«

»Ich verstehe.«

»Nach vielen Jahren der Behinderung und des Dahinvegetierens stirbt jetzt dieses Kind. Der Vater – oder die Mutter – ist so fertig mit der Welt, dass er oder sie nur noch wütende Rache kennt, rasenden Zorn. Den Lehrer können sie nicht mehr umbringen, das hat sich schon von selbst erledigt. Den Schulleiter vielleicht, aber der ist nicht nah genug am Casus Belli dran. Dass sie einen Unschuldigen töten werden, ist klar, der einzig möglich Schuldige ist bereits tot. Also, wer kommt noch in Frage?«

»Andere Chemielehrer an der Schule?«, schlug Rothenburg vor. Casus Belli, dachte er, alle Achtung.

»Zum Beispiel«, nickte Franta, »vielleicht auch ein Kind des Lehrers oder der Ausbilder, keine Ahnung. Wie gesagt, ein willkürlich ersponnenes Szenario. Aber diesem Schema nach hätten die ausgestochenen Augen einen äußerst symbolhaften Charakter.«

Rothenburg fegte die Brötchenkrümel vom Tisch und kratzte sich an der Nase.

»Ich gebe dir in allen Punkten recht und glaube dennoch, dass wir so weitermachen müssen wie bisher. Wir müssen Lenzes Leben komplett durchleuchten und wissen dann immer noch nicht, ob wir den Casus Belli gefunden haben, er kann ja – da liegst du völlig richtig – gar nichts zu tun haben mit dem Mann Paul Lenze. Das heißt aber doch, dass wir auch in seinem Umfeld suchen müssen. Irgendwo muss der Hund begraben liegen, der Lenze mit ins Grab genommen hat. Es bleibt uns also gar nichts anderes übrig, als zu suchen. Auch wenn wir nicht wissen, wonach wir eigentlich suchen sollen. Falls die unbekannte Frau wirklich ein Irrweg ist, gut, wir kriegen das raus und können das Thema dann abhaken. Aber solange wir das nicht ausschließen können, haben wir keine andere Wahl. Symbole hin oder her.«

Rothenburg schaute Franta tief in die Augen.

»Und jetzt besuchen wir die Mädels.«

14

Jodie Grant saß allein am Küchentisch in ihrem kleinen Appartement und frühstückte. Sie hatte den Kaffee heute extra stark gemacht, um richtig wach zu werden. Die Nacht war kurz gewesen, bis weit nach Mitternacht hatten sie und Nathan sich in ihrem kleinen Bett gewälzt und geliebt. Aber sie legte stets großen Wert darauf, dass Nathan noch in der Nacht die Wohnung wieder verließ, denn sie hatte panische Angst vor einem gemeinsamen Frühstück. Was, wenn Nathan Fragen stellte oder sie auch nur fordernd anschaute? Sollen wir es nicht doch zusammen versuchen, es klappt doch so wunderbar? Nein, das käme auf keinen Fall in Frage.

Sie legte zwei Weetabix in eine Schale mit Milch und zerquetschte sie vorsichtig. Dann rührte sie noch ein paar Haferflocken dazu und schnitt sich eine Banane in den Brei. Sieht richtig scheußlich aus, dachte sie und wunderte sich wie jedes Mal, dass es ihr doch so gut schmeckte.

Wovor habe ich eigentlich Angst? Auf jeden Fall nicht davor, meine Freiheit zu verlieren.

Sie kannte Nathan lange und gut, sie war schließlich fünfunddreißig Jahre alt und hatte sich ordentlich ausgetobt. Nein, sie hatte einfach Angst, Nathan oder wem auch immer nicht gerecht zu werden. Wer eine Beziehung eingeht, übernimmt dafür einen Teil der Verantwortung, egal ob einfach so zusammen oder verheiratet. Und was machte sie, Jodie Grant? Sie bekam jahrelang nicht mit, was ihre beste Freundin trieb, wusste nicht, dass sie offensichtlich richtig krank war, und kümmerte sich stattdessen immer noch um alte Hunde.

Erin.

Als Jodie vor ein paar Tagen nach dem Besuch bei Erin nach Hause gekommen war, hatte sie sich erst einmal einen ordentlichen Whisky gegönnt und danach einen Joint geraucht. Stundenlang hatte sie auf ein Foto gestarrt, das sie und Erin auf einer Party zeigte. Das Bild war etwa drei Jahre alt und zeigte zwei sich eng umschlingende und strahlende Frauen, die dem unbekannten Fotografen einen Kussmund zuwarfen. Immer wenn Jodie dieses Bild betrachtete, wurde sie fürchterlich neidisch auf Erin.

Klar, sie war die Schöne, die Hübsche, der Hingucker auf jeder Party. Sie war umgänglich, wenn man es schließlich schaffte, ihre mitunter quälende Schüchternheit zu überwinden. Wenn sie einmal Vertrauen gefasst hatte, konnte sie beim üblichen Partygeplapper mit klugen Beiträgen glänzen und witzig sein. Sie tanzte schwungvoll mit angedeutet erotischen Bewegungen und hatte bislang noch jeden Kerl unter den Tisch gesoffen.

Aber was zählte das alles, wenn sie Erin sah?

Erin war das, was man allgemein als »nicht wirklich hübsch, aber ungemein interessant« bezeichnete. Als sie noch ihre freche Stoppelfrisur hatte, wurde sie oft mit Sinéad O'Connor verglichen, was Erin niemals hören durfte, denn sie hasste die sanfte Musik der Irin. Wenn auf einer Party nicht Nirvana oder Rammstein gespielt wurde, zog sie oft gelangweilt ab oder setzte sich mit einem Joint in eine Ecke. Sobald aber ordentliche Kracher den Partyraum zudröhnten, stand sie auf der Tanzfläche und durchlebte die Musik wie in Trance, wie Derwische auf dem Balkan, berauscht vom Rhythmus und von den harten Riffs. Jodie konnte sich noch gut an eine Party vor ein paar Jahren erinnern, als sich Erin bei dem Lied »Spieluhr« der deutschen Brachialrocker unter einem schwarzen Samtlaken räkelte und ein begrabenes Kind mimte. Einige entsetzte Frauen hatten versucht, sie von der Tanzfläche zu ziehen, weil sie glaubten, Erin wäre nun völlig durchgeknallt. Die meisten aber hatten ihr nach dem Lied begeistert applaudiert. Das bekam Erin allerdings gar nicht mit.

Jodie hatte oft die Männer beobachtet, die Erin beim Tanzen zuschauten. Sie fand es amüsant, dass Erin es jedes Mal schaffte, die Kerle in zwei Lager zu spalten. Einige konnten mit ihr einfach nichts anfangen und belächelten sie schon fast mitleidig. Bei den meisten allerdings sah Jodie heftige Erregung, Respekt und Angst in den Augen. Wie schafft sie das nur?

An Erins Stärke und Persönlichkeit würde Jodie niemals herankommen, das wusste sie. Im Gegensatz zu ihr wurde Erin niemals angebaggert, nicht weil die Männer es nicht wollten, sondern weil sie sich nicht trauten. Keiner hatte bisher den Mumm gehabt, auf sie zuzugehen. Wenn Erin einen Mann haben wollte, dann holte sie sich einen, und wenn der nicht wollte, holte sie sich einen anderen. So einfach war das.

Warum ist es bei mir nicht so einfach?

Jodie seufzte und kratzte ihre Breischale aus.

Ich will es wohl möglichst bequem und ohne Reibungen. Bloß nichts Kompliziertes, bloß keine Risiken, bloß keine Spannung, bloß keine Entwicklung in meinem Leben.

Als es an der Tür klingelte, fuhr sie erschrocken auf. Sie erwartete keinen Besuch, nicht an ihrem freien Tag. Vielleicht hatte Nathan irgendetwas vergessen. Sie rannte ins Schlafzimmer, fand aber auf den ersten Blick nichts, was ihrem Liebhaber gehören könnte.

Es war Erin.

»Hi Jodie.«

Sie hatte ein Baseballcap auf und trug schwarze Strumpfhosen. Der neongrüne Minirock darüber hatte höchstens die Größe eines Küchenhandtuchs.

So fällt man auf, dachte Jodie.

Erin schlurfte in die Küche und ließ sich breitbeinig auf einen Stuhl fallen. Sie riss den Mund auf und gähnte laut.

»Hast du 'nen Kaffee? Ich bin so tierisch müde.«

Jodie nickte und ging zur überfüllten Spüle, um die Thermoskanne zu holen.

»Musst du heute nicht arbeiten?«, fragte Erin und nippte am Kaffee. »Puh, ist der heiß. 'ne gute Kanne haste hier.«

»Ich habe Samstag gearbeitet und dafür heute frei. So mache ich das alle zwei Wochen. Ist ganz okay so.«

»Hm. Hast du noch Urlaub dieses Jahr? Oder lässt dich dein Ausbeuter vor Weihnachten nicht mehr aus der Stadt raus?«

»Es ist April, du Knalltüte. Ein paar Tage habe ich also noch. Warum?«

Erin stellte ihre Tasse auf den Tisch und gähnte wieder laut. Sie streckte die Arme weit zur Seite und warf auf einem Sideboard fast eine Vase um.

»Sorry, aber ich war gestern Abend auf einem Konzert und musste heute ganz früh nach Inverness zum Schädeldoktor. Das schafft mich ganz schön.«

Sie sah Jodie fest an.

»Ich muss nach Deutschland.«

Jodie runzelte die Stirn.

»Du? Nach Deutschland? Warum?«

Erin zog das Cap vom Kopf. »Deswegen.«

Jodie zuckte zusammen. Die Tomatensoße der Pizza Margherita war mittlerweile dunkelrot geworden, die gesamte Kopfhaut war von einem schleimigen Salbenfilm überzogen. Gesunde Stellen waren nicht mehr zu erkennen.

»Mein Gott, Erin, wird das denn gar nicht besser?«

»Nee, im Gegenteil. Nachts kratze ich mir durch die dicksten Mützen den Schädel immer weiter wund. Es juckt so scheußlich, du kannst es dir echt nicht vorstellen. Ich hab so was von die Schnauze voll.«

Ihre Fäuste waren geballt, eine unendliche Wut lag in ihrer Stimme.

»Und die Nase. Ich könnte den ganzen Tag meine Nasenlöcher mit 'ner Drahtbürste kratzen.«

Jodie verzog bei dem Gedanken das Gesicht.

»Autsch! Und was sollst du in Deutschland? Gibt's da eine Spezialklinik oder so was?«

»Der Doc sagt Ja. In Münster gibt es ein Institut extra für solche krassen Fälle wie mich, wo keiner weiß, wo die Juckerei herkommt. Da laufen lauter Spezialisten rum und versuchen rauszufinden, was es mit dem Scheiß auf sich hat. Der Doc sagt, wenn es einer rauskriegen kann, dann die. In England ist nix zu machen – und in Schottland schon gar nicht.«

»Aha«, sagte Jodie nur. Der Anblick von Erins Kopfhaut war ihr auf den Magen geschlagen. Sie hielt sich eine Hand vor den Bauch und starrte in ihre leere Kaffeetasse.

»Kommst du mit, Jodie?«

»Ich? Wieso das denn?«

Erin verdrehte die Augen.

»Bist du so blöd oder …? Du sprichst die Sprache nahezu perfekt, und ich kann nicht mal ›Fick dich‹ auf Deutsch sagen.«

»Ich glaube, das ist auch besser so.«

»Ich weiß nicht, wie lange ich dort bleiben muss«, fuhr Erin fort und malte mit ihren Schuhen Kreise auf den Boden. »Vielleicht eine Woche, vielleicht zwei Monate, keine Ahnung, und es wäre cool, am Anfang jemanden dabeizuhaben, den man kennt und der nicht sofort umfällt, wenn man die Mütze abnimmt.«

»Wo liegt Münster?«

»Weiß nicht, irgendwo in der Mitte von Deutschland an der Grenze zu Holland ungefähr. Wir könnten uns also immer mal schnell Gras besorgen.« Erin grinste. »Kälter als hier ist es auch nicht«, fuhr sie fort. »Es soll dort aber mindestens so viel regnen. Wir werden uns also schnell heimisch fühlen.«

»Aha.« Jodie dachte an ihre Gedanken vom Morgen und an ihre Zweifel. Sie glaubte zwar nicht, dass ein Aufenthalt ausgerechnet in einer deutschen Stadt mit außergewöhnlichen Risiken oder erhöhter Spannung verbunden sein würde, aber ein bisschen Abwechslung könnte nicht schaden. Das war es doch, was sie eigentlich wollte, eine gut kalkulierbare Abwechslung. Warum eigentlich nicht? Für zwei Wochen?

»Wann soll es losgehen?«

»Bald. Der Doc versucht gerade, einen ersten Termin zu bekommen. Ich schätze, in ein bis zwei Wochen. Länger halte ich es auch echt nicht mehr aus.«

Sie wollte sich gerade wieder kratzen, stoppte aber im letzten Moment und fluchte laut.

»Verdammte Scheiße, ich hasse meinen Schädel!«

Erin fegte die Kaffeetasse vom Tisch.

»Weißt du, wie es ist, wenn man fast wahnsinnig wird vor Juckerei? Kannst du dir das vorstellen? Teufel noch mal.«

Zum ersten Mal in ihrem Leben sah Jodie Tränen auf Erins Wangen. Sie kann doch weinen, dachte sie und erschrak ein wenig, dass sie diesen Gedanken hatte. Sie ist ein Mensch und leidet.

Sie nahm sie fest in die Arme.

»Natürlich komme ich mit. Das ist ja wohl das Mindeste, was ich für dich tun kann.«

Erin schniefte laut. »Super. Echt cool von dir.«

Sie stand auf und ging wortlos zur Tür, drehte sich noch einmal um und sah Jodie dankbar an.

»Um Kohle brauchst du dir keine Gedanken zu machen, hab ich mittlerweile ohne Ende.« Ein mattes Lächeln huschte über ihr Gesicht.

Jodie nickte stumm und wartete, bis die Tür ins Schloss gefallen war. Dann begrub sie ihr Gesicht in den Händen und weinte.

15

Sie beschlossen, bei der klaren Luft einen kleinen Spaziergang zu machen. Der Wind war wieder stärker geworden, aber die Aprilsonne hatte schon einige Kraft. Rothenburg hatte den Botanischen Garten vorgeschlagen, wegen der Ruhe und eines Kaffees. Außerdem lag die Wohnung von Stefanie Migant direkt hinter der grünen Oase im Zentrum von Münster.

»Das war hoffentlich ein Scherz mit dem fünften Stock«, sagte Rothenburg, als sie den Altbau erreichten.

Franta hatte ein Stockwerk Vorsprung, als sie oben ankamen. Rothenburg einen Hustenanfall.

»Nicht schlecht, Frau Kommissarin. Nicht schlecht.«

Er nahm sich vor, heute Abend auf jeden Fall zum Handballtraining zu gehen.

Eine junge Frau in grauer Schlabberhose und rosa Schlafshirt öffnete ihnen verschlafen die Tür und ließ sie herein.

»Sehr nett, dass wir kommen durften«, begann er ausgesprochen höflich. »Sie wissen ja sicher, um was es geht, Frau Migant.«

Franta sah den Kommissar scharf an, Rothenburg zuckte mit den Schultern.

Die blonde Frau führte sie in die geräumige Küche und bot ihnen einen Platz am großen Esstisch an. Es roch nach Kaffee, Schinken und gekochten Eiern. Die Reste eines üppigen Frühstücks verteilten sich um eine große Vase mit bunten Blumen. Rothenburg überlegte kurz, ob er nachfragen sollte, um welche Blumen es sich handelte, ließ es dann aber sein. Im Zweifel erntet man nur Spott, dachte er. Stattdessen kickte er so lange mit zwei Fingern einige Krümel in die Tischmitte, bis er unter dem Tisch einen Fußtritt von Franta bekam.

»Professor Lenze, nehme ich an«, krächzte Stefanie Migant. »Entschuldigen Sie meine Stimme, aber ich war gestern lange auf einer Party. Karaoke singen mit Freunden.«

»Mein Beileid«, meinte Rothenburg, »das ist wirklich hart.«

»Was?«

Rothenburg räusperte sich.

»Na ja, so lange zu singen, immer den Ton zu treffen und sich nicht aus der Fassung bringen zu lassen zum Beispiel.«

»Was reden Sie denn da für einen Scheiß?«, krähte eine zweite Stimme von der Küchentür.

Eine Frau hatte sich zwischen die Türpfosten postiert und hielt mit einer Hand die Türklinke fest.

»Meine Freundin und Doktorandenkollegin, Katharina Dohlsen. Das passt Ihnen doch sicherlich gut, was?«, lächelte Migant müde. »Wir lernen gerade zusammen.«

»Im Nachthemd?«, fragte Rothenburg ehrlich erstaunt.

Franta war klar, dass sie spätestens jetzt das Heft in die Hand nehmen musste, sonst würden hier wohl bald die Fetzen fliegen. Sie nahm sich vor, ihrem Chef in naher Zukunft einige Nachhilfestunden in Sachen Fingerspitzengefühl zu geben.

»Wie gut kannten Sie beide Ihren Doktorvater?«, fragte sie lammfromm.

Rothenburg fing den blitzschnellen Blick auf, den die beiden Studentinnen sich zuwarfen. Stefanie Migant nickte kaum merklich, Katharina Dohlsen lehnte sich an die überfüllte Spüle und verschränkte die Arme vor der Brust. Sie lächelte herablassend.

»Wir nehmen Ihnen Ihren Job ab, Herr Kommissar, und gestehen.«

Rothenburg kniff die Augen zusammen.

»Was gestehen Sie?«

»Dass wir was mit ihm hatten, natürlich. Das hätten Sie doch sowieso irgendwann rausgekriegt, und so ersparen wir uns Ihre lästigen Besuche.«

Rothenburg stand auf und ging langsam auf Dohlsen zu. Er roch schwach ein billiges Parfüm und blieb leicht angewidert stehen.

»Wer ist denn *wir*, bitte?«

Dohlsen verzog keine Miene. »Na, Steffi und ich und wahrscheinlich noch 'ne Reihe anderer Damen.«

Rothenburg hatte keine Idee, was er mit seinen Händen anfangen sollte, und stopfte sie in die Hosentaschen. Er fand zwei alte Taschentücher und spielte damit.

»Aha.«

Er schlenderte durch die versumpfte Küche und überlegte fieberhaft, was er als Nächstes fragen sollte.

»Und Sie meinen damit, dass Sie allesamt mit ihm geschlafen haben, richtig?«

»Goldrichtig, Herr Kommissar.«

»Aha. Und aus welchem Grund?«

»Ich nehme an, dass Sie sich das denken können, Herr Kommissar. Professor Lenze sah zwar nicht ganz übel aus, aber er war immerhin dreißig Jahre älter als wir. Ich spreche jetzt nur für mich, aber ich kann Ihnen versichern, dass nie was Ernstes im Spiel war.«

»Sondern?«, hakte Franta nach.

Dohlsen verdrehte genervt die Augen. »Mensch, die Prüfungen natürlich. Lenze war bekannt dafür, dass Frauen bei ihm einen leichten Stand hatten, wenn sie sich auf ihn einließen.«

»Aber gezwungen hat er keine? Was war mit denen, die nicht wollten?«

»Nein, er hat keine gezwungen. Die, die keine Lust auf ihn hatten, hat er wie die Männer behandelt, ganz normal.«

»Aha«, murmelte Rothenburg erneut. Er hatte sich wieder an den Tisch gesetzt und spielte mit Krümeln.

»Wann haben Sie sich denn zuletzt um Ihre Karriere bemüht?«

Dohlsen atmete tief durch und tat, als ob sie überlegte. »Letzten Donnerstagabend, würde ich sagen.«

»Also am Abend vor seinem Tod. Und Sie, Frau Migant?«

Stefanie Migant wurde krebsrot im Gesicht. Ihre Hände zitterten und konnten die Kaffeetasse nicht mehr halten. In letzter Sekunde kam ihr Franta zu Hilfe und nahm sie ihr ab. Migants Kopf hatte fast die Tischplatte erreicht. Ihre blonden Haare landeten teils in der Butterdose, teils in der Marmelade.

»Mein Gott, ist das peinlich«, flüsterte sie mit ihrer Piepsstimme und rieb sich mit beiden Händen die Oberschenkel. Erst jetzt hörte Rothenburg das laute Ticken der Küchenuhr.

Er hob langsam den Kopf und starrte sie an. »Wirklich?«

»Ja«, murmelte sie kaum hörbar. »Etwa eine Stunde vor Kati.«

»Wow«, entfuhr es Franta. Damit die Studentinnen ihr Grinsen nicht sehen konnten, drehte sie sich schnell zur Wand.

»So etwas nennt man wohl Forschungssemester«, sagte Rothenburg und befreite Migants Haare aus der Marmelade. »Wenn Sie erlauben … Wir können doch davon ausgehen, dass Ihre Bemühungen bislang erfolgreich waren, nicht wahr?«

Stefanie Migant nickte stumm, ohne aufzusehen. Was dazu

führte, dass einige Haarsträhnen wieder im Fruchtaufstrich landeten.

Katharina Dohlsen grinste. Reichlich dümmlich, wie Rothenburg fand.

»Wir können nicht klagen, danke.«

»Und wie geht es jetzt weiter mit Ihnen?«, fragte Franta. »Darf *ich* mal?« Vorsichtig versuchte sie, Migants klebrige Haare freizubekommen.

»Keine Ahnung«, entgegnete Dohlsen, »wahrscheinlich übernimmt uns Schmallenberg.« Sie verzog den Mund. »Aber da wird es leider anders laufen. Schmallenberg ist ein Arsch, ein Schleimer und platzt vor Ehrgeiz, darum sitzen wir hier und büffeln. Bei Lenze war das nicht nötig.«

»Wusste Schmallenberg von Lenzes, na ja, Vorgehen?«

»Er ahnte es wohl, aber sicher bin ich mir nicht. Wir hatten bislang nichts zu tun mit diesem Typen, zum Glück.«

Rothenburg blickte Franta an und zuckte die Schultern. Er überlegte angestrengt eine neue kluge Frage, die ihm aber nicht einfallen wollte.

»Ja, dann werde ich mal einen Kollegen vorbeischicken für eine kleine Speichelprobe, und das wäre es dann wohl gewesen, schätze ich.«

»Trinken wir noch einen Kaffee?«, fragte Rothenburg, als sie wieder auf der Straße standen.

Sie gingen durch den Botanischen Garten und setzten sich an einen freien Tisch vor dem Schlossgartencafé. Franta bestellte zwei Kaffee.

»Ich muss dir recht geben, mit der Frauentheorie sind wir wohl auf dem Holzweg.«

Franta nickte. »Sind wir.«

Sie wird niemals sagen: »Hab ich doch gesagt« oder so ähnlich, dachte Rothenburg, dafür ist sie einfach viel zu anständig.

»Migant und Dohlsen hätten auf jeden Fall ein überaus starkes Interesse daran gehabt, dass Lenze am Leben bleibt«, fuhr Franta fort.

»Daran gibt es wohl nichts zu rütteln«, sagte Rothenburg.

»Ihre DNA werden wir allerdings zweifellos nachweisen.«

»Auch das steht fest«, sagte Rothenburg.

»Aber die können wir vermutlich sofort in die Tonne werfen.«

»In der Tat.«

Rothenburg seufzte. Ihm ging langsam auf, wie viele Fragen sie sich jeden Tag stellten und dass die Antworten darauf jedes Mal ausblieben. Äußerst unbefriedigend, aber er durfte jetzt nicht resignieren. Warum gab es nur weit und breit keinen Hinweis auf ein nachvollziehbares Motiv? Was hatte er übersehen? Hatte er überhaupt etwas übersehen?

Kluge Fragen, entschied er, aber die bringen jetzt auch nichts.

Vielleicht hilft ja die Zeit, wenn sonst keiner hilft.

Jodie Grant hatte einen Entschluss gefasst. Genau genommen waren es zwei.

Sie würde Erin auf jeden Fall nach Deutschland begleiten. Ihr war, als hätte die Freundin mit der rätselhaften Krankheit bei ihr einen Schalter umgelegt, der schon jahrelang auf Lethargie stand. Das Schaltergelenk war mit den Jahren so festgerostet, dass offensichtlich keine Chance mehr bestand, es ohne Hilfe von außen wieder beweglich zu machen. Die Stellung Lebenslust war kaum noch zu erkennen, war verdeckt von einem dichten Mantel aus Bequemlichkeit und Trägheit.

Für die zweite Entscheidung hatte Jodie einige Tage gebraucht. Ich bin nicht Erin und will sie auch nicht kopieren, dachte sie. Sie wunderte sich über ihren zarten Anflug von Selbstbewusstsein. Aber man konnte ja mal ausprobieren, wie es sich anfühlte. Zunächst noch ein paarmal zuschauen, und dann – wer weiß?

Zum ersten Mal, seit sie als Goldschmiedin arbeitete, war sie nicht richtig bei der Sache. Sie stand hinter der Vitrine und starrte verträumt aus dem Fenster, während die von ihren Männern ausgehaltenen Ladys der Northern Highlands auf ihre von Jodie geschmiedeten Unikate warteten. Haben Sie auch einen echten Grant? Nein? Müssen Sie unbedingt haben.

In der Mittagspause ging Jodie zum Hafen und setzte sich auf eine Bank, die in der warmen Sonne am Kai stand. Um diese Jahreszeit war Wick so verschlafen wie jede Highland-Stadt im scheidenden Winter. Zwei kleine Kutter dümpelten in der Bay vor sich hin, die Besatzung trank vermutlich ihre ersten Pints. Nur ein Schwarm kreischender Möwen gab dem Ort einen Hauch von Lebendigkeit.

So tot wie ich bald, dachte Jodie.

Sie holte eine Kanne Tee aus ihrem Rucksack und goss sich etwas in den Trinkdeckel. Sie schloss die Augen, hielt ihr Gesicht in den aufsteigenden Dampf und genoss die Wärme um die Nase. War das denn wirklich alles lahm, das Leben hier? Und Nathan? Und der Schmuck? Würde es sich tatsächlich lohnen, das aufs Spiel zu setzen? Warum sollte sie auf einmal aufhören, sich glücklich zu fühlen, weil sie so beliebt war? Denn dass sich ihr Leben ändern würde, wenn sie damit angefangen hatte, war ihr klar. Also ein Risiko! Aber was für eins?

»Verflucht! Was bin ich für ein beschissener Angsthase?«

Wütend schüttete sie den Tee auf das Betonpflaster, vergrub das Gesicht in den Händen und weinte erneut.

Eine halbe Stunde später fläzte sie sich bei Erin auf dem Dachbodensofa.

»Ich will nicht mehr heulen.«

»Gute Idee. Heulen ist nicht gut für den Teint und mindert die Attraktivität«, sagte Erin ernst. »Und gerade du solltest da sehr stark drauf achten.«

Jodie verzog den Mundwinkel, zog die Beine an, sagte aber nichts.

»Und?«, fragte Erin nach einer Weile. »Was heißt das jetzt?«

Jodie starrte aus dem Dachlukenfenster und sah kleine Wolken, die der sanfte Wind aufs Meer hinausblies. Jetzt sag schon, trieb sie sich an.

»Kann ich noch einmal zuschauen?«

Erin lächelte. »Wie kommt's?«

»Egal. Lässt du mich?«

»Klar, aber heute habe ich keinen mehr. Die Typen brauchen nach dem Wochenende erst immer ein, zwei Tage, um wieder in Form zu kommen.«

»Wann?«

Erin ging ins Bad, um ihren Kopf einzusalben.

»Morgen Mittag hab ich einen aus Deutschland, Codename Matti. Ganz normal, steif, nett, total langweilig, trinkt vorher ein

Tröpfchen. Ich glaube, der ist Lehrer oder so was. Zum Reinkommen wäre der für dich genau der Richtige.«

»Was macht er so?«

Erin kam aus dem Bad zurück. Sie hatte wieder ihr Cap auf und setzte sich neben Jodie. Sie zündete sich eine Zigarette an und sog den Rauch tief ein.

»Na ja, was die meisten so machen. Er sitzt nackt vor seinem Laptop, glotzt mich an und rubbelt sich einen. Nicht so lustig wie Antonio, aber mindestens genauso schnell. Ich schätze mal, er ist Mathelehrer aus einem verschlafenen Nest. Er redet nicht viel, manchmal sagt er gar nichts. Manchmal ist es wirklich anstrengend für mich, weil ich ihn anfeuern muss. Aber in zwei Minuten ist die Sache gelaufen, und er ist wieder glücklich. Super, was?«

»Klingt sehr aufregend«, meinte Jodie trocken.

»Du kannst dir auch andere Kerle aussuchen. Morgen Abend hätte ich da noch Eric aus Holland anzubieten, ein echtes Feuerwerk der guten Laune.«

»Und was treibt der so Spaßiges?«

»Eric erzählt erst immer Witze, meistens über seine Königin oder über die Deutschen. Dann macht er Musik an und tanzt vor seinem PC. Sehr amüsant, weil das offensichtlich holländische Schlager sind, die ich zum Brüllen finde. Zum Schluss legt er einen echten Strip hin. Ich selber muss fast gar nichts machen, es reicht ihm, wenn ich ihm zusehe und so tue, als fände ich ihn lustig. Das ist er aber meistens auch.«

»Weiter?«

»Weiter? Weiter nix. Wir quatschen noch ein bisschen, manchmal soll ich noch meine Minititten streicheln, aber das war's dann auch. Leicht verdiente Kohle und dazu noch sehr spaßig. Was willste mehr?«

Wenn ich das wüsste, dachte Jodie. Wenn ich das nur wüsste.

»Bei Hassan Celik ist nichts zu holen.«

Briesch blätterte eifrig in seinem Notizbuch und schielte verschmitzt über den Brillenrand. »Er ist so sauber wie eine fabrikneue Kloschlüssel.«

Er wird langsam warm, dachte Rothenburg. Das lässt hoffen.

Briesch fuhr fort. »Celik hatte zu Lenze ein ganz entspanntes

Verhältnis, sagt er. Der Professor hätte ihn immer fair behandelt. Celik ist ein netter Kerl, der seine Doktorarbeit durch das Taxifahren finanziert. Er ist fachlich nicht so brillant, dass er ein Stipendium ergattern konnte …«

»Und er ist keine Frau«, unterbrach ihn Franta.

»Definitiv nicht. Und bevor der schwul wird, wird Preußen Münster Deutscher Fußballmeister.«

Weiter so, dachte Rothenburg.

»Er hat in der Mordnacht den weißen Kombi ungewöhnlich schnell wegfahren sehen und etwas gestutzt, wie wir schon wissen. Nach drei Tassen stärkstem türkischen Tee konnte ich ihm dann doch entlocken, dass er auf der Heckscheibe des Kombis drei Aufkleber nebeneinander gesehen haben will. Keine Ahnung, was draufstand, zu weit weg.«

»Nun ja«, brummte Rothenburg, »das ist doch schon mal was, ein Fünkchen Hoffnung. Kennzeichen?«

»Fehlanzeige. Er weiß nicht einmal, ob da ›MS‹ stand.«

Rothenburg überlegte. Ohne sichere Ortsbuchstaben war die Fahndung nach einem weißen Kombi irgendeiner Marke sinnlos. Man könnte natürlich annehmen, dass das Auto in Münster gemeldet war, aber der Aufwand wäre enorm. Und der Ertrag mehr als fraglich.

»Wir werden unsere Dienststellen mit dieser Information versorgen, die Streifen sollen sich umsehen, mehr können wir da nicht tun. Gut gemacht, Briesch. Sollen wir uns denn jetzt mal duzen? Ich heiße Nikolaus.«

Briesch zuckte zusammen und wurde rot. Er rückte seine Brille zurecht und räusperte sich.

»War das jetzt so was wie eine kleine Beförderung?«

Rothenburg lehnte sich zufrieden zurück und grinste.

»Wenn du so willst, gerne.«

Franta sprang auf, ging um den ovalen Tisch und stellte sich hinter Briesch.

»Gratulation, Andreas, so schnell hab ich das nicht geschafft. Lass dich drücken.«

Brieschs Röte im Gesicht schwoll erneut an. Zögernd rückte er den Stuhl nach hinten und ließ sich die Umarmung gefallen. Obwohl es recht kühl im Raum war, hatte er ein paar Schweißtropfen auf der Stirn. Als er sich von Franta gelöst hatte, stand Gromzki vor ihm. Er blickte Briesch ernst an und gab ihm feierlich die Hand.

»Du bist ein guter Kollege. Ich freue mich wirklich, dass du bei uns bist.«

»D-d-danke«, stammelte Briesch sichtlich irritiert. »Ich bin auch froh.«

Rothenburg verfolgte die Szene interessiert und schlug dann mit der Hand auf den Tisch.

»So, liebe Kolleginnen und Kollegen, weiter im Text. Wir wollen doch unseren smarten Chemiker nicht vergessen, oder? Also, wo waren noch offene Punkte? Ach ja, Schönfeld! Klaus, wie schaut's aus?«

»Die können wir wohl endgültig abhaken«, sagte Gromzki. »Ihr Sekretariat hat mir sämtliche Tickets und Belege aus den USA vorgelegt. Darunter eindeutig Originalunterschriften mit Zeitstempel.«

»Und die Speichelprobe?«, fragte Rothenburg. »Die hast du aber hoffentlich trotzdem bekommen?!«

Gromzki nickte.

»Sie hat natürlich mächtig rumgezickt und sich geweigert. Ich habe ihr dann einfach versprochen, dass wir sie nicht mehr behelligen. Dann durfte ich ein Pröbchen mitnehmen.«

Rothenburg nickte zufrieden, alle Ansatzpunkte schienen abgehakt. Er blickte wieder kurz zur Zimmerdecke und atmete tief durch.

»Ich fasse jetzt noch einmal alle Punkte zusammen. Wem etwas auffällt, merkt sich das bitte und wartet bis zum Ende meines Vortrags. Ich hoffe auf viele Anregungen zum weiteren Vorgehen.«

Rothenburgs Bericht dauerte knapp eine halbe Stunde. Er wiederholte sämtliche Befragungen und ließ kein Detail aus. Er referierte die polizeitechnischen Untersuchungsergebnisse und stellte weitere mögliche Ansatzpunkte zur Diskussion. Alle Ermittler hörten hoch konzentriert zu, aber keiner machte sich Notizen. Als Rothenburg geendet hatte, blickte er auf und sah sein Team herausfordernd an.

»Ich muss gestehen, ich bin etwas ratlos, was ich äußerst selten bin, und das macht mich äußerst mürrisch. Wer kann mich aufheitern?«

»Ich weiß nicht«, meinte Franta nachdenklich. »Ich glaube nicht, dass wir irgendetwas übersehen haben. Wir müssen also ein paar Leute noch einmal befragen. Manchmal kommen da noch Kleinigkeiten ans Licht, die uns vielleicht weiterbringen könnten.«

Briesch nickte. »Auch polizeitechnisch treten wir auf der Stelle. Die DNA-Proben werden wenig bringen, die Späne führen uns wahrscheinlich in einen Baumarkt und die Wolle zu Karstadt.«

»Wahrscheinlich«, brummte Rothenburg, »aber das müssen wir erst noch schwarz auf weiß bekommen. Noch ist großer Nebel rings um uns.«

Er breitete zwei Käsebrötchen vor sich aus und überlegte, welches er zuerst essen sollte. Mathilde Overkamp hatte heute ihren freien Tag, sonst würde er nicht vor dieser Entscheidung stehen: Edamer oder Chaumes? Er entschied sich für den herzhaften Weichkäse. Franta rümpfte demonstrativ die Nase und schaute in die Runde.

»Jemand was dagegen, wenn ich ein Fenster losmache?«

»Los?«, fragte Briesch verwundert. »Wie? Losmachen? Du meinst aufmachen.«

»Ich sagte los und meinte auf. Das sagt man hier in Westfalen so. Lustig, was?«

»Ziemlich«, entgegnete Briesch. »Dass das bloß keiner wörtlich nimmt. Habt ihr noch mehr von diesen spaßigen Ausdrücken?«

»Fleppe«, schlug Franta vor.

»Und das ist …?«

»Ein Führerschein. Willst du auch noch wissen, was ein Bulemann ist?«

Franta sah aus den Augenwinkeln, wie Rothenburg den Kopf auf den Tisch legte und sich die Ohren zuhielt.

»Ein Polizist?«, fragte Briesch vorsichtig.

»Fast«, sagte Franta im Ton einer Kindergärtnerin. »Getrockneter Nasenschleim.«

Rothenburg kratzte sich am Kopf und verzog den Mund.

»So, Kinder, Sitzkreis beendet. Ich habe gleich noch ein

Gespräch mit dem Staatsanwalt und dem Polizeichef. Das wird wahrscheinlich nicht ganz so lustig werden wie euer Sprachkursus eben. Ich möchte euch alle noch einmal herzlich bitten, gründlich nachzudenken und die Akte zu lesen. Noch mal und noch mal. Irgendetwas muss da drinstehen, was wichtig ist oder werden könnte, da bin ich mir sicher.«

»Ich hab da so ein Gefühl«, parodierte Franta ihren Chef.

Rothenburg lächelte sauer. »Raus mit euch. Klaus, bleibst du noch kurz da?«

Als Franta und Briesch draußen waren, setzte sich Rothenburg neben Gromzki und legte seine Hand auf seinen Unterarm.

»Was hältst du von unserem Fall?«, fragte Rothenburg.

Gromzki sah ihn überrascht an, lächelte aber. Zum ersten Mal seit Tagen, dachte Rothenburg. Entweder ist das die Erleichterung, dass ich nicht weiterbohre, was mit ihm los ist, oder es ist das Gefühl, wirklich gebraucht zu werden. Auf jeden Fall war das besser als seine depressiven Gesichtszüge während der letzten Zeit. So etwas ertrug man nicht lange, ohne selbst depressiv zu werden. Ansteckend wie Windpocken. Oder Gähnen.

»Ich fürchte, wir müssen uns auf äußerst mühsame und kleinliche Arbeit gefasst machen«, antwortete Gromzki. »Für mich ist der weiße Kombi mit den drei Aufklebern die einzige Spur, und die ist – wie du weißt – mehr als vage. Den ganzen Rotz mit den Augen, den Frauen und was weiß ich alles können wir vergessen, wenn du mich fragst. Der Mörder war ein Bekloppter, der Lenze vermutlich erst am Tag vorher kennengelernt hat. Da nützen Befragungen in seinem Umfeld herzlich wenig.«

Rothenburg blickte ihn fest an. Er hätte gern, dass es so einfach wäre, dachte er. Warum will er sich keine Gedanken mehr machen? Was ist bloß los mit ihm?

»Wenig ist besser als gar nichts«, sinnierte Rothenburg.

Staatsanwalt Rabbel und Polizeipräsident Kollau warteten schon ungeduldig auf Rothenburg. Rabbel, weil er seinen kleinen Sohn von der Kita abholen musste, und Kollau, weil ihm angeblich der Universitätspräsident auf den Füßen stand.

»Wo stehen wir?«, fragte Kollau ungeduldig, ohne Rothenburg zu begrüßen.

Rothenburg sah, dass Rabbel diskret auf seine Uhr zeigte. Gerne, Herr Staatsanwalt, je kürzer, desto besser.

»Um es kurz zu machen: Wir haben nichts weiter, womit wir an die Presse gehen könnten. Aber wir haben ein paar neue Ergebnisse, von denen wir hoffen, dass sie uns ein Stück weiterbringen.«

Rothenburg fasste die neuen Informationen knapp zusammen.

»Und das ist alles?«, fragte Kollau ungläubig. »Das kann nicht sein. Was soll ich denn dem Uni-Präsidenten erzählen?«

»Was Sie wollen«, brummte Rothenburg genervt. »Es dauert halt, und wir haben keine heiße Spur. Das kann man doch wohl vermitteln, oder?«

Kollau schüttelte missbilligend den Kopf. Er schwitzte, obwohl es in seinem Büro recht kühl war. Sein rechtes Handgelenk lag auf der Schreibtischkante, seine rechte Hand zitterte. Mit der linken Hand pulte er sich im Ohr herum.

Rothenburg wollte gerne etwas Gehässiges sagen, aber der Staatsanwalt kam ihm zuvor.

»Ich sehe es so, dass wir in diesem Fall die Öffentlichkeit lieber raushalten sollten«, schlug Rabbel vermittelnd vor. »So gut es geht, wenigstens. Auf keinen Fall dürfen die drei Aufkleber durchsickern, das wäre das sichere Fahndungsende. Die Feile meinetwegen und auch der Wollmantel, aber mehr nicht. Ermittlungsdefizite kann ich nicht erkennen, nur fehlen leider konkrete Ergebnisse.« Er zuckte die Schultern. »Aber das ist nicht die Schuld der Polizei.«

»Unbefriedigend«, sagte Kollau mürrisch, »äußerst unbefriedigend. Ich werde mal beim LKA anfragen, ob die uns Personal abstellen können.«

»Wir tun alles, was getan werden muss«, entgegnete Rothenburg kühl, aber sachlich. »Mehr könnten die LKA-Leute auch nicht machen.«

Kollau hob die Arme. »Man weiß nie, was die sich alles einfallen lassen. Die haben noch Ehrgeiz und sind bissig. Wenn die einen Fall erfolgreich abschließen, fallen sie sofort eine Stufe höher.«

»Und Sie unterstützen diese Praxis?«, fragte Rabbel.

»Die Praxis ist mir wurscht, solange sie uns hilft, diesen Fall zu lösen«, antwortete Kollau. An Rothenburg gewandt, sagte er: »Machen Sie voran, sonst haben Sie bald die LKA-Piranhas hier.«

LKA-Piranhas? Rothenburg war sich nicht sicher, ob diese Wortkreation als Ansporn für sie gedacht war oder ob die LKA-Fahnder wirklich diesen Spitznamen hatten. Er tippte auf Ersteres. Und das ärgerte ihn. Er sah Kollau mit zusammengekniffenen Augen an.

»Glauben Sie wirklich, wir täten nicht alles, was möglich ist?«

Der Polizeipräsident erhob sich, zum Zeichen, dass er die Unterhaltung für beendet hielt.

»Das will ich so nicht sagen. Aber ich muss und werde darauf achten, dass dieser Mord schnell und ohne Fehler und Pannen aufgeklärt wird. Sie haben verdammt wenig Zeit, zu zeigen, was in Ihnen und Ihrem Team steckt. Ich bin ab morgen für ein paar Tage weg, und ich gehe davon aus, dass der Fall gelöst ist, wenn ich wieder da bin. Haben wir uns verstanden?«

Rothenburg starrte Kollau verständnislos an und verschwand ohne ein weiteres Wort aus dem Büro des Polizeichefs.

Er grollte, aber das tat er lieber allein.

16

Jodie Grant fror am ganzen Leibe, obwohl es fast dreißig Grad waren auf Erins Dachspeicher.

Schon zum vierten Mal innerhalb einer Stunde musste sie pinkeln gehen. Als sie wieder auf dem Sofa saß, streifte sie sich noch ein dickes Sweatshirt über. Sie zog die Beine an und nippte an ihrer heißen Tasse Tee. Der Magen grummelte, und die Hände zitterten leicht.

»Jodie, bist du aufgeregt, oder was?«, fragte Erin amüsiert.

Sie hatte noch ihre Gymnastikhose und das Schlabber-T-Shirt an, auf dem Kopf trug sie das Baseballcap. Konzentriert hockte sie vor ihrem Computer und tippte. Jodie wusste, Erin arbeitete an einem neuen Programm und hasste es, dabei gestört zu werden.

»Was wird das?«, fragte Jodie, mehr um die Zeit zu überbrücken als aus Interesse.

»Meine neue Geheimwaffe«, lächelte Erin, »ist aber noch nicht fertig. ERIS 1.0, benannt nach mir und der griechischen Göttin der Zwietracht, haha. Sobald ein Kerl sich bei mir einwählt und auf OK klicken will, schiebe ich ihm eine Einwilligung unter, dass ich seinen Computer fernsteuern darf, wenn ich möchte. Die Zustimmung tarne ich als ›Schließen‹-Button eines großen Werbebanners. Da klickt jeder drauf. Werbung nervt total.«

»Und wozu ist das gut?«

»Jodie, bist du von gestern? Im Netz wird so viel gelogen und betrogen, wenn du da nicht aufpasst oder mitmachst, bist du verloren.«

Sie unterbrach kurz ihre Arbeit und schaute auf.

»Wenn alles normal läuft, mache ich gar nichts«, erklärte sie ruhig. »Ich bin kein Arsch, verstehst du? Aber wenn mir einer komisch kommt und tricksen will, schieße ich zurück. Ich spioniere zum Beispiel seine Daten aus und hole mir, was mir zusteht. Die Kunst ist, ERIS so zu benutzen, dass die Typen das gar nicht merken. Wie spät?!«

»Viertel vor elf.«

»Okay, noch 'ne Viertelstunde. Ganz ruhig, Jodie, schließlich schaust du nur zu.«

Jodie nickte stumm und streckte sich noch einmal auf dem

Sofa aus. Was mache ich hier?, dachte sie. Bin ich eigentlich bescheuert? Ich glotze, ich spanne, ich schaue meiner besten Freundin beim Cybersex zu. Erin, du hast wenigstens Mut, ich wollte, ich wäre du. Oder doch nicht? Ich zerfresse mich, weil ich nicht weiß, was ich will. Erin, du lähmst mich. Nein, falsch, ganz falsch, du rettest mich. Wovor? Vor mir? Keine Ahnung, und das ist das Schlimme.

Jodie kam sich vor wie in einer Fernsehsendung, in der die Kandidaten Ideen haben mussten, wie man real schnell zu Geld kommt. Kein Überfall oder Lottogewinn oder so einen Schwachsinn. Was fällt Ihnen ein? Sie haben noch eine Viertelstunde Bedenkzeit, dann ist Ihr Leben gelaufen. Los, seien Sie kreativ!

Wellnesstempel? Null Punkte, kostet zu viel Personal und Investitionen.

Gourmettempel? Drei Punkte, lohnt sich nur in dicht besiedelten Gegenden. Viel Presse, aber auch großer Stressfaktor.

Sektentempel? Fünf Punkte, die Menschen lassen sich gerne verführen, aber du brauchst einen Guru! Irgendeinen! Scheißegal.

»Wie spät?«

»Zehn vor elf.«

Noch immer keine Ahnung. Jodie setzte sich auf und zog ihr Sweatshirt wieder aus. Ihr war jetzt heiß geworden, eine unruhige Hitze, die sich wie ein Kirschkernkissen im Bauch anfühlte. Sie strahlte in den Kopf und in den Unterleib. Sie ging wieder aufs Klo und wollte pinkeln, es kam aber nichts. Sie wollte es vermeiden, in den Spiegel zu sehen, schaffte es nicht und erschrak. Ihr Gesicht glühte krebsrot, die Haut glänzte durch die vergrößerten Poren. Sie ließ sich minutenlang eiskaltes Wasser über das Gesicht und ihre Unterarme laufen, trocknete sich ab und setzte sich erschöpft auf den Klodeckel. Dreimal atmete sie tief durch, bevor sie wieder zu Erin ging.

Jodie musterte sie unauffällig. Stark gebeugt hing Erin über der Tastatur, ihr Kopf berührte fast die Tasten und schoss dann wieder nach vorne, als ob sie den Monitor küssen wollte, die Augen weit aufgerissen. Hoch konzentriert hackte sie Befehlszeilen in ihr Programm, keine Spur von Nervosität. Warum auch? Sie machte das ja schon jahrelang und war abgebrüht bis in die Haarspitzen.

Jodie zuckte zusammen. Haarspitzen? Ihr fiel die Pizza Margherita auf Erins Kopf wieder ein.

»Wie spät?«

»Fünf vor elf.«

Erin rülpste laut.

»Okay, dann mach ich hier Schluss. Bin sogar fertig geworden, das wird richtig cool, wenn ich keinen Fehler gemacht habe. Wir werden das gleich mal ausprobieren.«

Erin lehnte sich in ihrem Schreibtischstuhl zurück, streckte sich und stieß ein lautes Gähnen aus. Sie faltete die Hände hinter ihrem Nacken und schloss für einen Moment die Augen.

»So, an die Arbeit«, sagte sie und zwinkerte Jodie zu.

Jodie lächelte matt. Sie fühlte sich schwach auf den Beinen und versuchte, auf dem Sofa eine geeignete Sitzposition zu finden. Weit weg sein und dennoch alles im Blick haben.

Erin ging ins Bad und salbte sich ihren Kopf ein. Dann fischte sie ihre blonde Perücke vom Haken und stülpte sie sich über. Jodie staunte, mit welcher Geschwindigkeit Erin sich schminken konnte. Nicht husch, husch. Ganz ordentlich, fand sie.

»Noch zwei Minuten.«

»Hu, Gott sei Dank hab ich es hier schön warm gemacht, was?«, sagte Erin und zog sich aus. Gymnastikhose, Slip und T-Shirt flogen aufs Sofa.

Jodie fühlte einen erneuten Hitzeschwall hochkommen, nur ihre Hände waren auf einmal eiskalt geworden und zitterten. Krampfhaft krallte sie ihre Hände in den Stoff ihrer Hosenbeine.

Erin saß mittlerweile wieder auf ihrem Schreibtischstuhl und hackte auf der Tastatur herum.

Was für eine starke Frau, dachte Jodie. Sie leidet so und ist unglaublich stark. Wie macht sie das? Was macht sie dazu? Vielleicht der Wille? Aber der Wille wozu?

»Noch eine Minute.«

Erin lachte.

»Mensch, Jodie, mit dir ist das ja richtig spannend. Super!«

Sie befeuchtete noch einmal ihre Lippen und schaute an sich herunter. Alles okay, befand sie. Für Matti schon lange, diesen Langweiler. Sie überlegte, ob sie ihn wegen Jodie heute anfeuern oder einfach lahm lassen sollte. Sie beschloss, es spontan zu entscheiden, das konnte sie gut, sehr gut sogar. In ihrer bisherigen Laufbahn hatte noch keiner sein Abo gekündigt. Und auch Matti würde so schnell nicht aufhören, diese arme Wurst.

Dann drückte sie eine Tastenkombination.

Erins Monitor flackerte und gab ein Fenster frei, das etwa die Hälfte des Bildschirms einnahm. Noch ruckelte das Bild etwas, aber Jodie konnte schon deutlich einen schmächtigen Mann erkennen, der nackt auf einem riesigen schwarzen Ledersofa saß. Unter seinen Hintern hatte er ordentlich ein weißes Saunatuch gelegt. Erin lehnte sich entspannt zurück, Jodies Herz raste.

Der Mann hatte eine braune Kurzhaarfrisur mit einem Seitenscheitel und eine runde goldfarbene Brille. Jodie schätzte ihn auf Mitte dreißig. Seine spitze Nase erinnerte sie an Karikaturen von Julius Cäsar, die Augen waren rund wie Knöpfe. Er war so dünn, dass die deutlich sichtbaren Rippen kleine Hügel bildeten, die Oberschenkel hatten den Umfang von Nathans Oberarmen. Rechts neben sich hatte er eine dicke Illustrierte gelegt, die er als Mousepad für seine Funkmaus nutzte.

Das Bild war jetzt scharf und ruckelfrei. Jodie sah, dass Matti die Lippen zusammenpresste und sichtlich nervös schien. Offensichtlich hatte er feuchte Hände, denn er rieb sie mehrmals an seinen nackten Oberschenkeln ab. Links neben ihm lag eine halb leere Flasche, wahrscheinlich Rum.

»Ich starte jetzt ERIS«, flüsterte Erin Jodie zu, ohne die Lippen zu bewegen. Mit einem Tastendruck wechselte sie zum Vollbildmodus.

Matti nahm jetzt fast den ganzen Bildschirm ein, und Jodie fühlte sich plötzlich hundeelend, jetzt, da sie ihm direkt in die Augen sehen konnte. Sie presste die Lippen zusammen. Ein einsamer Mensch, dachte sie, ein einsamer und trauriger Mensch. Eigentlich sollte ich Mitleid haben.

Matti schaute plötzlich irritiert und klickte mit seiner Maus.

»Das war die Werbung«, zischte Erin. »Es klappt.«

Na klasse, dachte Jodie, jetzt führt sie ihn auch noch an der Nase herum.

In einem kleinen Fenster rechts unten tauchte Erin auf, so wie Matti sie an seinem Computer sah.

»Hi Matti, mein Süßer, wie geht's?«, säuselte Erin.

Matti räusperte sich, ließ die Maus los und trank noch etwas Rum aus einem orangenen Zahnputzbecher. Er räusperte sich laut.

»Ja, hi Kirstie, geht so. Ich muss mal meinen Pop-up-Blocker überprüfen, da tauchte eben Werbung auf, ganz komisch, habe ich sonst nie.«

Jodie war überrascht, wie gut Mattis Englisch war, vielleicht ein Englischlehrer, dachte sie. Den deutschen Akzent fand sie nicht so hart, wie sie angenommen hatte.

»Ach, Süßer, es gibt schönere Dinge im Leben als Pop-up-Blocker«, flötete Erin gerade und streckte ihre kleine Brust nach vorne. »Bist du bereit für die heiße Kirstie?«

Matti starrte in die Webcam, ohne eine Miene zu verziehen, minutenlang, so kam es Jodie vor. Warum sagt der bloß nichts, fragte sie sich. Angst? Sie fühlte sich völlig fehl am Platze und hatte plötzlich das dringende Bedürfnis aufzuspringen und wegzurennen. Sie nahm sich noch zwei Kissen und verschanzte sich dahinter. Ich will nicht mehr, dachte sie. Erin, mach, dass es schnell vorbei ist.

»Mach's dir bequem, Matti«, sagte Erin forsch. »Entspann dich und sei ganz locker.«

Du meine Güte, dachte sie und seufzte. Wird das heute wieder ein Krampf.

»Schau mal, Matti, gefällt dir das?«

Erin begann, leicht ihre Brüste zu streicheln. Jodie schloss die Augen und versuchte an etwas zu denken, was möglichst weit weg war. Ihr fiel auf die Schnelle aber nur der fette Rauhaardackel Churchill von Mrs Dumbsdale ein. Na gut, dachte sie, dann eben Churchill. Der kläffte wenigstens ordentlich und brachte Leben in die Bude.

»Du siehst schön aus, Kirstie«, wisperte Matti durch den PC-Lautsprecher, »wunderschön.«

Oh, er lebt noch, dachte Erin, wie beruhigend.

»Trau dich, Süßer, wir sind unter uns«, forderte Erin ihn sanft auf. »Komm, zeig mir, was du hast. Ich will alles sehen.«

Matti zögerte eine Sekunde. Dann fing er plötzlich wie wild an, sein Glied zu bearbeiten.

»Na also, Süßer. Wow, da geht ja was«, spornte Erin ihn an. Unauffällig bog sie einen Arm hinter ihren Rücken und zeigte

Jodie den erhobenen Daumen. Jodie verstand, es war ihr aber mittlerweile egal.

Sie hörte Erin eindeutige Dinge sagen und beobachtete ihre Bewegungen. Sie überlegte, wie oft sie sich das antun müsste, um es als Routine herunterspulen zu können. Zwanzig Mal? Hundert Mal? Ging es überhaupt? Irgendwelchen Typen alles zeigen und sie damit aufgeilen?

Nein, dachte sie. Das geht nicht! Ich will nicht! Was passiert dann …

Ihre Gedanken wurden durch eine ruckartige Bewegung auf Erins Monitor unterbrochen.

Eine dunkle Gestalt tauchte am linken Bildrand vor Matti auf und stürzte sich auf ihn. Der schmächtige Mann schrie so gellend auf, dass Erin Angst hatte, ihre PC-Lautsprecher würden zerfetzt. Sie riss die Augen auf und setzte sich kerzengerade hin. Sie brauchte nur den Bruchteil einer Sekunde, um zu wissen, was jetzt zu tun war.

Blitzschnell schaltete sie ihre Webcam mit dem integrierten Mikrofon aus. Das kleine Fenster am unteren rechten Bildschirm verschwand auf der Stelle. Mit ERIS schaltete sie Mattis Monitor schwarz. Sie starrte noch einen Augenblick auf die Tastatur und gab dann einen weiteren ERIS-Befehl ein.

Sie drehte sich zu Jodie um.

»Komm her, Jodie, schnell«, flüsterte sie.

Jodie sprang auf, schnappte sich einen Stuhl und hockte sich neben Erin.

»Was ist das?«, fragte sie leise.

»Keine Ahnung. Los, pass mit auf, was passiert!«

Mattis nackte Beine strampelten wild zwischen denen der finsteren Gestalt. Dumpfe Laute drangen durch die Boxen. Mit einer Hand hielt der Unbekannte Matti auf das Sofa gedrückt, mit der anderen zog er ein weißes Tuch aus seiner Manteltasche und presste es ihm auf den Mund. Matti wehrte sich, sie wussten aber, dass der Kampf bald vorbei sein würde. Der Mensch war wesentlich kräftiger gebaut als Matti.

»Was macht der Typ?«, rief Jodie. Sie fühlte, dass sie panisch wurde.

»Scheiße, Jodie, ich weiß nicht. Wahrscheinlich ein Einbrecher, der ihn ausrauben will, guck mal, die Plastikhandschuhe. Mit dem Tuch will er Matti bestimmt zum Schweigen bringen. Wahrscheinlich schiebt er's ihm in den Mund. Autsch! Was soll das?«

Jodie hatte ihre Fingernägel voller Angst in Erins Oberschenkel gehauen. Erin wischte Jodies Hand mit einer Bewegung weg.

»Der Typ hat zum Glück noch nicht bemerkt, was Matti gerade getrieben hat. Die Webcam hat er auch noch nicht gesehen. Hoffentlich bleibt's dabei.«

Die Gestalt mit der schwarzen Hose unter einem schwarzen Mantel und einem schwarzen Hut auf dem Kopf stand noch immer mit dem Rücken zur Kamera. Sie keuchte vor Anstrengung und beugte sich über Matti. Ihre Arme schienen etwas zu bearbeiten, was ihm eine gewisse Schwierigkeit bereitete. Schließlich verharrte sie in dieser Stellung, und irgendetwas war jetzt anders.

Kein Laut drang mehr durch den Computer. Sekundenlang brannte eine gespenstische Stille ein Loch in Jodies Herz.

»Scheiße, er bewegt sich nicht mehr«, rief Erin. »Was geht da ab, verfluchte Scheiße?«

»Erin, wir müssen die Polizei holen, schnell«, rief Jodie. Ihr Herz raste plötzlich, sie war kreidebleich geworden.

»Quatsch, Jodie, bis die hier sind, ist alles längst vorbei. Außerdem ist das doch irgendwo in Deutschland, ich weiß noch nicht einmal genau, wo.«

Mattis Beine hingen schlaff vom Sofa herunter. Der Mantelmensch richtete sich langsam auf und schien sich zu strecken.

»Das gibt's ja nicht«, meinte Erin verblüfft, »jetzt macht der auch noch Gymnastik.«

Jodie sah sie fassungslos an.

»Spinnst du? Musst du jetzt auch noch Witze reißen?«, schrie sie.

»Bleib cool, Jodie«, fauchte Erin zurück. »Wir können hier nichts weiter tun, außer unsere Augen und Ohren aufsperren, und das sollten wir auch. Okay?«

Jodie ging rückwärts zum Sofa zurück und setzte sich auf die Kante. Sie ertrug die Nähe zum Unfassbaren nicht. Vom Sofa sehe ich auch noch alles, dachte sie, und vielleicht nimmt es mich dann nicht so mit. Sie wusste, dass sie sich damit etwas vormachte. Aber ihr fiel nichts anderes ein, um sich auf Abstand zu bringen. Natürlich wollte sie Erin nicht alleine lassen, auch wenn sie am liebsten laut schreiend aus dem Zimmer gerannt wäre.

»Mensch, Jodie, guck mal, was macht der Scheißtyp da?«, brüllte Erin, das Gesicht nur Zentimeter vom Bildschirm entfernt.

»Kann ich nicht sehen, solange du deinen Kopf davorhast.«

Erins Kopf flog nach hinten.

Jodie schlug die Hand vor den Mund.

Der Mantelmensch hatte eine lange Spritze in der Hand und hielt die Nadel nach oben, um im Gegenlicht die Füllmenge im Zylinder zu kontrollieren.

»Ich versteh das nicht«, murmelte Erin irritiert, »der ist doch schon betäubt.«

Sie sah, wie die Gestalt die Spritze mit der ganzen Hand umfasste und mit großer Geschwindigkeit in Mattis Bauch rammte.

»Mein Gott«, flüsterte sie.

»Erin«, schrie Jodie, »tu was! Der bringt den um!«

Der Kolben war mittlerweile ganz heruntergedrückt. Der Mensch zögerte ein paar Sekunden und zog dann die Nadel langsam heraus. Er verstaute die Spritze in einer kleinen Kiste, die neben ihm auf dem Fußboden lag.

»Hast du sein Gesicht schon sehen können?«, fragte Erin leise.

Jodie schüttelte den Kopf.

»Nur seinen Hinterkopf. Aber was haben wir von einem schwarzen Hut auf kurzem Haar?«

»Mann oder Frau, was meinst du?«

»Ich tippe auf Mann, aber sicher bin ich mir nicht.«

Der Mantelmensch war jetzt ein Stück vom Sofa zurückgegangen. Er verschränkte die Arme und betrachtete Mattis nackten, leblosen Körper. Dann nahm er die kleine Kiste und verschwand aus dem Bild.

»Da liegt er«, flüsterte Erin traurig.

Matti lag längs auf dem Sofa, das Saunahandtuch war während des kurzen Kampfes verrutscht und auf den Boden gefallen. Seine Augen waren geschlossen, ein Arm hing schlaff herunter, den anderen hatte der Mantelmensch zwischen Körper und Rückenlehne gequetscht.

»Ob er noch lebt?«, fragte Jodie zaghaft.

Erin zuckte die Schultern.

»Ich weiß nicht, ich hoffe es. Kommt drauf an, was der Arsch ihm verpasst hat.«

Sie wand sich vom Monitor ab und stand auf. Erst jetzt fiel ihr auf, dass sie immer noch nackt war. Sie zog sich rasch an, rannte ins Bad und tauschte Perücke gegen Cap. Sie blickte noch einmal kurz zum Bildschirm, aber außer Matti war dort nichts zu sehen. Unruhig lief sie im Zimmer umher und kaute an ihren Fingernägeln.

»Scheiße, Scheiße, Scheiße«, rief sie wütend. »Was zum Henker war das?«

»Was das war?«, entgegnete Jodie kraftlos. »Das war ein eiskalter Mord. Und wir beide sind Zeugen. Das war das!«

»Was machen wir jetzt?«, fragte Erin, mehr zu sich selbst als zu Jodie. »Wir müssen irgendetwas tun, schnell, Jodie, denk nach.«

Jodie schüttelte verzweifelt den Kopf. Sie hockte zusammengesunken auf dem Sofa, hatte die Hände vors Gesicht geschlagen und Tränen in den Augen. Sie konnte nicht mehr denken, ihr Kopf fühlte sich an wie ein riesiger Ballon. Das war kein Alptraum, das war die reale Hölle, es gab sie also wirklich, kein Zweifel. Sie hatte sie gesehen.

»Jodie, reiß dich zusammen, es geht noch weiter.« Erin sprang auf ihren Schreibtischstuhl und legte die Hände auf die Tastatur.

Wenn Jodie vorher gewusst hätte, was sie als Nächstes erwartete, wäre sie spätestens jetzt aus dem Zimmer gerannt. Stattdessen raffte sie sich mit letzter Kraft auf und schob ihren Stuhl neben Erin.

Der Mantelmensch war wieder ins Bild gekommen. Er beugte sich über Mattis Gesicht und leuchtete mit einer kleinen Lampe in dessen Augen.

»Jetzt will er wissen, ob er noch lebt oder schon tot ist«, erklärte Erin fachmännisch. »Wenn nämlich die Pupillen ...«

»Mensch, halt die Klappe, das ist ja widerlich«, brüllte Jodie, fast ohnmächtig vor Zorn und Schmerz.

»Schon gut, ich bin still.«

Der Mantelmensch hatte Mattis herunterhängenden Arm genommen und hielt einen Finger an sein Handgelenk.

»Soll ich …?«, fragte Erin vorsichtig.

»Nein!«

Sie sahen, wie die Hand des Mantelmenschen Mattis Arm losließ. Ohne Widerstand fiel er nach unten und baumelte noch einen Moment hin und her. Die Gestalt holte eine kleine Metallbüchse aus der Manteltasche und schraubte den Deckel ab. Ordentlich legte sie den Deckel neben das Sofa und kniete sich vor Mattis Gesicht. Jodie und Erin war die Sicht versperrt.

»Und jetzt? Was macht der denn jetzt noch?«, fragte Jodie leise. Ihre Stimme drohte jeden Moment zu versagen.

»Wenn ich das wüsste«, murmelte Erin gedankenversunken, »wenn ich das bloß wüsste. Was könnte in der Dose sein?«

Der Mantelmensch war fertig mit seiner Arbeit und steckte die Büchse wieder in seine Tasche. Er ächzte laut, als er aufstand. Nachdem er seine Beine ausgeschüttelt hatte, ging er nach links aus dem Bild der Webcam raus und gab so die Sicht für Jodie und Erin wieder frei.

»Das ist ein Irrer«, entfuhr es Erin sofort, als sie Mattis Gesicht sah, »der ist komplett irre. Verrückt.«

»Auf … jeden Fall … ist das kein … normaler Einbrecher«, stammelte Jodie. Ich pack das nicht, dachte sie verzweifelt. Noch zwei Minuten, und ich kipp um.

Der Mantelmensch stand wieder vor dem Sofa und hatte einen spitzen Gegenstand in der rechten Hand.

Nein, lieber Gott, dachte Jodie mit letzter Kraft, bitte mach, dass es endlich aufhört.

Erin starrte gebannt auf den Monitor.

»Ich glaube, der hat jetzt ein Messer oder so was. Reicht ihm das alles noch nicht, oder was?«

Der Mantelmensch kniete sich wieder vor Mattis Gesicht, hob die Hand mit dem Werkzeug und ließ sie mit voller Wucht auf Mattis Gesicht fallen.

»Nein!«, schrie Jodie, fast wahnsinnig vor Wut und Hilflosigkeit. »Erin, mach das Ding aus, ich kann nicht mehr! Bitte!«

Erin saß stumm und mit starrem Blick vor dem Monitor. Fassungslos verfolgte sie das grässliche Schauspiel, ohne zu verstehen, was da eigentlich passierte. Sie konnte sich nicht erinnern, jemals so sprachlos gewesen zu sein.

»Erin!« Jodie packte Erin an den Schultern und schüttelte sie.

»Erin, mach verdammt noch mal das Scheißding aus!«, brüllte sie schon fast hysterisch.

Aber Erin schüttelte Jodie ab und stieß sie sanft nach hinten.

Der Mantelmensch hob zum zweiten Mal das Werkzeug und stieß zu. Eine immer größer werdende Blutlache färbte das Sofa dunkelrot.

»Matti ist tot«, flüsterte Erin sichtlich erschüttert, »spätestens jetzt ist er tot.«

Ächzend stand der Mantelmensch auf, Erin meinte einen tiefen Seufzer der Erleichterung durch die Lautsprecher zu hören. Er streifte die bluttriefenden Latexhandschuhe ab und ließ sie zusammen mit dem Werkzeug in eine Plastiktüte fallen.

»Ich glaube, er ist fertig«, murmelte Erin. Ihr war schwindelig, als ob sie die ganze Nacht gezecht hätte.

Mit großen Schritten bewegte sich der Mantelmensch rückwärts vom Sofa weg. Er musste jetzt dicht vor Mattis eingebauter Kamera stehen. Komisch, dass er das Brummen des Rechners nicht hört, dachte Erin. Total irre, aber schwerhörig.

Sie sah, wie der Mantelmensch seine Sachen in einer großen schwarzen Reisetasche verstaute, sich noch einmal umsah und dann aus dem Bild verschwand. Kurze Zeit später hörte sie das Zufallen einer Tür. Sie atmete tief durch und drehte sich zu Jodie um.

»Jodie, er ist weg. Es ist vorbei.«

Jodie lag bäuchlings auf dem Sofa und hatte ihren Kopf in drei Kissen vergraben. Sie wollte nur noch so liegen und nichts mehr sehen und hören. Der muffige Geruch der Kissen kam ihr wie die Errettung aus der Hölle vor.

»Teufel noch mal«, hörte sie Erin rufen, »das kann nicht wahr sein.«

»Was?« Jodie befreite sich aus ihren rettenden Kissen und setzte sich langsam auf. »Was kann nicht wahr sein?«

»Bleib sitzen, Jodie, ich glaub, das ist echt zu viel für dich«, sagte Erin scharf.

Jodie wankte durchs Zimmer und stellte sich zitternd hinter

Erin. Angstvoll blickte sie auf den Monitor und hielt sich die Hand vor den Mund.

»Was sind das da für Dinger auf Mattis Bauch?«, krächzte sie mit heiserer Stimme.

Erin runzelte die Stirn.

»Wenn ich mir sein Gesicht so betrachte, würde ich sagen, dass das seine Augen sind.«

Jodie würgte und presste die Hände fester vor ihren Mund. Ihr war speiübel.

»Oder warte mal, es kann auch sein, dass …«

Mehr bekam Jodie nicht mit. Sie rannte ins Bad und kotzte sich die Seele aus dem Leib. Ihr Kopf versank fast in der Kloschüssel, und sie fühlte sich sogar beschützt von der sie umgebenden Keramik.

»Nee, doch nicht«, murmelte Erin, »es sind doch die Augen.«

Sie schnappte sich die Tastatur und ließ ERIS noch ein wenig arbeiten. Man weiß ja nie, dachte sie.

Kurze Zeit später schickte sie eine Mail mit Anhang anonym an eine Europol-Adresse.

Teil 3

22. bis 27. April

17

Privatdozent Dr. Christian Waacke saß vor dem Computer und kaute so hektisch auf seinem Kaugummi herum, dass seine Kieferknochen knackten und drohten, aus den Gelenken zu springen. Wenn er auf diese Art Kaugummi kaute, hatte er meistens gute Laune.

Er arbeitete an diesem Tag schon vier Stunden ohne Unterbrechung an seiner Biografie, und es machte ihm immer mehr Spaß. Die Sätze flossen ihm nur so aus den Fingern, die bislang aufgestellten Behauptungen hielten einer wissenschaftlichen Überprüfung ohne Zweifel stand, weil die Quellen mehr als eindeutig waren. Die Schwierigkeit hatte lediglich darin bestanden, sie aufzuspüren.

Zwei Drittel hatte er fertig, und er war äußerst zufrieden mit seinem Werk, auch den Zeitplan würde er einhalten können. Der Stapel mit den noch nicht bearbeiteten Quellen wurde mit jeder Woche kleiner, die fälligen Hauptseminararbeiten seiner Studenten trudelten täglich ein. Wie wunderbar es doch ist, andere Menschen für sich arbeiten zu lassen, dachte er mit einem schiefen Grinsen, und nahm die oberste Arbeit vom Stapel. »Koloniale Bestrebungen des Deutschen Reiches in der Zeit der Weimarer Republik unter besonderer Berücksichtigung der Sektoren Gesundheit und Medizin« von Hendrike Fraute. Wer war das denn noch gleich? Ach ja, die kleine Dicke aus Köln, die mit der Reibeisenstimme. Die sollte weniger Whiskey trinken und sich mehr mit den Primärquellen beschäftigen. »Nicht aus allen Quellen kann man trinken«, hatte er ihr mal als schlechten Witz um die Ohren gehauen, als sie mit einer strammen Fahne ein Referat total versemmelte. Er musste zugeben, dass sie sich angesichts ihres Zustandes gar nicht so übel geschlagen hatte, bis sie zu der Stelle kam, wo sie über die Rolle Paul Hindenburgs als Reichspräsident der Weimarer Republik referieren sollte. Er hatte sich gezwungen gesehen, den launigen Vortrag schnell abzubrechen, als Hendrike Fraute plötzlich den Namen Hindenburg nicht mehr aussprechen konnte und sie anfing, fürchterlich zu lallen.

Waacke schüttelte den Kopf. Große Hoffnung hatte er diesmal

nicht, nicht bei Hendrike Fraute. Na ja, wenn die auf ihren vierzig Seiten wieder nichts Neues brächte, würde er sie einfach durchrasseln lassen.

Er las die Einleitung und seufzte. Das übliche Geschwafel der Möchtegernwissenschaftler, mehr Phrasen als durchdachte Formulierungen, dafür eine großspurige Thesenpräsentation, präzise wie eine Schrotflinte. Er überflog das Inhaltsverzeichnis auf der Suche nach mehreren Namen, fand sie aber nicht. Was war mit den Orten? Ebenfalls Fehlanzeige.

Er hörte auf zu blättern und kräuselte die Stirn. Konnte es sein, dass er Hendrike Fraute ungenau instruiert hatte? Er überflog noch einmal die Überschrift. Sie kam ihm völlig unbekannt vor, er war sich fast sicher, dass *er* sie nicht formuliert hatte. Oder hatte er es etwa vergessen aufzuschreiben? Das wäre schon ungewöhnlich, schließlich notierte er sich für jeden Studenten die zugewiesene Seminararbeit inklusive Inhaltsverzeichnis. Er schlurfte zum Regal, zog einen Ordner hervor und fand sofort die richtige Seite. Tatsächlich: Nur bei Hendrike Fraute war die entsprechende Spalte leer.

»Wieso?«, murmelte er vor sich hin und setzte sich wieder an den Schreibtisch. Er stützte den Kopf auf die Hände und überlegte. War da was gewesen? Hatten sie eine Absprache? Oder hatte er es schlichtweg vergessen?

Waacke nahm die Seminararbeit wieder in die Hand und las sie bis zur letzten Literaturangabe komplett und hoch konzentriert durch.

Gar nicht so schlecht, Mädchen, dachte er, aber für mich leider völlig wertlos. Er konnte ihr noch nicht einmal vorwerfen, am Thema vorbeigeschrieben zu haben, das hatte sie nicht. Sie hatte sich exakt an die Themenstellung gehalten und ihre These auch historisch korrekt mit geeigneten Quellen belegt. Nur – was nützte ihm das? Gar nichts.

Eine ungenutzte Ressource.

Waacke seufzte, setzte widerwillig ein »Sehr gut« unter die Arbeit und legte sie auf den Stapel zurück. So etwas durfte ihm nicht noch einmal passieren, er war auf jede Hilfe angewiesen. Wofür gab es sie denn, die Studenten? Es war ein Geben und ein Nehmen, er stellte ihnen den begehrten Schein aus und nahm sich dafür ihre dürftigen Forschungsergebnisse. Abgesehen davon, dass er sich ein ganzes Semester lang einen großen Haufen Dreck anhören musste. Wahrlich keine Freude. Wie es da erst den Soziologen ergehen mochte?

Waacke merkte, dass er schlechte Laune bekam. Das passte ihm gar nicht, schlechte Laune vernebelte den Verstand und beeinträchtigte seine Konzentration. Er war auf der Zielgeraden und durfte jetzt keinen Fehler mehr machen.

Hauptkommissar Nikolaus Rothenburg hatte eine äußerst schlechte Nacht hinter sich.

Er hatte geträumt, dass er sich in einer Kneipe mit Markus Nordquist geprügelt hatte. Der Schwede hatte gehöhnt, er, Rothenburg, sei wohl nicht Manns genug, eine Frau zu halten, die er liebe. Dann sei es wohl doch nicht so weit her mit der Liebe, vielleicht fühle er sich ja als stolzer Eroberer, weil er zwei Kinder mit einer schönen Ausländerin gezeugt habe … wenn es denn seine wären, was man ja schließlich nie hundertprozentig wissen könne. Rothenburg hatte matt genuschelt, er solle seine verdammte Schnauze halten, was Nordquist entweder nicht verstanden oder aber ignoriert hatte. Ob ihm denn schon aufgefallen sei, fuhr der Schwede lallend fort, dass Lisa einen ganz bestimmten Bewegungsrhythmus habe, wenn sie oben säße?

Rothenburg wusste nachher nicht mehr, wohin er Nordquist den ersten Faustschlag verpasst hatte, und warum sie beide überhaupt zusammen in einer Kneipe hockten, blieb ihm auch ein Rätsel. Die anderen Gäste hatten die beiden vollgelaufenen Streithähne schließlich auf die Straße geworfen und dann lautstark angefeuert. Wie armselig! Aber der Traum war damit wenigstens vorbei.

Gegen vier Uhr hatte er Frederik schluchzen gehört. Er hatte ihn in den Arm genommen und eine Stunde gehalten, bis der Junge wieder eingeschlafen war. Er wusste, was los war, es war nicht das erste Mal.

Und er wusste auch, wer schuld an diesem nächtlichen Drama war. Und an seinen Rückenschmerzen.

Bis zum Klingeln des Weckers hatte er wach gelegen und gegrübelt. Wahrscheinlich würde sich das alles erst ändern, wenn eine Entscheidung gefallen war. Peinlich, so ein Traum, er konnte sich dafür verachten … Obwohl, man hatte ja keinen Einfluss auf das, was man träumte, tröstete er sich. Es kommt halt so.

Er schlich sich leise aus der Wohnung und kaufte Brötchen für das Frühstück, eine Ausnahme, aber er wollte sich heute mehr Zeit für die Kinder nehmen als sonst. Warme Brötchen und ein paar Minuten gegen das schlechte Gewissen, aber es tat seine Wirkung. Svenja scherzte mit Frederik, der sich zu Rothenburgs Erstaunen auch darauf einließ.

Es kostet nicht viel, Liebe zu zeigen, wenn man sie wirklich spürt, dachte er.

Er beschloss, vor dem Dienst noch einen Kaffee zu trinken. Die Sonne schien schon warm, es war fast windstill. Eine Tasse Kaffee draußen, das wäre was, dachte er, dazu das nette Lächeln der Kellnerin mit dem Pferdeschwanz. Er kramte eine leichte Jacke aus dem Kleiderschrank und schlenderte die Promenade entlang, die ihm so belebt vorkam wie die A 1.

Nikolaus Rothenburg war jetzt recht guten Mutes. Zumindest wenn man die miese Nacht als Maßstab nahm.

Die Kollegin sei krank, brummte ein missmutiger junger Mann im Café. Was glaube er denn wohl, warum *er* zu so früher Uhrzeit hier sei? Normalerweise ginge er an diesem Tag zu dieser Zeit immer erst ins Bett. Mit *einem* Job könne man schließlich nicht leben und studieren. Im Übrigen wäre ja auch noch gar nicht geöffnet, einen Kaffee könne er in frühestens einer halben Stunde haben. Frühestens, habe er das schon gesagt? Ob er dann noch einen wolle?

Rothenburg wollte nicht. Und ging ins Präsidium.

Warum zerfallen bloß alle Wünsche so schnell in ein Nichts?, dachte er. Vor allem die kleinen, die einem das Leben etwas leichter machen könnten, wie zum Beispiel eine frische Tasse Kaffee in der Sonne, serviert von einer charmanten Bedienung. Oh nein, das war keine Frage des persönlichen Verdienstes, eher eine Frage der Inspiration, oder besser gesagt der Fähigkeit, sich eine Inspiration überhaupt vorstellen zu können. Oder sich ihr wenigstens nicht zu verweigern.

Bei Holstein war es brechend voll, Rothenburg musste zehn Minuten in der Schlange stehen, ehe Mathilde Overkamp ihn bedienen konnte.

»Herr Kommissar, Sie sehen leer aus.«

»Leer?«, fragte Rothenburg irritiert. »Sie meinen nicht etwa müde?«

»Nein, irgendwie leer, ohne wesentlichen Inhalt. Sie brauchen heute etwas Herzhaftes, das Ihnen Kraft gibt, sich zu füllen.«

»Hm«, machte Rothenburg.

»Nehmen Sie den Wilstermarschkäse, etwas herb, belegt mit Petersilie. Petersilie erfrischt den Gaumen und stärkt den Geist.«

Rothenburg lächelte und nickte.

Was mache ich heute nur?, fragte er sich, als er sein Büro aufschloss. Mathilde Overkamp hat recht, ich bin leer.

Er war überrascht, wie aufgeräumt er seinen Schreibtisch hinterlassen hatte. Auf der rechten Seite lag die Akte Paul Lenze, links stand sein Telefon, in der Mitte sein Monitor. Keine losen Blätter, keine Notizzettel, kein neues Fax von irgendwem. Der Anrufbeantworter blinkte auch nicht.

Man kann nicht gerade sagen, dass es vorangeht, dachte er.

Am Automaten zog er sich einen schwarzen Kaffee. Wenigstens wach bleiben musste er, auch wenn er davon überzeugt war, dass er heute keine großen Fortschritte erzielen würde. Vielleicht könnte man den restlichen Doktoranden noch nachspüren. Es könnte ja durchaus sein, dass Susanne Tarnet mal eben aus Italien zurückgekommen war oder dass Nicola Wagner, die noch ganz am Anfang stand, glaubte, man könnte sich nicht früh genug einen wohlmeinenden Mentor suchen. Er setzte sich an seinen Schreibtisch, stützte das Gesicht in die Hände und versuchte sich zu konzentrieren. Was nicht so einfach war.

Nach ein paar Minuten hatte er ein erstes greifbares Ergebnis: Es war viel zu warm in seinem Büro. Bei der Hitze von sechsundzwanzig Grad oder mehr konnte man ja keinen klaren Gedanken fassen. Außerdem sollte man die Heizung im Frühling sowieso besser abstellen. Er drehte die Heizung runter, riss alle Fenster auf und stellte sich an eine Fensterbank in die Sonne. Sofort wehte ihm eine leichte Brise ins Gesicht, und er fühlte sich schon frischer.

Als zweites Ergebnis beschloss er, die Suche nach Tarnet und Wagner anzugehen. Bis ein Ergebnis vorlag, konnten sie ja die Protokolle noch einmal lesen und den Autopsiebericht studieren, vielleicht hatten sie ja wirklich etwas übersehen. Oder falsch bewertet.

Hatten sie überhaupt schon etwas bewertet?

»Herein«, brummte er, als es klopfte.

»Gut geschlafen, Nikolaus?«, fragte Frank Lütjens und setzte sich mit lautem Stöhnen auf einen Stuhl. Er streckte die Beine weit von sich und machte ein schmerzverzerrtes Gesicht. »Ich habe einen tierischen Muskelkater vom Training. Wo warst du denn? Hast du Kaffee?«

»Vergessen.«

Lütjens hob die Augenbrauen. »Vergessen? Na egal. Was macht euer Professor? Ist ja schließlich schon ein paar Tage her. Gibt's was Neues?«

»Du weißt alles, wir tappen im Stockdunkeln. Und wir finden keine Kerze, die die Finsternis etwas erhellen könnte.«

»Sehr witzig. Gar nichts zu berichten?«

»Gar nichts.«

»Hm«, machte Lütjens und drehte sich eine Zigarette. »Wollt ihr den Fall sanft einschlafen lassen?«

Rothenburg stand auf und brachte Lütjens einen Kaffee. Dann holte er sein erstes Käsebrötchen des Tages hervor und drapierte eine Serviette auf dem Schreibtisch.

»Wilstermarschkäse«, verstand Lütjens, als Rothenburg den Mund wieder öffnen konnte. »Ein ganz besonders milder und dennoch leicht herber Käse. Kommt aus Schleswig-Holstein, man kann fast die Nordsee schmecken.«

»Man kann sie sogar riechen«, sagte Lütjens. »Und sonst so?«

Rothenburg spülte seinen Bissen mit kaltem Kaffee herunter. »Wir lassen keinen Fall einschlafen, und von wollen kann schon gar nicht die Rede sein. Ich kann mich aber erinnern, dass die Berichterstattung in den Zeitungen auch immer rudimentärer wird, bis sie zum Schluss … wie soll ich sagen … einschläft. Stimmt's?«

»Was sollen wir den Lesern denn sagen? Auch heute wieder keine neuen Erkenntnisse im Fall Lenze? Also, kommt ihr voran?«

»Das ist doch mal eine gute Frage«, sagte Rothenburg, »und leicht zu beantworten.« Er lächelte Lütjens zu. »Nein.«

Um elf Uhr trafen sich Rothenburg, Staatsanwalt Christian Rabbel und Polizeitechniker Sven Behle im Konferenzraum »Grün«. Polizeichef Kollau war zu seinem Kurzurlaub aufgebrochen, wie Rabbel mitteilte.

»Wo ist er denn?«, fragte Rothenburg.

»In Rom. Er will zum Papst pilgern.«

»Von Rom aus? Der wohnt doch da, was gibt's denn da zu pilgern?«

Der Staatsanwalt verdrehte die Augen.

»Weiß ich doch nicht. Ich würde vorschlagen, wir beginnen unsere Sitzung mit einem Vortrag von Kriminalhauptkommissar Rothenburg zum derzeitigen Stand der Ermittlungen. Einverstanden?«

Rothenburg seufzte, spulte seinen Bericht ab und blickte dann fragend auf. »Hab ich irgendetwas vergessen?«

Rabbel schüttelte den Kopf.

»Ich muss noch einiges nachliefern«, meldete sich Behle zu Wort. »Wir haben Lenzes Wohnung dreimal auf den Kopf gestellt. Nichts. Ebenso der Computer: keine verdächtigen Dateien oder Mails. Besser sieht es mit den organischen Substanzen aus: Laut DNA-Untersuchung hatten sowohl Frau Migant als auch Frau Dohlsen unmittelbar vor Lenzes Tod Geschlechtsverkehr mit ihm. Die Identifizierung hat etwas länger gedauert und war nicht ganz einfach, weil die Körperflüssigkeiten ordentlich durchmischt waren.«

»Hoppla«, sagte Rabbel. »Fleißiges Kerlchen.«

»Das war ja zu erwarten«, brummte Rothenburg.

Behle fuhr fort: »Weiter: Die schwarze Wollfaser vom Mantel ist ebenso wie die Metallspäne Massenware. H&M, C&A ... was ihr wollt, ich hab auch so einen zu Hause. Die sind ganz schön, eigentlich.«

»Ausgezeichnet«, sagte Rothenburg, »dann sind wir fast so klug wie vorher. Was aber auch zu erwarten war.«

Staatsanwalt Rabbel wippte leicht auf seinem Stuhl und strich sich über seinen Stoppelbart. Ein paar Minuten lang starrte er aus dem Fenster in den wolkenlosen Himmel. Die Stimmung im Fall drohte zu kippen, er meinte sogar schon Anflüge von Resignation wahrzunehmen. Das war kein neues Phänomen, im

Gegenteil, aber in diesem Mordfall mehr als unerwünscht. Wenn Kollau geläutert aus Rom zurück ist, nervt er bestimmt noch mehr, dachte er. Eine Yogareise nach Indien würde ihm wahrscheinlich besser bekommen, dann wäre ihm hinterher wenigstens alles andere egal. Aber Polizeipräsidenten fuhren eben nicht nach Indien zum Meditieren, sie wollten sich nicht selbst suchen, in fremde Fingerspitzen atmen und jeden Morgen freudig ihren kleinen Zeh begrüßen. Sie pilgerten zum Papst oder wanderten auf Mallorca.

Nein, es wäre wirklich am besten, wenn sie den Fall vor seiner Rückkehr abschließen könnten. So wichtig konnte er ja schließlich auch nicht sein, wenn der Chef seelenruhig zum Pilgern fährt, während sein Fußvolk sich die Hacken abläuft. Obwohl … genau genommen lief sich ja im Moment keiner die Füße wund.

Das Rascheln einer Brötchentüte holte Staatsanwalt Rabbel wieder in die Realität zurück.

»Spanischer Manchego-Käse«, erklärte Rothenburg kauend, »aus hundert Prozent Schafsmilch, fünf Monate in Olivenöl eingelegt, das zentralspanische Hochland liegt praktisch vor mir.«

Staatsanwalt Rabbel kniff sich in die Nase. Rothenburg ist wirklich ein Kauz, dachte er. Aber ein umgänglicher und schlauer.

»Nun gut«, begann er etwas zögerlich, »wie ich das so sehe, stecken wir fest, sozusagen in einer Sackgasse. Wichtig wäre für mich jetzt zu wissen, ob es eine Chance gibt, dass wir da auch wieder herauskommen. Nehmen wir doch einmal großzügig an, wir treiben die beiden Damen Wagner und Tarnet auf, so schwer kann das doch nicht sein. Wir sprechen mit ihnen und stellen fest, dass die beiden nichts, aber auch gar nichts zu sagen haben. Was dann? Ich habe doch richtig verstanden, dass die zwei unsere letzten beiden kleinen Hoffnungsfunken sind, die wir überhaupt noch haben? Wenn diese Funken verglühen, ist es dunkel im Tunnel. Richtig?«

Sehr poetisch, dachte Rothenburg. Und falsch dazu.

»Die Frauen sind die eine Sache«, sagte er. »Wir suchen sie natürlich schon und werden sie auch finden. Bis dahin gibt es aber noch andere Baustellen, die wir bearbeiten müssen.«

»Aha«, sagte Rabbel, »ich bin gespannt.«

»Ich habe noch ein ziemlich diffuses Bild von Professor

Schmallenberg, ein glatter und undurchsichtiger Mensch. Wie gesagt, er hätte theoretisch ein Motiv, und sein Alibi kann jederzeit kippen. Ich werde ihn wohl selbst einmal aufsuchen.«

»Hm«, machte Rabbel.

»Ich bin mir auch sicher, dass der Vater von Paul Lenze noch den einen oder anderen Namen nennen könnte, wenn man ihn umschmeichelt und mit Samthandschuhen anfasst. Haben wir zufällig einen Militärfreund in unseren Reihen?«

»Einen Militärfreund?«, fragte Behle. »Was meinst du damit?«

»Einen, der gerne von seiner Zeit bei der Bundeswehr erzählt und in Reserveübungen den Sinn des Lebens entdeckt.«

»Kollau!«, sagte Rabbel sofort. »Von dem muss ich mir immer die Geschichte anhören, wie er auf einer Truppenparade einen Panzer zu Schrott gefahren hat.«

»Ach«, sagte Behle, »interessant. Ich wusste gar nicht, dass die Bundeswehr Paraden abhält.«

»Das macht sie auch nicht öffentlich. Aber damals wurde ein Bundespräsident verabschiedet, und Stratege Kollau war mit seiner Einheit dazu eingeteilt, mit seinem Marder an einer Tribüne mit vielen Ehrengästen vorbeizufahren. Leider hatte die Bundeswehr nicht bedacht, dass unser verehrter Polizeichef so viel technischen Verstand hat wie ein Spatz Speck hinter der Kniekehle.«

»Mehr Respekt, bitte«, sagte Rothenburg. »Und dann?«

»Als Panzerfahrer ist man ja für den technischen Zustand mitverantwortlich, auch wenn man nur Wehrpflichtiger ist und links und rechts nicht unterscheiden kann. Das ist denen wirklich scheißegal. Na ja, Gefreiter Kollau rollte also los und blieb prompt mitten vor der Tribüne mit dem Präsidenten stehen, weil der Panzer nicht mehr wollte.«

»Großartig«, sagte Rothenburg, »der Mann wird mir gleich viel sympathischer. Woran lag es denn?«

»Er hatte Getriebeöl in ein falsches Loch gekippt oder so, das kontrolliert ja keiner. Ein Bergepanzer hat dann den ganzen Zirkus kurz unterbrochen und unseren Helden von der Paradestrecke geschleppt. Ich glaube, so etwas ist seitdem nicht wieder vorgekommen.«

»Schöne Geschichte«, sagte Behle. »Hat er was gekriegt?«

»Drei Wochen Wachdienst im Munitionslager und keine Beförderung mehr. Eigentlich wäre die Strafe noch höher ausgefallen, aber sein Chef war schon froh und dankbar, dass sein Panzer es überhaupt aus der Kaserne geschafft hatte. Das war bei Weitem nicht üblich und daher strafmildernd.«

»Gut«, sagte Rothenburg, »aber wir können doch unseren Polizeichef schlecht zu Heinrich Lenze schicken. Wie sieht das denn aus?«

»Vielleicht mit einem Panzer?«, schlug Rabbel vor.

»Wenn der mal ankommt«, sagte Rothenburg.

»Und in Uniform«, ergänzte Behle, »dann verstehen die beiden sich doch bestimmt prächtig.«

Rothenburg seufzte.

»Ich werde mich noch ein wenig fachkundig machen«, sagte er, »und dann besuche ich ihn. Das wird eine Parade.«

18

»Sie schon wieder«, brummte Heinrich Lenze, »was wollen Sie?«

»Ich hätte da noch ein paar Fragen«, begann Rothenburg vorsichtig. »Sie haben ja vermutlich den Zeitungen entnommen, dass wir nicht so recht vorankommen.«

Diesmal deckte Heinrich Lenze sofort den Tisch. Er holte eine alte Keksdose aus einem Sideboard und das hässliche Service vom letzten Mal. Was macht der wohl den ganzen Tag?, überlegte Rothenburg. Ja, das war eine wirklich spannende Frage, fand er.

»Ihnen ist in der Zwischenzeit nicht noch etwas eingefallen, was uns weiterhelfen könnte?«, fragte er, als der dampfende Kaffee vor ihm stand.

»Nein.«

»Haben Sie auf der Beerdigung Ihres Sohnes jemanden gesehen, den Sie nicht erwartet hätten oder den Sie nicht kannten?«

»Ha! Ich kannte fast keinen. Nur Karola natürlich, seine Sekretärin und diesen widerlichen Schleimer von Professor Schmallenberg. Die ganze Frauenbagage da …«, er winkte verächtlich ab, »… hatte ich noch nie vorher gesehen. So viel kann man sich ja gar nicht merken.«

»War Ihr Sohn eigentlich bei der Bundeswehr?«, fragte Rothenburg. Die nächsten Sekunden, so wusste er, würden über Erfolg oder Misserfolg des Gesprächs entscheiden. Gut möglich, dass er in einer Minute wieder in seinem Auto saß.

»Natürlich war er das. Warum wollen Sie das wissen?«

»Es könnte sein, dass es da eine Spur gibt«, log Rothenburg, »aber dazu müsste ich erst noch mehr über Pauls Militärzeit wissen.«

Er sah, wie Heinrich Lenze kurz die Augen schloss und sich sichtlich entspannte. Seine Mundwinkel gingen leicht nach oben, und Rothenburg glaubte sogar den Anflug eines Lächelns gesehen zu haben. Gewonnen, dachte er.

»Die war nicht besonders spektakulär, aber immerhin, er hat sich nicht von diesem ganzen Zivildienstscheiß anstecken lassen und treu seine Pflicht als Wehrdienstleistender erfüllt.«

Jawoll, dachte Rothenburg.

»Was hat er denn gemacht?«

»Er war Sanitäter in Handorf. Ich habe ihm das empfohlen, weil das zum einen in unserer Familie liegt und er sich zum anderen auch noch nicht sicher war, ob er später vielleicht nicht doch Medizin studieren wollte.«

»Hatte er während dieser Zeit oder auch nachher noch Kontakt zu anderen Soldaten aus seinem Zug?«

Heinrich Lenze sah überrascht auf. »Sie wissen, was ein Zug ist?«

»Aber natürlich weiß ich das«, sagte Rothenburg forsch, »was glauben Sie denn? Gruppe, Zug, Kompanie, Bataillon, Brigade, Division. Was Sie wollen.«

»Woher wissen Sie das? Sie waren doch bestimmt kein Soldat?«

»Klar war ich Soldat. Außerdem ist es ja auch wirklich interessant, sich damit zu beschäftigen.«

Was für einen Schwachsinn rede ich da?, dachte Rothenburg.

Heinrich Lenze nippte an seinem Kaffee und steckte sich einen Keks in den Mund.

»Die Sanitäter und Ärzte beim Militär haben schon immer viel Wert auf Kameradschaft gelegt, auch nach der aktiven Zeit. Tradition, wissen Sie? Zu meiner Zeit und auch zu Pauls hat man sich noch jedes Jahr getroffen und über die guten alten Zeiten geredet, vielleicht auch ein bisschen gefeiert. Heutzutage geht das ja nur noch über den Computer.« Lenze schnaubte und fuhr fort: »Na ja, die heutige Bundeswehr ist ja auch keine richtige Armee mehr …«

Rothenburg hob die Augenbrauen. »Sondern?«

»Unfähige Waschlappen als Soldaten, Hilfsarbeiter als Unteroffiziere und Sozialdemokraten in der Führung. Ha, und dann noch diese morschen Waffen. Ich wette mit Ihnen, wenn die Russen vor fünfundzwanzig Jahren in Deutschland einmarschiert wären, wären sie eher am Kamener Kreuz im Stau stecken geblieben, als von der Bundeswehr aufgehalten worden.«

Rothenburg lächelte artig über den Witz und räusperte sich.

»Und Paul. Kannte er noch jemanden beim Bund?«

»Entschuldigen Sie, ich rede mich leicht in Rage. Ja, es kann durchaus sein, dass Paul noch Kontakt zu jemandem vom Bund hatte, er hat die Zeit dort sehr genossen. Seine Briefe hat er alle in einer kleinen Holzkiste gesammelt. Die müsste eigentlich im

Keller seiner Wohnung sein. Private Mails hat er kaum verschickt, seinen Computer haben Sie ja vermutlich überprüft.«

»Haben wir«, bestätigte Rothenburg. Er überlegte, ob er schon etwas von einer Holzkiste mit Briefen gehört hatte. Es fiel ihm aber nicht ein. Waren sie überhaupt schon in Lenzes Keller gewesen? Auch das fiel ihm nicht ein. Was für eine Schlamperei!

»Wissen Sie«, fuhr Heinrich Lenze fort, »ich habe jetzt noch Kontakt zu ehemaligen Kameraden. Es sind nicht mehr viele übrig von damals, aber ein paar gibt es noch.« Er lächelte matt.

»Damals?«, fragte Rothenburg.

Lenze seufzte, stand auf und ging zu der Wand mit den Fotografien. Er machte Rothenburg ein Zeichen, zu ihm zu kommen.

»Sehen Sie her. Der hier in der Mitte, das bin ich.«

Rothenburg betrachtete interessiert das Foto. Es zeigte fünf Soldaten in einem karg eingerichteten Raum. Sie saßen hinter einem Tisch, hatten halb gefüllte Likörgläser vor sich und schauten ernst in die Kamera. Heinrich Lenze war trotz der über sechzig Jahre Abstand eindeutig wiederzuerkennen. Deutlich konnte Rothenburg die SS-Runen an den Uniformjacken erkennen, am rechten unteren Bildrand stand gut leserlich *Polen, Mai 1943.*

Rothenburg schluckte.

Ach du Scheiße, dachte er. Auch das noch.

Als er wieder vor dem Präsidium stand, beschloss er, vor dem Mittagessen noch einen Spaziergang durch den Wienburgpark zu machen und gründlich nachzudenken. Er lief eine halbe Stunde und setzte sich dann auf eine Parkbank, von der er das Treiben auf einem Spielplatz betrachten konnte. Zwei Kinder um die drei Jahre stritten sich lautstark um einen Betonmischer aus Plastik und bewarfen sich mit Sand. Rothenburg schielte zu den anderen Bänken, um die Reaktion der Eltern zu beobachten, aber er konnte nur Frauen sehen, die sich angeregt unterhielten und aus Pappbechern Kaffee tranken. Was soll's auch?, dachte er. Die Sonne scheint.

Heinrich Lenze war also ein SS-Mann gewesen. Das war schlimm genug, aber ob das für diesen Fall relevant war? Es sprach rein gar nichts dafür, aber streng genommen sprach auch rein gar nichts dagegen. Eigentlich konnte alles wichtig sein, vom Liebesleben einer Katharina Dohlsen über die verworrenen Hintergründe der Einbürgerung des Taxifahrers Hassan Celik bis zum umgegrabenen Gemüsebeet von Heinrich Lenze.

Ein Verbrechen aus Rache? Morde mit Nazihintergrund kamen so gut wie nicht mehr vor, die Kriegsverbrecher waren fast alle tot oder scheintot. Die Übrigen lebten entweder unerkannt oder aber bekannt und geduldet, einige sehr zurückgezogen in bescheidenen bis ärmlichen Verhältnissen, andere auf mehr oder weniger großem Fuß. Rothenburg wusste von mehreren SS-Mördern, dass sie sich nach Ende des Krieges eine bürgerliche Existenz in der Bundesrepublik aufgebaut hatten und mit Wissen der Politik bis zum heutigen Tage von der Justiz unbehelligt blieben. Und die Israelis hatten schon lange andere Probleme. Solche, die ihre Existenz bedrohten.

War Heinrich Lenze wirklich ein Mörder, der immer noch frei umherlief? Da er bei der SS war, war die Wahrscheinlichkeit sehr groß. Aber was kümmerte ihn das eigentlich? Er, Rothenburg, war bei der Mordkommission und Heinrich Lenze quietschlebendig. Der Sohn war tot und sicherlich kein Nazisympathisant gewesen, so konnte man Heinrich Lenzes Ausführungen auf jeden Fall interpretieren. Ich werde das an die zentralen Stellen in Dortmund oder Ludwigsburg übergeben, überlegte Rothenburg. In den beiden Städten wurden staatsanwaltschaftliche Ermittlungen gegen Naziverbrecher koordiniert und vorangetrieben. Und damit hatte sich die Sache dann hoffentlich.

Im Übrigen lief Heinrich Lenze ja auch nicht mehr wirklich herum, genau genommen.

Die Kinder im Wienburgpark waren unterdessen dazu übergegangen, Plastikschaufeln und Eimer statt Sand als Munition zu benutzen. Die Muttis störte auch das nicht, sie tranken weiter in Ruhe ihren Kaffee aus Pappbechern. Richtig so, dachte Rothenburg, wir brauchen harte Kerle draußen in dieser Welt.

Schmallenberg! Wenn bei dem nächsten Gespräch mit dem Professor genauso wenig herauskommen würde wie beim letzten Mal, könnten sie den Fall beiseitelegen, das war so klar wie der Himmel heute. Da könnte sich der verehrte Polizeichef auf den Kopf stellen, da wäre dann nichts mehr zu machen. Man müsste, überlegte Rothenburg, Schmallenbergs Ehefrau ohne ihren Schnösel erwischen und sanft unter Druck setzen. Eine Professorengattin, die abends oder nachts ihren ehrenwerten Mann nur noch zum Essen oder zum gemeinsamen Ins-Bett-Gehen erwartet, musste doch eine heimliche Sehnsucht haben, zum Beispiel den schmierigen Langweiler zu verlassen, um sich mit ihrem Liebhaber unbesorgt zu vergnügen. Ja, irgendwo da mussten sie ansetzen, keine Frage.

»Jonas Nicolai, nimm doch bitte die Harke etwas tiefer«, hörte er noch eine Stimme flöten, bevor ein entsetzlicher Schrei den Spielplatz erschütterte. Jonas Nicolai hatte offensichtlich die Harke nicht tiefer genommen, sondern seinem tapferen Kontrahenten ein veritables Loch in die rechte Schulter gehauen.

Rothenburg hatte genug und machte sich auf den Weg ins Präsidium.

Wie gesagt, harte Kerle braucht diese Welt.

19

Der Anruf der Einsatzzentrale kam um vierzehn Uhr.

Um vierzehn Uhr fünfzehn stapfte Hauptkommissar Nikolaus Rothenburg keuchend die Treppe zum fünften Stock des Altbaus hoch. Die letzte Treppe war mehr eine schmale Dachlukenleiter mit gefährlich knarrenden Sprossen, etwa auf halber Höhe versperrte eine schlichte weiße Tür den Weg zu der kleinen Wohnung. Die Tür stand offen, ein Streifenpolizist sicherte auf dem Absatz des vierten Stocks den Tatort.

»Noch höher?«, röchelte Rothenburg.

»Ein bisschen«, grinste der Polizist, »aber Ihre Kollegen haben es auch schon alle ohne Kollaps geschafft. Passen Sie auf Ihren Kopf auf, die Tür ist sehr niedrig.«

Rothenburg murmelte ein »Danke« und stieg die Sprossen empor. Meine Güte, fragte er sich, wer hat denn so was gebaut? Ich sollte nachher das Ordnungsamt anrufen. Wenigstens hatte der Vermieter an beiden Seiten des steilen Einstiegs ein Geländer anbringen lassen. Rothenburg klammerte sich mit beiden Händen daran fest. Es wackelte ziemlich, hielt aber.

Die Treppe machte kurz vor dem Flur noch eine Biegung und endete an einer lang gezogenen Diele. Links ging es zu einem kleinen Schlafzimmer und einem Minibad, rechts ging es zur Durchgangsküche und zum Wohnbereich, der durch eingezogene Wände und einen Vorhang von der Küche getrennt war. Der Flur war so schmal, dass zwei Menschen nicht aneinander vorbeigehen konnten.

Rothenburg erblickte auf den ersten Blick nichts Wohnliches. Keine Bilder, keine Fotos, keine netten Lampen, keine Blumen … Na gut, die hatte er auch nicht, dafür jede Menge Fotos. Die Möbel waren Dinosaurier aus den sechziger Jahren. Die Oberflächen waren früher vermutlich einmal weiß gewesen, jetzt waren sie so vergilbt wie Finger nach vierzig Jahren Kettenrauchen und lieferten sich ein trauriges Wettrennen mit der Wandfarbe. Es roch muffig und nach Alkohol. Und nach Tod.

Sieht aus wie eine vereinsamte Rentnerwohnung, von den Kindern vergessen, dachte Rothenburg. Nach dem Ordnungsamt rufe ich die Sozialbehörde an.

Freundlicherweise hatte der Vermieter an dem Teil des Flures, der zur Sprossenleiter abfiel, ein stabiles Eisengitter installiert. Rothenburg lehnte sich mit seinem ganzen Gewicht dagegen und verschnaufte. An der Wand ihm gegenüber hing ein kleiner Spiegel. Er dachte an die Anstrengungen der letzten Minuten und verzichtete auf einen Blick.

Puh, dachte er, dann mal los.

In der Wohnung wimmelte es bereits von Beamten der Spurensicherung, Fotografen und Ermittlern. Irene Franta kam ihm auf der Schwelle zum Wohnzimmer entgegen. Ihr Blick drückte blankes Entsetzen aus. Und, so fand Rothenburg, merkwürdigerweise einen Hauch von Selbstzufriedenheit.

»Du weißt es noch gar nicht, oder?«

»Was weiß ich nicht?«

»Unser Augenstecher hat wieder zugeschlagen.«

Rothenburg starrte sie an. »Der Augenstecher hat wieder zugeschlagen?«, wiederholte er wie ein Idiot. »Wieso denn das?«

Franta zuckte kurz mit dem Mundwinkel und führte ihn wortlos ins Wohnzimmer. Ein Blitz blendete ihn kurzzeitig. Der Polizeifotograf kniete auf dem Boden und fotografierte die Leiche, die nackt auf einem Sofa lag.

»Um Himmels willen«, murmelte Rothenburg fassungslos, »wie sieht der denn aus?«

»Im Wesentlichen etwa so wie Paul Lenze«, sagte Gromzki, »nur dass Lenze nicht nackt war, dafür aber deutlich voller.«

»Was?«

Gromzki zeigte auf eine Flasche. »Er hat sich ein Gläschen Rum hinter die Binde gekippt. Und das um die Mittagszeit. Ganz schön traurig.«

Rothenburg wartete, bis der Fotograf seine Arbeit beendet hatte. Er ging zum Sofa und betrachtete das Opfer. In der Tat, dachte er, vieles wie bei Lenze. Ausgestochene Augen, Einstich am Bauch, Blut überall.

»Und wer ist der arme Kerl?«, fragte er, während er Handschuhe überstreifte.

Andreas Briesch stand plötzlich wie von Scotty gebeamt neben ihm und zückte sein Notizbuch. »Martin Zuber, dreiunddreißig Jahre alt, wohnhaft hier, Marientalstraße, ledig, keine Kinder, Beruf Finanzbeamter bei der Steuerfahndung, keine Angehörigen, wenigstens keine, die dem Entdecker der Leiche bekannt sind. Die Eltern sind beide lange tot, gemeinsamer Selbstmord vor etwa zwanzig Jahren. Depression oder so was. Zuber ist dann in eine Pflegefamilie gekommen, bis er achtzehn war. Todeszeitpunkt etwa zwölf Uhr dreißig, Todesursache vermutlich eine Vergiftung mit dem bekannten Mittel. Danach wieder die Verstümmelung. Machalle will bis heute Abend genauestens berichten, hat er versprochen.«

Gromzki trat auf ihn zu und schüttelte langsam den Kopf. »Das einzig Gute an diesem Gemetzel ist, dass wir es keinem Angehörigen sagen müssen. Aber eigentlich ist das auch etwas sehr Trauriges.«

Rothenburg blickte ihm fest in die Augen und seufzte.

»Sicher. Wer hat ihn gefunden?«, fragte er.

»Ein Kollege von ihm, Erik van Tilsen. Er sitzt drüben im Schlafzimmer und trinkt sich gerade den Schmerz von der Seele. Herr Zuber war, wie van Tilsen berichtet, ein absoluter Gewohnheitsmensch und ein Muttersöhnchen ersten Grades.«

»Obwohl er ja, wenn man es wörtlich nimmt, seit Jahren gar keine Mutter mehr hatte«, bemerkte Rothenburg.

»Er meint es wohl mehr als Verhaltensmuster. Zuber hatte immer die schlimmsten Klamotten an, so altmodisch und daneben, dass sich in der Behörde alle über ihn lustig gemacht haben. Tja, und dann kam er jeden Morgen Punkt acht Uhr ins Büro, hatte immer die gleichen Brote in der gleichen Brotdose dabei, ging immer gegen halb zehn aufs Klo …«

»Jetzt ist gut«, unterbrach ihn Franta.

»Hat doch van Tilsen erzählt. Na ja, auf jeden Fall ging er auch jeden Mittag exakt um die gleiche Zeit nach Hause, um zu essen. Dabei meint van Tilsen, dass die Kantine des Finanzamtes gar nicht so schlecht sei. Zumindest die Dessertauswahl sei nicht so übel. Er hat mir erzählt, dass die Köche dort das Mousse au Chocolat mit einem feinen Schuss …«

»Weiter«, sagte Rothenburg.

Briesch räusperte sich. »Wie gesagt, jeden Tag um zwölf Uhr ging er nach Hause, und um eins saß er wieder brav hinter seinem Schreibtisch.«

»Ein Muttersöhnchen, das lieber selber kocht als sich bekochen lässt?«, fragte Gromzki ungläubig. »Das passt doch nicht zusammen.«

»Jaja, jetzt wird es etwas sonderbar«, sagte Briesch ernst und blätterte in seinem Notizbuch. »Er wollte, wie gesagt, nicht in der Kantine essen und hat sich stattdessen für Punkt zwölf Uhr zehn Essen auf Rädern bestellt. Den Namen der Firma haben wir.«

Verdammt, dachte Rothenburg, was für ein Kauz.

»Also war es nicht ungewöhnlich, dass Zuber zum Todeszeitpunkt hier war?«, fragte er.

»Nein. Er war um diese Uhrzeit immer hier.«

»Und warum war er nackt?«

Briesch zuckte die Schultern. »Das kann sich van Tilsen auch nicht erklären. Im Finanzamt saß Zuber auf jeden Fall immer angezogen rum. Das weiß er sicher.«

Himmel, dachte Rothenburg. Van Tilsen und Briesch gäben ein prächtiges Team ab.

»Vielleicht war er ja ein FKK-Anhänger«, schlug Franta vor.

Rothenburg kniff die Augen zusammen. »Was?«

»Na ja, die gehen ja auch nackt einkaufen und spielen nackt Volleyball. Warum sollte es nicht auch Menschen geben, die gerne nackt essen?«

Tja, warum eigentlich nicht?, überlegte Rothenburg. Wahrscheinlich war die Tatsache an sich aber auch völlig unwichtig. Jeder konnte doch essen, wie er wollte. Auch nackt, wenn es sein musste. Deswegen wurde bestimmt keiner ermordet. Er kratzte sich am Kopf.

»Kann ich mal mit van Tilsen sprechen?«

»Nein«, sagte Gromzki bestimmt.

Rothenburg sah überrascht auf. »Nein? Warum nicht?«

Gromzki winkte ihn aus dem Wohnzimmer und ging über den Flur bis zum Schlafzimmer.

Erik van Tilsen saß in einem Korbstuhl mit hohen Armlehnen und umklammerte mit beiden Händen eine Flasche Rum. Die so gut wie leer war, wie Rothenburg leicht erkennen konnte. Van Tilsens brauner Lockenkopf war auf seine Brust gesunken und zuckte in kurzen Abständen, als würde er regelmäßige Stromstöße bekommen. Er murmelte irgend etwas vor sich hin. Das Zimmer stank nach Rum wie eine Seemannskneipe nachts um drei Uhr.

»Ich glaube kaum, dass das Sinn macht«, sagte Gromzki. »Der ist voll wie 'ne Kanonenkugel.«

»Warum zum Teufel lasst ihr ihn denn trinken?«

Gromzki seufzte. »Er meinte, er sei in dieser Situation nur fähig zu reden, wenn er ein paar Tropfen zu sich nehmen könne. Aber irgendwie muss er wohl richtig zugelangt haben. Das konnte doch keiner ahnen.«

Rothenburg schüttelte verständnislos den Kopf. »Was sagt er denn?«, fragte er den Polizisten, der van Tilsen gegenüber Platz genommen hatte. »Er spricht so leise.«

»Das ist es ja«, antwortete der Polizist und lächelte sauer. »Er sagt gar nichts. Er singt, oder was man so singen nennen kann. Ein schönes Lied übrigens, ›Death is not the end‹ von Nick Cave. Kennen Sie das?«

Rothenburg schüttelte wieder den Kopf und ging zurück ins Wohnzimmer. Na gut, dann würden sie van Tilsen auf morgen verschieben. So wichtig schien er nun auch nicht zu sein.

»Warum war van Tilsen überhaupt hier?«, fragte er Briesch.

»Zuber hatte um ein Uhr eine außerordentlich wichtige Sitzung. Und alle Teilnehmer wussten genau, dass etwas nicht in Ordnung sein müsste, wenn Zuber um ein Uhr nicht an seinem Platz sitzt. Zubers Chef hat dann nach einigen vergeblichen Telefonaten unseren Trunkenbold geschickt, der zu dem Zeitpunkt natürlich noch stocknüchtern war, wohlgemerkt.«

»Warum van Tilsen? Ist ... äh ... war er sein Freund?«

»Das wohl nicht, aber er hat das schnellste Auto.«

Aha, dachte Rothenburg, das ist doch mal ein praktisch denkender Chef.

Sven Behle gesellte sich zu ihnen.

»Es gibt wieder keine Einbruchspuren«, berichtete er. »Die Wohnungstür ist vollkommen unversehrt. Das Saunahandtuch geht in die Untersuchung, ansonsten sieht es auch hier eher düster aus.«

»Prima«, brummte Rothenburg.

»Nicht so negativ, Nikolaus, eine Sache haben wir ja noch. Der Computer.«

»Was ist mit dem?«

»Zuber hatte die Funkmaus neben sich, und der Monitor war auch noch an, der Rechner selbst war ausgeschaltet. Er muss vor seiner Ermordung irgendwas am PC gemacht haben.«

»Nackt und vom Sofa aus?«

»Warum nicht? Er wird keine Texte getippt haben, aber vielleicht war er im Internet unterwegs oder hat übers Netz telefoniert. Wenn er ein empfindliches Mikro und eine gute Kamera hat, macht das schon Sinn, vor allem ins Ausland.«

»Könnt ihr das rauskriegen?«

»Wir nehmen die Kiste mit und prüfen sie gründlich.«

»Danke, Sven. Sonst noch was?«

»Nein, das war's vorerst. Aber wir suchen noch weiter.«

Rothenburg nickte. Wenn es irgendetwas Brauchbares gab, dann würde Behle es finden, das wusste er. So lange mussten sie wieder bei den Nachbarn Klinken putzen, die übliche mühsame Polizeiarbeit eben. Franta und Briesch sollten zu der Firma fahren, die Zuber das Essen lieferte. Gromzki und er würden das Finanzamt übernehmen. Das war im Groben der Schlachtplan.

»Hallo, is hier jemand?«

Rothenburg drehte sich um und sah Erik van Tilsen, der sich auf den Kühlschrank stützte.

»Ich will nach Hause«, lallte er. »Ich bin etwas müüüde.«

Etwas voll, dachte Rothenburg, das ist es doch wohl.

Er musterte ihn. Wie ein Finanzbeamter sah van Tilsen ganz und gar nicht aus, eher wie ein Geschichtsstudent im vierunddreißigsten Semester. Eigentlich ganz sympathisch, wenn die fürchterliche Fahne nicht wäre.

Rothenburg wedelte van Tilsens Atem beiseite. »Sollen wir Ihnen ein Taxi rufen?«

Van Tilsen nickte. »Das wäre phänamonell, Herr Kommissar.« Er riskierte noch einen letzten Blick in die Rumflasche, indem er sie wie ein Fernglas vor sein rechtes Auge hielt. »Ich glaub, is alle.«

Er stellte sie auf den Kühlschrank und wankte auf Rothenburg zu. Mit beiden Händen griff er an Rothenburgs schwarze Schimanski-Jacke und zog leicht daran.

»Sagen Sie mir die Wahrheit, Herr Kommissar: Ist Matti wirklich tot?«, röchelte er.

Rothenburg drehte leicht angewidert seinen Kopf zur Seite, um van Tilsens Fahne nicht frontal ins Gesicht gepustet zu bekommen.

»Wenn Matti Martin Zuber ist, dann ist er leider mausetot.«

Für ein paar Sekunden, die ihm wie ein paar Stunden vorkamen, hing van Tilsen wortlos wie ein Häuflein Elend an Rothenburgs Jacke. Dann ließ er sie langsam los, sackte auf die Knie und fing wie ein kleines Kind an zu schluchzen.

Jetzt reicht's, dachte Rothenburg, ich hau hier ab.

»Sie bringen Martin Zuber immer das Essen, Herr Elmpt?«, fragte Franta. Vor ihr saß ein schüchterner Zivildienstleistender mit blasser Haut und langen Haaren. Seine Augen starrten auf den Notizblock von Andreas Briesch. Die Hände hatte er unter dem Tisch zwischen seinen Beinen gefaltet.

»Wenn ich Dienst habe, dann schon, ja.«

»Heute auch?«

»Ja, klar, ich hatte ja Dienst. Wieso, war es nicht in Ordnung oder was? Da müssen Sie sich an die Küche wenden, ich liefere nur aus.«

»Herr Zuber ist tot. Ermordet.«

Benjamin Elmpt hob den Kopf. Er riss seine kleinen Augen so weit auf, wie es nur ging. Was nicht besonders viel war, wie Briesch fand.

»Unmöglich«, flüsterte er, »ich hab ihm doch noch seinen Fraß … äh, sein Essen gebracht. Da war er wie immer.«

»Wie war er denn immer?«, fragte Briesch sanft.

Elmpt zögerte. »Na ja, etwas sonderbar war er schon. Er hatte immer so komische Sachen an, so von früher halt. Ich kenn die nur von meinen Eltern. Und dann war er immer sehr genau, richtig pingelig. Wenn ich eine Minute zu früh oder zu spät kam, hat der einen tierischen Zirkus veranstaltet, bei meinen Kollegen war das auch so. Zwölf Uhr zehn sollten wir immer klingeln, machen Sie das mal bei dem Verkehr. Gerne sind wir nicht zu dem gefahren, das können Sie mir glauben.«

»Weiter«, ermunterte ihn Franta.

»Was weiter? Weiter nichts.«

»War er manchmal auch anders bekleidet als altmodisch, wenn Sie kamen?«

»Nein, wieso?«

»Hatte er zum Beispiel manchmal nur einen Bademantel an oder eine Badehose oder noch weniger?«

»Ich … ich verstehe nicht ganz«, stammelte Elmpt verwirrt.

Franta warf Briesch einen Blick zu und schüttelte den Kopf. »Egal«, sagte sie freundlich. »Was für einen Lieferwagen fahren Sie?«

»Einen weißen Kastenwagen mit dem Aufdruck unserer Firma. Ehrlich gesagt weiß ich noch nicht mal, ob es ein Renault, Peugeot oder ein Citroën ist. Auf jeden Fall ist es ein Franzose.«

»Und ist Ihnen heute auf der Straße etwas Besonderes aufgefallen? Autos, die dort sonst nicht stehen? Ich meine, Sie kommen schließlich fast jeden Tag. Da merkt man doch, wenn irgendetwas anders ist als sonst immer, oder?«

Elmpt überlegte kurz und schüttelte den Kopf. »Nein, tut mir leid. Die Marientalstraße ist immer zugeparkt, da fällt mir kein besonderes Auto auf. Wie sollte das denn aussehen?«

Franta und Briesch wechselten kurz einen Blick. Beide nickten.

»Wir möchten Sie herzlich bitten, es für sich zu behalten«, sagte Briesch wie ein Schuldirektor. »Wir interessieren uns für einen weißen Kombi. Golf, Passat oder Astra, etwas in der Art.«

Elmpt fingerte an seinen Haaren herum. Auf was er auf einmal herumkaute, blieb den Polizisten ein Rätsel, schließlich hatte er sich nichts in den Mund gesteckt. Franta kniff die Augen zusammen und überrollte ihre Schultern so laut, dass Briesch ihr Gelenk knirschen hörte.

»Jaa«, sagte Elmpt langsam und putzte seinen Finger an seiner Hose ab, »könnte sein, dass ich einen gesehen habe. Als ich wieder im Auto saß, parkte schräg vor mir, also auf der anderen Straßenseite, ein weißer Kombi, der vorher noch nicht da war. Aber ob das jetzt ein Golf oder Astra war …« Er zuckte mit den Schultern.

»Sind Sie sicher?«

»Ganz sicher. Vorher war an der Stelle eine Ente, so eine mit Faltdach, wissen Sie? Ich hatte mir vorgenommen, sie mir mal anzuschauen, nachdem ich Zuber das Essen gebracht hatte. Sie hatte ein Zu-verkaufen-Schild im Fenster kleben, und ich wollte schon immer Ente fahren, die haben so eine lustige Gangschaltung. Ich war richtig sauer, als sie nicht mehr da war. Daher weiß ich das so genau.«

»Toll gemacht«, lobte Franta. »Das hilft uns schon viel weiter. Haben Sie das Kennzeichen erkannt?«

»Das Kennzeichen? Nein, tut mir leid. Vielleicht MS …«

»Vielleicht. Haben Sie jemanden gesehen im Auto?«

»Ich hab nur gesehen, dass jemand drinsaß. Mehr nicht.«

»Mann oder Frau?«

»Weiß ich nicht.«

»Was hatte die Person an?«

»Irgendwas Schwarzes. Einen Mantel oder eine Jacke, vielleicht auch ein schwarzes Jackett, keine Ahnung. Das Auto stand ja mit dem Hinterteil zu mir.«

Briesch spielte wieder Lehrer. »Gutes Stichwort. Ist Ihnen am Heck was aufgefallen?«

»Nur die Aufkleber. Meinen Sie die? Der hatte ein paar davon auf seiner Heckscheibe kleben, obwohl das doch eigentlich verboten ist, oder?«

»Warum?«, fragte Franta interessiert.

»Na ja, weil man dann nicht mehr so gut durchgucken kann, vermute ich mal. Aber das müssten Sie eigentlich besser wissen als ich.«

»Natürlich. Haben Sie die Aufkleber erkannt?«

»Nur einen. So ein weißes Dreieck mit roter Umrandung, und innen steht ›Baby an Bord‹. Total beknackt, als ob deswegen auch nur ein Auto vorsichtiger fährt. Ich glaube, die Leute wollen nur damit angeben, dass sie ein Kind haben.«

Was für eine tiefsinnige Psychologie, dachte Franta. Aber ganz von der Hand zu weisen war das nicht.

20

Um siebzehn Uhr trafen sich die Ermittler zur ersten Lagebesprechung. Auch Staatsanwalt Rabbel und Polizeitechniker Behle waren anwesend, Polizeipräsident Kollau bemühte sich dagegen noch um eine Audienz beim Papst.

Rothenburg kritzelte auf seinem Block herum und gähnte. Er hatte sich fest vorgenommen, an diesem Abend zu trainieren, aber ob das unter diesen Umständen möglich sein würde, wusste er noch nicht. Der Abend passte eigentlich ganz gut: Svenja und Frederik hatten ihr eigenes Programm und hofften ausnahmsweise nicht auf einen anwesenden Vater.

Hofften Sie überhaupt noch? Rothenburg hatte oft Angst, die Nähe zu den Kindern zu verlieren, und genauso oft fand er einfach nicht die Kraft, sich um diese Angst zu kümmern. Waren sie noch eine Familie, auch ohne Lisa?

Nein, fand Frederik, das waren sie nicht, die Mutter sollte schnell zurückkommen. Und wenn das nicht ginge, müssten sie halt nach Schweden ziehen. So weit war das doch auch nicht.

Ja, fand Svenja, natürlich waren sie noch eine Familie. Nur weil die Mutter für eine Zeit nicht bei ihnen wohnte, hieße das doch nicht, dass sie nicht mehr zusammengehörten. Heutzutage sei das doch normal, wenn sich ein Partner eine Auszeit von der Ehe gönne, das werde schon wieder, da sei sie ganz sicher. Und in der Zwischenzeit habe man in Schweden ja eine nette Anlaufstation für die Ferien.

Im Moment weiß ich es nicht, hatte Lisa beim vergangenen Telefonat gesagt. Für sie sei es zunächst ein schmerzvoller Schritt gewesen, sich einzugestehen, dass die Kinder nach Münster gehörten. Ob er sich das vorstellen könne, was das, dieser Verlust, für sie bedeute? Ja? Fein, dann könne er sich ja auch vorstellen, dass die Sache zwischen ihnen noch etwas Zeit brauche. Wie viel Zeit? Man werde sehen.

Rothenburg hatte sich bei dem Gespräch überlegt, ob er mit dieser Perspektive würde leben können. Einer Perspektive, die so offen war wie der Ausgang eines Fußballspiels zweier gleich starker Mannschaften. Aber waren sie denn gleich stark? War es nicht Lisa, die den Takt vorgab und agierte, war es nicht er selber, der passiv im Familienorchester saß und sich nach der Dirigentin richtete? Bequemer war es auf jeden Fall, man konnte die Verantwortung hübsch auf die Dirigentin abwälzen. Und er hatte ja auch keine Wahl. Die Frage »Geht es, oder geht es nicht?« stellte sich gar nicht, es hatte einfach zu gehen.

»Herr Rothenburg, wir wären dann so weit.«

Staatsanwalt Rabbel stieß ihn sanft am Arm an und nickte ihm zu. »Die PK ist für achtzehn Uhr angesetzt, wir müssen loslegen.«

Rothenburg räusperte sich und fasste die bisherigen Ermittlungsergebnisse zusammen. Der Besuch beim Finanzamt hatte wie erwartet nichts Erhellendes gebracht. Martin Zuber war seit Jahren ein fleißiger, aber tatsächlich auch ein sonderbarer Mitarbeiter der Steuerfahndung gewesen. Racheakte eines belangten Unternehmens schloss der Chef der Steuerfahndung kategorisch aus. So etwas gebe es vielleicht in Russland oder auf dem Balkan, aber nicht hier im beschaulichen Münster. Steuerfahndung und verdächtige Firmen würden hier prima zusammenarbeiten. Thema der wichtigen Sitzung am Mittag sei eine Umstrukturierung innerhalb der Behörde gewesen, die Herrn Zuber als Person gar nicht betroffen hätte. Insofern gebe es aus dieser Richtung leider keine Anhaltspunkte. Ja, sonderbar sei er schon gewesen, mit dieser Kleidung und den etwas übertriebenen Gewohnheiten. Das sei alles bekannt, aber schließlich seine Privatangelegenheit. Da seien sie sehr tolerant, und Klagen über seine Arbeit habe es nie gegeben. Im Gegenteil. Herr Zuber habe vorbildlich gearbeitet. Tja, und dann so ein Ende, schrecklich.

Rothenburg fischte ein Fax aus seinem Blätterstapel und trug den vorläufigen Obduktionsbericht von Dr. Machalle vor. Wie Paul Lenze war Martin Zuber zunächst betäubt, dann vergiftet und anschließend verstümmelt worden. Dasselbe Betäubungsmittel und dasselbe Medikamentengift. Wie Paul Lenze war Martin Zuber zum Zeitpunkt seines Todes alkoholisiert, wenn auch nur leicht.

»Wir können also hundertprozentig von einem Serienmörder ausgehen«, schloss Rotheburg seinen Vortrag. »Das ist doch schon mal was. Ich bitte um konstruktive Anmerkungen und kluge Fragen.«

»Wie konnte der Mörder denn in Zubers Wohnung kommen?«, fragte Gromzki. »Die Tür war doch nach dem Besuch des Zivis wieder zu, und der mögliche Täter saß noch unten im Auto.«

»Kleinkram«, mischte sich Behle ein. »Die Wohnungstür kriegst du mit jedem Schlüssel auf. Vorher einölen, dann gibt's auch keine Spuren.«

»Der Zeitpunkt der Tat war exakt gewählt«, überlegte Franta. »Der Täter wusste ganz genau, dass Zuber zu Hause war und der Zivi schon wieder weg. Was bedeutet …«

»… dass der Kerl Zuber vorher beobachtet haben muss«, ergänzte Rabbel anerkennend. »Er muss sich also vor der Tat intensiv mit Zuber beschäftigt haben. So einen Sonderling findet man ja nicht alle Tage.«

Für einige Sekunden war es still im Raum. Alle saßen über ihre Unterlagen gebeugt und studierten die dürftigen Auswertungen.

Gromzki läutete die nächste Runde ein.

»Womit ich nicht ganz klarkomme, ist, dass das Opfer nackt auf seinem Sofa lag. Ich meine, das macht man doch normalerweise nicht, oder?«

»Das kommt schon mal vor«, entgegnete Briesch. »Ich kenne ein Pärchen, das schaut abends immer nackt zusammen Fernsehen.«

»Und?«, fragte Franta amüsiert. »Machen die dann was?«

»Ich glaube nicht, die sind schon über vierzig.«

Rothenburg starrte Briesch müde an. »Zuber hat aber keine Frau und hat auch nicht ferngesehen.«

»Nicht in der Glotze«, sagte Behle mit einem schiefen Grinsen, »aber vielleicht im Internet.«

»Erklär uns das«, bat Rothenburg.

»Wir haben den Rechner einer ersten schnellen Prüfung unterzogen. Es ist ja sonderbar, dass der Monitor noch an war, der Rechner aber ausgeschaltet.«

»Manchmal vergisst man das auch einfach«, warf Rabbel ein, »das ist doch nur ein ganz kleiner grüner Punkt.«

»Ja schon, aber das würde nicht zu Zuber passen. Uns sind ein paar merkwürdige Sachen aufgefallen.«

»Die da wären?«, fragte Rothenburg ungeduldig.

»Zum einen ist der gesamte Browserverlauf gelöscht, was sehr ungewöhnlich ist an Rechnern, die immer nur von einer Person benutzt werden. Zudem ist der Cache, also eine Art Zwischenablage von Internetdaten, vollkommen leer. Die temporären Dateien sind auch alle weg. Und jetzt kommt ein Knüller, Leute.«

Behle streckte sich, zog die Schultern straff nach hinten und blickte stolz in die Runde. Seine Mundwinkel schienen fast die Ohrläppchen zu berühren.

»Geht's noch?«, fragte Franta verärgert. »Mach voran.«

Behle räusperte sich. »Alle Daten wurden um zwölf Uhr vierunddreißig gelöscht, also etwa zum Zeitpunkt der Ermordung.«

Wieder war es totenstill im Raum. Rothenburg spürte auf einmal Tausende von Gedanken durch seinen Kopf sausen, wie Flugzeuge, die keine Landebahn finden und sich einen neuen Flughafen suchen müssen. Oder mindestens noch einmal durchstarten.

Gromzki fing sich als Erster. »Aber nicht von Zuber, vermute ich.«

»Können wir noch nicht sagen, aber wohl eher nicht. Er hätte es zwar auch mit seiner Funkmaus problemlos machen können, aber warum sollte er?«

In der Tat, dachte Rothenburg, warum sollte er das tun?

»Angenommen«, begann er bedächtig, »Martin Zuber bekommt heute wie immer um zwölf Uhr zehn sein Essen gebracht. Er isst es, ob in der Küche oder auf dem Sofa, ist aber noch angezogen. Dann zieht er sich aus, setzt sich aufs Sofa und ruft irgendwelche Seiten im Internet auf. So gegen zwölf Uhr dreißig kommt sein Mörder und massakriert ihn. Er sieht, dass Zuber im Netz unterwegs war, bekommt aus irgendeinem Grund Angst und löscht alle Daten, soweit er dies kann.«

»Könnte so gewesen sein«, sagte Behle langsam und nickte. »Eine Alternative wäre noch, dass eine dritte Person die Daten gelöscht hat. Aber dafür haben wir bis jetzt keine Anhaltspunkte, wir prüfen weiter. Eine zweite Sache, die uns erst sonderbar erschien, jetzt aber klarer wird, ist die externe Webcam. Sie hat einen separaten Netzschalter, muss also extra an- und ausgeschaltet werden. Da sie angeschaltet war, nehme ich an, dass Zuber entweder geskypt hat oder …«

»… sich nackt im Internet präsentiert hat«, rief Franta. »Zuber war ein Pornostar!«

Rothenburg stützte die Ellenbogen auf den Tisch und legte den Kopf in die Hände. Es gab Momente im Leben, so fand er, da wurde einem alles zu viel. Da galt es dann, sich neu zu ordnen, zu sammeln, neue Perspektiven zu eröffnen. Perspektiven, die auch wirklich diesen Namen verdienten.

»Stellen wir den Pornostar noch einen Moment zurück und besinnen uns auf die wesentliche Frage: Was haben Paul Lenze und Martin Zuber gemeinsam? Was verbindet sie?«

Die Antwort kam schneller, als ihm lieb war.

»Nichts«, sagte Briesch, »aber auch gar nichts. Außer dass sie beide im Kreuzviertel gewohnt haben. Wenn der Mörder jetzt aber vorhat, alle Männer aus dem Kreuzviertel zu massakrieren ...«

»Sie hatten beide Sex kurz vor ihrem Tod«, warf Franta ein. »Zugegeben auf sehr unterschiedliche Weise, aber das Thema könnte uns dennoch weiterführen. Meint ihr nicht?«

Rothenburg nickte ihr zu. »Bleibst du da am Ball?«

»Zuber ist etwa zwanzig Jahre jünger als Lenze«, überlegte Gromzki, der Frantas Gedanken gar nicht gehört zu haben schien. »Da können sie auch schlecht in eine Klasse gegangen oder zur selben Zeit beim Bund gewesen sein.«

»Hm«, machte Rothenburg, »Familie scheidet wohl auch aus, da ist ja bei beiden nicht mehr viel los. Klaus und Andreas, ihr macht euch nachher schlau über die leiblichen Eltern von Zuber und die Pflegefamilie.«

»Finanzamt und Uni«, rätselte Staatsanwalt Rabbel, »kommen wir da irgendwie zusammen?«

Alle schüttelten den Kopf, keiner hatte eine Idee.

»Es nützt nichts«, sagte Rothenburg und ordnete seine Loseblattsammlung, »wir müssen die komplette Vergangenheit der beiden Opfer unter die Lupe nehmen und mögliche Verbindungen aufzeigen. Wir wissen zwar jetzt schon fast sicher, dass der Täter mit einem weißen Kombi unterwegs ist, aber solange wir dazu keine näheren Informationen haben, hilft uns die Kiste nicht weiter.«

Jetzt weiß ich wieder, warum ich Polizist bin, dachte er erschöpft. Ich habe so gern mit Menschen zu tun und will helfen.

Kommissar Rothenburg und Staatsanwalt Rabbel brauchten genau dreieinhalb Minuten, um sich für die Pressekonferenz abzustimmen. Den Hinweis, dass es sich bei beiden Morden höchstwahrscheinlich um einen Täter handeln würde, konnte man jetzt nicht mehr verschweigen. Es nützte nichts, die Presse in die Irre zu führen, früher oder später war man auf sie angewiesen – wie es schien, eher früher. Die ausgestochenen Augen sollten weiterhin geheim bleiben, der weiße Kombi rollte ohne die Aufkleber ins Rennen. Dass Martin Zuber nackt auf seinem Sofa starb, blieb ebenfalls vorerst unter Verschluss. Die Pressestelle wollte dafür sorgen, dass jede Redaktion ein aktuelles Foto von Zuber bekam, digital und gedruckt.

Die Stühle waren nur zur Hälfte besetzt, als Rothenburg und Rabbel den Presseraum im Polizeipräsidium betraten. Frank Lütjens saß außen in der ersten Reihe und zwinkerte Rothenburg zu.

»Da kann man mal sehen, wie wertvoll ein Professor ist gegenüber einem kleinen Finanzbeamten«, murmelte Rothenburg. Er setzte sich neben Rabbel, der sogleich die PK mit der Begrüßung der Pressemeute und der Darstellung des zweiten Mordes eröffnete. Anschließend zog er mit einer schwammigen Formulierung die Verbindung zu Paul Lenze. Er ahnte, dass sich die Journalisten damit aber nicht würden abspeisen lassen.

Ein aufgeregtes Raunen ging durch den Saal. Damit hatten die Medienvertreter natürlich nicht gerechnet. Die Reporter sprangen hektisch auf und riefen Rabbel wild durcheinander Fragen zu. Einige hatten bereits ihre Mobiltelefone an den Ohren, um ihre Redaktionen zu informieren, andere hackten Texte in ihre Notebooks. Die Kameraleute des Fernsehens schalteten endlich ihre Geräte ein, ein endloses Blitzlichtgewitter erhellte den Raum.

Ein Serienmörder in Münster. Wenn das keine Schlagzeile war. Eine junge Frau stellte sich als Reporterin eines lokalen Radiosenders vor.

»Woraus schließen Sie, dass es vermutlich nur einen Täter gibt?«

»Wie gesagt, junge Frau«, sagte Rabbel freundlich, »die Art der Ermordung stimmt hundertprozentig überein.«

»Aber es ist doch überall bekannt, dass Paul Lenze vergiftet wurde. Kommt da nicht auch ein Trittbrettfahrer in Betracht?«

Rabbel lächelte sanft. »Nein, es gibt noch andere Details der Tat, die nur der Täter kennen kann. Zu denen können wir natürlich nichts sagen.«

Ein dicker Mann mit Schweißflecken unter den Achseln ergriff das Wort. »Konrad Ploetz vom Westfälischen Landkurier. Meine Leser würden gerne wissen, warum die Polizei bisher noch nichts unternommen hat, um den Mörder von Paul Lenze zu fassen. Wenn sie ordentlich ihren Job erledigt hätte, wäre Martin Zuber jetzt noch am Leben.«

Der Fettsack sah sich hoffnungsvoll unter den Journalisten um. Offensichtlich erwartete er Applaus oder wenigstens Unterstützung durch heftiges Nicken und »Genau, richtig!«-Rufe. Was allerdings ausblieb.

»Woher wollen Sie das so genau wissen?«, fauchte Rothenburg wütend.

»Äh … was denn?«, fragte der dicke Konrad irritiert.

»Einmal, dass die Polizei nichts unternommen hat, und vor allem aber, dass das Ihre Leser wirklich wissen wollen.«

Er wandte sich an die übrigen Journalisten. »Will das sonst noch jemand wissen? Nein? Das hab ich mir gedacht. Vielen Dank für das Vertrauen in die Münsteraner Polizei. Weitere Fragen, bitte?«

Konrad Ploetz hatte offensichtlich einen erneuten Schweißausbruch erlitten. Er ließ sich schwer auf seinen Stuhl fallen, der bedrohlich knirschte. Mit seinem T-Shirt wischte er sich den Schweiß von der Stirn.

»Stellt die Tatsache eines Serienmörders Ihrer Meinung nach eine Bedrohung für die allgemeine Öffentlichkeit dar?«, wollte eine ältere Frau von einem regionalen Fernsehsender wissen.

Rabbel räusperte sich. »In gewisser Weise schon, ja. Aber solange wir nicht genau wissen, warum der Mörder gerade Lenze und Zuber ausgesucht hat, können wir dazu leider nichts weiter sagen. Wie gesagt, wir wissen es bisher nicht, und wir wissen auch noch nicht, ob Zuber das letzte Opfer war. Gerade diese Punkte sind zurzeit Gegenstand unserer Ermittlungen.«

Die Radiofrau meldete sich wieder. »Moment. Heißt das, dass der Mörder jederzeit wieder zuschlagen könnte?«

»Ja«, sage Rabbel, »das heißt es wohl, wenn wir ihn nicht vorher erwischen. Und darum bitte ich alle Vertreter der Medien eindringlich, in diesem Fall besonders verantwortungsvoll mit den möglichen Gefühlen der Bevölkerung umzugehen. Schüren Sie bitte keine Angst, verbreiten Sie keine Panik. Es hat keinen Sinn, die ganze Bevölkerung öffentlich und direkt vor dem Täter zu warnen. Das wäre völlig unverantwortlich. Es kann ebenso gut sein, dass er keinen Mord mehr begeht. Die Chancen liegen bei fünfzig-fünfzig.«

Im Raum herrschte Totenstille, nur das schwere Keuchen Konrads war zu hören.

»Ich will Ihnen nicht sagen, wie Sie Ihre Arbeit machen sollen«, fuhr Rabbel mit einem Lächeln fort, »das tun Sie ja freundlicherweise bei uns auch nicht ... Na ja, oder nur sehr selten. Aber ich möchte Sie dennoch eindringlich bitten: Veröffentlichen Sie das Foto von Zuber und fragen Sie, wer etwas über diesen Mann weiß. Wir haben da noch sehr wenig und sind daher froh, wenn die Bevölkerung uns hilft. Und Sie ...«, er zeigte auf die Journalisten, »... brauchen wir dabei dringend als Übermittler.«

»Großartig«, flüsterte Rothenburg, »Sie sollten Pfarrer werden.«

21

Jodie Grant und Erin MacDuff ließen sich erschöpft auf das große Doppelbett fallen. Die Matratzen waren schön hart, fast zu hart, fand Jodie. Sie betrachtete den vergoldeten Kronleuchter an der Decke und zählte die Glühbirnen. Bei dreißig hörte sie auf und sah Erin aufmunternd an.

»Und?«

»Was und?«

»Wie findest du es?«

Erin setzte sich auf und ließ ihren Blick durchs Zimmer schweifen. Das zwei mal zwei Meter große Bett stand in der hintersten linken Ecke des Ein-Zimmer-Appartements, am Fußende bot ein geräumiger Kiefernschrank von Ikea genug Platz für ihre Klamotten. An der Wand neben dem Bett hing ein riesiges Repro eines Ölgemäldes, eine Frau saß halb nackt auf einem Stuhl und schaute sehnsuchtsvoll zum Betrachter. Rechts neben dem Kopfende stand ein schmales Regal mit einer Hi-Fi-Anlage samt CDs sowie ein Nachttisch mit einer kleinen Lampe. Neben dem Kleiderschrank gab ein großes Fenster den Blick auf den Aasee frei. Auf der rechten Seite des Zimmers war eine gut ausgestattete Küchenzeile, davor ein schöner Tisch aus Akazienholz mit vier passenden Stühlen sowie, rechts neben dem Fenster, ein schlichtes Holzregal. Für Vorräte, schätzte sie. Das Bad war klein, aber funktional eingerichtet, Dusche, Toilette und Waschbecken. Sogar ein Föhn hing an der Wand.

»So wie im Internet beschrieben«, sagte Erin und hob den Kopf. »Wie eine möblierte kleine Wohnung halt, ist okay, sonst hätte ich sie nicht gemietet. Bei dem Kronleuchter hätten sie zwar wenigstens Flaschenbirnen nehmen können ... Diese runden Dinger sehen scheußlich aus. Aber das Bild da an der Wand ist richtig geil, wer hat das gemalt?«

»Lovis Corinth, wenn das stimmt, was daruntersteht«, sagte Jodie.

»Kenn ich nicht.« Sie legte sich wieder auf den Rücken und gähnte lautstark. »Um drei Uhr aufstehen. Mensch, ich bin völlig fertig von dieser Weltreise. Ich glaub, ich muss erst mal 'ne Runde schlafen. Wie spät ist es jetzt?«

Jodie sprang auf. »Elf Uhr. Ich gehe einkaufen, dann können wir was essen. Hast du einen bestimmten Wunsch?«

»Egal, mit einer Flasche Whisky. Aber wenn du eine Pizza Margherita mitbringst, schmeiß ich dich aus dem Fenster.«

Jodie stieg die Treppen aus dem zweiten Stock hinab und blieb vor der Haustür stehen. Der Altbau war offensichtlich frisch renoviert worden, die hellblaue Fassadenfarbe hatte nicht die geringsten Spuren von Verwitterung. Der weiße Lack der Fensterrahmen glänzte in der Sonne. Der dritte und vierte Stock hatten jeweils einen Balkon verpasst bekommen, die Bewohner der fünften Etage durften sich auf einer Dachterrasse sonnen. Auf den Balkonen standen so viele Pflanzen, dass sich Jodie fragte, ob sie denn eigentlich nur für die Blumen angebaut worden waren. Für die Menschen, die sich an ihnen erfreuen sollten, gab es nach ihrer Einschätzung kaum noch Platz.

Und dann diese Massen an Fahrrädern! Jodie war sich sicher, dass es in ganz Wick nicht so viele Fahrräder gab wie vor diesem einen Haus in Münster. Kein Wunder, dachte sie, hier in der Gegend gibt es ja auch keine Hügel.

Mit einem Taxi waren Erin und sie am Morgen vom Flughafen Münster/Osnabrück nach Münster gefahren. Jodie hatte den Taxifahrer gebeten, keine Autobahn oder Schnellstraße zu benutzen, sondern stattdessen über Land zu fahren. Sie fuhren auf kilometerlangen Pappelalleen und durch kleine, aber dichte Eichenwälder, die sich gerade anschickten, ihr neues grünes Blätterkleid zu entfalten. Unzählige Gehöfte und Bauernschaften flogen an ihnen vorbei, umringt von saftigen Wiesen mit Kühen und Pferden sowie Feldern, auf denen Getreide und Rüben angebaut waren. Und alles das ohne einen einzigen kleinen Hügel. Wahnsinn. »So platt wie Charlotte Stevens«, murmelte Erin, bevor sie auf der Rückbank einschlief.

Die Bismarckallee war sehr belebt und erinnerte Jodie an einen amüsanten Fernsehbericht über Fahrrad und sonst was fahrende Studenten in Südostasien, Thailand, Südkorea oder Vietnam, irgendwo da unten. Wahrscheinlich lauter Studenten auf dem Weg zu den Vorlesungen oder Seminaren, vielleicht auch in ein Café, um mit einer Zeitung den Tag langsam anrollen zu lassen. Jodie wusste, dass die Mensa der Universität in der Nähe war und zudem viele Gebäude der verschiedenen Fakultäten.

Sie steuerte einen Supermarkt an und freute sich als Erstes über die niedrigen Preise. Als Nächstes freute sie sich darüber, dass sie sämtliche Beschriftungen auf den Artikeln problemlos übersetzen konnte. Sie kaufte Kaffee, Brot, Butter, Milch und Käse, Honig und Marmelade. Sie wählte verschiedene Rot- und Weißweine aus, drei Sorten Bier, eine Flasche Whisky und eine Stange Zigaretten. Dann schob sie ihren Wagen in die Drogerieabteilung und packte verschiedene Toilettenartikel ein. Zum Schluss überlegte sie noch, ob sie am Mittag kochen sollte.

Nein, beschloss sie, das Wetter ist zu schön. Da steh ich doch nicht in der Küche herum und brate Eier und Würstchen.

An der Kasse freute sie sich wieder, dass in Deutschland alles so herrlich preiswert war, ein wahres Schlaraffenland für die gebeutelten Bewohner der Insel jenseits des Ärmelkanals. Fünfzig Euro für eine riesige Wagenladung, das war nicht zu verachten.

Die Kassiererin runzelte die Stirn und brachte ein schlecht gelauntes »Wollen Sie mich auf den Arm nehmen?« heraus, als Jodie in fehlerfreiem Deutsch und voller Euphorie dreimal hintereinander betonte, wie billig hier doch alles sei und wie viel man für fünfzig Euro kaufen könne. Sie verstaute die Sachen in vier Plastiktüten und machte sich auf den kurzen Heimweg.

Kurz vor ihrer Wohnung sah sie auf der anderen Straßenseite den Mann wieder, der ihr schon im Supermarkt aufgefallen war. Unattraktiv war er nicht, eher im Gegenteil. Mit seiner engen blauen Jeans und seinem weißen T-Shirt hatte er durchaus Ähnlichkeit mit Bryan Adams in den achtziger Jahren, nur etwa zwanzig Jahre älter, er mochte jetzt also etwa Anfang vierzig sein. Ein Fünftagebart und der Kurzhaarschnitt machten ihn noch maskuliner, die schwarze Hornbrille gab ihm etwas Intellektuelles. Sie war sicher, dass er sie dort zwischen den Regalen beobachtet hatte und ihr jetzt gefolgt war. Sie stutzte und überlegte kurz, was sie jetzt tun sollte. Was wollte der Kerl? Wollte er überhaupt was von ihr? Und wenn er was wollte, sollte er doch kommen, verdammt noch mal.

Erin wüsste, was zu tun wäre, dachte sie.

Schon wieder diese Selbstzweifel. Reiß dich zusammen, Mädchen!

Jodie stellte die Tüten an einer Bushaltestelle ab und zündete sich eine Zigarette an. Sie schielte unauffällig hinüber und sah, dass der Mann sich ebenfalls eine Zigarette ansteckte. Sie lehnte sich an die Scheibe des Wartehäuschens und blies den Rauch senkrecht in die Luft. Aus einem Fenster über ihr schwebten sanfte Violinenklänge wie Herbstlaub zu ihr herunter, dazu der Duft von gebratenem Knoblauch. Ein Frauen- und ein Kinderlachen wechselten sich ab, es ging wohl um ein kleines Missgeschick einer unbeliebten und äußerst hässlichen Lehrerin, so viel hatte Jodie verstanden.

Sie blinzelte in die Sonne und lächelte. Es fühlte sich für den Anfang ganz gut an, hier zu sein. Hier, unter vielen Menschen, die man zwar nicht kannte, aber die Lebendigkeit ausstrahlten wie ein Schwarm Bienen, wenn man einmal von der Kassiererin absah.

Ein Stadtbus hielt an. »Zentralklinikum«, las Jodie. Sie zuckte zusammen, Adrenalin schoss durch ihren Körper. Erin kratzt sich ihren Kopf kaputt, und ich erfreue mich hier an entspannten Menschen, ärgerte sie sich. Sie trat die Zigarette aus und kickte sie unter den missbilligenden Augen einer älteren Frau wütend weg.

Der Bus fuhr weiter und gab den Blick auf die andere Straßenseite wieder frei. Bryan Adams war verschwunden. Jodie atmete tief durch, eine Mischung aus Erleichterung und Enttäuschung durchfuhr sie. Die Stelle, an der der Mann gestanden hatte, wirkte jetzt leer und verlassen. Sie wünschte, sie hätte einmal in ihrem Leben Mut gehabt und wäre zu ihm hinübergegangen. Aber mit vier vollen Plastiktüten? Wie hätte das denn ausgesehen?

Warum verfolgt ein Mann eine Frau mit vier schweren Einkaufstaschen bis auf die Straße?, fragte sie sich und schüttelte leicht den Kopf. Wenn es denn wirklich so war.

Erin hätte die Antwort natürlich gewusst. Jodie, hätte sie gesagt, Jodie, streng dein kleines Hirn an.

Jodie hatte wieder einmal vergessen, wie schön sie war.

Um neun Uhr am nächsten Morgen hatte Erin den Vorstellungstermin bei Dr. Keupen. Viel zu früh, hatte sie gemault, sie sei vom Stadtbummel am ersten Tag noch völlig fertig.

Am Nachmittag waren Jodie und sie wie zwei normale Touristen durch Münster geschlendert. Die Sonne schien weiter warm, die Luft war angenehm kühl und frisch. Jodie hatte einen kleinen Ausflugsplan ausgearbeitet: einmal um den Aasee, was allein schon gute zwei Stunden in Anspruch nahm, dann über den historischen Prinzipalmarkt bis zum Domplatz und schließlich durch das quirlige Kuhviertel.

In der »Cavete« in der Kreuzstraße, Münsters ältester Studentenkneipe, ließ sich Erin am Abend laut stöhnend auf einer rustikalen Holzbank nieder.

»Ich brauche ein Bier«, ächzte sie, »schnell, sonst sterbe ich.«

Jodie gab der Bedienung ein Zeichen. »Was isst man denn hier so als Student?«, fragte sie die junge Frau. »Auf der Speisekarte steht Blinder Fisch. Welche Fischsorte ist das denn? Und warum ist der blind?«

Die Kellnerin lächelte sie an. »Da ist gar kein Fisch drin. Das ist in der Pfanne geröstetes Weißbrot mit verquirlten Eiern. Warum das so heißt … Keine Ahnung.«

Weiter erfuhr Jodie, dass in Münster ein Kartoffel-Spinat-Auflauf das typische Kneipenessen für Studenten sei. Vielleicht einen frischen Salat dazu? Gut, dann nähmen sie zweimal den Auflauf mit zwei großen Bieren. Den Salat lehnten sie dankend ab.

»Wenn ich länger hierbleiben muss, lerne ich auch Deutsch«, brummte Erin. »Es hört sich hart an, aber nicht so schnöselig wie Französisch.«

Jodie lachte. »Es ist aber mindestens dreimal so schwer wie Französisch. Die Deutschen haben mehr Ausnahmen als Regeln, dann noch hübsche Deklinationen, eine großzügige Anzahl von bestimmten und unbestimmten Artikeln …«

»Also doch Französisch«, sagte Erin. »Das Problem ist, dass mich dann hier keiner versteht.«

Der Auflauf war gut und reichlich, das Bier spitze, wie Jodie feststellte. Nach dem Essen hätte sie gerne eine Zigarette geraucht, was natürlich verboten war. Sie nahm stattdessen einen Whisky.

»Denkst du noch an Matti?«, fragte sie.

»Ja, klar«, murmelte Erin und nippte an ihrem Whisky. »Ich

meine, ich kannte ihn zwar nur so vom Glotzen, aber er tat mir irgendwie leid, und schließlich ist er ja ermordet worden.«

»Und wir haben es gesehen«, seufzte Jodie. »Wir müssen zur Polizei gehen, heute noch. Er lebte doch in Deutschland, oder?«

»Ich glaub schon, es hat mich aber nie so recht interessiert, wo die Kerle rumhängen. Meinetwegen können sie auch im Busch sitzen oder auf Grönland, Hauptsache, meine Kohle fließt weiter.« Sie stockte kurz. »Ich habe den Bullen das Video geschickt. Anonym natürlich. Mehr können wir nicht tun. Matti ist seit vorgestern tot, mittlerweile müssten sie ihn gefunden haben.«

Jodie starrte auf ihr Glas. »Es war grauenhaft, ganz grauenhaft. Es geht mir nicht mehr aus dem Kopf, und ich bin froh, dass ich hier in Münster abgelenkt bin.«

»Ha, das bin ich auch«, sagte Erin bitter. »Ich liege ja wahrscheinlich nur auf einer Krankenstation herum und weiß vor lauter Programm gar nicht, was ich zuerst tun soll.«

»Warum sollten die dich denn dabehalten? Du bist doch …«

»Nicht ernstlich krank, wolltest du sagen?«

Jodie sah Erin verwundert an. »Nein, natürlich nicht. Du bist doch kein Notfall, wollte ich sagen.«

Erin kippte den Rest Whisky in einem großen Zug herunter.

Irgendwie bin ich schon ein Notfall, dachte sie.

Das Kompetenzzentrum Chronischer Pruritus (KCP) war in einem monumentalen roten Ziegelsteinbau in der Nähe des Zentralklinikums untergebracht. Nazibau, vermutete Erin spontan und hatte damit recht, wie Jodie später herausfand. Das Gebäude war im Zuge der Aufrüstung der Wehrmacht 1938 sinnigerweise als Lazarett fertiggestellt worden. Jetzt beherbergte es die gesamte Hautklinik der Universität.

Jodie und Erin gingen durch den Haupteingang, fragten an der Information nach dem KCP und klopften an der Tür, an der »Anmeldung« stand. Eine freundliche Sekretärin nahm Erins Personalien auf und bat sie, noch kurz im Wartezimmer Platz zu nehmen.

Jodie war erleichtert, dass sie in den Fluren kaum grässliche Fotos von diversen Hauterkrankungen sehen musste. Sie hatte Erin geschworen, auf der Stelle nach draußen zu rennen, wenn die Flure von diesen Scheußlichkeiten übersät wären. Ihr reichte schon ein Gesicht mit einem kleinen, harmlosen Lippenherpes, damit sich ihr der Magen umdrehte.

»Mach doch einfach die Augen zu«, hatte Erin achselzuckend geantwortet. »Ich führe dich dann.«

Dr. Keupen war ein forscher Schlaks aus Köln, wie sich herausstellte, etwa vierzig Jahre alt und mindestens zwei Meter groß, schätzte Jodie, aber er hielt sich aufrecht, kein Stückchen nach vorne gebeugt. Er war offensichtlich ebenso glücklich wie Erin, dass Jodie als Übersetzerin dabei war. Sein Englisch war hundsmiserabel, und bei Erins schottischem Dialekt hätte er sich genauso gut mit einem Stück Holz unterhalten können. Er empfing die beiden Frauen in einem freundlich eingerichteten Untersuchungszimmer, wies ihnen Stühle an seinem Schreibtisch zu und bot ihnen Kaffee an, was sie dankbar annahmen.

»Aus Schottland sind Sie also«, stellte er fest, obwohl er das natürlich schon wusste. »Da war ich mal Fahrrad fahren.«

»In Schottland?«, fragte Jodie erstaunt. »Sind Sie verrückt?«

»Man sucht sich seine Herausforderungen«, sagte Dr. Keupen und lächelte mild. »Wenn man so platt und städtisch lebt wie hier, braucht man ab und an etwas Abwechslung.«

Er zeigte Erin den Bericht ihres Hautarztes.

»Ein kluger Kollege, dass er sie zu uns geschickt hat. Eigentlich lässt der Bericht hier nur wenige Fragen offen, ein paar hätte ich aber doch noch, bevor ich sie untersuche.«

Jodie übersetzte, so gut es ging. Wo hatte sie eine solche Situation bloß schon mal gesehen? Im Fernsehen? Ja, bei einer Dokumentation über illegale Einwanderer. Die Flüchtlinge saßen genau wie Erin hilflos vor einem Arzt, der feststellen sollte, was los war mit ihnen.

»Ich mache nur die Anamnese und erste Untersuchung. Später, wenn es denn dazu kommt, wird sich meine Chefin und ein Team von Spezialisten um Sie kümmern.«

Erin nickte stumm und wippte auf ihrem Stuhl.

»Er klingt sehr lustig«, sagte sie zu Jodie in breitestem Schottisch, ohne Dr. Keupen auch nur den Hauch einer Übersetzungschance zu lassen.

»Zunächst: Wie geht es Ihnen heute?«

Jodie bemerkte, wie sich Erins Gesichtsmuskeln spannten. Sie wusste ja, dass Mattis Ermordung auch an ihrer Freundin nicht spurlos vorübergegangen war. Erin zögerte und wechselte einen schnellen Blick mit Jodie, die fast unmerklich den Kopf schüttelte. Erin atmete tief durch.

»Na ja, ich fühl mich noch ein bisschen groggy vom Stadtbummel gestern, aber sonst geht's mir eigentlich ganz okay.«

Der Arzt hatte das Zögern bemerkt, ging aber darüber hinweg. Er blätterte in der Akte.

»Können Sie sich an die Situation erinnern, als der Juckreiz zum ersten Mal aufgetreten ist?«

»Himmel, Junge, das war vor ein paar Monaten, wie soll ich mich da noch erinnern? Ich weiß nur noch, dass es schweinekalt draußen war und ich mir regelmäßig meinen kleinen Arsch abgefroren hab.«

Jodie beschloss, in ihrer Übersetzung Erins Ausführungen etwas abzumildern und das Sachliche in den Vordergrund zu stellen.

Dr. Keupen seufzte. »Frau MacDuff, versuchen Sie es bitte. Es kann sehr wichtig sein.«

Erin legte den Kopf schief und tat so, als dächte sie ernsthaft nach. Ich weiß es nicht mehr, dachte sie verärgert über sich selbst. Und wenn ich bis morgen hier sitze, ich weiß es einfach nicht mehr genau. Irgendwann im eiskalten Januar musste es gewesen sein, als sie beschlossen hatte, ihre Haare wieder richtig lang wachsen zu lassen, nicht nur bis zu den Schultern, nein, richtig lang, bis zum Po. Das hätte bestimmt noch einige Kunden mehr gebracht. Und da fing es dann an, diese Scheißjuckerei. Wenn das den Arzt zufriedenstellte, bitte schön.

»Können Sie sich denn einen Auslöser der Irritationen vorstellen?«

Nein, da sei wirklich nichts gewesen, erwiderte Erin leicht ungehalten. Es sei auf einmal da gewesen, ganz plötzlich, eines schönen Morgens, ohne Vorwarnung oder so was. Aufgewacht und gekratzt. Und ein fürchterlicher Juckreiz in der Nase. So habe es angefangen.

Der Arzt seufzte. »Schade. Manchmal kann man von den Umständen des Krankheitsausbruchs auf die Ursache schließen. Das erleichtert und beschleunigt die Therapie enorm.«

»Krankheitsausbruch?«, fragte Jodie nach.

»Wenn die Krankheit zum ersten Mal zu sehen beziehungsweise zu fühlen ist.«

Dr. Keupen lehnte sich in seinen Schwinger zurück und trank einen Schluck Kaffee.

»Nun gut, dann werde ich mir mal Ihren Kopf anschauen. Danach nehmen wir Ihnen Blut ab, und eine Urinprobe brauchen wir auch noch. Sie bekommen einen Fragebogen, den Sie gewissenhaft ausfüllen sollten. Danach können Sie erst mal nach Hause gehen.«

Erin verzog den Mund und nickte.

»Möchten Sie, dass Ihre Freundin dabei ist, oder kommen Sie auch alleine zurecht?«

Erin sah Jodie fragend an, die mit den Schultern zuckte. »Mir egal«, sagte Jodie. »Entscheide du.«

»Allein«, beschloss Erin. »Wenn er grapscht, tret ich ihm in die Eier.«

Jodie stöhnte. »Sie hofft, dass Sie sich ordentlich benehmen.«

Dr. Keupen lachte. »Keine Bange, junge Frau, wir sind Gentlemen. Ihre Freundin kann im Wartezimmer Zeitung lesen und Kaffee trinken. Und jetzt dürfen Sie endlich Ihre hübsche Kappe abnehmen.«

Jodie schlenderte langsam über den breiten Flur und suchte das Wartezimmer. Netter Arzt, dachte sie, hoffentlich kann er auch was. Nicht mein Typ, aber das ist ja auch gut so. Wenn schon am ersten Tag in der Fremde Männer in mein Leben schneien würden, gäbe es doch nur Scherereien. Nein, darauf hatte sie gerade überhaupt keine Lust.

Das Wartezimmer war winzig, aber zum Glück leer. Gut organisiert, der Laden, dachte sie. Sie überflog die Titel der Illustrierten in dem Zeitschriftenständer und entschied sich für die Cosmopolitan. Sie blätterte eine Weile lustlos darin herum, legte sie wieder weg und fand eine GEO-Ausgabe, die in der Titelgeschichte über einen Fernradweg über die Alpen berichtete. Sie schaute sich kurz um, zog die Schuhe aus und legte die Füße auf einen Stuhl, den sie sich herangezogen hatte.

Sie wünschte sich, dass sie nun für einen kleinen Moment abtauchen konnte in eine Welt, die ihr schon immer Spaß gemacht hatte und die sie vor allen Dingen von den schrecklichen Geschehnissen der letzten Tage ablenkte. Die Fotos der Reportage waren großartig ausgewählt, der Text informativ und spannend. Eines Tages mache ich das auch, entschied sie, mit Erin, wenn alles vorbei ist und sie wieder Haare bis zum Arsch hat.

Nach einer Stunde hatte Jodie genug gelesen und beschloss, draußen vor dem Eingang eine Zigarettenpause zu machen. Als sie die GEO weglegte, fiel ihr Blick auf ein kleines Foto in einer Zeitung. Sie erstarrte. Nein, das konnte nicht sein. Ein Adrenalinschub durchfuhr ihren Körper. Sie zitterte am ganzen Leib, als sie die Zeitung in die Hand nahm und das Foto näher betrachtete.

Kein Zweifel, es war Matti.

Sie schluckte. Rückwärts taumelte sie auf einen Stuhl und holte tief Luft, bevor sie den kurzen Artikel las.

Noch keine Spur im Mordfall Zuber
Einen Tag nach dem brutalen Mord an Martin Zuber aus Münster hat die Polizei noch keine heiße Spur. Wie ein Sprecher der Polizei mitteilte, konzentrieren sich die derzeitigen Ermittlungen auf das Umfeld des Opfers und die Suche nach einem weißen Kombi. Einen Raubmord schließt die Polizei mittlerweile aus, sonst würde aber in jede Richtung ermittelt, so der Sprecher. Die Kriminalpolizei bittet in diesem Zusammenhang, wie schon gestern erwähnt, die Bevölkerung dringend um Mithilfe. Wer sachdienliche Hinweise geben kann, wird gebeten, sich an die örtlichen Polizeidienststellen zu wenden.

Jodie ließ langsam die Zeitung sinken, ihr Gesicht war weiß wie Milch. Sie warf das Blatt auf den Tisch, legte die Hände auf ihre Schenkel und starrte minutenlang die leere Wand gegenüber an. Sie versuchte an irgendetwas zu denken, aber ihr Kopf fühlte sich leer an. Gedanken an Matti und Erin versuchten sich einen Weg durch ihr Gehirn zu bahnen, lösten sich aber durch das Unvorstellbare in Nichts auf.

Wir sind ihm tatsächlich gefolgt, flüsterte sie. Er will, dass wir seinen Mörder finden.

22

Kommissar Rothenburg verlor langsam den Glauben an die Intelligenz der Menschheit.

Seit Stunden war sein Team damit beschäftigt, den reichlich einlaufenden Hinweisen aus der Bevölkerung nachzugehen, von denen wie immer nur ein Bruchteil ernst zu nehmen war.

Franz Z. aus Sprakel behauptete, seit dreißig Jahren mit Zubers Vater Schach zu spielen und daher den flotten Sohnemann gut zu kennen.

Irmgard B. aus dem Ostviertel gab an, früher mit Zuber verheiratet gewesen zu sein.

Jochen G. aus der Weseler Straße war angeblich seit Jahren mit ihm im Boxverein.

Horst S. aus Coerde gab schon am Anfang des Telefonats zu, dass er Zuber gar nicht kenne. Aber wenn der wieder aus dem Gefängnis entlassen wäre, würde er ihn sehr gerne kennenlernen. Ob das über die Polizei möglich sei?

Und so weiter. Aber wenigstens hatte Polizeichef Kollau aus den Katakomben Roms noch drei Polizisten zu ihrer Unterstützung abgeordnet, bevor er sich wieder auf den Weg zum Petersdom machte. Immerhin.

Die Suche nach den leiblichen Eltern und der Pflegefamilie hatte nichts Erhellendes mit sich gebracht. Herr und Frau Zuber waren tatsächlich, wie Erik van Tilsen erzählt hatte, 1988 durch einen gemeinsamen Selbstmord aus dem Leben geschieden. Herr Zuber war einen Monat zuvor stationär in der Landesklinik für Psychiatrie aufgenommen worden. Was der eigentliche Grund gewesen war, wusste die Klinikleiterin auch nicht auf Anhieb, da sie erst seit fünf Jahren dort beschäftigt war. Sie wollte sich aber kümmern. Der Vater sei Arzt gewesen, und zwar ein richtig guter in seinen besten Zeiten. Aber irgendwann habe er wohl keinen Sinn mehr gesehen in seinem Leben und habe seine Frau auf eine lange Reise in die Depression mitgenommen.

Wie poetisch man ausdrücken kann, dass man meschugge ist, hatte Gromzki gedacht. Ich muss sehen, dass ich hier schnell rauskomme.

Die Pflegefamilie konnte sich an Martin Zuber kaum noch

erinnern. Es sei doch schon fünfzehn Jahre her, dass der Bengel weg wäre, schnaubte der mittelschwer alkoholisierte Vater, und außerdem hätten sie ja immer mehrere Pflegekinder, sonst würde sich das alles ja nicht rechnen. Da könne man sich nicht mehr an jeden Rotzlöffel erinnern. Nach fünf Minuten waren die Polizisten wieder draußen.

Ein Fall fürs Jugendamt, teilten sie Rothenburg mit. Sonst nichts.

Der Kommissar probierte gerade einen neu entdeckten sardischen Schafskäse, als Briesch aufgeregt durch die Tür stürmte.

»Was ist los? Ich esse.«

»Äh, ja, guten Appetit. Die Sache ist die … also …« Er räusperte sich. »Da sind zwei Frauen …«

Rothenburg hob die Augenbrauen. »Ja, und?«

»… in meinem Büro, die sagen … ja also, die behaupten, dass sie den Mord an Zuber live gesehen hätten.«

In dem Moment, in dem Briesch sich erschöpft und stolz auf einen Stuhl fallen ließ, sprang der Kommissar hoch, als hätte er sich auf eine Packung Reißzwecken gesetzt. Mit voller Wucht ließ er seine flache Hand auf den Tisch sausen.

»Jetzt reicht es aber«, brüllte er. »Sind denn heute alle völlig übergeschnappt? Was sind das für Irre? Schmeiß sie raus!«

Briesch nickte ihm sanft zu. »Beruhige dich. Die Irren haben ein Beweisfoto mitgebracht.« Er drückte Rothenburg wortlos den Ausdruck einer Webcam-Aufnahme in die Hand.

Rothenburg starrte erst Briesch an, dann das Bild. Es zeigte den Moment, als die schwarze Gestalt gerade ansetzte, Matti die Spritze zu verpassen. Mattis Gesicht war deutlich zu sehen. Das Foto war scharf, die Farben brillant.

»Verdammt. Was ist das?«

»Ich würde sagen, das ist der Moment, in dem Martin Zuber gleich stirbt.«

Rothenburg hielt das Bild in beiden Händen und betrachtete es fassungslos. Er schüttelte immer wieder den Kopf.

»Woher haben die das?«

Briesch kratzte sich am Kopf. »Das ist so eine Sache.«

»Wie, so eine Sache? Was sind das für Frauen? Erzähl, verdammt!«

»Also, die eine sieht aus wie ein Topmodel, wunderschön, tolle Haare, eine Traumfigur, ist Goldschmiedin irgendwo in Schottland und hat mit alldem eigentlich gar nichts zu tun, ja, und die andere ist ein bisschen verrückt, auch nicht übel, aber macht so komische Sachen im Internet und ist eigentlich nur zur Behandlung einer Hauterkrankung hier …«

»Ich versteh kein Wort. Hol sie rein!«

»Hier stinkt's wie im Pumakäfig«, sagte Erin, als sie durch die Tür kamen.

»Was sagt sie?«, fragte Rothenburg.

»Ein schönes Büro haben Sie«, übersetzte Jodie. Sie fühlte kalten Schweiß auf ihrem Rücken.

Rothenburg runzelte die Stirn und musterte die beiden. Er musste zugeben, dass Briesch durchaus eine treffende Beschreibung abgeliefert hatte. Die beiden waren jede für sich eine außergewöhnliche Erscheinung, keine Frage. Erin hatte beschlossen, sich zur Feier des Tages ein wenig herauszuputzen, und hatte unter ihrem schwarzen Mini-Lederrock eine lila Netzstrumpfhose angezogen. Oben reichte ihr ein silberfarbener Glitzerfummel ohne Ärmel, dessen Ausschnitt dicht über dem Bauchnabel endete.

Rothenburg würgte den letzten Bissen sardischen Käses hinunter und packte den Rest schnell in seine Tasche. Es dauerte eine halbe Minute, bis er alle an dem Fall Beteiligten im Zimmer zusammengetrommelt hatte. Auf der Toilette spülte er mit Mundwasser schnell den strengen Käsegeruch weg.

»Würden Sie mir bitte erklären, wie Sie zu dieser Aufnahme kommen?«, begann Rothenburg mehr als förmlich die Anhörung nach einer kleinen Vorstellungsrunde.

»Gerne, Herr Kommissar, dann sind wir diese grässliche Geschichte endlich los«, sagte Jodie, sanft wie ein Lamm.

Ihr Bericht war lückenlos und dauerte fast eine Stunde. Was auch dadurch kam, dass sie stets bei Erin nachfragen musste, wenn es um deren Internetjob ging. Und weil Erin sie dauernd unterbrach, weil sie sichergehen wollte, dass Jodie nicht zu viel darüber erzählte.

»Das geht die Bullen einen Scheißdreck an«, sagte sie.

Die Polizisten stellten knappe Zwischenfragen, ließen Jodie

ansonsten aber erzählen. Rothenburg hatte sein Team noch nie so aufmerksam und konzentriert gesehen, und er fragte sich, ob es wirklich an der inhaltlichen Relevanz der Aussage lag oder vielleicht doch eher an der bizarren Exotik der beiden Vortragenden.

Nachdem Jodie ihren Bericht beendet hatte, war es totenstill im Raum. Erst als Briesch unter vollstem Einsatz seiner rechten Schneidezähne einen Bleistift zerbrach, hob Rothenburg die Denkpause auf. Er räusperte sich.

»Ja, also, wenn ich das alles richtig verstanden habe, haben Sie den Mord an Martin Zuber mitangesehen.«

Jodie nickte.

»Und ihre technisch versierte Freundin hat währenddessen ein paar Fotos über Zubers Webcam gemacht und sie sich hinterher auf ihren Rechner geholt.«

»Yes, Sir.«

»Und sie hat natürlich auch die ganzen Internetdaten gelöscht, damit man ihr nicht auf die Schliche kommen kann. Der Mörder hat das alles nicht gemerkt?«

»Wir glauben nicht.«

»Gut für Sie. Warum haben Sie nicht sofort die Polizei verständigt?«

»Haben wir. Erin hat kurz nach dem Mord eine Menge Fotos zu Interpol geschickt, mehr konnten wir nicht tun. Wir wussten doch nicht einmal, wie Matti richtig hieß und wo er wohnte. Vermutlich ist die Mail in einer Poststelle versandet.«

»Glauben Sie, ja? Wir werden das überprüfen. Sie können uns hoffentlich eine exakte Täterbeschreibung geben?!«

»Wir sehen nicht mehr als Sie«, sagte Jodie.

»Bitte?«

»Sie sehen doch, wie der Typ aussieht. Mehr kriegen Sie auf dem ganzen Film nicht zu sehen.«

»Was für ein Film?«, fragte Rabbel scharf. »Sie meinen die Fotos?«

Jodie kniff ein wenig die Augen zusammen. Es lag kein Triumph in ihrer Stimme, eher eine Art Befreiungsschlag.

»Hatten wir nicht gesagt, dass es vom gesamten Gemetzel auch ein Video gibt? Aufgenommen mit Zubers ferngesteuerter Webcam.«

Gütiger Gott, dachte Rothenburg und schloss die Augen, erspar mir das bitte.

»So etwas Ähnliches hatte ich befürchtet«, stöhnte Franta. Unter den Ermittlern galt sie als diejenige mit den besten Computerkenntnissen und hatte wohl geahnt, dass Erin es nicht bei den Fotos belassen hatte. Sven Behle wusste, dass er sich nur an sie wenden konnte, wenn es sich um Anfragen aus dem Computerbereich handelte. Rothenburg, Briesch und Gromzki verstanden schon seine Fragen meistens nicht, geschweige denn wussten sie eine Antwort. Gromzki verabscheute sogar die Arbeit mit den modernen Geräten und packte zum Leidwesen seines Vorgesetzten jede Gelegenheit beim Schopf, seine Unkenntnis offen zur Schau zu stellen.

»Und dann haben Sie sich den Film per Mail geschickt?«

Erin brach in lautes Lachen aus, als Jodie übersetzte.

»Oh, Sie armer Idiot. Wissen Sie eigentlich, wie fett so ein Film ist, der über eine Viertelstunde geht? Sie haben aber auch überhaupt keinen Schimmer, was? Die meisten Mail-Eingangsserver sagen da: Sorry, zu groß, versuch's woanders. Nein, ich hab ihn mir per FTP geschickt. Ich hätte ihn auch schon während des Aufnehmens auf meinem Rechner speichern können, aber so weit war mein Programm noch nicht ganz. Das kommt aber sicher.«

Auch diesmal bemühte sich Jodie, die höfliche Form zu wahren. Offensichtlich gelang ihr das ganz vortrefflich, denn der Gesichtsausdruck der Anwesenden reichte von weiterhin blankem Entsetzen und purer Ungläubigkeit des Geschilderten über eine gewisse Faszination ob des technisch Möglichen bis zur Angst vor den zu erwartenden Konsequenzen. Eine Verärgerung über Erins Ton stellte Jodie nicht fest.

Rothenburg fasste sich als Erster. »Wann bekommen wir den Film?«

»Wir haben ihn dabei – auf einem Stick.«

Mein Gott, dachte Rothenburg, sie tragen einen Mord in der Hosentasche mit sich herum.

»Warum haben Sie den Film mit nach Deutschland genommen?«

Jodie lächelte sanft. »Haben wir gar nicht. Als ich im Wartezimmer der Klinik erfahren habe, dass Matti hier in Münster getötet wurde, hat sich Erin in ein Internetcafé gesetzt und sich den Film von ihrem Rechner runtergezogen. Ich hätte nicht gewusst, wie das geht, aber für Erin war das kein Problem.«

Rothenburg nickte zufrieden. Er stellte einen Polizisten als Posten vor die Tür des kleinen Medienraumes, um auf gar keinen Fall gestört zu werden. Staatsanwalt Rabbel hatte darauf bestanden, den Kreis der Mitwisser noch möglichst klein zu halten. Außer den vier Ermittlern waren nur Sven Behle und er selbst anwesend. Und Erin, für alle Fälle.

Jodie zog es vor, in der Kantine einen Kaffee zu trinken. »Vielen Dank auch«, hatte sie gesagt, »das muss ich mir doch nicht noch einmal antun!« Sie schlüpfte fröstelnd in ihre Jacke und folgte den Wegweisern zur Kantine bis in den vierten Stock. Glücklicherweise waren nur zwei Plätze besetzt, der Mittagsansturm hatte noch nicht begonnen. Es roch nach Kartoffeln, Braten und Blumenkohl, aber Jodie hatte keinen Hunger. Sie dachte an Matti und dass er jetzt, in diesem Moment, das ganze Martyrium noch einmal erleiden musste.

Sie holte sich einen Kaffee und setzte sich an ein geöffnetes Fenster. Der Himmel war strahlend blau, durch das Fenster strömte kühle, frische Luft in die Kantine. Jodie atmete durch. Es wird alles gut, machte sie sich Mut. Matti haben wir hinter uns, und Erin wird es bald wieder besser gehen.

Als sie den letzten Schluck Kaffee trinken wollte, hielt sie plötzlich inne. Der Typ mit der dunklen Jacke, der gerade die Kantine betrat, kam ihr irgendwie bekannt vor. Sie versteckte sich halbherzig hinter einem schmalen Pfeiler und beobachtete, wie der Mann einen Kaffee und zwei Brötchen kaufte und nach einem Platz Ausschau hielt.

Tu es nicht, betete Jodie, setz dich bitte nicht hierhin, bevor ich weiß, wer du bist!

Der Mann kam auf Jodie zu. Seine Augen suchten erst die Tische um sie herum ab und blieben dann auf ihr hängen. Er stutzte und schien zu überlegen.

Arrrrgh, dachte Jodie verzweifelt, wer zum Teufel bist du? Setz dich woandershin. Ich brauche das jetzt nicht.

Der Mann sah ihr offenbar an, dass sie über seine Nähe keinesfalls entzückt wäre. Er lächelte Jodie zu und setzte sich an einen anderen Tisch, mit dem Rücken zu ihr.

Puuhh, dachte Jodie, Glück gehabt.

Die Fenster waren verdunkelt, eine Leinwand wurde heruntergelassen. Rothenburg schaute unauffällig zu Behle, der hektisch mit dem Beamer kämpfte und ein knallrotes Gesicht hatte. Er überlegte, ob das womöglich an Erin lag, die seelenruhig direkt neben ihm saß und ihren Film auf den Polizeicomputer überspielte. Daran, dass sie sich leicht vorbeugte und so ihren viel zu großen Glitzerfummel völlig überflüssig machte. Ist Behle eigentlich Single?, fragte er sich, wusste aber keine Antwort.

Als der Beamer endlich lief, warf Erin Behle einen schelmischen Kussmund zu und strich ihm übertrieben zärtlich über den Arm. Jetzt fällt er gleich in Ohnmacht, dachte Rothenburg.

Als Briesch das Licht ausschaltete, fühlte Rothenburg sich, als ob eine Hand seine Kehle einschnüren wollte. Er versuchte vergeblich zu schlucken, seine Atemzüge begannen zu rasen. Wie ein Autist wippte er leicht vor und zurück. Er rieb nervös seine feuchten Hände an seiner Jeans trocken und malte mit seinen Füßen kleine Kreise auf den Boden. Sein gesamter Körper war in Verteidigungsstellung gegangen und hatte die Alarmglocken geläutet. Kurz gesagt: Er fühlte einen enormen Stress.

Junge, was ist denn los mit dir?, versuchte er sich zu beruhigen. Du bist doch schließlich Polizist. Aber auch als Polizist sah man sich schließlich nicht jeden Tag einen Mord an.

Als Erin die Play-Taste anklickte, herrschte eine gespenstische Stille im Raum. Es war kein Atemzug zu hören. Gar nichts.

Bis zum Schluss.

Als das Licht nach einer Viertelstunde wieder anging, saßen alle noch genauso auf ihren Plätzen wie zu Beginn des Videos. Was allen noch gemeinsam war, war das unnatürliche Weiß in den Gesichtern der Ermittler. Sämtliches Blut hatte offensichtlich beschlossen, in den innersten Regionen der Körper Zuflucht vor dem Grauen zu suchen, genau dort, wohin auch nicht ein Hauch eines Lichtstrahls dringen und die Seele eines Menschen unwiderruflich zerstören konnte.

Fünf Minuten lang sagte niemand ein Wort. Der Schock der

brutalen Bilder hatte sie alle gelähmt. Staatsanwalt Rabbel erbarmte sich zu einer ersten Reaktion.

»Mein Gott.«

Rothenburg atmete tief durch und schaute seine Leute fest an.

»In der Tat hat unser Gott während dieser Minuten wohl wieder eine Auszeit genommen. Ich weiß, dass wir euch viel zumuten, zu viel vielleicht mit so einem grässlichen Video. Wer kurz nach draußen möchte, kann das gerne tun.«

Als sich keiner regte, drehte er sich zu Erin um und bemühte sein mäßiges Englisch.

»Wie geht es Ihnen, Frau MacDuff?«

Erin zuckte mit den Schultern. »Alles okay, kein Problem. Ich hab das ja schon im Original gesehen.«

»Wie? … Ach ja. Gut. Dann möchte ich mich bei Ihnen herzlich bedanken. Sie können mit Ihrer Freundin nach Hause, also in die Bismarckallee, wir haben ja Ihre Personalien. Es könnte gut sein, dass wir uns noch einmal bei Ihnen melden müssen.«

Erin nickte, zog ihren Stick aus dem Rechner und ging zur Tür. Bevor sie verschwand, drehte sie sich noch einmal kurz um und zwinkerte Behle neckisch zu. Dann schlug sie die Tür zu und war draußen.

Behle wurde knallrot.

»Und?«, fragte Rothenburg. »Was sagt ihr?«

»Ich brauche dringend frische Luft«, sagte Franta nach einer Weile und öffnete alle Fenster. »Widerlich«, sagte sie dann betroffen, »einfach nur widerlich.«

Staatsanwalt Rabbel massierte seine Schläfen.

»Wahrscheinlich können wir davon ausgehen, dass sich die Tat bei Paul Lenze genau so zugetragen hat, wie wir es hier gesehen haben. Aber die Frage ist doch, wie und ob uns das weiterhilft. Haben wir irgendetwas gesehen, was uns dem Täter näher bringt?«

»Noch nicht«, antwortete Rothenburg, »ich für meinen Teil zumindest nicht. Ich fürchte, wir werden um einen zweiten oder gar dritten Durchlauf nicht herumkommen.«

Da muss doch was zu finden sein, hoffte er. Wenn ich mir das Gemetzel schon anschauen muss, dann soll es auch verdammt noch mal was nutzen.

»Hat irgendjemand etwas vom Gesicht erkennen können?«, fragte er.

Alle schüttelten den Kopf.

»Keine Chance, nur von hinten mit Hut«, sagte Gromzki. »Ich hab genau drauf geachtet.«

»Behinderungen, Abnormitäten, irgendetwas Außergewöhnliches?«

Rothenburg hatte die Frage noch nicht vollendet, als ihm selbst auffiel, dass eigentlich alles an diesem Video außergewöhnlich, abnorm und irgendwie auch behindert war. Krank, fiel ihm noch ein. Ja, der Typ war eindeutig und in entschiedenem Maße krank.

»Ich meine natürlich die Bewegungen des Mannes«, ergänzte er rasch.

Wieder Kopfschütteln und betretenes Schweigen. Briesch kaute an seinen Fingernägeln, Behle malte eine große Spritze auf seinen Spiralblock, Gromzki putzte seine blitzsaubere Brille an seinem Hemd ab.

»Dann schlage ich vor, dass wir uns dieses Schwein noch einmal ganz genau ansehen und uns anschließend eine kleine Denkpause und etwas Erholung gönnen.«

Rothenburg war sich nicht ganz sicher, ob er in der geeigneten Verfassung war, sich den Film noch einmal anzusehen. Klar war, er musste seinen Ekel ausblenden, seine abgrundtiefe Abscheu gegenüber dem Mörder. War das überhaupt möglich? Ein Mörder verstümmelte einen bemitleidenswerten Finanzbeamten, und er sollte aufpassen, ob der Kerl Links- oder Rechtshänder war?

Wahnsinn, dachte Rothenburg wütend, einfach Wahnsinn.

Sie mussten auf jedes Detail achten, die Bewegungen des Mannes analysieren, Gegenstände erkennen. Und dann mussten sie die gewonnenen Erkenntnisse den bisherigen Ermittlungsergebnissen zuordnen. Was wiederum nicht so schwer werden dürfte.

Behle startete erneut den Film. Ein merkwürdiges Gefühl beschlich Rothenburg, als ob sich jemand aus dem Staub gemacht hätte, sie alleingelassen hätte mit dem digitalen Elend. Er kam sich vor wie ein Schüler, der von der Lehrerin mit einer unlösbaren Aufgabe zurückgelassen wurde. Oder war es schon eine Prüfung?

Er versuchte sich zu konzentrieren. Er sah den Mann – für ihn stand zweifelsfrei fest, dass es ein Mann war – in Zubers Zimmer kommen und fixierte ihn. Er folgte jeder Bewegung und machte den Ablauf der Tat in Gedanken mit.

Nach etwa zehn Minuten stutzte er. Er hatte etwas gesehen. Etwas, was ihm vage bekannt vorkam. Aber was? Und wo hatte er es schon einmal gesehen?

Er ließ den Film zu Ende laufen, ohne weiter hinzuschauen. Er wusste, dass nichts mehr kommen würde.

Ein dritter Durchlauf also.

Am nächsten Tag versammelte er das Ermittlerteam bereits um acht Uhr. Nicht, dass er viel Neues zu berichten hatte, aber Polizeichef Kollau hatte endlich die Hand des Papstes geküsst und befand sich auf dem Rückflug von Rom. Sie mussten sich also sputen.

»Schöne Pilgerreise«, murmelte Gromzki, »mit dem Flugzeug.«

»So und so«, eröffnete Rothenburg etwas nebulös die Sitzung. »Ich darf auf der einen Seite feststellen, dass wir einen klitzekleinen Sprung nach vorne gemacht haben …«

»Ach so?«, fragte Franta. »Wohin denn?«

»Nach allem menschlichen Ermessen dürfte es jetzt wohl feststehen, dass der Täter ein Mann ist. Oder ist jemand anderer Meinung?«

»Er ist ein Einzeltäter«, ergänzte Briesch. »Und die Opfer scheinen nicht zufällig ausgewählt zu sein, sondern sehr gezielt.«

Rothenburg nickte. »Und observiert. Machalle schreibt in seinem Bericht, dass ein ordentlicher Promillesatz im Blut die Wirkung des Medikaments so verstärkt, dass der Tod mit sehr hoher Wahrscheinlichkeit eintrifft. Die Leber hätte nach seinen Worten zu sehr damit zu tun, das Blut zu entgiften, als dass sie sich auch noch um andere Dinge kümmern könnte.«

»So etwas in der Art kenne ich«, murmelte Briesch.

»Was? Ja, also, der Mörder muss demnach entweder gewusst oder geahnt haben, dass die Opfer Alkohol getrunken hatten. Auf der anderen Seite fehlt uns nach wie vor jede Verbindung von Lenze zu Zuber. Ist hier jemandem etwas eingefallen? Es kann noch so sehr nach hanebüchenem Unsinn klingen, ich will alles hören, was eure Vorstellungskraft hergibt.«

Briesch schaute in seine Aufzeichnungen. »Also, da ist bestimmt nichts dran, aber mir ist aufgefallen, dass sowohl Lenzes Mutter als auch die Eltern von Zuber vor zwanzig Jahren gestorben sind.«

»Und wie sollte das zusammenhängen?«, fragte Gromzki skeptisch. »Verkehrsunfall und Depression, wenn ich mich recht entsinne.«

»Und der Mörder hätte welches Motiv?«, fragte Franta interessiert.

»Tja.« Briesch kratzte sich am Kopf. »Das genau ist der kritische Punkt an der Sache. Da sehe ich, ehrlich gesagt, auch nicht das Geringste. Wenn Familie Zuber den Verkehrsunfall verschuldet hätte, nicht weiter damit leben konnte und sich aus lauter Schuldgefühlen umgebracht hätte, wäre das eine theoretische Möglichkeit. Aber: Wer ist dann der Mörder? Und vor allem: Warum bringt er von beiden Parteien jemanden um?«

Rothenburg starrte aus dem Fenster. Er spürte, dass irgendwo in seinem Kopf eine Idee herumschwirrte. Nur eine Idee und viel zu vage, um sie in Worte fassen zu können. Eine Ahnung vielleicht, die einen Weg zeigen könnte.

»Und vor allem«, fuhr Briesch fort, »sagt die Klinik ja, dass der Selbstmord mit seiner Leere im Beruf zu tun gehabt hatte.«

»Diese Spritzen«, überlegte Franta, »warum benutzt er sie?«

»Wie willst du denn sonst das Zeug in den Bauch kriegen?«, brummte Gromzki irritiert.

»Ja, genau. Warum muss er spritzen? Er kann sie doch ebenso gut erstechen oder erwürgen. Spritzen ist schon ungewöhnlich, finde ich.«

»Nun ja«, sagte Briesch, »Erstechen ist eine ziemliche Sauerei, und Erwürgen ist ihm vielleicht zu anstrengend. Vielleicht liegt ihm das alles nicht so.«

»Ha, Sauerei«, warf Gromzki ungewöhnlich höhnisch ein, »denk doch mal an die Augen.«

»Stimmt«, gab Briesch zu. »Ich nehm's zurück.«

»Oder die Spritze ist eben nicht nur ein Werkzeug, sondern auch ein Symbol«, sagte Franta.

Rothenburg hob die Augenbrauen. »Für was?«

»Ja, das ist die Frage. Für was steht eine Spritze normalerweise?

Auf der einen Seite für Medizin, Gesundheit, Krankheit, Arzt, Krankenhaus … auf der anderen Seite für Gift, Drogen, Fixer und so weiter.«

Rothenburg bemühte sich, dem Gedankengang zu folgen.

»Sicher, aber der Grundgedanke ist doch, dass man durch eine Spritze wieder gesund wird, oder?«

»Kann sein, ja«, brummelte Gromzki. »Aber nicht, wenn da so ein Zeug drin ist.«

»Ein Symbol eben«, wiederholte Franta nachdenklich. »Die Spritze soll zeigen, dass irgendjemand durch eine Injektion gesund geworden wäre, und Lenze und Zuber oder wer auch immer haben das verhindert. Zum Beispiel. Und aus Rache kriegen die dann einen Stich verpasst.«

»Das setzt aber voraus, dass Lenze und Zuber sich kannten, und das war wohl kaum der Fall«, entgegnete Briesch.

»Die Holzkiste mit Lenzes Briefen«, sagte Rothenburg, »hat da jemand nachgeschaut?«

»Negativ«, sagte Gromzki, »nach erster Durchsicht. Wir prüfen das noch einmal, weil es einige Unklarheiten gab. Aber so, wie es aussieht …«

Rothenburg verzog den Mund. Er konnte es nicht ausstehen, wenn sein aufkommender Enthusiasmus so brutal niedergeschmettert wurde. Es lähmte ihn für eine gewisse Zeit und warf ihn zurück in etwas, was Franta gerne als »Grauzone der maskulinen Lethargie« bezeichnete. Dann tauchte er ab in ein resignierendes »Macht euren Scheiß doch alleine« und verfiel in ein ergebnisloses Grübeln.

Aber diesmal war es ein wenig anders.

23

»Danke, dass Sie sich Zeit nehmen für die Polizei«, eröffnete Rothenburg das Gespräch.

Oberarzt Dr. Walter Jaffe schmunzelte. »Wir sind hier auf der Depressionsstation. Ich kann mich nicht darüber beklagen, dass die Patienten uns hetzen.«

Rothenburg nickte. Er hatte den betreuenden Arzt der Zubers schnell ausfindig machen können. Die Klinik lag nur einen Steinwurf vom Polizeipräsidium entfernt, und obwohl es zwanzig Jahre her und Jaffe mindestens sechzig Jahre alt war, konnte der Arzt sich noch gut erinnern. Seine weichen Gesichtszüge und sein schlohweißes, zurückgekämmtes Haar strahlten gleichermaßen Freundlichkeit und Autorität aus.

»Tja, eines Tages rief seine Sprechstundenhilfe bei uns an und sagte, dass sie sich große Sorgen mache wegen ihres Chefs. Er säße in seinem Untersuchungszimmer und würde gar nichts mehr tun.«

»Gar nichts? Was heißt das?«

»Eben gar nichts. Er saß in seinem Sessel und starrte stundenlang vor sich hin. In seinem Wartezimmer stapelten sich die Patienten, und die armen Arzthelferinnen wussten nicht mehr, was sie machen sollten. Wir haben ihn dann zu uns geholt und versucht herauszufinden, was los ist.«

»Und? Haben Sie es geschafft?«

Dr. Jaffe schüttelte den Kopf. »Leider nein. Er hat während der gesamten Zeit seines Aufenthalts hier kein einziges Wort mehr gesprochen, bis … ja, bis zu seinem Selbstmord. Tragisch, wirklich tragisch.«

Rothenburg machte sich Notizen. »Was für ein Arzt war er?«

»Praktischer Arzt, normaler Hausarzt. Ich erinnere mich deshalb so gut an den Fall, weil er der einzige Mediziner war, den wir als Patienten je hatten.«

»Wie lange war er hier auf der Station?«

»Etwa zwei Monate. Das ist normalerweise noch nicht lange für einen Depressionspatienten. Bis zum Ende habe ich nicht den Hauch eines Fortschritts bei ihm bemerkt. Wahrscheinlich hätten wir ihn noch fünfzig Jahre behandeln können, und es wäre dabei nur herausgekommen, dass seine Betreuer auch depressiv geworden wären.«

»Musste er Medikamente nehmen?«

»Natürlich, wir haben ihm welche gegeben. Aber Zuber war ja schließlich Arzt. Der wusste, was er mit den Pillen machen wollte. Damit haben wir ehrlich gesagt überhaupt nicht gerechnet. Er hat sie heimlich gesammelt und dann die Hälfte auf einmal genommen. Die andere Hälfte hat er seiner Frau gegeben. Er hätte auch die halbe Station damit versorgen können.«

»War die Frau auch als Patientin hier?«

»Nein, sie kam aber jeden Tag, um ihn zu besuchen. Frau Zuber hat alles getan, was ihr Mann wollte. Nicht weil *er* es wollte, verstehen Sie, sondern weil *sie* es wollte.«

»Konnten Sie aus ihr etwas herauskriegen?«

»Nicht das Geringste. Uns gegenüber hat sie eisern geschwiegen und immer nur gesagt, dass sie absolut gar nichts wüsste.«

Rothenburg überlegte einen Moment. »Glauben Sie, dass die beiden sich unterhalten haben, wenn sie sich unbeobachtet gefühlt haben?«

Dr. Jaffe dachte kurz nach und wiegte den Kopf. »Gut möglich, aber ich weiß es nicht. Ich weiß wirklich nicht, ob Zuber überhaupt noch fähig war, sich mitzuteilen. Seine Psyche war dermaßen angeknackst … Aber irgendwie muss er sie ja von seiner Selbstmordabsicht in Kenntnis gesetzt haben.«

»Vielleicht mit einem Brief?«

»Kann sein. Ich gehe aber eigentlich davon aus, dass es zwischen ihnen noch ein Gespräch gegeben haben muss. Welcher Mann lässt schon ohne Widerspruch zu, dass seine geliebte Ehefrau sich auch einfach umbringen will. Nur aus Liebe zu ihm.«

Rothenburg schaukelte sanft in seinem Schwingsessel.

»Haben Sie irgendeine Idee, was diese Depression ausgelöst haben könnte?«

Dr. Jaffe schüttelte den Kopf. »Glauben Sie mir, wir haben hier gesessen und gegrübelt, bis uns unser Gehirnschmalz aus den Ohren herauskam. Dr. Zuber war ein freundlicher, kompetenter und beliebter Arzt, so haben es mir die Arzthelferinnen und auch einige Patienten erzählt, die wir befragt haben. Sein Leben war in Ordnung, er hatte keine Probleme finanzieller Art. Und die beiden haben sich geliebt.«

Zum ersten Mal wirkte Dr. Jaffe ein wenig betrübt. »Auch der arme Martin war damals ein netter Bursche, so hat man mir erzählt. Sie waren sehr stolz auf ihn. Ich habe wirklich nie begriffen, was da los war.«

»Ist«, korrigierte Rothenburg freundlich. »Da ist was los, aber wir wissen noch nicht, was.«

»Ich verstehe«, sagte Dr. Jaffe und strich sich über sein Haar. »Möchten Sie Kaffee?«

Rothenburg nickte. »Gern.«

Er schloss kurz die Augen und stellte sich Dr. Zuber an seinem Schreibtisch vor. Was konnte passiert sein, dass er von einem Tag auf den anderen, womöglich von einem Moment auf den anderen, seinen Mund nicht mehr aufbekam und depressiv wurde? Er hat etwas erfahren, überlegte Rothenburg, etwas so Schlimmes, dass es ihn völlig aus der Bahn warf.

Die eine Frage wäre nur, was.

Und eine zweite, ob das für den Fall überhaupt eine Rolle spielte. Wobei die zweite Frage die wahrscheinlich wichtigere war.

Dr. Jaffe schenkte ihm Kaffee ein. Rothenburg goss Milch dazu und trank einen kleinen Schluck.

»Würden Sie mir zustimmen, wenn ich einmal die These aufstelle, der Auslöser der Depression war ein einziges Ereignis … was auch immer … und nicht eine längere Entwicklung?«

Dr. Jaffe war erstaunt. »Sind Sie Hobbypsychologe?«

»Nicht ganz, aber die These würde mir gut in den Kram passen.«

Dr. Jaffe grinste. »Ach so. Nun gut, wir haben, wie gesagt, wenig bis gar keine Anhaltspunkte, was die Ursache angeht. Wir haben nur die Tatsache, dass Zuber auf einmal in seinem Untersuchungszimmer saß und kein Wort mehr sagte. Das würde eindeutig für Ihre These sprechen. Allerdings …«

»Ja?«

»Allerdings kann dieses gedachte Ereignis auch durchaus der sogenannte letzte Tropfen in das volle Fass einer längeren, von ihm so nicht intendierten Entwicklung sein. In diesem Falle wäre das Ereignis zwar schon ein Ereignis für sich, aber kein singuläres, sondern nur die Summe von mehreren Ereignissen, sozusagen als Ereigniskumulation.«

»Verstehe«, sagte Rothenburg. Er trank noch einen Schluck Kaffee. »Darf ich Ihnen eine persönliche Frage stellen?«

Dr. Jaffe hob die Augenbrauen. »Nur zu.«

»Wie kommt es, dass Sie sich nach über zwanzig Jahren auf der Depressionsstation noch nicht … ja, wie soll ich sagen … angesteckt haben?«

Dr. Jaffe lachte. »Ich verstehe Ihre Frage. Ja, in der Tat, man muss schon etwas tun, um hier nicht durchzudrehen. Jeder hat da seine eigene Strategie, aber ich persönlich bewege mich gerne unter Menschen mit eigentümlichem Humor.«

»Ah. Und wo findet man die?«, fragte Rothenburg interessiert.

Dr. Jaffe zwinkerte ihm zu. »Ob Sie es jetzt glauben oder nicht: im Karneval.«

Rothenburg starrte auf das schlohweiße Haar.

Karneval?, dachte er. Dann schon lieber depressiv.

Franta und Briesch versanken in dem breiten roten Plüschsofa. Elly Kiesmann hatte Kaffee und kleine Erdbeertörtchen aufgetragen und wuselte geschäftig zwischen der winzigen Küche und dem Wohnzimmer hin und her.

»Ich glaube, jetzt fehlt wirklich nichts mehr«, sagte Briesch höflich. »Setzen Sie sich doch einfach zu uns.«

Elly Kiesmann war eine kleine dünne Frau um die siebzig mit dichtem Dauerwellenhaar, so braun wie ihre treuen Dackelaugen. Sie füllte Teller und Tassen und nahm mit einem Stoßseufzer in ihrem Ohrensessel Platz.

»Es geht also um Dr. Zuber, wenn ich Sie am Telefon richtig verstanden habe.«

»Ja«, sagte Franta, »nach unseren Informationen waren Sie die Arzthelferin, die damals die Klinik informiert hat.«

»Ja, das stimmt. Aber das ist doch über zwanzig Jahre her, was wollen Sie denn jetzt noch wissen?«

»Sie haben gelesen, was seinem Sohn passiert ist?«

Elly Kiesmann stellte ihr Törtchen ab und klatschte leicht die Hände zusammen. »Ja, in der Zeitung. Schreckliche Sache. Aber was hat der Vater damit zu tun?«

»Wahrscheinlich gar nichts«, entgegnete Briesch. »Wir machen uns zurzeit nur ein Bild von den Opfern und verfolgen ihren Lebenslauf. Und dazu gehören die Eltern ja auch, gewissermaßen.«

»Ich verstehe«, sagte Elly Kiesmann und nahm ihren Törtchenteller wieder in die Hand. »Möchten Sie Sahne auf die Törtchen?«

»Nein, danke«, lehnte Franta freundlich ab, »sie sind auch so sehr lecker.«

Briesch unternahm einen neuen Anlauf.

»Können Sie sich noch daran erinnern, wie es war an jenem Tag?«

Elly Kiesmann holte tief Luft und betrachtete den Rest ihres Törtchens.

»Es war entsetzlich. Dr. Zuber kam in die Praxis und verschwand wortlos in seinem Zimmer. Das hat er nie getan, wissen Sie. Er war so ein freundlicher und liebenswerter Mann, er hatte jeden Morgen ein paar nette Worte für uns.«

Sie hielt einen Moment inne und stellte den Teller wieder ab. »Ich bin dann rein zu ihm, um nachzusehen, aber er war einfach nicht ansprechbar. Verstehen Sie? Er hat auf nichts reagiert und starrte die ganze Zeit nur vor sich hin. Ich hab ihn sogar leicht geschüttelt und zum Schluss eine ganz kleine Ohrfeige gegeben. Aber es war so, als ob er ganz woanders wäre. Keine Reaktion.«

Briesch überlegte, wie es wohl wäre, wenn er Polizeichef Kollau eine knallen könnte. Auf die roten Pausbacken.

Elly Kiesmann schüttelte den Kopf. »Ja, und dann hab ich halt in der Klinik angerufen, weil seine Frau nicht zu erreichen war. Dr. Jaffe hat ihn dann abgeholt.«

Sie zog ein Taschentuch aus ihrer Schürze und schnäuzte sich lautstark.

»Und Sie haben nicht die leiseste Ahnung, was der Grund für seinen Schockzustand war?«, fragte Franta.

Elly Kiesmann schüttelte wieder den Kopf. »Nein.«

»Befand sich vielleicht irgendetwas in seiner Tasche oder auf seinem Schreibtisch, was sonst nicht dort war?«

»Bitte?«

»Lag vielleicht ein Stück Papier auf seinem Schreibtisch? Oder ein Foto oder Umschlag? Irgendetwas, was da nicht hingehörte. Ein Gegenstand?«

Sie überlegte eine Weile. »Ist ja schon so lange her, und damals hat mich das keiner gefragt. Nein, ich glaube nicht ... Doch, vielleicht. Lassen Sie mich einen Moment nachdenken.«

Elly Kiesmann stand auf und öffnete das Fenster. Briesch hörte sie leise vor sich hin brabbeln.

»Ein Briefumschlag«, sagte sie mit fester Stimme. »Ja, ganz sicher. Auf der Tastatur lag ein ziemlich vergilbter Umschlag. Sehr klein, kleiner als die normalen heutzutage.«

»Hervorragend«, lobte Franta, »Sie haben ja ein Gedächtnis! Ich für meinen Teil weiß zum Beispiel schon nicht mehr, was ich heute Morgen gefrühstückt habe. Konnten Sie lesen, was auf dem Umschlag stand?«

Elly Kiesmann errötete leicht. »Ich habe es mehr geraten, weil es in dieser alten deutschen Schrift geschrieben war, Sütterlin, die kann ich nicht lesen. Der Nachname war Zuber, das konnte ich mir vorstellen, aber Vorname und Adresse ... keine Ahnung. Ich habe angenommen, dass der Brief an ihn gerichtet war, sonst hätte er ihn ja wohl kaum bei sich gehabt, oder?«

»Vermutlich«, bestätigte Franta. »Aber theoretisch hätte auch der Vorname seiner Frau, Elvira, oder sonst irgendeines Verwandten draufstehen können?«

»Tja«, sagte Elly Kiesmann zögernd, »ich weiß nicht, vielleicht. Aber Dr. Zuber hat ihn auf jeden Fall gelesen, der Umschlag war aufgerissen, und der Brief guckte noch ein bisschen heraus.«

»Wo könnte er jetzt sein?«, fragte Briesch.

»Wer?«

»Der Brief.«

»Ach so. Tja, nach dem Tod der Zubers hat ein Anwalt ein paar Sachen aufgehoben, bis Martin volljährig war. Dann hat er sie ihm übergeben. Aber ob da der Brief bei war, kann ich nicht sagen. Ist der denn so wichtig?«

»Das wissen wir, wenn wir ihn haben.«

»Noch ein Törtchen?«

Kommissar Gromzki war froh, ein paar Minuten Ruhe zu haben. Polizeichef Kollau drohte mit seinem Besuch, und das hieß Hektik und Stress. Akten auf Vordermann bringen, Protokolle endlich unterschreiben lassen und einheften, Berichte schreiben und natürlich Ergebnisse vorweisen.

Und jetzt sollte er sich auch noch um diesen Anwalt kümmern, der für Martin Zuber die Hinterlassenschaften seines Vaters aufbewahrt hatte. Wozu das alles? Was hatte der Selbstmord von Heinz und Elvira Zuber 1988 mit ihrem jetzigen Fall zu tun? Natürlich ganz und gar nichts, das war ja wohl klar wie Kloßbrühe. Mit etwas Glück würde man herausbekommen, warum die Zubers sich umgebracht hatten, na gut, aber das würde ihnen jetzt auch nicht viel weiterhelfen.

Jede Wette. Das war keine geeignete Ermittlungsarbeit, um seine elenden Stimmungsschwankungen zu überwinden. Wie sollte er da ein positives Selbstwertgefühl bekommen? Er wollte ihnen doch zeigen, was er wirklich draufhatte. Er fühlte, dass er die Kraft dazu aufbringen würde, wenn man ihn nur ließe. Ein richtiges Erfolgserlebnis, das war es, was ihm fehlte, um diese elenden Stimmungen zu überwinden.

Nun gut, das fiel jetzt also erst einmal flach. Wo bekam man dann einen ordentlichen Triumph her?

Privatleben? Er seufzte. Nicht dran denken, sonst werde ich sofort wieder depressiv.

Job? Nicht einfach, bei den guten Leuten hier und dem Mangel an günstigen Gelegenheiten. Aber so, wie es aussah, die einzige Möglichkeit. Er musste nur auf einen geeigneten Augenblick warten und dann seine ganze Kraft und Intelligenz einsetzen, dann würde es schon werden.

Vielleicht ist das hier ja schon ein Zeichen, dachte er, und wählte die Nummer des Rechtsanwalts.

Reiß dich zusammen, Klaus.

24

Professorin Barbara Belinka war eine kleine zierliche Frau mit einem hübschen Pagenschnitt. Sie saß hinter einem monströsen Schreibtisch mit vier Monitoren, auf dem sich noch dazu fünf halbmeterhohe Aktenstapel türmten. Sie versank beinahe in ihrem schwarzen Chefsessel, wenn sie sich zurücklehnte. Erin bemerkte, dass ihre Füße auf einem Hocker unter dem Schreibtisch ruhten, und dass sie dicke Wollsocken trug.

»Tja, liebe Frau MacDuff«, begann Belinka ihr Gespräch, »Ihr Fragebogen ist wirklich einzigartig. Alle Kollegen wollten ihn sehen, weil sie es einfach nicht glauben wollten. So viele Antworten unter ›trifft voll zu‹ hatten wir noch nie hier im Zentrum. Achtundneunzig Prozent, alle Achtung, der Leidensdruck scheint in der Tat enorm zu sein. Besondere Aufmerksamkeit haben Ihre Antworten auf die Frage erregt, was hinsichtlich der Therapie für Sie besonders wichtig ist. Sie haben ja wirklich alles angekreuzt, was es gibt: normales Leben, Sex, Alltag, natürlich keinen Juckreiz mehr und so weiter. Nur beim Beruf war Ihnen das offenbar nicht ganz so wichtig, geheilt zu werden. Was machen Sie denn so?«

Jodie faltete die Hände und erklärte Erin die Frage.

»Sag, wie's ist«, sagte Erin gelangweilt. »Und sie soll endlich damit rausrücken, was ich denn nun habe.«

»Nun ja«, begann Jodie zögernd auf Deutsch, »sie hat ja eine Perücke und kann damit ihre Kopfhaut verdecken. So merkt das keiner, das klappt ganz gut.«

»Was merkt keiner? Was klappt gut?«, fragte Belinka verständnislos. »Ich wollte nur wissen, was sie für einen Beruf hat.«

Jodie ließ ihre schwarze Mähne nach vorne fallen. Vor diesem Augenblick hatte sie sich gefürchtet: Sie sollte einem fremden Menschen erzählen, was Erin vor der Webcam trieb. Warum konnte sie das bloß nicht selbst erledigen? Verdammt!

Sie schnellte mit dem Kopf zurück und sah Belinka fest an. »Sie zieht sich vor Webcams aus.«

Die Professorin hob die Augenbrauen und schaute erst Jodie an und dann Erin. Sie lächelte. »Damit kann man Geld verdienen?«

»Und ob. Meinen Sie, Erin hätte geerbt oder so was? Von einer normalen Arbeit kann man vermutlich so eine Behandlung hier nicht bezahlen.«

Belinka schürzte die Lippen. »Das meiste trägt zum Glück immer eine Versicherung. Bei Frau MacDuff ist das allerdings anders, das ist richtig.«

»Habt ihr's bald?«, fuhr Erin erbost dazwischen. »Ich will wissen, was Sache ist!«

Jodie machte eine beruhigende Geste zu Erin und nickte Barbara Belinka zu, fortzufahren.

»Nun gut, oder auch nicht. Leider haben wir bis jetzt noch keine eindeutige Ursache gefunden. Die Laborergebnisse der Blutproben und des Urins zeigen keine nennenswerten Auffälligkeiten.«

Jodie übersetzte.

»Verdammte Scheiße«, zischte Erin, »das hab ich mir fast gedacht. Sind wir also umsonst hierhingefahren.«

Jodie überlegte kurz. »Sie ist etwas … enttäuscht.«

Belinka lachte. »Das Wörtchen *shit* kenne ich, die Enttäuschung dürfte demnach relativ tief sitzen. Wenn Ihre Freundin etwas langsamer spricht, könnte ich sie vermutlich auch mit ihrem Dialekt verstehen. Aber sagen Sie ihr, dass sie auf keinen Fall enttäuscht sein darf. Unsere Tests haben gerade erst begonnen, und jeder Ausschluss bringt uns ein Stückchen weiter, so komisch sich das auch anhört.«

Jodie nickte und übersetzte wieder.

»Wir führen jetzt weitere Untersuchungen durch«, fuhr Belinka fort. »Das heißt, wir röntgen die Lunge, machen einen Pricktest auf Läuse, …«

»Ich hab keine Läuse«, protestierte Erin wütend. »So ein Schwachsinn.«

»… testen auf Pilzbefall und eine Sorbitintoleranz und machen eine Hautbiopsie, das heißt, wir stanzen zwei kleine Proben aus ihrer erkrankten Haut.«

»Sorbitintoleranz? Stanzen?«, fragte Jodie. »Was ist das alles?«

»Bei einer Sorbitintoleranz vertragen Sie kein Sorbit, und diese Unverträglichkeit kann sich theoretisch in Juckreiz darstellen. Sorbit ist ein künstlich hergestellter Zuckeraustauschstoff, kommt aber auch in vielen Obstsorten vor. Stanzen bedeutet, dass wir mit einem speziellen Gerät Proben aus der Haut entnehmen, um das Gewebe zu analysieren. Frau MacDuff wird natürlich örtlich betäubt, es tut nicht weh. Und so, wie ich Ihre Freundin einschätze, wird sie darüber lachen.«

Erin blickte düster aus dem Fenster, nachdem Jodie übersetzt hatte.

»Ich piss mir jetzt schon in die Hose vor Lachen«, murmelte sie. »Außerdem esse ich kein Obst.«

»Wir nehmen Sie stationär auf, damit Sie nicht für jede Untersuchung extra hierherkommen müssen, und damit wir uns ein besseres Bild von Ihnen machen können. Einverstanden? Frau Grant kann Sie natürlich jederzeit besuchen, wann immer Sie es möchten.«

Belinka lächelte sie freundlich und auffordernd an. Erin war verunsichert. Die Frau konnte ihr Paroli bieten, das war ein ganz neuer Spielstein in ihrem Leben. Belinka war auf jeden Fall in der komfortablen Situation, dass Erin Hilfe von ihr wollte. Und zwar bedingungslos. Erin überlegte. Hieß das etwa Unterordnung? Bedeutete die Tatsache, von einem Menschen Hilfe annehmen zu müssen, gleichzeitig ein – wenn auch vorläufiges – Ende der Gleichwertigkeit? Sie konnte sich an keine Situation erinnern, bei der sie Hilfe von einem Menschen angenommen hatte – Jodies Bereitschaft, mit ihr zu fahren, einmal ausgenommen, aber das speicherte sie unter der Kategorie Freundschaftsdienst ab.

Jodie schüttelte den Kopf. »Was überlegst du denn noch?«

Erin seufzte und nickte. »Okay, wenn's sein muss.«

Barbara Belinka lächelte immer noch. »Prima. Dann gehen Sie doch bitte gleich zur Aufnahme. Sie bekommen dort alle weiteren Informationen. Sie können auch ruhig noch mal in Ihre Wohnung fahren und ein paar Sachen holen. Ich nehme an, dass Sie jetzt nichts dabeihaben.«

Erin schwieg.

»Ach ja, eine Frage hätte ich noch«, fuhr Belinka fort. »Haben Sie öfter Kopfschmerzen oder Schwindelgefühle? Oder sehen Sie ab und zu Bilder doppelt?«

»Soll das ein Witz sein?«, fragte Erin. »Ich bin froh, wenn ein

Tag ohne Schwindel oder Kopfschmerzen vergeht. Aber gefragt hat mich das noch keiner.«

Belinka nickte. Sie wurde plötzlich sehr ernst.

»Wir werden ein Ergebnis bekommen, das kann ich Ihnen schon fast versprechen. Und dann sehen wir weiter.«

Teil 4

28. April bis 3. Mai

25

Professor Alexander Gundelach war ganz zufrieden mit sich. So zufrieden, wie man es in seiner Situation nur sein konnte.

Seit einigen Tagen war das umfangreiche Material vollständig zusammengetragen, gesichtet und ausgewertet, nun schrieb er an seinem Vortrag für den Historikerkongress. Es war eine erstklassige Sammlung von teilweise exklusiven Dokumenten, von deren Existenz niemand zuvor etwas gewusst hatte. Die Quellen waren lückenlos und zuverlässig, und sie ließen keinen Spielraum für Interpretationen.

Die Manuskriptfassung für das Festbuch des Kongresses hatte er seit gestern fertig, aber für das Referat musste er noch Pfeffer hineinbringen. Kein Zweifel, der Inhalt war brisant genug, um die geschätzten Kollegen am Einnicken zu hindern, aber eine gewisse Lebendigkeit in der Rede, gepaart mit der pikanten Würze der eigentlichen Essenz, das wäre doch die Krönung seiner Karriere. Und ein angemessener Abschluss. Was danach kommen könnte, daran wollte er noch nicht denken.

Er hatte noch eine Woche Zeit. Am 5. Mai würde er mit seinem spektakulären Vortrag den Historikertag eröffnen und alle Kollegen in Erstaunen und Begeisterung versetzen. Er überflog die letzten beiden Seiten noch einmal, zu verbessern gab es immer etwas. Wenn eiskalte Männer am Werk gewesen waren, dann sollte man das auch so vortragen. Wenn die Verhältnisse grauenhaft und menschenunwürdig gewesen waren, dann ebenso. Wenn die Verantwortlichen nachweislich unter falschem Vorwand gehandelt hatten, dann war das so und musste auch so genannt werden. Das war die Aufgabe des Historikers.

Er sah auf. Dreiundzwanzig Uhr, genug gearbeitet, fand er. Gundelach speicherte die Datei ab und zog eine Sicherungskopie auf einen Stick, eine weitere schickte er an seine Freemail-Adresse. Er schaltete den Computer aus und setzte sich mit einem Rest Rotwein in seinen gemütlichen braunen Ledersessel. Vielleicht, so dachte er, ermöglicht mir dieser Vortrag doch noch das Leben, das ich mir jetzt wünsche, auch ohne Paula.

Da war ja auch noch der andere Job, den es zu erledigen galt.

Er stand seufzend auf und schlich ins Schlafzimmer, wo seine

Frau im Bett lag. Gundelach setzte sich auf die Kante und nahm ihre kalte Hand. Er streichelte ihr dichtes braunes Haar und kontrollierte, ob die Braunüle und der Schlauch der Magensonde richtig saßen. Manchmal löste sich das kleine Pflaster, wenn Paula zu sehr mit dem Kopf wackelte.

Der Kopf war das Einzige, was an Paula Gundelachs Körper noch wackeln konnte. Vor drei Jahren war sie eine Treppe hinuntergestürzt und seitdem unterhalb der Halswirbelsäule gelähmt. Lange Zeit hatten die Ärzte um ihr Leben gekämpft, was nicht unbedingt nötig gewesen wäre, hätte sie nur einen Funken Willen gezeigt, am Leben zu bleiben. Aber sie wollte sterben.

»Kein Grund zur Sorge, das ist keine außergewöhnliche Reaktion«, hatte der behandelnde Neurochirurg damals erklärt, »und unter uns: Wenn mir das passierte, würde ich das auch sagen.«

Kein Grund zur Sorge? Bei einer Querschnittslähmung? Gundelach wäre diesem bornierten Affen beinahe an die Gurgel gegangen.

Ihr Wunsch wurde nicht erfüllt, sie musste weitermachen, nicht leben, nur biologisch funktionieren. Ohne die geringste Perspektive, nur mit dem Wissen, dass sie den Rest ihres Daseins völlig nutzlos verbringen würde, und dem schönen Gefühl, dass alle hofften, dass es bald irgendwie zu Ende ginge mit ihr. Um ihretwillen natürlich. Alle, bis auf Alexander.

Er wollte ihr helfen beim Sterben. Aber das war nicht so einfach in Deutschland, musste er feststellen, schon gar nicht in Münster, und schon überhaupt gar nicht, wenn man Beamter war und irgendwann eine Pension beziehen wollte. Ein paar Tage lang hatte er mit dem Gedanken gespielt, sich in ihr Zimmer zu schleichen und Paula zu töten. So wie es Clint Eastwood in »Million Dollar Baby« mit der ebenso verzweifelten wie gelähmten Hilary Swank gemacht hatte. Zwei Schalter umlegen, eine Spritze, und das war's.

Aber Gundelach hatte Angst bekommen und ihr das auch zu verstehen gegeben. Ob sie ihm verzeihen könne, hatte er gefragt, dass er ausgerechnet ihren größten Wunsch nicht würde erfüllen können?

Nein, hatte sie geflüstert. Niemals.

Das war vor fast drei Jahren gewesen, und seitdem hatte sich an ihrem Wunsch zu sterben nichts geändert. Fast drei Jahre, in denen Alexander Gundelach jeden Tag diese Bitte in ihrem Gesicht lesen konnte und nichts tat. Nichts tun konnte, wie sein juristischer Beistand ihm versicherte. Er könne sie natürlich in ein Pflegeheim geben, das stand ihm frei. Warum er das denn nicht mache?

Wenn ich sie sehen will, will ich nicht erst aus dem Haus gehen müssen, hatte er geantwortet. Wir kennen uns vierzig Jahre, da schiebe ich sie nicht in ein Heim ab, nur über meine Leiche. Es wird nicht lange dauern, Alexander, hatte der befreundete Jurist gemeint, dann bist du eine.

Der Anwalt schien recht zu behalten. Alexander Gundelach hatte seit Monaten das Gefühl, dass ihn langsam aber sicher die Kraft verließ. Er spürte, dass er ihr lautloses Flehen um Erlösung immer weniger ertragen konnte. Gewiss, wenn ihm nicht noch etwas einfiele, würde er ihren letzten Wunsch erfüllen müssen. Das hatte er nie gewollt und fast drei Jahre lang das Gegenteil bewiesen. Aber jetzt schien langsam der Zeitpunkt gekommen zu sein, eine endgültige Entscheidung zu treffen.

Vorausgesetzt, der Vortrag brächte das Resultat, das er sich vorstellte. Aber daran hatte er nicht den geringsten Zweifel.

Wie hieß das Zeug im Film noch mal? Adrenalin?

Er zitterte vor Kälte. Die Nacht war sternenklar, die Temperatur war fast bis auf den Gefrierpunkt abgesackt. Er ärgerte sich darüber, dass er vergessen hatte, ordentliche Handschuhe mitzunehmen. Diese dünnen Latexdinger hielten wirklich keine Kälte ab.

Seit zwei Stunden saß er auf einer Bank vor dem Restaurant am Rande der Stadt und wartete darauf, dass Hellmann hinauskommen würde. Allein, wie er hoffte, sonst müsste er sich spontan einen neuen Schlachtplan überlegen. Diese Gelegenheit durfte er sich auf keinen Fall entgehen lassen. Weit genug weg von seiner Familie und noch dazu ordentlich Alkohol im Blut, perfekt. Wenn's heute Abend nicht klappen sollte, wäre alles gefährdet.

Wie vorausgesehen, hatte Hellmann seinen VW-Bus genommen, obwohl er heute Abend ordentlich tanken würde. Aber ohne seinen geliebten Bus machte er keine Touren von mehr als sechshundert Metern, da waren ihm Promillezahlen egal, hier auf dem Lande waren sowieso nie Bullen zu sehen. Er war schlicht eine faule Umweltsau, und das mit einem Hippiebus.

Das war gut für den Plan. Sehr gut sogar.

Für einen Moment wurde die Musik lauter, die sonst sehr gedämpft aus dem Restaurant herüberschallte. Die Tür war auf. Er sah ihn in dem Moment herauswanken, als die Kirchenglocken zwölfmal schlugen.

Verdammt, dachte er. Hellmann war nicht allein, sondern in Begleitung von Schülern, vielleicht fünf oder sechs Jugendlichen. Immerhin, er hatte schon seine Jacke an und eine Tasche umgehängt, vermutlich würde Hellmann also gleich aufbrechen und nicht wieder hineingehen. Er versteckte sich hinter der Bank und beobachtete die fröhlich plappernde Gruppe. Ab und zu fing er einzelne Wörter oder Gesprächsfetzen auf. »Letzte gemeinsame Fahrt«, »Rom«, »London«, »Wanderung«, »Kanu«, »Niveau«. Offensichtlich ging es hier um die Planung einer Klassenfahrt.

Er streckte seinen Kopf vorsichtig über die Rückenlehne der Bank und hörte ein Glucksen, Lallen und Kichern. Ihm schwante Böses. Bloß keine langen Diskussionen hier.

Hellmann stand im Mittelpunkt der Gruppe und gestikulierte heftig. Er war nicht besonders groß, eher klein, und wurde schon von drei Jungen überragt. Die beiden Mädchen setzten sich für eine Kanutour in Frankreich ein, so viel hatte er jetzt mitbekommen. Ein Junge wollte nach London, zwei nach Prag. Was Hellmann selbst vorschlug, bekam er nicht heraus. Seine Argumentationsansätze wurden spätestens nach zwei Sätzen von den Schülern niedergemacht. Das meiste, was er von Hellmann mitbekam, war das Aufstöhnen, dass er es ja doch nicht allen recht machen könne. Diese Lehrer, dachte er verächtlich. Sie sind nur zufrieden, wenn sie jammern dürfen.

Als er nach zwanzig Minuten zum dritten Mal auf die Uhr blickte, sah er, dass die Schüler wieder in das Restaurant zurückgingen. Hellmann hatte seine Hände in die Jackentaschen gesteckt und suchte offenbar seinen Autoschlüssel.

Jetzt, dachte er. Jetzt oder nie.

Er stand auf, strich sich das Jackett glatt und fühlte an seiner

Seitentasche. Alles klar. Er räusperte sich leise und trat aus der Dunkelheit.

»Entschuldigen Sie«, rief er ihm freundlich zu. »Ich habe etwa fünfhundert Meter von hier eine Autopanne. Die Batterie, Sie wissen schon. Könnten Sie mir wohl Starthilfe geben?«

Der Mann starrte ihn verständnislos an und sagte nichts. Ein Schatten von Panik huschte über sein Gesicht. Vermutlich weil er nicht wusste, ob und wie lange er ihn schon beobachtet hatte.

Er näherte sich, eine Hand fest auf seine Seitentasche gelegt.

»Hallo? Haben Sie mich verstanden? Ich habe eine Panne. Können Sie mir helfen?«

»Äh, ja … natürlich, klar. Wo steht denn … hupps … Ihr Wagen?«

»Drüben, am Anfang des Waldes, auf dem Parkplatz des Freibads. Nehmen Sie mich mit?«

26

»Es reicht!«

Die Hand von Polizeichef Kollau krachte mit voller Wucht auf den Tisch. Er hatte einen knallroten Kopf, seine Halsschlagader pochte. Obwohl es angenehme neunzehn Grad im Zimmer waren, hatte Kollau auf seinem hellblauen Businesshemd dunkle Schweißflecke unter den Achseln.

»Der dritte Mord dieses Wahnsinnigen, und ihr seid noch keinen Schritt vorangekommen.«

Rothenburg lehnte sich zurück und schüttete den Kaffee zurück in seine Tasse, der nach Kollaus Tischbeben auf die Untertasse gehüpft war.

»Keinen Schritt würde ich das nicht nennen. Wer hat das behauptet?«

»Behauptet, behauptet«, schnaubte Kollau. »Das sagt mir doch die Aktenlage, das muss mir keiner erzählen.«

»Wir haben einige Gemeinsamkeiten gefunden und ein paar interessante Ansätze, die wir verfolgen. Ich nehme an, dass wir bald den Sack zumachen oder den Strick zuziehen, wie man so schön sagt.«

»Schön sagt, schön sagt«, äffte Kollau wütend nach. »Welchen Strick denn? Sie haben ja noch nicht mal einen Spinnenfaden.«

Briesch rückte seine Krawatte zurecht. »Wenn Sie sich da mal nicht täuschen«, sagte er, »Spinnenfäden sind umgerechnet fünfmal fester als Stahl und dazu noch dehnbar. Wenn wir die hätten …«

Kollaus Halsschlagader weitete sich erneut. Rothenburg sah sich gezwungen, seinen biologisch versierten Ermittler in Schutz zu nehmen, indem er das Gespräch von den unterschätzten Spinnentieren weglenkte.

»Zum Tod von Jan Hellmann können wir noch gar nichts sagen, wir kommen eben erst vom Fundort zurück. Es scheint in der Tat so, dass dies wieder ein Werk des Augenstechers war. Ein paar Gemeinsamkeiten, aber auch ein paar Besonderheiten. Wir wollten gerade die ersten Erkenntnisse besprechen und warten auf den vorläufigen Bericht von Dr. Machalle. Danach sehen wir weiter.«

Kollau wippte leicht auf seinem Stuhl. »Weitersehen scheint mir hier die falsche Vorgehensweise zu sein«, sagte er scharf. »Sie hatten genug Zeit weiterzusehen, und es ist nichts passiert. Ihre Berichte sind gespickt mit Phrasen wie ›liefert keine Anhaltspunkte‹ oder ›Ansatz ging ins Leere‹. Das ist jetzt vorbei. Ich gebe Ihnen noch eine Woche, dann hole ich Unterstützung vom LKA. Ich bin sehr zuversichtlich, dass die dieses Drama zügig beenden werden. Guten Tag.«

Kollau nickte kurz in die Runde, vermied es jedoch, jemandem direkt in die Augen zu sehen. Er stand auf und verließ mit einem lauten Türenknallen den Raum.

»Mich würde brennend interessieren«, bemerkte Briesch geistesabwesend, »was unser verehrter Polizeichef eigentlich beim Papst gemacht hat. Geläutert ist er jedenfalls nicht. Aber er kann ihm doch nicht nur die ganze Zeit die Füße geküsst haben.«

»Die Hände«, korrigierte Rabbel, »man küsst dem Papst den Handrücken, nicht die Füße, und auch das deutet man nur an, meine ich. Ist auf jeden Fall auch rückenfreundlicher.«

»Eine Woche«, überlegte Franta süffisant, »das müsste zu schaffen sein, wenn wir uns ein bisschen anstrengen.«

»Wir können ja Überstunden machen«, schlug Gromzki vor, »ausnahmsweise.«

Ein kollektiv müdes Lächeln schlug ihm entgegen. Bevor Rothenburg etwas sagen konnte, klopfte es. Ein Polizist brachte das Fax von Machalle.

»Prima«, sagte Rothenburg, »je früher wir anfangen, desto eher sind wir fertig. Wenn jemand sardischen Schafskäse mit einem Hauch Chili probieren möchte … pikant, aber trotzdem leicht im Geschmack? … Gut.«

Er las das Fax und legte es vor sich ab.

»Zu Opfer Nummer drei: wieder ein Mann, Name Jan Hellmann, fünfunddreißig Jahre alt, Gymnasiallehrer für Geschichte und Deutsch in Telgte, draußen auf dem Land, wohnhaft in Münster, Soester Straße. Verheiratet, zwei Kinder. Ist die Ehefrau benachrichtigt?«

»Wir suchen sie noch«, sagte Gromzki. »Es war keiner zu Hause. Die Nachbarn haben erzählt, sie wollte gestern mit den

Kindern zu einer Freundin fahren und dort auch übernachten, aber wohin …?« Er hob die Arme.

»Gut. Eine Joggerin hat die Leiche also heute gegen sechs Uhr in einem Waldstück bei Telgte gefunden. Todeszeitpunkt zwischen Mitternacht und zwei Uhr. Genauso übel zugerichtet wie Lenze und Zuber, gleiche Todesursache, wie Machalle hier schreibt. Eigentlich noch schlimmer, aber das war nicht unmittelbar die Schuld des Mörders.«

»Nicht unmittelbar?«

»Na ja, die Joggerin hat Hellmann ihr halb verdautes Abendessen ins Gesicht gekotzt. Und zu allem Überfluss war das auch noch Spaghetti mit Tomatensoße.«

»Ui«, sagte Briesch, »so eine Sauerei.«

»Das schreibt Machalle auch. Wir sollen es bloß nicht so hoch hängen, weil es ihn sonst den Kopf kosten könnte – bildlich gesprochen natürlich –, aber er hat das Gesicht einfach mit Wasser abgespült, weil er die kleinen Nudeln sonst nie wegbekommen hätte. Im Grunde ist ja klar, dass der Augenstecher wieder am Werk war.«

»Richtig«, bestätigte Gromzki.

»Machalle schreibt hier weiter, dass Hellmann zweieinhalb Promille Alkohol im Blut hatte. Er war also ebenso wie Lenze ordentlich zugedröhnt. Die Frage ist, ob das wirklich nur Zufall ist oder tatsächlich noch einen anderen Hintergrund hat.«

Rothenburg hielt einen Moment inne, um in die Runde zu schauen. »Weiter wissen wir, dass der Fundort nicht der Tatort ist, was neu ist. Vermutlich kam Hellmanns Wohnung wegen seiner Familie nicht in Betracht, sehr rücksichtsvoll.«

»Wer hat Hellmann identifiziert?«, fragte Staatsanwalt Rabbel.

»Die Joggerin selber. Sie war eine Schülerin von ihm.«

»Gut, nehmen wir an, dass es stimmt. Die offizielle Identifizierung muss dann wohl seine Frau machen. Warum war er betrunken?«

»Er kam laut Aussage des Schuldirektors von einem Kurstreffen.«

Wenn das kein Grund ist, dachte Rothenburg.

»Hatte er Sex?«, fragte Rabbel weiter. »War er nackt?«

»Nein, vollständig bekleidet. Der Mörder hat ihm die Spritze durch das Hemd gejagt. Keine Anhaltspunkte für sexuelle Aktivitäten irgendwelcher Art.«

»Was haben wir noch?«

Behle räusperte sich. »Ja, da waren ein paar Sachen. Wir haben frische Reifenspuren gefunden und sichergestellt. Unglücklicherweise waren das noch Winterreifen, das heißt, die werden bald von der Straße verschwunden sein. Dürfte schwierig werden, die ausfindig zu machen. Aber jetzt ...«

Er sah kurz in die Runde, um sich der größtmöglichen Aufmerksamkeit sicher zu sein.

»Wir haben Pfeifentabak direkt auf und neben der Leiche gefunden, jaja, ungerauchten und auch gerauchten, also ausgeklopften. Der Mörder hat den Tabak rund um die leeren Augenhöhlen und die Einstichstelle unter dem Hemd drapiert. Wir können somit also ziemlich sicher sein, dass es der Täter war.«

Rothenburg runzelte die Stirn. »Heißt das, der Kerl hat eine kleine Spur hinterlassen?«

»Klein, aber oho«, erklärte Behle. »Kollege Jenssen ist passionierter Pfeifenraucher und hat den Tabak schnell erkannt. Er meint, das Zeug könne sich höchstens eine Handvoll Leute in Münster leisten, so teuer sei das. Eine ganz exklusive Mischung, irgendwas mit ›Millenium Larsen Limited‹ oder so ähnlich, zwanzig Gramm für hundert Euro.«

»Verdammt, was ist denn in den gefahren?«, fragte Franta verblüfft. »Was soll das jetzt werden, uns solche Spuren zu hinterlassen? Will der uns provozieren?«

»Moment«, sagte Rothenburg langsam, »keine voreiligen Schlüsse. Es gibt drei Möglichkeiten. Erstens: Der Mörder war einfach unvorsichtig. Zweitens: Er hat nach seinem Gemetzel seelenruhig ein Pfeifchen geraucht, weil er sich sicher ist, dass wir ihn nicht kriegen, auch wenn wir den Tabak finden sollten. Drittens: Er will uns bewusst auf eine Spur setzen, die zu ihm führt. Die Frage ist dann nur noch, warum.«

»Na ja«, sagte Briesch, »dann hätte er uns ja auch seine Visitenkarte auf Hellmanns Bauch legen können.«

Genau, überlegte Rothenburg, also was für eine Spur ist es dann?

Er wählte Gromzki zum Klinkenputzen aus, Franta und

Briesch sollten der bedauernswerten Ehefrau und den Eltern die traurige Botschaft überbringen. Er selbst musste gründlich nachdenken und scheuchte alle hinaus.

Eine Woche, dachte er. Lächerlicher Knirps.

»Was willst du hier?«, brummte Rothenburg. »Ich habe zu tun.«

Frank Lütjens hatte es sich auf dem Besucherstuhl bequem gemacht und drehte sich eine Zigarette.

»Ich weiß. Darum sitze ich ja hier«, grinste Lütjens. »Nummer drei ist tot, oder?«

Rothenburg seufzte. »Ich frage lieber nicht, woher du das hast. Schließlich haben wir noch gar nichts rausgegeben … Warum grinst du so dämlich?«

»Es ist Frühling, Nikolaus, die Frauen tragen wieder Röcke.«

»Und was hat das mit mir zu tun?«

Lütjens steckte die Zigarette in seine Jackentasche und faltete die Hände auf seinen Beinen. »Wenn ich dich so ansehe, gar nichts. Komm schon, gib mir 'nen kleinen Vorsprung.«

Rothenburg seufzte noch einmal. »Also schön. Aber Mund halten, wie immer.«

Er erzählte fast eine Stunde und merkte, dass es ganz nützlich war, den ganzen Fall einmal in einer Gesamtzusammenfassung zu schildern. Was war bei Lenze so und bei Hellmann anders? Was unterschied den Mord an Zuber vom Mord an Lenze? Gab es Gemeinsamkeiten im Umfeld? Gab es Spuren, die zusammenpassten? Legte dieser brutale Killer etwa geschickt Puzzleteile aus, die es zunächst zu entdecken und dann aneinanderzufügen galt?

Wo zum Teufel ist der Zusammenhang?, fragte sich Rothenburg. Das ist die entscheidende Frage.

Lütjens erhob sich, streckte seine Arme in die Luft und stellte sich ans offene Fenster. »Mist«, murmelte er, »schwierige Kiste.«

»Ja, so ist das«, pflichtete Rothenburg ihm nach einem intensiven Moment innerer Gedankensortierung bei. »Kaum Ansatzpunkte. Wir könnten eine wohlmeinende Presse gut vertragen. Wie wär's? Druck macht er schon genug.« Er zeigte mit dem Daumen nach oben, wo Polizeichef Kollau residierte.

Lütjens nickte. »Kein Problem. So wie ich das jetzt verstanden habe, haben wir drei Tote, Ende offen, und noch keine heiße

Spur. Nicht sehr beruhigend für uns Männer. Da können wir doch von Glück sagen, dass wir beide keine Arztsöhnchen sind.«

Rothenburg hob den Kopf. »Wie meinst du das?«

»Was?«

»Das mit den Arztsöhnchen.«

Lütjens lächelte. »Sag bloß, du wusstest nicht, dass Dr. Volker Hellmann der große Starchirurg hier in Münster ist? Na, und somit wären doch alle Väter der drei Opfer Ärzte.«

Rothenburg starrte ihn an. Wirre Gedanken strömten durch seinen Kopf. Keiner war greifbar, fassbar, erklärbar.

»Er macht sein Geld in erster Linie mit Schönheitsoperationen«, fuhr Lütjens fort. »Ein bisschen Botox hier, 'ne Ladung Silikon da, ordentlich Fett absaugen, da kommt jede Menge Kohle zusammen. Er ist um die fünfundfünfzig Jahre alt und das, was man gemeinhin unter einem ehrbaren Bürger versteht, oberflächlich betrachtet. Zahlt einen Haufen Steuern, spendet großspurig bei Wohltätigkeitsveranstaltungen, natürlich nicht, ohne sich dabei ins allerbeste Licht zu rücken. In Wahrheit ist er ein Widerling ohne Beispiel, menschlich betrachtet.«

»Aha. Und woher weißt du das alles?«

Lütjens beugte sich leicht vor und sah ihn gespielt konspirativ an. »Wenn du einen Menschen wirklich kennenlernen willst, stell dich in der Kneipe beim Pissen direkt neben ihn. Was du da mitkriegst, ersetzt hundert Schwafelstunden.«

»Aha. Und was machst du bei Frauen?«

»Schwafeln.«

Lütjens stand auf, grinste wieder über beide Ohren und verließ fröhlich pfeifend den Raum.

Rothenburg ließ sich in seinem Stuhl zurückfallen. Soso, die Frauen tragen also wieder Röcke, dachte er. Und wieso grinse ich dann nicht? Bin ich schon so weit entfernt vom eigentlichen Leben, oder genauer gesagt von dem, was das Leben erst erträglich macht?

Nein, entschied er, ich denke zu negativ. So kann ich nicht herangehen an das Thema.

Und außerdem gibt es noch andere schöne Dinge auf der Welt als Frauen in kurzen Röcken.

Als ihm so schnell kein Beispiel einfiel, beschloss er, sich wieder dem Fall zu widmen. Was konnte es bedeuten, dass die drei Väter Ärzte waren? Die Opfer waren doch schließlich die Söhne. Wenn der Zusammenhang für diesen Fall relevant wäre, würde das mit hoher Wahrscheinlichkeit bedeuten, dass alle drei Opfer unschuldig waren, so unschuldig wie ein Neugeborenes. Das einzige Vergehen, dessen sie sich schuldig gemacht hätten, wäre es gewesen, dass ihre Väter denselben Beruf hatten.

Ein dicker Hund, dachte Rothenburg. Konnte das sein?

Die Spritzen! Waren sie vielleicht ein Hinweis darauf, dass der Täter aus dem medizinischen Milieu kam? Es war zwar keine große Kunst, die Injektionsnadel den Opfern in den Bauch zu rammen, aber ein wenig musste man sich schon auskennen mit dem Stoff, der den Tod brachte. Und woher hatte er ihn? War er vielleicht selbst Arzt oder Apotheker? Einfach so bekam man das Zeug auf jeden Fall nicht.

Weiter. Wenn die Söhne ihrer Väter wegen umgebracht worden wären, müssten sich doch diese Ärzte eines Verbrechens schuldig gemacht haben, eines oder mehrerer, wie auch immer. Aber wie sollte das denn gehen? Dr. Hellmann war fünfzig Jahre alt, Heinrich Lenze über neunzig, und Dr. Zuber war seit zwanzig Jahren tot. Und die drei sollen zusammen Leichen im Keller haben?

Unmöglich, beschloss Rothenburg, der anständige Dr. Zuber hätte sich niemals mit einem alten Nazi und einem aufgeblasenen Busenchirurgen eingelassen. Nein, es musste etwas anderes dahinterstecken.

Etwas ganz anderes vielleicht.

Doch der Unfalltod von Lenzes Mutter, verursacht von Zubers Vater?

Zum Teufel aber auch.

Auf jeden Fall würde das eine ganz schöne und tiefe Wühlerei geben, so tief, wie er noch nie gewühlt hatte … Wenn sie denn irgendwann endgültig feststellten, dass die gemeuchelten Söhne wirklich nur unschuldige Zufallsopfer waren. Was noch längst nicht klar war.

Aber wenn doch …

Rothenburg zog für einen Augenblick in Betracht, nächste Woche in Pension zu gehen. Er seufzte, verließ das Präsidium und lief quer durch das Kreuzviertel zu Holstein. Der Laden war diesmal zum Glück leer.

»Schön, dass Sie kommen, Herr Kommissar«, sagte Mathilde Overkamp und wischte sich ihre großen, von Arbeit zeugenden Hände an der Schürze ab, »aber es wird kaum besser mit Ihnen. Ich glaube fast, mit Käse kann Ihnen gar nicht geholfen werden.«

»Haben Sie eine andere Idee?«, fragte Rothenburg. »Ich liebe Käse.«

»Das reicht nicht. Man muss auch Menschen lieben.«

»Das tue ich.«

»Und was tun Sie für diese Menschen?«

»Ich kümmere mich, so gut es eben geht.«

»Das reicht nicht. Sie müssen Opfer bringen.«

Rothenburg zögerte. »Was für Opfer?«

Mathilde Overkamp belegte ein Brötchen mit reichlich Bergblumenkäse aus der Schweiz. »Bessere Luft atmet keine Kuh auf dieser Welt, das werden Sie schmecken.« Sie verpackte das Brötchen und kassierte. »Was haben Sie wenig und bräuchten eigentlich viel davon?«

Rothenburg überlegte einen Moment. »Zeit?«

Sie nickte. »Es geht fast allen so. Opfern Sie Zeit.«

»Ich hab ihn!«

Rothenburg hob den Kopf und schluckte den letzten Bissen seines Brötchens hinunter. »Wen oder was hast du?«

Gromzki setzte sich keuchend auf den Besucherstuhl und wedelte zufrieden mit einem Umschlag. »Den Brief, den Elly Kiesmann auf Zubers Schreibtisch gesehen hat. Ich vermute es wenigstens, Form und Farbe stimmen auf jeden Fall.«

»Großartig, Klaus.« Rothenburg nickte Gromzki anerkennend zu. »Hast du ihn schon gelesen?«

»Nein. Der Anwalt hat leider länger gebraucht, um sich zu erinnern, wie die Kiste mit den Briefen ausgesehen haben könnte. Dabei haben wir noch Glück gehabt, dass es derselbe Rechtsanwalt war. Ein Nachfolger wäre unser Pech gewesen. Na ja, und dann musste ich noch stundenlang suchen, bis ich die Kiste gefunden habe. Rate mal, wo die war?«

Rothenburg stöhnte auf.

»Okay, dann nicht. Zuber junior hatte sie in der Speisekammer ganz hinten unter der Kartoffelkiste versteckt. Da fragt man sich doch, was das zu bedeuten hat.«

Oh ja, dachte Rothenburg, so was frage ich mich oft.

Er nahm den Brief und bat Gromzki, Franta und Briesch zu holen. Als alle Platz genommen hatten, schenkte er sich Kaffee ein und las vor:

Münster, 31. Dezember 1964
Mein lieber Enkel Heinz,
Du wirst Dich sehr wundern, dass Du jetzt, fast 25 Jahre nach meinem Tod, einen Brief von mir in den Händen hältst. Aber es ist meine Pflicht, dafür zu sorgen, dass Du endlich die Wahrheit über deinen Vater erfährst, so bitter und grausam sie auch sein mag.
Ich habe einen Anwalt gebeten, Dir diesen Brief am 100. Geburtstag Deines Vaters zu überreichen. Es wird also das Jahr 1988 sein, wenn Du dies liest.
Mein Leben geht jetzt schnell zu Ende, ich fühle es, heute wird mein letzter Jahreswechsel sein. Es war ein langes, bewegtes Leben mit vielen Höhen und Tiefen, und ich danke Gott für jede Sekunde, die er mir geschenkt hat. Aber im Gegensatz zu Deinem Vater bereue ich viele Tage und Stunden in meinem Dasein. Ich schäme mich sogar für viele Taten, die ich begangen habe. Aber am meisten schäme ich mich für Deinen Vater!
Wie oft hast du mich auf ihn angesprochen! Opa, hast Du gesagt, erzähle mir von Papa, wie war er so als Mensch?
Leider muss ich Dir sagen, dass Dein Vater Ludwig ein Scheusal von Mensch war. Er war ein Verbrecher und hat seinen Tod mehr als verdient. Wir haben Dir immer erzählt, dass er nach dem Krieg als Gefangener in die Sowjetunion geraten und nie wiedergekommen ist. Das ist nicht wahr. Wahr ist, dass er 1946 von den Alliierten wegen schlimmster Verbrechen gegen die Menschlichkeit hingerichtet wurde. Eine mehr als gerechte Strafe. Und das sage ich als Vater! Wie bitter das ist.
Du weißt, dass er auch Arzt war, so wie ich einer war und du bald einer sein wirst. Die traurige Tatsache aber ist, dass er die letzten Jahre vor seinem Tod nicht einem einzigen Menschen geholfen hat, sondern im Gegenteil Hunderten einen sinnlosen und grauenhaften Tod bereitet hat. Er hat unter Professor Claus Schilling im KZ Dachau furchtbare

Experimente an Häftlingen durchgeführt. Ich kann Dir gar nicht sagen, wie viele Qualen die Gefangenen erleiden mussten. Oft genug war der Tod eine Erlösung für sie. Gott segne sie!
Die Verbrecher suchten ein Heilmittel gegen Malaria, was ihnen nicht gelang. Rücksichtslos und gegen jede ärztliche Ethik haben sie die menschenverachtenden Versuche an den Häftlingen durchgeführt. Du kannst Dir sicherlich vorstellen, dass ich oft versucht habe, ihm das auszureden. Ich habe ihn angefleht, diese Forschungen sofort einzustellen und wieder als Arzt zu arbeiten, so wie es sich gehört. Ich habe gebettelt, mir war gleich, dass ich mich erniedrigte und wie ein Hund zu ihm schlich, um ihn von seinem schlimmen, gottlosen Weg abzubringen. Bittere Tränen habe ich seinetwegen vergossen.
Alles vergebens. Er hörte nicht auf mich. Er kannte nur noch seine sogenannte Forschung und seinen Mentor Professor Schilling, der übrigens zusammen mit Deinem Vater hingerichtet wurde.
Ich selbst habe ihn an Schilling vermittelt, der größte Fehler meines Lebens, wenn auch ungewollt. Dein Vater wurde, wie Du weißt, 1888 in Togo geboren, zu einer Zeit, als ich dort Kolonialarzt war. Ungefähr zehn Jahre später kam Schilling in das Land. Wir hatten nicht sonderlich viel miteinander zu tun. Aber hin und wieder kreuzten sich unsere Wege doch, und wir empfanden großen Respekt voreinander. Damals ahnte ich natürlich nicht, dass aus ihm ein Kriegsverbrecher werden würde.
Schilling lernte Deinen Vater als kleinen Jungen kennen und behielt ihn in Erinnerung. Der Grund dafür war widerwärtig: Ludwig schlitzte kleinen Ziegen und Schafen die Beine auf, um zu untersuchen, wie die Knochen miteinander verbunden waren. Oft hat er die Knochen anschließend auch noch gebrochen und wieder zusammengenagelt. Du kannst Dir vorstellen, dass das kein Tier überlebt hat. Ich selbst war natürlich furchtbar entsetzt über dieses gottlose Handeln und habe es streng geahndet.
Leider hat Professor Schilling Deinem Vater Mut gemacht, mit diesen Untaten fortzufahren, er erhoffte sich wohl einen skrupellosen Nachwuchswissenschaftler. »Wir sind hier in Afrika«, hatte er gesagt, »weit weg von zu Hause. Wen kümmern die Ziegen und Schafe, wenn etwas Großes dabei herauskommt?« Es entwickelte sich eine von mir nicht gewünschte Freundschaft zwischen den beiden, die ich im Hinblick auf die Zukunft Deines Vaters aber tolerierte. Ein Vater ohne Rückgrat, wirst du sagen. Du hast recht! Gott vergib mir!

Als Schilling 1905 zurück nach Deutschland ging, habe ich gehofft, dass es besser würde mit Deinem Vater, aber das war ein Irrtum. Noch ein paar Jahre konnte ich ihn bei mir halten, aber er tat, was er wollte, und das war nicht zum Nutzen der Menschen. Sein Lebensweg schien vorgezeichnet, und ich war machtlos.
Kurz nach Ausbruch des Ersten Weltkriegs musste er zusammen mit drei Kollegen wegen eines Vorfalles nach Berlin reisen. Ich weiß nicht, worum es sich handelte, aber von diesem Zeitpunkt an hatte ihn Schilling endgültig unter seinen Fittichen. Sein Weg weg vom Arzt und hin zum Teufel in Weiß war damit vorprogrammiert. Er blieb in Berlin, studierte Medizin und arbeitete fortan am Robert-Koch-Institut. Der Gipfel der Geschmacklosigkeit ist, dass er mit seinen Verbrechen genau in dem Jahr begann, in dem Du, mein lieber Enkelsohn, das Licht der Welt erblicktest.
Mein lieber Heinz, ich erspare Dir hier Einzelheiten seiner furchtbaren Experimente. Worte können diese Grausamkeiten nicht beschreiben. Es mag genügen zu wissen, wie sehr ich mich geschämt habe und immer noch schäme, einen solchen Sohn aufgezogen zu haben. Du kennst jetzt die Wahrheit und wirst einen Weg finden, mit ihr zu leben. Dir vertraue ich! Ich habe Dich als einen verantwortungsvollen Menschen kennengelernt und hoffe, dass Du ein ebenso verantwortungsvoller Arzt sein wirst, wenn Du Dein Studium beendet hast. Nein, ich hoffe es nicht, ich weiß es. Und das beruhigt mein Gewissen ein wenig.
Meine größte Hoffnung, mein lieber Heinz, ist nicht die Hoffnung auf ein ewiges Leben oder Gottes Gnade. Meine größte Hoffnung ist, dass Du mir eines Tages verzeihen kannst, dass ich es nicht geschafft habe, Deinen Vater vom falschen Weg abzubringen. Ich habe es versucht, doch ich war zu schwach. Verzeih mir bitte!
Bitte verzeihe mir auch, dass ich Dich im Unklaren gelassen habe über das Schicksal Deines Vaters. Ich hielt es für das Beste, um Dir einen unbeschwerten Start in Dein Leben zu ermöglichen. Mag sein, dass es ein Fehler war, meine Absicht war die beste.
Gott segne Dich und Deine Lieben,
Dein Großvater Wilhelm

Eine Weile war es totenstill im Raum. Rothenburg sah seine Hände an, sie zitterten. Franta hielt sich eine Hand vor den Mund, als ob sie das Grauen des Briefes nicht schlucken wollte.

Gromzki wippte mit starrem Blick auf seinem Stuhl, Briesch schnäuzte sich lautstark.

Rothenburg sah aus dem Fenster. Der Himmel war heute wieder tiefblau, einige Schönwetterwolken zogen langsam nach Westen, die hohen Bäume im Wienburgpark hielten sich gerade wie Besenstiele. Ein Sperber kreiste über der nahen Klinik.

Wie friedlich die Welt doch sein kann, dachte er.

Briesch unterbrach die andächtige Stille mit einem nur mäßig konstruktiven Beitrag. »So ein widerlicher Scheißkerl!«

Gromzki nickte leicht. »Ich glaube, wir sind uns alle einig, dass wir mit so einem Vater auch nicht glücklich wären ...« Er stockte. »Aber sich deswegen umbringen?«

»Für Heinz Zuber könnte eine Welt zusammengebrochen sein«, überlegte Franta. »Der Vater vermeintliches Opfer des Krieges. Großvater und Vater, beides anerkannte Ärzte. Gerade dieser Beruf ist ja prädestiniert für eine uneingeschränkt positive Betrachtungsweise. Ärzte helfen anderen Menschen, sie flicken Knochen zusammen, tauschen Herz und Leber aus, impfen gegen Tetanus und so weiter. Alles zum Wohle der anderen.«

Sie schaute in die Runde, Rothenburg nickte ermunternd. »Weiter.«

»Mediziner lassen sich meiner Meinung nach mehr oder weniger grob in drei Gruppen unterteilen. Zum einen sind da die Idealisten. Sie haben sich für diesen Beruf entschieden, weil es ihnen wirklich ein innerstes Bedürfnis ist, anderen Menschen zu helfen. Und sie haben Spaß am Umgang mit ihnen. Zum Glück ist das wahrscheinlich die größte der drei Gruppen. Viele gehen auch zwischendurch mal ohne Aufwandsentschädigung nach Afrika, um bei einem Projekt zu helfen. Sie leben eigentlich auch von der Anerkennung ihrer Umwelt. Die zweite Gruppe ist die der Karrieristen. Ihnen liegt nur etwas an einem Professorentitel und an entsprechendem Renommee. Wenn sie mit fünfunddreißig Jahren als Oberarzt noch keine Station leiten dürfen, sind sie frustriert und suchen sich ein neues Krankenhaus oder machen eine Privatklinik auf. Patienten sind für sie einfach nur Goldesel. Dr. Hellmann ist ein hervorragendes Beispiel für diese Spezies. Tja, und die letzte Gruppe sind die Extremwissenschaftler. Denen sind kranke Menschen völlig schnuppe, es sei denn, sie bringen ihre Forschung weiter voran. Sie lieben ihre Röhrchen und Pipetten, ihre Mikroskope und Nährstofflösungen, aber bestimmt nicht den Beruf des Arztes, so wie wir ihn verstehen, mit seiner Ethik und Moral. Im Gegenteil – wenn es für die Wissenschaft einen Nutzen bringt, dann ist ein Mensch auch nicht viel mehr wert als eine Ratte … Wenigstens war das früher oft der Fall. Und das waren bestimmt nicht nur Typen wie Mengele und Heim.«

»Bei denen ist aber auch noch was anderes schiefgelaufen«, bemerkte Briesch. »Die waren doch selbst völlig gestört.«

»Ganz bestimmt nicht«, erwiderte Franta scharf. »Die waren machtbesessen und fixiert auf ihre Forschung und ihre menschenverachtende Ideologie. Eigentlich ein Gegensatz in sich selbst. Aber zu der Zeit …«

Gromzki räusperte sich. »Und woher willst du das alles so genau wissen?«

»Eine Freundin von mir hat über das Thema Naziärzte geforscht, ich habe Unmengen Material gelesen. Ich kann mir wie gesagt sehr gut vorstellen, dass Heinz Zuber mit dieser Wahrheit nicht zurechtkam, geschweige denn seinen Beruf weiter ausüben wollte. Dass er sich zusammen mit seiner Frau deshalb umbringt …« Sie hob abwehrend die Hände und zuckte mit den Schultern.

Rothenburg sah wieder aus dem Fenster. Auf dem Flachdach der Klinik war der Sperber gerade dabei, eine Taube zu zerpflücken. Weiße Federn lagen wie dicke Schneeflocken weit verstreut auf dem schwarzen Bitumen.

Frieden ist oft trügerisch, dachte er. Immer auf der Hut sein, heißt die Devise.

Er rieb sich die Stirn und seufzte. »Nun gut. Wir ahnen jetzt also, warum sich Heinz Zuber umgebracht hat, was allerdings nicht unmittelbar unser Auftrag war. Wir werden es Dr. Jaffe berichten. Die Frage ist aber: Bringt uns dieser Brief irgendwie weiter?«

»Nun ja«, sagte Briesch, während er in seinem Notizblock blätterte, »wir können jetzt wohl ausschließen, dass Heinz Zuber irgendwelche Verbrechen begangen hat, die unseren Augenstecher erzürnt haben könnten – zumindest nach dem, was wir bis jetzt wissen. Das bedeutet weiter …« Er zögerte.

»Ja?«, fragte Rothenburg ungeduldig.

»Keine Ahnung.«

Rothenburg verzog den Mundwinkel. »Das bedeutet mit Sicherheit, dass wir weiter in der Vergangenheit suchen müssen. Wir wissen jetzt, dass Ludwig Zuber eine Art staatlich beauftragter Mörder war, dem jede Art von Verbrechen zugetraut werden kann. Wir benötigen allerdings noch die Bestätigung aus der Ludwigsburger Zentralstelle. Klaus? Wir brauchen das ganze Leben Ludwig Zubers, so ausführlich wie möglich, okay? Und wir müssen in Ludwigsburg herausbekommen, ob Großvater oder Urgroßvater von Jan Hellmann ebenfalls Ärzte waren und Dreck am Stecken haben. Dort wissen sie alles. Danke! Und frag nach, ob sie schon etwas über eine SS-Vergangenheit Heinrich Lenzes herausgefunden haben. Wenn die nichts haben, frag das Simon-Wiesenthal-Center.«

»Zuber könnte eine Rolle spielen«, bemerkte Franta, »wenn wir davon ausgehen, dass unser Mörder Rache nimmt. Da er die eigentlichen Täter nicht mehr kriegen kann, hält er sich einfach an die Enkel.«

Gromzki stützte sein Kinn auf die Hände. »Das begreife ich nicht. Was muss da passiert sein, dass sich ein Opfer an den Nachfahren der Täter vergreift?«

»Das werden wir hoffentlich bald wissen«, brummte Rothenburg. »Das Gute an diesem Gedanken ist, dass wir dann auch den Täter kennen. Die Sache hat nur einen kleinen Nachteil.«

Franta erbarmte sich, die Kunstpause zu überbrücken. »Und der wäre?«

»Es ist halt nur eine Idee. Wenn auch eine durchaus schlüssige, wie ich finde. Darum werde ich jetzt die Aufgaben verteilen.«

27

Erin nahm die Kopfhörer ihres MP3-Players ab und schaute entgeistert von einem Besucher zum anderen. »Was gibt's denn so Spannendes, Leute?«

Sie hatte sich vier Kissen in ihren Rücken gelegt und in einer PC-Fachzeitschrift geblättert, die Jodie ihr besorgt hatte. Auf ihrem kleinen Beistelltisch standen eine Flasche Mineralwasser und ein Glas. Die Packung Schokoladenkekse war fast leer. Nur sie und Jodie wussten, dass unten im Türfach eine Flasche Whisky stand. Erins Bedingung für die Einweisung.

»Und sofort die halbe Klinikbesetzung. Ich muss ja was Besonderes sein.«

Sie grinste Dr. Keupen und den unbekannten Arzt an. Er sah mit seinem unglaublich voluminösen weißen Rauschebart original aus wie Karl Marx, fand Jodie. Sie schätzte ihn auf Mitte vierzig. Beide Ärzte lächelten gequält zurück.

Professorin Barbara Belinka nickte ihr ernst zu.

»Das sind Sie, das können Sie mir glauben. Ich habe zwei Kollegen mitgebracht, die Ihren Fall mittlerweile auch gut kennen und deren Meinung ich sehr schätze. Dr. Keupen kennen Sie ja schon. Der andere Kollege ist Dr. Calda, ein Neurochirurg.«

Sie kam näher und stellte sich direkt an das Ende des Bettes.

»Ich habe eine gute Nachricht und eine, von der ich noch nicht weiß, ob sie gut oder schlecht ist. Die gute ist, dass wir nach der Magnetresonanztomografie gestern tatsächlich eine mögliche Ursache ihrer Beschwerden ausfindig gemacht haben.«

Jodie riss die Augen auf und setzte sich strahlend zu Erin aufs Bett. Sie nahm ihre Hand und tätschelte sie. »Siehst du? Das wird wieder, hab ich doch gesagt.«

Erin starrte die Ärzte an. »Und warum sind die Docs dann zu dritt hier? Da ist doch was faul.«

Belinka sah Erin fest in die Augen. »Die andere Nachricht ist, dass wir etwas Auffälliges in Ihrem Gehirn gefunden haben. Mit höchster Wahrscheinlichkeit ist es ein Tumor.«

Jodie starrte die Ärztin sekundenlang fassungslos an und schlug dann die Hände vors Gesicht. »Nein!«, schrie sie, »das ist nicht wahr.« Sie warf sich über Erin und erdrückte sie fast. Hirntumor –

das bedeutete in ihren Ohren automatisch das Todesurteil, zu vollstrecken irgendwann zwischen morgen und in zwei Jahren, wenn niemand mehr daran dachte und sie und Erin womöglich friedlich beim Kiffen saßen.

»Immer sachte, Mädchen«, protestierte Erin noch ahnungslos und stieß sie sanft von sich. »Warum schreist du so rum? Was ist mit mir?«

Jodie wischte sich mit der Hand die Tränen aus dem Gesicht und zog die Nase kräftig hoch.

»Du bist krank«, murmelte sie.

»Spinnst du? Das weiß ich doch selber. Was ich hab, will ich wissen!«

Jodie schloss die Augen. »Einen Gehirntumor.«

Erin wurde blass. »Nein«, flüsterte sie, »verdammte Scheiße, keinen Tumor im Hirn.« Sie starrte auf ihre Bettdecke, auf der die noch aufgeschlagene Zeitschrift lag. Sie holte aus und fegte das Blatt mit einem wütenden Schwung auf den Fußboden. »Die brauch ich ja wohl jetzt nicht mehr.«

Jodie nahm Erin in den Arm. »Ich bleib bei dir«, hauchte sie mit tränenerstickter Stimme. Unzählige Situationen huschten an ihr vorbei, Augenblicke, in denen sie mit Erin gespielt, gestritten, gesoffen, gefeiert und gekifft hatte. Sie war überrascht, wie viele Erlebnisse sie eigentlich schon längst vergessen hatte. Und nun, in diesen Minuten, da das Leben Erins in ernster Gefahr war, tauchten diese Bilder wie ein seit langer Zeit verloren geglaubter Film wieder auf.

Sie sah Erin vor sich, wie sie unterhalb der Klippen von Wick auf einem Stein saß und sich einen Joint drehte, ihre langen braunen Haare zu einem Zopf geflochten, der erst an ihrem Hintern endete, die Sonnenbrille auf die Stirn geschoben, und dummes Zeug quatschte. Sie sah ihre Freundin ausgelassen auf einer Party tanzen, sah die Männer sie begaffen, wie sie ihre Hüfte kreisen ließ und von nichts und niemandem auf der Welt Notiz nahm. Sie war Erin. Ihre heiß geliebte Erin MacDuff.

Und das sollte jetzt zu Ende gehen?

»Wenn ich die Damen einen Moment stören dürfte«, hörte Jodie die Professorin sagen. Sie lösten sich aus der Umarmung und schauten sich wehmütig an.

»Ich weiß, dass diese Neuigkeit ein Schock für sie beide ist«, sagte Belinka. »Aber ziehen Sie bitte noch keine voreiligen Schlüsse aus der Diagnose. Tumor ist nicht gleich Tumor. Es gibt gutartige und bösartige, und auch zwischen Letzteren wird noch mehrfach unterschieden. Wir wissen bis jetzt noch nicht, um was für einen Typ es sich bei Frau MacDuff handelt. Dies kann nur eine Hirnbiopsie klären.«

»Und was ist das?«, fragte Jodie zitternd.

Dr. Max Calda machte einen Schritt nach vorn. »Mein Auftritt, schätze ich.« Er lächelte Erin an. »Ich vergleiche die Hirnbiopsie gerne mit einer Probebohrung. Wir werden also ein kleines Loch in Ihre Schädeldecke bohren und mit Hilfe einer kleinen Nadel eine Gewebeprobe des Tumors entnehmen. Ungefähr so, als wenn man irgendwo Öl vermutet und dann herausfinden möchte, um was für Öl es sich eigentlich handelt. Die Probe wird in einem Labor auf krankhafte Zellen untersucht. Erst danach wissen wir, um was für einen Tumor es sich handelt, und wie wir ihm zu Leibe rücken können.«

Erin nickte nur stumm, nachdem Jodie übersetzt hatte. Den Vergleich mit der Ölbohrung ließ sie vorsichtshalber weg.

»Der Eingriff ist völlig schmerzfrei und bei uns schon fast Routine«, fügte Calda hinzu.

»Wann?«, fragte Erin.

»Bei einem Tumor spielt Zeit immer eine große Rolle«, erklärte Calda, »besonders wenn sich die Symptome erst vor wenigen Wochen bemerkbar gemacht haben und schon heftigste Krankheitszeichen zeigen. Ich schlage also vor, dass wir die Biopsie morgen durchführen.«

»Wer?«

»Bitte?«

»Wer bohrt ein Loch in meinen Schädel, verdammt?«

Calda setzte sich zu Erin aufs Bett und legte seine Hand sanft auf ihren Unterarm. »Wenn Sie nichts dagegen haben, werde ich das machen. Darum bin ich ja hier. Es ist immer nett, wenn man weiß, mit wem man es zu tun hat, oder?«

Erin nickte und schaute Jodie resigniert an.

»Ich wusste ja, dass ich keine Läuse habe.«

28

»Wir haben da ein kleines Problem, Herr Waacke.«

Rothenburg nahm auf dem großen Ledersofa Platz und schielte sehnsüchtig auf die Kaffeekanne auf dem Beistelltischchen.

»Das denke ich mir. Ich lese ja auch Zeitung. Kaffee?«

Privatdozent Dr. Christian Waacke lächelte und holte zwei Tassen aus einer Vitrine. »Die Wissenschaft ist oft der Schlüssel zu den geheimnisvollsten Rätseln dieser Welt. Aber nicht immer.«

»Ja«, begann Rothenburg zögernd, »wenn ich richtig informiert bin, kennen Sie sich einigermaßen mit dem Thema Ärzte im Nationalsozialismus aus.«

Waacke nickte. »Ich denke schon, ja, eines meiner Spezialgebiete.«

Rothenburg überlegte, wie er die Fragestunde eröffnen sollte. Ich stochere doch eigentlich wie ein blindes Huhn im Nebel herum, dachte er. Das darf jetzt nicht peinlich werden, schließlich vertrete ich das Gesetz.

»Wir haben einige Erkenntnisse, die darauf schließen lassen, dass der Täter Rache nehmen will für ein Verbrechen, das womöglich in die Nazizeit fällt.«

»Oha«, sagte Waacke verblüfft. »Das ist jetzt aber ein Ding. Und der Kerl bringt deswegen die Söhne um?« Er schüttelte ungläubig den Kopf.

»Wie gesagt, es ist bis jetzt nur eine leise Vermutung, sozusagen in Ermangelung anderer Indizien. Wir finden einfach keinerlei Verbindung zwischen den Opfern selbst, nur Hinweise, die in die Vergangenheit führen.«

Waacke lehnte sich in seinem Schreibtischstuhl zurück und betrachtete gedankenversunken den Papierstapel, der sich vor ihm auftürmte.

»Und Sie glauben also, dass die Väter der Opfer ein Verbrechen begangen haben, für das ein Angehöriger des damaligen Opfers sich jetzt an den Nachfahren rächt? Habe ich das richtig interpretiert?«

»So ungefähr, ja. Es können meinetwegen auch die Großväter gewesen sein. In einem Fall schließen wir den Vater als möglichen Täter sogar aus.«

»Schön. Und wie kann ich Ihnen dabei helfen?«

Rothenburg holte ein Papier aus seiner Tasche und überreichte es dem Privatdozenten. »Kommen Ihnen diese Namen bekannt vor? Ich meine im Zusammenhang mit Naziärzten?«

Waacke überflog die Namen und runzelte die Stirn.

»Heinrich Lenze, Ludwig Zuber, Rudolf Hellmann«, las er laut vor. »Heinrich Lenze sagt mir nichts. Die anderen beiden waren in der Tat SS-Ärzte, Scheusale vor dem Herrn, wenn man den Namen des christlichen Gottes in diesem Zusammenhang erwähnen darf. Zuber wurde 1946 in Landsberg von den Amerikanern gehängt, und Hellmann haben polnische Juden 1945 oder 1946 in der Nähe von Danzig erwischt. Ich kann Ihnen sagen, der war nicht sofort tot.«

Er unterbrach kurz und atmete tief durch. »Die beiden haben Tausende von Menschen auf dem Gewissen, nicht nur einen. Wie wollen Sie da den Richtigen aufspüren? Unmöglich.«

Rothenburg nippte an seinem Kaffee.

»Hat Hellmann auch mit Claus Schilling gearbeitet?«

Waacke hob überrascht die Augenbrauen. »Schilling? Wie kommen Sie denn auf den?«

»Weil Zuber ja wohl so etwas wie der Zögling von Schilling gewesen sein muss, wenn meine Informationen stimmen.«

Waacke lächelte sauer. »Zögling? Ja, so kann man es wohl ausdrücken, wenn man das Elend nicht selbst erlebt hat. Ich selbst nenne es gerne Speichellecker oder auch Arschkriecher, was die Sache an sich eher trifft. Aber diese Ausdrucksweise ist natürlich völlig unwissenschaftlich, entschuldigen Sie.«

Rothenburg wagte nicht, auch nur seinen kleinen Zeh zu bewegen.

»Ich schaue gern noch genauer nach«, fuhr Waacke fort, »aber ich meine mich dunkel zu erinnern, dass Hellmann und Schilling sich schon aus den Zeiten des Ersten Weltkriegs kannten. Professor Schilling war bekanntlich Wissenschaftler, wenigstens im damaligen Sinne. Während des Kaiserreichs hat er in Afrika an der Suche nach Heilmitteln gegen Malaria und die Schlafkrankheit mitgearbeitet. Auch eine sehr widerliche Geschichte, sozusagen der Start oder die Grundsteinlegung für das ganze medizinische Elend, das dann folgte. Was Rudolf Hellmann angeht, war er der Prototyp des ideologisierten deutschen Systemarztes. Kolonialarzt, Truppenarzt bei den Freikorpsverbänden, später steile SS-Karriere und Lagerarzt in Neuengamme. Zum Schluss stand er brüllend und grinsend an der Rampe in Auschwitz. Kurz: Hellmann war ein menschenverachtendes Schwein, zu fast jedem Zeitpunkt seines Lebens.«

Rothenburg rieb sich über das Kinn. Die Anspannung hatte ihn ruhig gehalten, sonst hätte er am liebsten laut geschrien. Oder wäre davongelaufen. Puh, dachte er, der Himmel stehe mir weiter bei.

»Einer meiner besten Freunde ist Jude«, sagte Waacke ernst nach einer Weile des Schweigens. »Auch in seiner Familie gab es Opfer der Nazis, so wie in jeder jüdischen Familie in Deutschland. Seine Großeltern kamen alle vier in Auschwitz um, gut möglich, dass Hellmann sie in den Tod geschickt hat.«

Rothenburg nickte stumm. Er stellte die Kaffeetasse auf den Tisch und überlegte, was er jetzt mit seinen zitternden Händen machen sollte. Nichts schien ihm passend. Als ihm gar nichts einfiel, nahm er die Tasse wieder und starrte sie an.

»Es ist okay, Herr Kommissar. Das Kapitel ist abgeschlossen, und Sie tragen keine Schuld. Entspannen Sie sich«, sagte Waacke betont großherzig.

Entspannen?, dachte Rothenburg. Er kratzte sich am Kinn und schaute auf seine Notizen. »Wenn ich Sie recht verstanden habe, könnte es eine Verbindung zwischen Ludwig Zuber und Rudolf Hellmann geben, die aber nicht in die Nazizeit, sondern ins Kaiserreich führt?«

»Wahrscheinlich«, nickte Waacke, »wobei ich nicht ausschließen kann, dass die beiden nicht auch später noch zusammen unschöne Dinge gemacht haben, wenn ich das mal so ausdrücken darf.«

»Und Heinrich Lenze?«

»Wie gesagt, den Namen höre ich zum ersten Mal. Wenn er wirklich SS-Arzt war, dann war er vermutlich ein kleiner Fisch, der nicht groß aufgefallen ist. Die großen Namen kennen wir alle. Vielleicht war er ja doch nur ein Arzt der Wehrmacht, kann das sein? Da gab es ja Tausende.«

Rothenburg zuckte die Schultern. »Ja, das ist schon möglich.

Mir fehlt da die wissenschaftliche Exaktheit, schätze ich. Deshalb sitze ich ja hier und darf Ihren leckeren Kaffee trinken.«

Waacke stand auf und ging auf Rothenburg zu. »Na schön, ich will sehen, was ich herausbekomme. Vermutlich eilt es sehr?«

»Könnte sein. Drei Männer sind tot, und nichts sagt uns, dass nicht noch weitere sterben müssen, wenn wir den Killer nicht fassen.«

»Ich verstehe. Ein Kollege von mir ist ein renommierter Experte auf dem Gebiet des deutschen Kolonialismus. Ich werde ihm die Namen noch heute vorlegen und Ihnen dann eine möglichst umfassende Einschätzung von uns beiden zukommen lassen. Wäre das in Ihrem Sinne?«

Rothenburg gab ihm seine Karte. »Danke. Je schneller, desto besser. Wir wissen nicht, wann der Mörder wieder zuschlägt.« Er erhob sich und ging zur Tür. »Es wäre schön, wenn Sie Ihre Mitarbeiter bitten würden, sich zu beeilen.«

Waacke nickte. »Keine Sorge. Wenn ich ›Hopp‹ sage, springen sie wie die Hasen.«

Kommissar Briesch fuchtelte wild mit einem Papier vor Rothenburgs Nase herum.

»Nur zwei Verkaufsstellen in Münster führen den Pfeifentabak. Wäre doch gelacht, wenn wir den Kerl nicht bald haben.«

Rothenburg hob müde den Kopf. »Zwei, sagst du? In Münster? Wer sagt uns, dass der Tabak in Münster gekauft wurde und nicht in Ascheberg oder Schweinfurt? Oder im Internet? Da will ich gar nicht dran denken.«

Er fühlte sich erschöpft, matt, fertig. Das Gespräch mit Waacke hatte ihn mehr mitgenommen, als er gedacht hatte. Natürlich trug er keine Schuld an der Geschichte, das war klar, ebenso wenig wie Millionen anderer Deutscher. Aber er musste sich nun mal mit dem kollektiven Versagen der Vergangenheit befassen. Und es stellte sich in diesem Zusammenhang zweifellos die Frage nach der Verantwortung, die ebenso zweifellos sehr schwierig war.

Wer war bereit, wofür die Verantwortung zu übernehmen?

Gab es so etwas wie die gemeinsame Verantwortung aller Deutschen, auch wenn sie selbst Opfer waren? Wie lange galt eine Verantwortlichkeit? Bis die letzten Opfer nicht mehr lebten? Ewig? War er dem jüdischen Freund Waackes gegenüber verantwortlich?

Im Grunde genommen ist das doch alles theoretischer Murks, dachte er, da sollten sich besser die Philosophen drum kümmern. Das Praktische, das Lebendige, das nahm einem keiner ab, das musste man selbst erfahren, ohne theoretischen Unterbau und womöglich ohne Ahnung von irgendetwas. Es war doch schließlich kaum zu vermitteln, dass man sich für eine unglaubliche Anzahl von Toten schuldig fühlen sollte, genauso wenig, wie man schuld daran sein konnte, wenn der Vater ein Verbrecher war.

Der Unterschied bestand wohl in der Betrachtungsweise.

Rothenburg schluckte. War das die Verbindung zu ihrem Fall?

»Ja«, sagte er nachdenklich, »und was machen wir jetzt damit?«

Briesch starrte ihn an. »Was wir damit machen?«, wiederholte er verblüfft. »Wir suchen den Pfeifenraucher, was sonst? Dann haben wir den Kerl endlich.«

Er ließ sich auf einen Stuhl fallen und überflog seinen Zettel. »Kollege Jenssen hatte im wörtlichen Sinne den richtigen Riecher: Der Tabak heißt ›Millenium W. O. Larsen Pipe Tobacco Limited Edition‹ und wird in den Läden ausschließlich an Stammkunden verkauft. Für normale Pfeifenraucher ist das Zeug viel zu teuer. Jan Hellmann scheidet als Besitzer aus, der hat sich höchstens mal 'ne Tüte gedreht, sagt die Joggerin.«

»Woher will die das wissen?«

Briesch kratzte sich am Kopf. »Also, wenn sie die Wahrheit gesagt hat, haben die beiden ab und zu zusammen gekifft. Sie ist schließlich schon sechzehn.«

Ach so, dachte Rothenburg. Na, da steht mir ja was bevor.

»Manchmal sogar noch vor der Schule, also sie, die Joggerin. Vor ein paar Wochen ist das aber aufgeflogen, weil sie ein Referat halten sollte und stattdessen wie blöd gegackert hat.« Er stockte und verzog den Mund.

»Was ist los?«

»Möchte mal wissen, wieso das bei einigen so gut funktioniert. Ich wurde früher immer nur fürchterlich müde und melancholisch. Willst du wissen, was ich einmal gemacht habe?«

Rothenburg war sich nicht sicher, ob er wollte, hatte aber keine Wahl.

»Ich habe sämtliche Klamotten aus meinem Kleiderschrank gerissen, AC/DC aufgedreht und alles gebügelt, sogar meine Unterhosen, Socken und Waschlappen. Waschlappen, hörst du? Ich wollte gar nicht aufhören, dabei hab ich noch nicht mal ein Bügelbrett. Weißt du, was ich da genommen habe?«

Jetzt war eine Entscheidung bei Rothenburg gereift.

»Nein. Ich will nicht wissen, was du da genommen hast. Auch nicht, was du gebügelt oder nicht gebügelt hast oder ob du gepennt oder irgendjemanden angeheult hast, wenn du gekifft hast. Die letzte Minute hat es nicht gegeben, verstanden? Jetzt endlich raus mit der Sprache: Wer kauft das verdammte Zeug?«

Briesch brauchte ein paar Sekunden, bis er so weit war. »Äh … gut. Die Kaufleute haben mir die Namen von zehn Kunden gegeben, die den Tabak in der letzten Zeit bei ihnen gekauft haben. Wie gesagt, es sind alles Stammkunden, daher kennen sie die Namen. Die Adressen habe ich dahintergeschrieben.«

Rothenburg las die Namen, keiner sagte ihm etwas. »Du meinst also, wir können davon ausgehen, dass sich unter diesen zehn Namen mit allergrößter Wahrscheinlichkeit derjenige befindet, der mit dem des Täters identisch ist?«

Briesch schaute ihn irritiert an. »Was?«

Rothenburg bemühte sich, nicht wieder Hilfe von oben zu erbitten. »Hab ich hier den Täter auf der Liste oder nicht?«

Briesch zog die Nase hoch. »Natürlich … Das heißt, wenn wir Glück haben.«

»Glück?«, brummte Rothenburg. »Wieso Glück?«

»Na ja, wir müssen darauf hoffen, dass der Tabak auch in Münster gekauft wurde und dass die Liste vollständig ist. Das hast du doch eben selber noch gesagt.«

Rothenburg winkte ab und runzelte die Stirn. Nichts sprach dagegen, dass der Raucher des edlen Pfeifentabaks der Serienmörder war. Zwei Fragen blieben dennoch offen. Eine leichte und eine schwierige.

Die leichte Frage war, ob der Täter nicht doch durch die Maschen geschlüpft war und gar nicht auf der Liste stand. Das ließe sich natürlich überprüfen. Normale Polizeiarbeit.

Die schwierige war, warum überhaupt Tabak am Fundort liegen geblieben war. Das Kraut war frisch und systematisch drapiert, also musste es vom Täter kommen. Doch welche Absicht verfolgte er damit? Rothenburg merkte, dass sich diese Fragestellung in seinem Kopf festgefressen hatte. Franta hatte ihn mit ihrer spontanen Reaktion auf den Tabakfund sensibel für dieses Detail gemacht. Der Täter hatte bislang nie auffällige Spuren hinterlassen, es wäre purer Leichtsinn gewesen, am Fundort einfach so zu rauchen. So gesehen hätte er schon bei Lenze oder wenigstens bei Zuber eine Fährte legen können, wenn er das gewollt hätte. Hatte er aber nicht. Oder sie hatten sie übersehen.

Eine dritte Frage war für den Fall völlig irrelevant und interessierte Rothenburg nur am Rande.

Warum hatte Briesch ein Bügeleisen, aber kein Bügelbrett?

29

Es war eine kleine Trauerfeier, schon fast beschämend klein. Wenn die Teilnehmerzahl auf einer Beerdigung ein Abbild des gelebten Daseins wäre, hatte Martin Zuber nicht viel irdische Freude gehabt. Das konnten auch die zwei bis drei Handvoll Trauergäste, unter anderem vom Finanzamt Münster, Abteilung Steuerfahndung, bestätigen, die in der kleinen Dyckburgkirche in Sudmühle warteten. Alle bis auf zwei.

Erik van Tilsen hatte gerne die ehrenvolle Aufgabe übernommen, Zuber ein paar wohlmeinende Worte mit auf seinen letzten Weg zu geben, und man musste zugeben, er hatte sich ehrlich Gedanken gemacht. Am Vorabend hatte er sich mit seiner Freundin hingesetzt und überlegt, was sie gerne hören würden, wenn ein guter Freund sterben sollte. Martin Zuber war zwar kein Freund von ihm und erst recht kein guter, aber das spielte jetzt keine Rolle mehr, meinte er. Sie waren sich schnell einig geworden, dass sie weder Schmeicheleien noch Beweihräucherungen ertragen würden und das Ganze möglichst kurz halten wollten. Was wäre ihnen wirklich wichtig? Genau, die Wahrheit!

Erik van Tilsen hatte sich zum ersten Mal in seinem Leben einen Anzug angezogen, auch das ein Ergebnis einer reiflichen Überlegung. Der graue Zweiteiler hing schon jahrelang bei ihm im Kleiderschrank mit der einzigen Aufgabe, durch seine kleinen chemischen Umhängesäckchen die einfallenden Motten zu verscheuchen. Bis jetzt hatte sich noch keine passende Gelegenheit gefunden, ihn zu tragen, fand van Tilsen. Diverse Hochzeiten und Beerdigungen hatte er routiniert in Jeans und Secondhandsakko absolviert, ohne dass er sich underdressed gefühlt hätte. Es war für ihn nie eine Frage der Bequemlichkeit oder jeweiligen Stimmung gewesen, eher die Gewissheit oder das Gefühl, dass das besondere Ereignis, das einzigartige, noch kommen werde.

Jetzt war es da, fand er.

Erik van Tilsen trat also nach vorn an das Stehpult und räusperte sich. Er zog seine gelbe Krawatte zurecht und seine Hose ein paar Zentimeter höher. Seine Augen wanderten ruhig über die Bänke und blieben nach einigen Sekunden irritiert mit dem Blick auf einem Platz neben einer Säule stehen. Er legte den Kopf schief und schien zu überlegen, ob er die schöne Frau dort an der Säule schon einmal gesehen hatte. Dann atmete er tief durch und räusperte sich noch einmal.

»Liebe Gäste, Martin Zuber ist getötet worden. Wer es auch immer getan hat, hat ein sehr einsames Leben ausgelöscht. Warum es einsam war, wissen wir nicht. Vielleicht kommt es einmal heraus, vielleicht nimmt er die Erklärung mit ins Grab. Für ihn ist es jetzt aber egal, und für uns eigentlich auch. Wir können nichts mehr für ihn tun, das hätten wir vorher erledigen müssen, wenn es uns wichtig gewesen wäre. Martin Zuber war ein sehr sonderbarer Mensch, er war ein Kauz, er hatte seine Marotten und Ticks, aber er hat die Menschen gelassen – nicht nur in Ruhe, sondern besonders auch in ihrem Wesen. Für mich persönlich eine der schönsten Eigenschaften überhaupt. Kein Mensch auf Erden hat es verdient, so getötet zu werden wie Martin, aber er, finde ich, schon mal gar nicht. Lieber Martin, ich werde mir eine Uhr kaufen müssen, weil ich jetzt keinen Kollegen mehr habe, der mir zeigt, wann die Frühstückspause anfängt und vor allem, wann ich endlich nach Hause gehen kann. Mach's gut, Martin Zuber.«

Erik van Tilsen hob den Kopf und starrte an die Kirchendecke. Seine Hose war wieder tiefer gerutscht. Er wartete, bis der Messdiener die Musikanlage startete, und lauschte noch den ersten Tönen des »Adagio g-Moll« von Albinoni, ehe er wieder in der ersten Bankreihe neben seinem Chef Platz nahm, der ihm milde lächelnd zunickte.

Gleich heul ich, dachte die Frau in der letzten Reihe, und das bei einem Menschen, dem ich nie begegnet bin. Sie suchte vorsorglich Taschentücher in ihrer Jackentasche, fand aber keine. Klar, was Erin in dieser Situation machen würde: Nase hochziehen und die Tränen am Jackenärmel abwischen. Obwohl Jodie stark bezweifelte, dass Erin hätte weinen müssen. Vielleicht hätte sie sich aus Anstand ein Gähnen unterdrückt. Aber auch da war sie sich nicht sicher.

Erin. In wenigen Stunden würde sie auf einem OP-Tisch in den Bettentürmen der Uniklinik mit einem Loch im Schädel liegen. Probebohrung! Jodie schüttelte den Kopf, musste aber schmunzeln. Schwarzer Humor gefiel ihr, auch einer todkranken

Patientin gegenüber. Oder vielleicht gerade solch einer Person gegenüber, die keine Erwartung mehr an das Leben hat und ihre letzten Kraftreserven für ein Lächeln oder Lachen opfern würde. Andererseits, wenn die Ärzte hier nicht alle so verdammt sympathisch wären, wären sie doch schon längst wieder auf dem Heimweg. Die vorläufige Diagnose hatten sie ja, mit dem Rest würden ihre Ärzte in Glasgow auch noch fertigwerden. Eigentlich könnten sie doch nach der Biopsie ihre Koffer packen und in ihren Alltag nach Schottland zurückkehren.

Alltag? Was rede ich für dummes Zeug?, fragte sie sich. Sie sah nach vorne zum Sarg und wusste, dass es einen Alltag so schnell nicht wieder geben würde.

Sie war froh, dass die kurze Andacht ohne Tränen zu Ende ging und der kleine Zug sich aufmachte zur Beisetzung. Da wollte sie auf keinen Fall mitgehen, das wäre dann doch etwas viel gewesen … viel Heuchelei und unaufrichtige Anteilnahme. Sie hatte an der Trauerfeier teilnehmen wollen, weil Martin Zuber ihr leidgetan hatte, so leid, wie es nur eben vorstellbar war. Erins knappe Darstellung seines armseligen Lebens und der kurze Augenblick seines Todeskampfes hatten dafür genügt. Nie hatte sie sich so hilflos und ohnmächtig, zornig und fast wahnsinnig vor Angst gefühlt. Da gebot allein die Menschlichkeit, ihm wenigstens eine halbe Stunde die volle Aufmerksamkeit zu schenken.

Sie stellte sich an den Rand des Kirchenvorplatzes und sah dem kleinen Trauerzug zu. Sie lächelte Erik van Tilsen zu, der sie aber nicht sehen konnte. Offensichtlich mit seinen Kräften am Ende, hing er in den Armen seiner Freundin und genehmigte sich einen großzügigen Schluck aus einem Flachmann. Das könnte ich jetzt auch ganz gut gebrauchen, dachte Jodie.

»Ich könnte Sie ja fragen, warum Sie eigentlich hier sind«, hörte sie eine männliche Stimme neben sich sagen, »aber ich weiß es leider schon.«

Sie drehte sich zur Seite und starrte in ein freundlich lächelndes Gesicht. Jodie schossen gefühlte drei Liter Adrenalin durch den Körper, ihr Puls fing an zu rasen. Sie erkannte ihn sofort: der Mann mit der Zigarette von der Bushaltestelle, Bryan Adams. Und … ja, das war er auch, der Mann aus der Polizeikantine. Also ein Bulle, nur ein Bulle. Für einen Augenblick spürte sie einen

Stich in der Bauchgegend, wie eine Sehne, die gerade zerfetzt worden war.

Sie war unschlüssig, wie sie reagieren sollte, und entschied sich zunächst für die schroffe Tour.

»Und Sie?«, fragte sie leicht schnippisch. »Sind Sie von den Bullen abkommandiert zum Trauern?«

Er lächelte und schüttelte den Kopf. »Wollen Sie die Wahrheit hören?«

Jodie runzelte die Stirn. »Die Wahrheit? Mir egal, was Sie sagen. Sie werden dann schon merken, ob ich Ihnen glaube.«

»Ich bin Ihretwegen hier, Jodie Grant.«

Jodie schluckte. »Sie kennen meinen Namen? Wer zum Teufel sind Sie?«

Der Mann scharrte verlegen mit den Füßen im Kies und kratzte sich am Kopf. »Ich muss gestehen, dass ich in diesem Fall meine Verbindungen zur Polizei schamlos ausgenutzt habe, sozusagen für eine persönliche Bereicherung im nicht materiellen Sinne.«

»Wie bitte? Was soll das heißen, schamlos und nicht materiell? Sie müssen sich schon deutlicher ausdrücken. Ich bin, wie Sie vermutlich auch wissen, Ausländerin.«

»Ja, richtig. Entschuldigen Sie. Aber Ihr Deutsch ist wirklich sehr gut.« Er zögerte.

Jodie wurde langsam ungeduldig. »Und? Machen Sie's nicht so spannend, Mann.«

Hoppla, dachte sie belustigt, es geht ja. Erins Schule halt. Sie entspannte sich ein wenig.

»Mein Name ist Frank Lütjens. Ich bin Journalist für eine Lokalzeitung hier in Münster und mit dem Hauptkommissar befreundet, der die Ermittlungen leitet.«

Jodie nickte leicht, ihr wurde einiges klar. »Darum waren Sie neulich in der Polizeikantine. Sie wissen, wer ich bin und was ich mit dem Tod von Matti hier zu tun habe.«

»Matti?«

»Das war sein Pseudonym. Sie wissen wobei?«

»Ja, Ihre Freundin hat damit ihr Geld verdient, stimmt's? Wo ist sie? Sie sah im Präsidium sehr ulkig aus.«

Jodie war unsicher. »Sie ist … sie fühlt sich nicht gut und liegt im Bett.« Das fehlte noch, einem wildfremden Menschen Erins

Pizza Margherita auf dem Kopf zu erklären, das ging ihn einen Scheißdreck an. Aber vermutlich interessierte das den Kerl auch gar nicht, er wollte natürlich sie, Jodie, kennenlernen. Was eine ganz neue Erfahrung für sie war.

Sie überlegte, ob sie bei ihrer spitzen Art bleiben oder einen freundlicheren Ton auffahren sollte. Im Grunde genommen wäre es doch gar nicht so verkehrt, hier im fremden Münster jemanden zu haben, der sie bei diversen Sachen unterstützen konnte, sich gut auskannte und der … ja, der ehrlicherweise auch noch sehr sympathisch war und mehr als passabel aussah. Das musste sie schon zugeben.

Jetzt war es raus aus ihrem Bauch und drin in ihrem Kopf. Was nicht bedeutete, dass es damit nicht mehr in ihrem Bauch war, dieses komische Gefühl.

»Haben Sie Lust auf einen Spaziergang?«, fragte Lütjens. »Es ist so schönes Wetter heute, und der Boniburger Wald hier ist sehr nett.«

Jodie zuckte mit den Schultern. »Warum nicht? Aber viel Zeit hab ich nicht. Ich fahre gleich zu meiner Freundin.«

Sie gingen an den parkenden Autos vorbei über den Kiesweg zur kleinen Zufahrtsstraße. Schräg gegenüber kündigte eine Informationstafel den Start eines Trimmpfades an. Sie bogen in den Waldweg ein und schlenderten den Fitnessweg entlang.

Jodie sog gierig die frische, klare Luft ein. Sie fühlte sich wohl, umgeben von Bäumen und Wiesen mit Kühen und Pferden. Der Puls hatte sich beruhigt, die Anspannung gelegt. Sie freute sich mit einem Male auf den Spaziergang, nahm sich aber vor, auf der Hut zu sein. Vorsichtshalber vergrub sie die Hände in ihren Jackentaschen, falls Lütjens auf die Idee kommen sollte, sie – natürlich unbeabsichtigt – zu berühren. Und wenn schon, hätte Erin gesagt, nimm sie dir oder knall ihm eine. Punkt!

Schon wieder Erin. Jodie verzog kurz den Mund. Wann war sie endlich so weit, dass sie ihr Leben auch ohne Erin leben konnte? Es war einzig ihr Problem, das wusste sie. Erin war die Letzte, die sich irgendwo einmischte, sie hatte nur das im Kopf, was ihr selbst guttat. Ich bin noch nicht viel weiter, dachte sie betrübt. Da muss noch was passieren.

Es dauerte doch zwei lange Tage ohne weitere konkrete Ermittlungsergebnisse, bis Privatdozent Dr. Christian Waacke sich meldete und Rothenburg zu einem erneuten Kaffee in sein Büro einlud. Da er es am Telefon reichlich spannend gemacht hatte, hatte sich der Kommissar entschlossen, mit Irene Franta analytische Verstärkung mitzubringen. Briesch und Gromzki hatten mit der Suche nach dem Pfeifenraucher immer noch genug zu tun.

Noch drei Tage, dann war der 5. Mai, und Polizeichef Kollau würde ihnen das LKA vor die Nase setzen. Wenn das keine Motivation war.

»Nun«, begann Waacke zögernd, »ich weiß nicht so recht, wo ich anfangen soll.«

»Vorne vielleicht?«, fragte Franta freundlich. »Dann könnten wir uns in aller Ruhe bis nach hinten durcharbeiten.«

Rothenburg rührte seinen Kaffee um und merkte, dass er die Milch vergessen hatte. Er nahm das Kännchen und goss sich ein.

»Sie sagten am Telefon, dass Sie sich vorstellen könnten, was die drei Ärzte verbunden haben könnte«, half er nach. »Wenn das stimmt, würde es uns ein riesiges Stück weiterhelfen.«

Waacke nickte und wandte sich seinem Monitor zu. Er klickte ein paarmal mit der Maus, trank einen Schluck Kaffee und lehnte sich dann mit einem Blatt Papier zurück.

»Okay, ich versuche eine möglichst strukturierte und chronologische Zusammenfassung meiner Vermutung. Unterbrechen Sie mich gerne, wenn Sie etwas nicht verstehen.«

Die Polizisten nickten gleichzeitig.

»Ein geschätzter Kollege war so freundlich, mir ausführliche Informationen zu mailen. Zusätzlich habe ich noch meine Doktoranden eingespannt, sie kennen sich ebenfalls sehr gut mit dem Material aus. Also, meine kurzfristig einberaumte Soko ›Doktor‹ hat die von Ihnen vorgelegten Namen eingehend recherchiert und so ziemlich alles zusammengetragen, was auf dem Markt verfügbar war. Das Ergebnis ist ebenso überraschend wie … sagen wir einmal … heftig: Dr. Ludwig Zuber und Dr. Rudolf Hellmann haben zusammen in der früheren deutschen Kolonie Togo bis 1914 in einer Art KZ gearbeitet.«

Rothenburg und Franta sahen sich an.

»KZ?«, fragte der Kommissar erstaunt. »In Togo?«

Dr. Waacke nickte. »Ja, der Begriff stimmt schon. Die preußische Bürokratie hat die Internierungslager für Menschen mit ansteckenden Krankheiten tatsächlich als Konzentrationslager bezeichnet. Sie hatten natürlich längst nicht die furchtbare Dimension wie die zur Nazizeit. Aber es waren ebenfalls Zwangslager mit teilweise menschenunwürdigen Verhältnissen: Prügelstrafen, keine sanitären Anlagen, schlechte Ernährung und so weiter.«

»Und was genau haben die Ärzte dort gemacht?«, fragte Franta. »Ich nehme an, dass sie nicht den ganzen Tag kranken Schwarzen neue Hüftprothesen eingesetzt haben.«

Waacke lächelte milde. »Die gab es damals noch nicht. Wenn die Mediziner überhaupt operiert haben, dann Weiße. In erster Linie waren viele Ärzte nur in den Kolonien, um die weißen Machthaber zu versorgen oder um neue Medikamente zu erproben. Diese Tatsache wird erst seit gut fünfundzwanzig Jahren ernsthaft wissenschaftlich aufgearbeitet. So schlimm wie die Nazis haben sie sich nicht aufgeführt, aber für viele Kranke hat's gereicht.«

»Was genau haben sie dort gemacht?«, fragte Franta noch einmal.

»In erster Linie haben sie nach neuen Wirkstoffen gegen ansteckende Krankheiten wie Malaria, Lepra, Pocken oder die Schlafkrankheit gesucht. Und ordentlich herumexperimentiert, in Afrika gab es ja keine entsprechenden Gesetze. In Preußen wären solche Versuche nicht möglich gewesen, also nutzte man die große Anzahl an Erkrankten, sperrte sie in Lager und impfte immer munter drauflos, ohne Rücksicht auf Verluste, wenn ich das mal so formulieren darf. Natürlich sind Hunderte von den Kranken elendig an den Nebenwirkungen der verabreichten Gifte gestorben, nicht nur in Togo, auch in Kamerun, Deutsch-Südwest- und Deutsch-Ostafrika. Aber das hat die Ärzte nicht interessiert. Wichtig war für sie, ihre Studien durchführen zu können und möglichst einen Wirkstoff zu finden, der vielleicht etwas weniger Nebenwirkungen hatte.« Er zog ein Blatt mit einem Fotoausdruck aus einem Stapel und reichte es den Beamten. »Hier, sehen Sie. So ungefähr hat es dann ausgesehen.«

Rothenburg nahm das Blatt und betrachtete zusammen mit Franta das Schwarz-Weiß-Foto. Es zeigte einen auf die Knie gesunkenen Schwarzen mit geschlossenen Augen und halb geöffnetem Mund. Die kurze Gabel eines langen Astes war um seinen Hals befestigt. Am Astende und an der Gabel waren Seile gespannt, deren anderes Ende zwei Schwarze in den Händen hielten, die links und rechts neben dem bedauernswerten Menschen standen. Im Hintergrund war ein etwa ein Meter fünfzig hoher Palisadenzaun zu sehen, vor und hinter dem Zaun standen einige Schwarze, auch ein Kind war auf dem Foto. »Tobsüchtiger Schlafkranker in der Sklavengabel, unter der Aufsicht von zwei Leichtkranken« stand als Text unter dem Bild.

Franta gab Waacke das Foto zurück. »Das ist ja widerlich«, sagte sie entsetzt.

Rothenburg rieb sich die Nase. »Sie haben eben Gifte gesagt. Um was für Gifte handelte es sich, mit denen sie experimentiert haben?«

»Hauptsächlich um Quecksilber- und Arsenverbindungen. Atoxyl, Arsacetin, Arsenophenolglycin und wie das Zeug alles heißt.«

»Und? Hatten sie Erfolg damit?«

Dr. Waacke legte das Blatt auf den Schreibtisch und seufzte. »Wenn Sie unter Erfolg die Bekämpfung der Krankheit bei den einzelnen Menschen meinen, dann hatten sie keinen Erfolg. Wenn Sie die Entdeckung eines einigermaßen verträglichen Impfstoffes meinen, dann hatten sie ebenfalls keinen Erfolg.«

»Es war also alles eine große Pleite auf Kosten der Eingeborenen?«

»So ungefähr«, erklärte Waacke. »Wenn die Ärzte erfolgreich waren, dann nur im Hinblick auf ihre eigene Karriere. Aber lassen Sie mich wieder auf Ihren Fall zu sprechen kommen, sonst wird es zu historisch.«

»Gern.«

»Wir haben in den Quellen auch einen Dr. Paul Lenze gefunden, der mit Zuber und Hellmann zusammen in Togo gearbeitet hat. Wir vermuten, dass es der Vater von Heinrich Lenze ist, aber das müssten Sie noch recherchieren.«

Franta nickte und machte sich Notizen.

»Ich gebe Ihnen gleich alle Namen und Daten schriftlich, die mir vorliegen. Interessant für Sie dürfte die Tatsache sein, dass es noch zwei weitere Ärzte gab, die mit den drei anderen sozusagen im Team arbeiteten.«

Rothenburg erstarrte. »Nein«, entfuhr es ihm. Es war klar, was das bedeutete. Noch zwei scheußliche Morde, wenn sie keine Fortschritte machten.

»Der eine hieß Dr. Fritz Kaufmann«, fuhr Waacke fort. »Er war wie Zuber und Hellmann Arzt und angehender Wissenschaftler und hat nach dem Ersten Weltkrieg in Berlin und Paris recht erfolgreich an der Entwicklung von Impfstoffen gegen Malaria und Lepra geforscht. Er starb 1949 einsam und verlassen in der Eifel. Der andere Arzt war Dr. Heinrich von Rathen. Von ihm weiß man allerdings sehr wenig. Seine Spur verliert sich schon 1914, vermutlich ist er in den Kriegswirren in Togo ums Leben gekommen.«

Rothenburg dachte nach. Wie konnte man hundertprozentig sichergehen, dass dieser Zusammenhang überhaupt der war, den sie suchten? Wenn sie nun völlig danebenlagen mit ihrer Vermutung und es tatsächlich etwas völlig anderes war? Was dann? Er hatte keine Wahl, er musste es riskieren. Seine Menschenkenntnis sagte ihm, dass er es bei Dr. Waacke wagen konnte.

»Herr Waacke, ich möchte Sie bitten, das Folgende streng vertraulich zu behandeln. Es sind Ermittlungsergebnisse, die außer dem Täter keiner kennt.«

Waacke lächelte selbstbewusst. »Kein Problem. Sie können sich auf mich verlassen.«

Rothenburg sah Franta kurz an und holte tief Luft. »Allen drei Opfern wurden die Augen ausgestochen. Getötet wurden sie mit einer Spritze, die mit einer Überdosis eines Medikaments gefüllt war. Können Sie sich vorstellen, ob und wie das in diesen Zusammenhang passen könnte?«

Waacke starrte aus dem Fenster und überlegte.

»Es könnte ein Symbol für die Erblindung vieler geimpfter Kranker sein. Das Impfen mit Arsenverbindungen hat massenweise zu schweren Augenschäden bis hin zur Erblindung geführt. Das war für die Ärzte jedoch kaum ein Grund, die Behandlung abzubrechen. Da fällt mir auf: Die Spritze hätten wir damit gleichzeitig auch geklärt.« Er lächelte milde. »Es sieht ganz so aus, als ob Sie endlich einen Ansatzpunkt hätten.«

»Ja«, meinte Rothenburg nachdenklich, »es sieht ganz so aus. Haben Sie vielen Dank!«

Er bat Franta, zusammen mit Briesch und Gromzki sofort die Suche nach den Nachkommen von Kaufmann und von Rathen aufzunehmen, und beschloss, allein eine Runde um den Aasee zu spazieren. Die Zeit drängte, aber er wollte seine Gedanken klar strukturieren, bevor er weitere Schritte unternahm. »Geduld vorher erspart Ungeduld nachher«, hatte sein Vater immer gesagt, wenn sie zusammen im Bastelkeller ein neues Regal oder einen Kaninchenstall zimmerten.

Er kaufte sich an einem Kiosk eine Flasche Mineralwasser und setzte sich auf eine Bank in der Sonne. Er kramte ein Blatt Papier aus seiner Jacke und schrieb.

Was hatten sie?

Drei Männer waren ermordet worden, die nachweislich keinerlei direkte Verbindung zueinander hatten, deren Vorfahren jedoch um 1914 als Ärzte in einem Lager in Togo gearbeitet und offensichtlich schlimme medizinische Versuche an den Eingeborenen unternommen hatten. Das Team hatte aus fünf Ärzten bestanden, es bestand also die hohe Wahrscheinlichkeit, dass noch zwei Menschen mit dem Leben büßen würden.

Zwei Fragen waren jetzt ganz dringend zu klären. Erstens: Wer waren die bedrohten Nachfahren von Fritz Kaufmann und Heinrich von Rathen? Und zweitens: Wer könnte ein Interesse daran haben, diese insgesamt fünf Menschen umzubringen, und worin lag dieses Interesse? Die erste Frage war eine Fleiß- und Wühlarbeit, aber mit Sicherheit zu stemmen. Wenn der Mörder die Namen herausbekommen hatte, dann würde die Polizei das wohl auch hinkriegen. Die wahre Herausforderung war, das richtige Puzzleteil zu finden, sprich den einen Nachfahren unter möglicherweise vielen aufzustöbern, der als Nächstes in Gefahr war.

Rothenburg blinzelte in die Sonne und trank einen Schluck Wasser.

Bei der zweiten Frage lagen die Dinge schon anders. Die Ärzte hatten an den Kranken Versuche unternommen, die im Deutschen Reich verboten gewesen wären, also waren die Opfer mit Sicherheit keine Weißen. War es also wirklich so, dass ein

Nachfahre eines schwarzen Versuchsopfers sich an den Nachfahren der weißen Ärzte, sprich Täter, rächte?

Ja, sinnierte Rothenburg, so könnte es sein.

Er war zufrieden mit seiner Kurzanalyse des Falles. Jetzt könnte es weitergehen, sie hatten keine Zeit zu verlieren, zwei Menschenleben standen auf dem Spiel.

Da war nur noch die eine Frage, die ihm ständig im Kopf rumspukte und von der er nicht wusste, ob er sie jemals würde beantworten können.

Was, zum Henker, hatte er bloß im Todesvideo des Martin Zuber gesehen?

Sechs Stunden später hatten sich die Ermittler in Raum »Rot« versammelt. Staatsanwalt Rabbel war noch damit beschäftigt, sich Spucke vom Jackett zu putzen, die seine jüngste Tochter dort hinterlassen hatte.

»So«, begann Rothenburg bedeutsam, während er seine Käsebrötchen auspackte, »dann lasst mal hören.«

Briesch zog einen Hefter zu sich heran und schlug die erste Seite auf. Dann räusperte er sich und nahm einen großen Schluck Wasser.

»Könntest du mit dem Rascheln aufhören?«, bat er. »Ich kann mich dann so schlecht konzentrieren.«

Rothenburg nickte und machte eine Handbewegung, endlich zu beginnen.

»Wir haben wirklich Glück gehabt und in den letzten Tagen lauter fähige Mitarbeiter in den Ämtern angetroffen. Wenn ich dort etwas Privates zu erledigen habe, sieht das leider immer anders aus. Nun gut. Schwierig war der Abgleich der Daten in den verschiedenen Archiven. Beim Stadtarchiv, zum Beispiel, finden sich im Geburtsregister nur die Jahre 1874 bis 1899, im Heiratsregister nur 1874 bis 1929 und im Sterberegister von 1874 bis 1974. Von Martin Zubers Vater, Heinz Zuber, findet sich dort also keine Zeile, da er 1941 geboren wurde und 1988 starb. In diesem Fall musste ich das Standesamt der Stadt bemühen.«

Er machte eine kurze Pause und schaute auf die Teilnehmer der Runde, die wie auf Kommando gleichzeitig nickten.

»Toll. Bitte weiter.«

»Zum Glück gibt es mittlerweile ja das Internet, hier konnten wir unsere etwas bekannteren Herren auseinandernehmen. Auch Ludwigsburg hat professionell geholfen und zunächst Datensätze zu Ludwig Zuber, Heinrich Lenze und Rudolf Hellmann geschickt, Kaufmann und Rathen werden noch geprüft. Weiter: Wir haben zunächst befürchtet, dass vielleicht ein Arzt oder auch beide gar nicht aus Münster stammten, was selbstredend auch sehr gut möglich gewesen wäre und unsere Ermittlungen sehr schwierig gestaltet hätte. Zum Glück war es so, dass ab 1901 das Institut für Schiffs- und Tropenkrankheiten in Hamburg die obligatorischen Schulungskurse für alle Ärzte durchgeführt hat, die in die Kolonien entsandt wurden. Dieses Institut hat nach Möglichkeit immer Mediziner aus einer Stadt in ein Team gesteckt. Vielleicht weil die Männer sich dann schon gut kannten und später besser zusammenarbeiten konnten, so genau wusste das der Mensch vom Tropeninstitut aus Hamburg nicht, den ich gefragt habe. Auf jeden Fall haben Lenze, Zuber, Hellmann, Kaufmann und Rathen gleichzeitig einen Kurs absolviert und wurden dann 1910 nach Togo geschickt, um die Schlafkrankheit zu bekämpfen. Bei der Ermittlung der Nachkommen und der Anschriften waren dann Adressbücher hilfreich. Ach ja, und dann kamen natürlich noch andere Nachnamen dazu, die aus einer weiblichen Linie stammen. Ui, das war vielleicht alles eine Wühlerei, oder, Leute?«

Stolz wie Oskar sah er Franta und Gromzki an, die wieder artig nickten. Die Kinderspucke an Rabbels Jackett war mittlerweile festgescheuert.

»Auf jeden Fall ist es auch nicht besonders ungewöhnlich«, fuhr Briesch fort, »dass die Nachfahren der Ärzte jetzt wieder in Münster und Umgebung leben. Es war wohl damals üblich, so sagte mir der Herr aus Hamburg, dass die Militärärzte nach dem Krieg wieder in ihre Heimat zurückkehrten. Na ja, dann kam ja noch ein Krieg, und die Ärzte gingen wieder nach Hause und …«

»Wie heißen die Personen, und wo wohnen sie?«, fragte Rabbel streng. »Wir haben keine Zeit mehr für Plaudereien.«

»Vielleicht doch«, warf Franta überraschend ein. »Es könnte sein, dass wir gar nicht groß weitersuchen müssen. Es gibt eine Übereinstimmung und eine weitere Auffälligkeit.«

Rothenburg riss die Augen auf. »Eine Übereinstimmung? Womit? Und das sagst du erst jetzt? Verdammt, Irene!«

Franta hob abwehrend die Hände. »Beruhige dich. Erstens weiß ich das erst seit eben, und zweitens ist das eine sehr merkwürdige Übereinstimmung.«

»Los! Erzähl!«, drängte Rothenburg.

»Auf unserer Liste mit den Pfeifenrauchern konnten wir erst fünf Namen endgültig abhaken, die wir gründlich überprüft haben. Drei andere werden von uns gerade befragt, zwei haben wir bislang noch gar nicht angetroffen. Unter diesen zweien ist tatsächlich ein Enkelsohn des Togo-Arztes Heinrich von Rathen.«

»Nein! Das ist nicht wahr!«

Rothenburg blickte mit geöffnetem Mund zu Rabbel, der die Stirn runzelte und verwirrt schien.

»Wisst ihr, was das bedeuten würde?«, fragte Rothenburg.

»Dass der Mörder dieser Arztnachfahren ebenfalls ein Nachkomme eines Lagerarztes ist. Also der Enkel eines Mittäters, und nicht der eines ihrer vielen Opfer«, antwortete Gromzki.

Rothenburg schüttelte den Kopf. »Ich verstehe das nicht. Aber es wäre schon ein verdammt großer Zufall, wenn dieser Enkel ... Wie heißt er eigentlich?«

»Alexander Gundelach, Professor für Geschichte hier in Münster«, erklärte Briesch.

»Okay, wenn dieser Gundelach hier nichts mit unserem Fall zu tun hätte.

»Da wäre noch ein nicht zu unterschätzender Aspekt«, überlegte Briesch. »Wir könnten es uns dann ersparen, von fünfzig eingewanderten Togolesen ...«

»Togoer«, verbesserte Rabbel.

»... also von den Menschen aus Togo, die jetzt in Münster wohnen, die Vorfahren herauszusuchen. Ich hätte mich auf alle Fälle krankgemeldet.«

»Wie kommst du auf fünfzig?«, fragte Franta.

»In Deutschland wird alles gezählt«, antwortete Briesch, »selbst die Elefantenköttel im Allwetterzoo.«

Wie kommt der jetzt bloß auf Elefanten?, fragte sich Rothenburg.

Staatsanwalt Rabbel lehnte sich zurück in seinen Stuhl. »Wenn ich mich recht erinnere, lag doch der Pfeifentabak direkt auf Hellmanns Leiche, um die Einstichstelle herum. Ich würde also vorschlagen, dass wir diesen Professor suchen und schleunigst zu uns herbitten. In meinen Augen ist er ein dringend Tatverdächtiger.«

Rothenburg nickte. »Das ist er wohl. Klaus, schnapp dir ein paar Kollegen und hol ihn her! Uns fehlen aber noch der oder die Enkel von Fritz Kaufmann. Die sollten schleunigst gefunden und gewarnt werden. Haben wir da eine aussagefähige Liste?«

»Die haben wir«, erklärte Franta, »und damit kämen wir zur weiteren Auffälligkeit. In Münster und Umgebung leben noch zwei Nachfahren Kaufmanns. Der eine ist 1939 geboren, heißt deswegen natürlich Adolf mit Vornamen und lebt in einem Seniorenheim in Handorf. Der andere ist sein Sohn, heißt Christian, ist 1964 geboren, lebt in Telgte und ist Privatdozent für Geschichte hier an der Uni.«

Sie blinzelte Rothenburg vielsagend an. »Na, macht's klick?«

Rothenburg zog die Stirn kraus. »Waacke? Dieser Christian?«

»Volltreffer. Wir müssen uns jetzt natürlich fragen, warum er uns verschwiegen hat, dass Kaufmann sein Urgroßvater ist.«

»Vielleicht, weil der Dreck am Stecken hat«, schlug Briesch vor. »Wenn mein Opa ein Verbrecher wäre, würde ich das auch nicht jedem auf die Nase binden.«

»Mein Gott, er hat's halt vergessen«, sagte Gromzki sichtlich gereizt. »Man muss auch nicht alles überinterpretieren. Vielleicht weiß er es auch gar nicht. Er heißt schließlich anders, und ich weiß auch nicht, wie mein Urgroßvater hieß.«

»Du forschst auch nicht über die Zeit, Klaus«, erwiderte Franta ungewohnt schroff. »Nein, irgendetwas stimmt da nicht, da bin ich mir sicher.«

Gromzki sah Franta wütend an. Er wollte etwas sagen, aber Rothenburg schnitt ihm das Wort ab.

»Irene und Andreas, fahrt da sofort hin«, bat er nachdenklich, »zuerst zu Christian, dann zu Adolf. Warnt sie, erklärt ihnen die Situation. Sie sollen sich in nächster Zeit extrem vorsichtig verhalten, bis wir Entwarnung geben. Mehr können wir für sie zurzeit nicht tun.«

Er wartete, bis alle den Raum verlassen hatten, stellte sich ans

Fenster und verschränkte die Arme auf dem Rücken. Draußen hatte der Feierabendverkehr eingesetzt, der Friesenring war verstopft wie immer. Nächstes Jahr verkaufe ich mein Auto, dachte er. Hundertfünfzig Euro bekomme ich dafür hoffentlich noch.

Rothenburg dachte nach. Es würde jetzt nicht mehr lange dauern, bis er dem Mann gegenübersaß, der offensichtlich drei Menschen auf dem Gewissen hatte. Obwohl, im Grunde genommen hatte er ja gar keins. Unschuldige Menschen so zuzurichten, das zeugte schon von einer beispiellosen Gewissenlosigkeit. Dass der Täter irre oder krank war, schloss er aus. Krank vielleicht im Sinne von »krank vor Eifersucht« oder »krank vor Trauer« oder etwas in der Art, aber bestimmt nicht im medizinisch-psychologischen Sinne. Kein Psychopath, der wahllos Leute abschlachtet, nur weil sie sich gerade am richtigen beziehungsweise falschen Ort aufhalten. Paul Lenze wurde ermordet, weil er der Enkel von Paul Lenze war, Martin Zuber starb als Enkel von Ludwig Zuber und Jan Hellmann als Urenkel von Rudolf Hellmann. So viel war schon mal klar. Aber warum zum Teufel sollte jetzt der Enkel des Lagerarztes Heinrich von Rathen in Münster herumlaufen und diese Leute töten?

Warum?

Er schüttelte den Kopf. Ihm fiel keine Antwort ein.

30

Oberarzt Dr. Max Calda hatte lange und ausgiebig gefrühstückt, wie immer vor schwierigen Eingriffen. Seit seinen Reisen auf die britischen Inseln wusste er, dass ein typisch englisches Frühstück lange genug vorhielt, um eine mehrstündige Operation zu überstehen, ohne vom Assistenzarzt oder Anästhesisten wegen eines knurrenden Magens aufgezogen zu werden. Ordentlich Eier, Schinken, Würstchen, Pilze und Tomaten in die Pfanne, dazu noch eine große Schüssel Porridge und zwei Tassen schwarzer Kaffee – das sollte für die heutige Operation reichen.

Um sieben Uhr betrat er gut gelaunt den Operationstrakt in den Katakomben des Ostturms, zog sich um und schlurfte mit seinen grünen Schlappen in den breiten Vorraum, von dem links und rechts je drei Operationssäle abgingen. Die Waschbecken mit den Desinfektionsspendern waren bereits mit scherzenden Kollegen besetzt. Calda wusste, dass heute alle sechs Räume belegt sein würden: einmal Hirntumor, zweimal Tumor im Rückenmark, zwei Bandscheibenoperationen und ein Schlaganfall. Gewöhnlicher Durchschnitt für die Neurochirurgen.

Er ging zum Narkoseraum, um seine Patientin zu begrüßen.

»Hi Erin, hi Jodie. Schön, dass Sie Ihre Freundin bis hierher begleiten. How are you, Erin?«

Erin verzog leicht den Mund zu einem schiefen Grinsen, sagte aber nichts.

Calda verschränkte die Arme vor der Brust, lehnte sich an einen Büroschrank und wandte sich wieder an Jodie.

»Okay, ich verstehe. Wie ich Ihnen ja bereits erklärt habe, wird Ihre Freundin die Operation bei vollem Bewusstsein erleben. Der Grund ist ganz einfach: Wir brauchen dringend Erins Mitarbeit während der OP, um sicherzustellen, keine Ausfallerscheinungen auszulösen. Während der Schädelöffnung und beim Verschluss wird sie natürlich betäubt sein. Unsere Frage an Sie war, ob Sie bereit und in der Lage wären, an der OP teilzunehmen, um Ihre Freundin psychologisch zu unterstützen. Haben Sie sich entschieden?«

Jodie blickte Erin mitfühlend an.

»Und sie merkt wirklich nicht, wenn Sie ihr im Kopf rumschneiden?«

Calda schüttelte den Kopf. »Keine Spur. Unser Gehirn hat keine eigenen Schmerzrezeptoren, das heißt, es kann selbst keine Schmerzen empfinden. Es registriert nur elektrisch weitergeleitete Schmerzimpulse aus anderen Körperregionen.« Er schaute sie fest an. »Haben Sie schon mal eine Operation gesehen? Live, meine ich?«

Jodie schüttelte ebenfalls den Kopf. Sie kauerte auf einem Hocker und hielt Erins Hand.

»Haben Sie Angst zusammenzubrechen?«, fragte Calda.

»Vielleicht«, sagte Jodie leise. »Ich habe Angst, dass ich ihr weniger eine Hilfe als mehr eine heulende Last bin.«

»Was denkt Erin?«

Jodie seufzte. »Sie überlässt es mir.«

Calda nickte. »Dann will Sie unbedingt, dass Sie dabei sind, da bin ich mir sicher. Ich kenne diese Antwort. Die Patienten wollen ihre Angehörigen oder Begleiter auf keinen Fall überfordern oder sie einer Art von Stress aussetzen, an denen sie ihrer Meinung nach ›schuld‹ sind. Lieber ziehen sie es vor, die Operation allein durchzustehen, und vertrauen einfach dem OP-Team, obwohl sie es viel weniger kennen als ihre Begleiter. Aber Studien haben gezeigt, dass vertraute Gesichter oder Stimmen einen enorm positiven Einfluss auf die Operation haben können – wenn sich der Begleiter an bestimmte Regeln hält. Darüber hinaus …«, er rieb sich verlegen seinen Hals, »… möchte ich nicht verschweigen, dass wir zwar alle ganz tolle Mediziner sind, aber uns absolut nicht zutrauen, Erins Antworten richtig zu verstehen. Wir brauchen Sie also als Übersetzerin.«

Er lächelte verschmitzt und kratzte sich durch den Mundschutz seinen weißen Bart.

»Ich fahre zwar oft rüber, nach Schottland, England oder Wales, aber die verschiedenen Dialekte machen mich regelmäßig wahnsinnig. Da kann man sich schon manchmal fragen, was man eigentlich in der Schule gelernt hat, wenn man so gar nicht versteht, was der Mann hinterm Tresen im Pub fragt. Und bei Ihrer Freundin Erin hier …«, er nickte ihr freundlich zu, »… sehe ich eigentlich gar keine Alternative. Meine Oma würde sie genauso gut verstehen wie ich, nämlich gar nicht. Es ist aber ungeheuer wichtig, dass Erin sofort begreift, was wir während der OP von ihr wollen, und genauso wichtig ist es, dass wir Erins Reaktionen richtig deuten. Es hängt zwar nicht ihr Leben, aber doch eine ganze Menge Lebensqualität von dem ab, was in den nächsten Stunden passiert. Wir versuchen gleich, den Tumor so komplett wie möglich zu entfernen, und werden bis an die Grenze des Machbaren gehen. Da nehmen wir jede Unterstützung, die wir kriegen können und die sinnvoll ist.«

Jodie zögerte noch. Sie fühlte, dass ihr Tränen in die Augen stiegen.

»Verstehen Sie mich bitte nicht falsch«, sagte sie und wischte sich mit dem grünen Ärmel ihres OP-Kittels über die Augen, »natürlich will ich ihr helfen, wo immer ich kann. Ich … ich habe einfach so furchtbare Angst, etwas falsch zu machen oder umzukippen. Zu versagen. Und dann geht alles schief. Meinetwegen.«

Calda trat auf sie zu und legte ihr eine Hand auf den Arm.

»Sie müssen keine Angst haben, Ihretwegen wird hier gar nichts schiefgehen. Natürlich haben wir heute einen sehr gut Englisch sprechenden Mann dabei, einen Psychologen. Psychologen sind bei solchen Operationen allgemein üblich. Man kann nie wissen, was in den Patienten während der Operationszeit so vorgeht, da muss man auf alles vorbereitet sein. Und: Wir konnten uns ja auch nicht darauf verlassen, dass Sie uns helfen. Wir kommen also auch ohne Sie gut zurecht, dies zu Ihrer Beruhigung. Aber wenn Sie Erin die ganze Zeit zur Seite stünden, hätte das wirklich eine ausgesprochen positive Wirkung auf sie.«

Jodie konnte ihren Blick nicht von Erin lassen, die bewegungslos auf ihrer fahrbaren Liege lag, an die Decke starrte und grinsend ein Lied summte.

Ich bin so ein verfluchter Schisshase, dachte Jodie. Wer hat denn hier etwas zu verlieren?

Jodie stand auf und lächelte Erin an. »Okay! Ich schaff das.«

Calda rieb sich die Hände. »Wunderbar. Natürlich schaffen Sie das. Erin wird wirklich froh darüber sein.« Er streckte seine Schultern und schüttelte seine Arme aus. »Warten Sie bitte noch ein paar Minuten hier, es geht gleich los. Wir sehen uns dann im Operationssaal.«

Er verschwand in den breiten Vorraum und begann mit der

langwierigen Desinfektion der Hände und Arme. Jodie beobachtete ihn durch die offene Tür. Eine letzte Träne hatte sich in ihrem Augenwinkel versteckt. Mit einem Finger wischte sie sie weg.

»Danke, Jodie«, sagte Erin und legte ihren Kopf zur Seite. »Du bleibst bei mir, nicht? Ich hab mir schon gedacht, dass die Entscheidung dir Schwierigkeiten machen würde, aber ich wusste auch, dass du nicht kneifst. Super, danke.«

»Kneifen?«, fragte Jodie und lächelte sauer. »Ich?« Sie setzte sich zu ihr auf die Liege und nahm wieder ihre Hand. »Hast du Angst?«

»Wahrscheinlich weniger als du, aber ich habe ja auch eine Tablette bekommen, damit ich hier liege und grinse und die Ärzte nicht anpöbel. Jodie?«

»Ja?«

»Ich habe noch eine Bitte an dich.«

Sie öffnete ihre Faust und gab Jodie einen kleinen Zettel.

»Was ist das?«

»Lies doch selbst.«

Jodie faltete den Zettel auseinander und las: *Wenn Sie mich verunstalten, schneide ich Ihnen die Eier ab!*

Jodie ließ fassungslos den Zettel sinken.

»Sag mal, spinnst du? Was soll ich damit? Soll ich das etwa Dr. Calda sagen?«

»Na ja, vielleicht nicht so direkt, aber irgendwie in der Art, verstehst du? Ich will nicht aufwachen und dann feststellen, dass ich nicht mehr trinken kann, weil mein Mundwinkel auf meinen Titten hängt. Dann soll er lieber vorher aufhören.«

Jodie schüttelte den Kopf. »Du bist echt verrückt, Erin, weißt du das? Sie werden alle höllisch aufpassen, dass dir nichts passiert. Und ich … ich bin ja schließlich auch noch da.«

Zum ersten Mal seit langer Zeit konnte Jodie wieder lachen. Ausgerechnet sie, die wahrscheinlich die ganze Zeit schlotternd und zitternd am OP-Tisch sitzen und vor Aufregung und Angst keinen Pieps herausbringen würde, ausgerechnet sie wollte ihrer starken Freundin Mut machen.

Der Narkosearzt Dr. Michael Glogau, ein kleiner dürrer Mann mit einer auf Hochglanz polierten Schädeldecke und Koteletten bis zum Mund, betrat den Raum und begrüßte Erin und Jodie. Er kontrollierte noch einmal Erins Puls und Blutdruck und gab ihr schließlich über die schon gelegte Braunüle ein Beruhigungsmittel.

»Bis gleich.« Sie winkte Jodie noch einmal matt zu. »Du kannst mir bei Gelegenheit erzählen, wie mein riesiges Hirn so von innen aussieht.«

Eine OP-Schwester schob die Liege durch den Vorraum in einen Operationssaal. Jodie trottete fröstelnd hinterher. Im OP war es recht kühl, dazu hatte sie unter ihrer grünen Kluft nur Slip und BH anlassen dürfen. Sie verschränkte die Arme fest vor ihrer Brust. In einer Nische zwischen zwei rollenden Gerätewagen wartete sie ab.

Die Schwester schob Erin in die Mitte des Raumes und begann zusammen mit anderen aus dem OP-Team, Erin richtig zu betten und weiter zu verkabeln. Sie wurde auf den Bauch gelegt, der Kopf ruhte in einer erhöhten Schale und wurde fixiert. Ein Arzt hockte unter ihrem Kopf und klebte verschiedene Kabel in ihr Gesicht, unter anderem ein kleines Mikrofon. Calda stand mit drei jungen Leuten vor den MRT-Bildern, die an einer Leuchtwand hingen. Er zeigte mit einem Stift auf einen kleinen weißen Fleck.

»Wir haben es hier mit einem gutartigen Astrozytom zu tun, angedockt an der Basis des vierten Ventrikels, keine ganz leichte Stelle. Der Tumor ist etwa so groß wie eine Walnuss, die Biopsie hat keine Anhaltspunkte für ein malignes Gliom, also für bösartiges Gewebe, gegeben. Dennoch müssen wir so komplett wie möglich resezieren, weil die Patientin über heftigen Juckreiz in der Nase und auf der gesamten Kopfhaut klagt. Wir vermuten, dass der Tumor Nerven oder Gefäße irritiert und so die Kopfhaut reizt. Möglich ist aber auch, dass der Tumor Blutgefäße abklemmt oder quetscht und so die Versorgung der Kopfhaut durcheinanderbringt. Eine dritte Alternative wäre, dass das Astrozytom bestimmte Botenstoffe ausschüttet, die das Gewebe irritieren.«

»Warum Wachkraniotomie?«, fragte ein junger Mann.

Calda seufzte. »Meine lieben Studierenden, Sie sind alle im siebten Semester, oder? Dann müssten Sie eigentlich wissen, dass an den Bereich der Rautengrube, in der wir operieren werden, wichtige Strukturen angrenzen. Welche Kerngebiete befinden sich unmittelbar an der Rautengrube?«

Eine hochgewachsene junge Frau mit einer randlosen Brille hob eifrig die Hand. »Die Kerngebiete des Nervus hypoglossus, Nervus vagus sowie des Nervus facialis. Die gefürchtetsten Störungen bei Läsionen dieser Gebiete sind die Gesichtslähmung, Schluckstörung, aber auch die Störung des Atem- und Kreislaufzentrums.«

Calda nickte. »Unter anderem, richtig. Wir müssen höllisch achtgeben auf Nerven für die Augensteuerung und die Gesichtszüge. Deshalb machen wir während der OP Tests mit der Patientin und überwachen sie zusätzlich mit unserem Neuromonitoring. Auf Färbung mit 5-ALA unter Blaulicht können wir verzichten, der Tumor hat noch kein Hirngewebe befallen, wie Sie deutlich sehen können.«

Er drehte sich um und warf einen Blick auf die Narkosemonitore. Die Kurven verliefen gleichmäßig und normal, ein regelmäßiger Piepton etwa jede Sekunde signalisierte Startbereitschaft. Der Anästhesist hatte sich bereits bequem zurückgelehnt und nickte Calda zu.

»Du kannst loslegen, Max.«

Calda wandte sich an Jodie. »Sie können noch etwa eine Stunde im Narkoseraum warten, dort ist es wärmer als hier. Ich lasse Sie dann rufen, wenn es so weit ist.«

Jodie nickte dankbar und ging hinaus. Wie die Ärzte Erins Kopf aufbohrten, musste sie sich wirklich nicht antun. Calda nahm seinen Platz am OP-Tisch ein und zwinkerte seiner Assistenzärztin zu, die auf der anderen Seite Platz genommen hatte. »Dann wollen wir mal, Frau Dr. Bausen.«

Die stämmige Frau nickte und betäubte die Bohrlochstelle mit einem Lokalanästhetikum. Nach Überprüfung der Wirksamkeit schnitt sie mit einem Skalpell Erins Kopfhaut auf, klappte die Lappen vorsichtig zurück und fixierte sie. Dann bohrte sie ein etwa vier Zentimeter breites Stück aus dem Schädelknochen aus. Sie legte das runde Schädelstück in eine Schale aus Edelstahl und zog anschließend das gewaltige Operationsmikroskop über den Tisch, durch das zwei Ärzte gleichzeitig schauen konnten und das die Bilder auf einen großen Flachbildschirm übertrug. Vorsichtig arbeitete sie sich mit Haken, Skalpell, Dissektor und Sauger Millimeter für Millimeter durch die Schichten im Gehirn. Gelegentlich warf sie zur Orientierung einen Blick auf die MRT-Bilder.

Eine Stunde später lag das Kleinhirn vor ihnen.

Calda hatte den bisherigen Verlauf über den Bildschirm mitverfolgt und setzte sich jetzt auf den Hocker am OP-Tisch.

»Okay, sehr gut gemacht, Angelika. Michael, stell das Monitoring etwas lauter, bitte. Wir wollen jetzt mal hören, wie es ihr geht. Erin? Können Sie uns verstehen?«

Nach ein paar Sekunden hörten sie sie grummeln.

»Was sagt sie?«, fragte Calda.

»Ich bin nicht ganz sicher«, sagte der Narkosearzt und verzog den Mund, »aber ich glaube, sie will Whisky haben.«

Calda verdrehte die Augen. »Gerold, kannst du ihre Freundin holen?«

Ein OP-Springer holte Jodie und führte sie am Arm in den Operationssaal. Ihr Gesicht war kalkweiß, ihre Hände zitterten. Calda sah sie an und runzelte die Stirn. »Alles okay?«

Jodie räusperte sich. »Klar doch. Es kann losgehen.«

»Gut. Setzen Sie sich bitte schräg hinter den großen Flachbildschirm, dann müssen Sie die Aufnahmen nicht sehen. Ich werde gleich ein paar Fragen stellen oder Anweisungen geben, die Sie bitte Ihrer Freundin übersetzen.«

»Jodie, bist du da?«, knarrte es aus einer kleinen Box.

Calda hob schnell die Instrumente in die Höhe. »Um Himmels willen, sagen Sie ihr, dass sie den Mund halten soll, wenn sie nicht gefragt wird. Wir müssen jede überflüssige Bewegung vermeiden, sonst kommt unser Anästhesist noch mehr ins Schwitzen. Er hat schon genug damit zu tun, sie ruhig zu halten.«

»Was sagt er?«, knarrte es aus dem Lautsprecher.

»Du sollst sofort die Klappe halten«, rief Jodie, »nur sprechen, wenn du gefragt wirst.«

Calda sah sie dankbar an. »Nicht gerade einfach, Ihre Freundin, was?« Er rückte das Mikroskop zurecht und atmete tief durch. Hoch konzentriert begann er dann, sich mit kleinen Haken und Scheren einen Weg zwischen beiden Kleinhirnhälften zu bahnen, die er anschließend mit Spateln vorsichtig zur Seite verlagerte. Hin und wieder überprüfte er mit einer Sonde die Funktion einiger Nervenbahnen. Das Empfangsgerät knarrte und gab beruhigende regelmäßige Töne wieder, die einzigen Laute, die Jodie über eine lange Zeit hörte. Sonst war es totenstill im OP.

Es dauerte noch über eine Stunde, bis Calda sich erhob. »Das ist der Tumor. Möchten Sie im Fernsehen mal schauen, Miss Grant?«

Jodie schüttelte den Kopf. »Danke, ich bleib lieber hier sitzen, wenn es okay ist.«

Calda streckte sich. »Natürlich, wie Sie wollen. Ich fange jetzt mit der Entfernung des Tumors an. Dazu benutzen wir einen kleinen Metallstift, den CUSA, der die Tumorzellen mit Ultraschall zerstört und gleichzeitig die abgelösten Zellen absaugt.« Er nahm wieder Platz und nickte der OP-Schwester zu, ihm den Zertrümmerer zu reichen. Er warf noch einen Blick über die Schulter. »Und dann kommt gleich Ihr Auftritt.«

Jodie nickte artig, faltete die Hände und legte sie in den Schoß. Sie suchte verzweifelt einen Punkt im Operationsraum, den sie anstarren konnte, während sie tatenlos auf ihrem Hocker saß, fand aber zunächst keinen. Schließlich entschied sie sich dafür, aus dem kleinen Fenster zu schauen, das einen guten Blick in den Vorraum gewährte. Hier war immer etwas Bewegung, die sie ablenkte. Schwestern brachten neue Geräte, Ärzte kamen aus den Operationssälen oder gingen hinein.

Dr. Calda hatte mittlerweile damit begonnen, mit dem CUSA den Tumor von innen heraus vorsichtig auszuhöhlen. Seine Augen lagen stramm am Mikroskop, die Hände führten die Instrumente ruhig und sicher.

»Sonde«, bat er Angelika Bausen, die ihm den Fühler für das Überwachungsmonitoring reichte – das Knarren war weiterhin laut und regelmäßig. Er gab die Sonde zurück und arbeitete sich weitere zwanzig Minuten durch den Tumor. Dann legte er den CUSA ab und streckte seine Schultern. »Miss Grant?«

»Ja?«

»Gehen Sie bitte zum Kopf Ihrer Freundin und setzen sich dort auf den Hocker. Wir geben ihr jetzt etwas zum Schmecken. Fragen Sie sie bitte, was es ist.«

Die Operationsschwester schüttete weiße Kristalle auf einen kleinen Löffel und führte ihn zu Erins Mund.

»Was soll das?«, krächzte es aus dem Lautsprecher.

»Das sollst du schmecken, Erin«, sagte Jodie mit zittriger Stimme. »Was kann das sein?«

»Bäh, Salz.«

Die Schwester nickte.

»Und das?«

»Zucker, schon besser.«

Calda seufzte. »Erin, bitte kein unnötiges Wort. Jede noch so kleine Bewegung sieht unter dem Mikroskop wie ein kleines Erdbeben aus. Wenn Sie also wollen, dass Sie nachher noch Whisky schmecken können, sagen Sie nur das Nötigste. Verstanden? … Und vor allem: Versuchen Sie, nicht zu nicken, ich bitte Sie!«

»Denkt der, ich bin blöde, oder was?«, murmelte Erin leise.

Calda schüttelte verzweifelt den Kopf und atmete tief durch. Weitere neunzig Minuten arbeitete er mit dem CUSA und stellte Erin Fragen zu Geschmacks- und Gehörempfinden, als plötzlich das Knarren verstummte. Sofort legte er den CUSA beiseite und bewegte die Sonde vorsichtig entlang des gesunden Gewebes.

»Mist«, fluchte er leise und verzog den Mund.

»Was bedeutet das?«, fragte Jodie die Assistenzärztin.

Bausen zuckte die Schultern. »Wir werden sehen. Manchmal ist ein Nerv durch die ständige Berührung mit den Instrumenten gereizt und stellt sozusagen die Übertragung von Impulsen vorübergehend ein. Wenn er sich beruhigt hat, ist alles wieder okay. Wenn wir aber großes Pech haben, ist ein Nerv verletzt. Das wäre nicht so schön.«

Jodie dachte an Erins Zettel und schluckte. Bitte nicht, bitte das nicht.

Geduldig führte Calda die Sonde weiter, ohne dass ein einziger Knarrton zu hören war. Schließlich nahm er die Augen vom Mikroskop und lehnte sich zurück. »Was meinen Sie?«, fragte er Bausen.

»Aufhören«, schlug sie vor. »Wir haben den Tumor fast komplett entfernt. Ich denke, wir können es verantworten, den kleinen Rest stehen zu lassen.«

»Ja, vielleicht haben Sie recht«, sagte Calda. Er schloss die Augen, überlegte einen Moment und bat dann Jodie, zu ihm zu kommen. Sie hörte sich seine knappe Anweisung an, nickte und setzte sich neben Erins Kopf.

»Erin, hörst du mich? Bitte nur mit Ja oder Nein antworten.«

»Ja.«

»Okay. Dann erschrick bitte nicht. Ich werde dir jetzt über deine Wangen und den Mund streicheln.«

»Wieso? Hat er doch was verbockt?«

»Erin, halt verdammt noch mal die Klappe.«

Erin schwieg, aber Jodie konnte sich gut vorstellen, was in diesem Moment in ihrer Freundin vorging. Sie kochte, brodelte, zerriss sich innerlich vor Wut, auf dem OP-Tisch fixiert wie eine Gefangene zur absoluten Passivität verurteilt zu sein. Jodie nahm all ihren Mut zusammen und streichelte Erin sanft über Wange und Mund.

Das Empfangsgerät blieb stumm. Dr. Calda presste die Lippen aufeinander. »Noch einmal«, bat er Jodie.

Wieder nichts. Calda schaute seine Kollegin düster an. Vermutlich hatte sie recht, die Operation an dieser Stelle zu beenden, bevor noch mehr Nervenbahnen zerstört würden. Aber einen letzten Versuch wollte er auf alle Fälle noch wagen. Er spülte mit Kochsalzlösung, saugte ab und fühlte erneut mit der Sonde.

»Noch einmal, bitte.«

Jodie strich Erin über die Wange, wahrscheinlich härter, als sie eigentlich sollte.

»Kitzelt«, murmelte Erin. Das Monitorgerät knarrte, erst ganz leise und mit großen Abständen, dann immer lauter und in kürzeren Intervallen. Jodie bekam eine Gänsehaut, eine Träne kullerte aus einem Auge.

Jodie und Dr. Calda sahen sich an und lächelten. »Wir resezieren komplett«, sagte der Oberarzt zu Bausen, die zustimmend nickte.

Jodie setzte sich wieder hinter den Bildschirm, legte die Hände in den Schoß und starrte aus dem kleinen Fenster. Sie wollte sich auf keinen Fall vorstellen, was passiert wäre, wenn der Nerv tot gewesen wäre. Jodie versuchte, das Bild einer Erin mit hängendem

Mundwinkel aus ihren Gedanken zu verdrängen, aber es war auch ein Reiz, der sich nicht so einfach auslöschen ließ.

Es dauerte noch einmal über eine Stunde, bis Calda die Entfernung des Tumors für beendet erklärte, das Mikroskop beiseiteschob und Dr. Glogau bat, Erin für den Verschluss der Schädeldecke einen Betäubungsnachschlag zu verabreichen. Er gab Jodie ein Zeichen, dass sie sich schon in den Aufwachraum zurückziehen könne, in den sie auch Erin bald schieben würden.

Als Calda eine halbe Stunde später schließlich den Aufwachraum betrat, hielt Jodie Erins Hand fest umklammert. Erin schlief noch. Ihr Kopf war bis auf das Gesicht komplett verbunden. Wie hilflos, dachte Jodie. Unglaublich.

»Es war knapp, nicht?«, fragte sie vorsichtig.

Calda hob die Augenbrauen und nickte kurz. »Sehr knapp.«

»Und jetzt wird alles gut? Ich meine auch diese scheußliche Juckerei?«

Calda nahm einen Hocker und setzte sich auf die andere Seite von Erins fahrbarer Liege. Er war müde und erschöpft. Mehr als fünf Stunden lang hatte er hoch konzentriert operiert. Seine Stimme klang leer und ausgehöhlt.

»Ich kann nichts versprechen. Ihre Freundin hatte einen Tumor, der zwar gutartig war und noch kein gesundes Gewebe befallen hatte, aber Hirntumoren wachsen mit hoher Wahrscheinlichkeit nach, wenn man nicht alles restlos erwischt hat – und das ist im Gehirn eigentlich so gut wie ausgeschlossen. Wir können dort nicht großzügig schnippeln wie etwa in der Leber oder bei der Haut, das Gehirn ist sozusagen die Schaltzentrale des Körpers. Ein Kabel durch und der linke Fuß spürt nichts mehr – zum Beispiel.«

»Aha«, murmelte Jodie abwesend. Sie war sich nicht sicher, ob sie alles richtig verstanden hatte.

»Deshalb wird Erin um eine Strahlentherapie vermutlich nicht herumkommen«, fuhr Calda fort. »Aber auch das muss nicht sein, ich habe ein gutes Gefühl. Was den chronischen Juckreiz auf der Kopfhaut und in der Nase betrifft, müssen wir die nächsten Tage und Wochen abwarten. Alles spricht dafür, dass der Tumor dafür verantwortlich war, da sind Frau Belinka und ich uns einig. Wir gehen davon aus, dass die Quälerei in wenigen Wochen vorbei ist, alle sonstigen Tests waren ja negativ. Frau Belinka lässt übrigens schön grüßen.« Er lächelte müde. »Wir sind da optimistisch.«

Dann erklärte er ihr noch einmal Erins nächste Stationen: eine Woche Klinik, dann vier Wochen Rehabilitation, dazwischen laufend Nachuntersuchungen und Kontrollen. Die Reha könnten sie aber auch in Schottland machen, da gäbe es ebenfalls gute Einrichtungen.

Max Calda stand auf und reichte Jodie über der schlafenden Erin hinweg die Hand. »Ich wünsche Ihnen alles Gute.« Dann berührte er leicht Erins Arm. »Sie ist wirklich einzigartig, Ihre Freundin, das muss man ihr lassen.«

Jodie beschloss, sich das offene Lächeln zu merken, mit dem Calda den Aufwachraum verlassen hatte. Sie versuchte, so etwas wie Dankbarkeit zu spüren, doch sie fühlte sich einfach nur leer – und ungeheuer erleichtert, dass sie in diesem Moment die Entscheidung nicht mehr treffen musste, wo sich Erin von den Strapazen der letzten Monate erholen sollte. Als Dr. Calda ihnen vor Kurzem im Klinikzimmer den Ablauf nach der OP schon einmal kurz skizziert hatte, waren Jodie und Erin sich schnell einig gewesen, die Rehabilitation auf gar keinen Fall in Schottland zu machen. »Auf beschissenes Wetter kann ich im Sommer gut verzichten«, hatte Erin erklärt. Aber wo sollten sie sonst hinfahren?

Sie hatten sich auf die Schweiz geeinigt, Geld spielte ja glücklicherweise keine Rolle. Für Jodie war es selbstverständlich, dass sie ihren Urlaub verlängern musste. Ihr Chef war am Telefon alles andere als begeistert gewesen und hatte ihr mit Kündigung gedroht, aber Jodie hatte auf ein Zeichen Erins hin einfach aufgelegt.

»Der schmeißt dich nie raus, und wenn du ein Jahr fort bist«, hatte sie gesagt und sie fordernd angeschaut. »Das kann er sich gar nicht leisten. Die Kunden werden wegbleiben, wenn Jodie Grant sie nicht mehr bedient.«

»Wo ist der Unterschied? Ich bin jetzt auch nicht da.«

»Aber du kommst ja wieder – vielleicht. Er kann hinhalten und vertrösten.«

Jodie hatte die Augenbrauen gehoben. »Was meinst du mit vielleicht?«

Erin hatte geseufzt und sich vorsichtig über ihren Kopf gerieben. »Jodie! Meinst du, ich hätte den schicken Typen nicht bemerkt, der sich bei deinen Besuchen immer schon vor der Tür verabschiedet hat? Wer ist das?«

Jodie hatte peinlich berührt zu Boden geblickt. »Er heißt Frank und ist ein Freund des Kommissars hier.«

»Aha«, hatte Erin gemacht und die Beleidigte gespielt. »Und warum versteckst du den vor mir?«

»Ich dachte, dass es vielleicht unpassend wäre, dir in dieser Situation einen Mann vorzustellen. Du hättest vielleicht gedacht, dass ich mich amüsiere, während du hier auf deine Tumor-Operation wartest.«

»Und wenn es so wäre? Sollst du etwa auch nur heulend durch die Gegend laufen und dich am Kopf kratzen, nur weil ich das tue? Bullshit!«

Eine Weile hatten sie sich wortlos angesehen, bis Erin sich aufsetzte und Jodie angrinste. »Wie läuft's denn so?«

Jodies Lächeln war eindeutig gewesen. »Gut. Sehr gut.«

»Dann soll er doch mitkommen in die Schweiz. Er hat doch hoffentlich keine Frau und Kinder?«

»Nein.« Sie wusste mehr, aber es passte jetzt nicht, es zu erzählen.

Erin hatte Jodie zu sich aufs Bett gewunken und sie in die Arme genommen.

»Dann greif zu. Und mach dir um mich keine Sorgen. Du weißt, dass ich stärker bin als du.«

Jodie musste an diesen letzten Satz denken, als sie sah, dass Erins Augen zuckten. Sie rief eine Krankenschwester, die sich auf einen Hocker neben Erins Kopf setzte und Puls und Blutdruck kontrollierte. Nach ein paar Minuten erschien Dr. Bausen. Sie untersuchte Erins Reflexe und Berührungsempfinden und testete ihren Geruchs- und Geschmackssinn.

Sie lächelte Jodie und Erin zu. »Alles wunderbar. Sagen Sie ihr, dass sie noch genauso ist wie vorher. Nur dass sie kein Tumor mehr stören wird.«

Jodie merkte, wie ihr Tränen in die Augen stiegen.

»Ich danke Ihnen allen«, sagte sie leise. Dann beugte sie sich über ihre Freundin und gab ihr einen Kuss auf den Mund.

Erin sah sie an und lächelte matt. »Heißt das, dass ich noch lebe?«, flüsterte sie.

Jodie nickte.

»Dann ist es ja gut«, murmelte Erin und schlief wieder ein.

31

Professor Alexander Gundelach hatte lange an seinem Vortrag gearbeitet und dann einen Entschluss gefasst.

Das Beste wäre, es jetzt schnell zum Abschluss zu bringen, noch vor dem 5. Mai, also morgen oder übermorgen. Warum sollte er es weiter hinauszögern? Die bittere Notwendigkeit, das Werk zu vollenden, schien ihm dringender als jemals zuvor. Gar nicht zu reden von dem unabsehbaren Nutzen für ihn selbst, wenn er noch vor dem 5. Mai handelte. Das Aufsehen in der Öffentlichkeit, die Anteilnahme vielleicht. Es war ein letztes Geschenk, das er machen wollte, das Geschenk des Todes, der endgültigen Erlösung.

Er stand mühsam auf und ging mit schweren Schritten zum Fenster. Die Dunkelheit hatte in Münster immer etwas von einer unheimlichen Atmosphäre, fand er. Das war objektiv betrachtet natürlich hanebüchener Unsinn, aber Gundelach verband mit dem schwarzen Himmel so etwas wie einen historischen Mantel, der sich jeden Abend über die Stadt legte. Er bekam stets eine Gänsehaut, wenn er nachts vor der Lambertikirche stand und sich die drei eisernen Käfige anschaute, in die im Jahre 1536 die Leichen der Wiedertäufer gesteckt und einfach dringelassen wurden. Einem Gerücht zufolge soll es um die fünfzig Jahre gedauert haben, bis die letzten Knochenreste vom Wind weggeblasen wurden. Einfach spurlos hinweggefegt.

Ja, dachte er, so ähnlich wird es uns allen ergehen. Wir vergehen, und nichts bleibt übrig.

Er trat an den Sekretär aus massivem Eichenholz und schloss die Rolltür auf. Er lächelte. Gut, dass er Ordnung hielt, so wusste er immer ganz genau, wo das Gesuchte war. Aber ab und zu eine kleine Überprüfung konnte ja nicht schaden. Er drehte die Ziffernfolge am eingebauten Tresor und öffnete die kleine Metalltür. Wieder lächelte er, es war alles an seinem Platz. Sogar eine Ersatzspritze hatte er sich besorgt, vorsichtshalber.

Mit seinem Glas Rotwein in der Hand schritt er im Wohnzimmer umher. Er warf einen Blick auf sein Bücherregal und auf die gläserne Vitrine, in der Fotos aus glücklicheren Tagen einen Platz gefunden hatten. Regungslos starrte er das Bild an, das ihn so sehr berührte, dass es schon schmerzte. Ihm wurde jetzt klar, dass die jahrelange Trauer nun bald zu Ende gehen musste. Es würde endgültig sein, das Ende, aber das machte ihm keine Angst mehr.

Er presste die Lippen zusammen, Zorn stieg in ihm hoch. Wut auf diesen verfluchten Vorfall, Wut auf die Ärzte, Wut auf sich selber und sein vermurkstes Dasein. Nein! So konnte er einfach nicht weiterleben. Es musste passieren.

Bald.

Es war nicht ungewöhnlich, dass Dr. Christian Waacke auch am Sonntag ins Institut fuhr und erst gegen sechs Uhr nach Hause kam. Es war eher die Normalität. Und jetzt, da sein Lebenswerk so dicht vor der Vollendung stand, hätte er gut und gerne eine Zehn-Tage-Woche gebraucht, um das gewaltige Pensum zu erledigen, das er sich selbst auferlegt hatte. Er durfte sich keinen einzigen Fehler erlauben.

Als er über die großzügige Auffahrt zum Haus rollte, war alles wie immer. Die vier Mädchen spielten im Garten in der noch wärmenden Sonne. Evelyn und Mira im Sandkasten, die Zwillinge Luzie und Ilvie mit den Zwergkaninchen im Maschendrahtgehege. Seine Frau Thea stand am Außenwasserhahn und kämpfte mit diversen Anschlüssen und Kupplungen.

Welch eine Idylle, dachte er stolz. Und das alles habe ich geschaffen.

Er nickte selbstzufrieden und ließ sich mit einem übertrieben lauten Seufzer in einen Gartenstuhl auf der Terrasse fallen. Wie von ihm erwartet und erhofft, stimmten die Mädchen ein durchdringendes Geschrei an und stürmten auf ihn zu. So hatte es zu sein, wenn der Boss nach Hause kam. Er nahm sie nacheinander auf seinen Schoß und küsste sie, verabreichte ihnen einen Klaps auf den Po und schickte sie wieder zum Spielen. Das musste zunächst reichen, schließlich war er sehr erschöpft.

Thea kam mit ernster Miene auf ihn zu und gab ihm einen flüchtigen Kuss auf die Wange.

»Die Polizei war hier.«

»Was?« Seine Mundwinkel zuckten. »Und was wollten die? Haben die Kinder etwa Mist gebaut?« Er grinste schief.

»Unsinn, es ist ernst. Es geht um diesen Serienmörder aus Münster, der schon drei Menschen getötet hat. Sie sagen, es könne sein, dass er noch weitermacht.«

»Na und? Was haben wir damit zu tun?«

»Sie sagen, es sei gut möglich, dass du ein weiteres Opfer sein könntest.«

Irritiert riss Waacke die Augen auf. »Ich? Wieso das denn? Ich habe keinem Menschen was getan. Spinnen die?«

Thea legte ihm eine Hand auf den Unterarm. »Beruhige dich. Es geht eigentlich gar nicht um dich, es geht um deinen Urgroßvater.«

»Ich soll mich beruhigen, wenn mir ein Mörder ans Leder will? Sehr witzig! Und wieso mein Urgroßvater? Ich weiß noch nicht einmal, wer das war oder wie der hieß. Was um Himmels willen soll der damit zu tun haben?«

Thea seufzte. »Wenn ich ehrlich bin, hab ich das auch nicht so richtig kapiert. Das sei aber auch gar nicht so wichtig, hat die Polizistin gesagt. Wichtig wäre jetzt, dass wir uns in nächster Zeit besonders vorsichtig verhalten, vor allem du natürlich. Sie fahren verstärkt Streife hier in der Straße und halten immer einen Polizisten in der Nähe bereit. Sie hoffen natürlich, dass sie den Täter bald fassen. Die Beamtin meinte, dass sie auch schon eine heiße Spur hätten. Sie klang ganz optimistisch, dass der Spuk bald vorbei sein würde.«

»Spuk?«, schrie er. »Ein toller Spuk, wenn …« Er erschrak und presste die Lippen aufeinander.

Flehentlich sah er Thea an, die sich mit einem bitterbösen Blick abwandte. Er hatte ihr schon so oft versprochen, sich besser zu kontrollieren, seine cholerischen Anfälle besser in den Griff zu bekommen. Aber das war gar nicht so einfach, der Jähzorn gehörte zu ihm wie seine Galle oder Schilddrüse. Nur in besonders gut vorbereiteten Momenten und mit größter Kraftanstrengung gelang es ihm, seine nicht steuerbare Wut zu zügeln. Absolute Voraussetzung war allerdings, dass die Sache zu seinem Nutzen war.

»… wenn mich ein Killer umnietet. Was fällt der Polizei ein, so leichtfertig mit Bürgern in Gefahr umzuspringen?«

Er hatte gar nicht bemerkt, dass die Zwillinge aus dem Kaninchengehege gelaufen waren, aufgeschreckt durch sein Gebrüll. Weinend standen sie am Tisch und krabbelten auf Theas Schoß.

»Alles gut, meine Süßen«, tröstete Thea die Dreijährigen, »Papa hat sich nur erschrocken. Alles gut.« Sie sah ihn scharf an. »Musste das unbedingt sein, so vor den Kindern?«

Waacke sah ihr an, dass sie den Satz »So schlimm ist es doch wirklich nicht« anhängen wollte, aber sie hatte sich wohl noch rechtzeitig besonnen. In polizeilich bestätigter und akuter Lebensgefahr zu schweben, konnte man ja schon als einigermaßen schlimm einstufen, dass musste selbst Thea einsehen.

Er setzte sich wieder hin und bemühte sich, eine entspannte Miene aufzusetzen. Was jetzt zählte, waren Ruhe, Konzentration und Fingerspitzengefühl.

»Okay. Du hast recht, entschuldige bitte. Es ist nur … na ja … es kommt halt sehr überraschend, und ein besonders schönes Gefühl ist es auch nicht, zu wissen, dass mich jemand auf dem Kieker hat.«

Sie nickte verständnisvoll. »Die Polizistin hat mir eine Visitenkarte gegeben. Wenn du sie sprechen möchtest, könntest du sie jederzeit anrufen, sagte sie.«

Er murmelte etwas Unverständliches. »Ja, ich werde sie gleich mal anrufen. Ich muss nur einen Moment zu mir kommen. Mir ist etwas flau im Magen.«

Thea stutzte. Waacke sah seiner Frau an, dass sie ihm diesen plötzlichen Stimmungsumschwung nicht ganz abnahm, die Bloßlegung einer Schwäche war ihr natürlich neu. Seine Wutausbrüche konterte sie sonst geschickt aus, wenn auch meist mit dem Ergebnis, dass er eine längere Zeit beleidigt war. Sein schnelles Einlenken jetzt hatte also tatsächlich bewirkt, dass sie glaubte, er wäre von dieser Horrornachricht wirklich geschockt.

Er stand auf und rieb sich mit der Hand über das Gesicht. »Ich mach mich frisch und rufe dann die Polizei an«, sagte er schwermütig. »Vielleicht ist ja alles nur ein Missverständnis. Wer weiß?«

»Hörte sich eigentlich nicht so an, aber …« Thea zuckte mit den Schultern. »Kann alles sein heutzutage.« Sie erhob sich ebenfalls und streifte sich wieder ihre Gartenhandschuhe über. »Ach übrigens …«

»Ja?«

»Ilvie fragt, wann sie wieder ihr Kaninchen in den Stall tragen darf. Ist die blöde Kiste denn noch immer nicht repariert?«

Er verzog den Mund. »Sag ihr, es ist bald so weit, ehrlich. Übermorgen kriege ich die fehlenden Holzteile bereits zugeschnitten ins Büro geliefert, und abends ist der Stall dann fix und fertig. Das verspreche ich ihr. Großes Ehrenwort.«

Ein Killer will den Ehemann umbringen, und die Gattin schwafelt von kaputten Kaninchenställen, dachte er wütend. So weit sind wir schon.

Er warf einen zufriedenen Blick auf den großen Doppelstall, den er im vergangenen Herbst mit Hilfe eines Heimwerkerhandbuches in tagelanger Arbeit gezimmert hatte. Paule musste sich seit einiger Zeit eine Zelle mit seiner Schwester Tinka teilen, sein Schlafplatz wurde vom Hausherrn renoviert, nur ein halbes Jahr nach Einzug.

Pfusch am Bau, hatte Thea gelästert.

Womit sie nicht ganz unrecht hatte.

32

»Schön, dass Sie so schnell aufs Präsidium kommen konnten«, eröffnete Rothenburg freundlich die Vernehmung.

»Na ja, ihr Kollege hat mir keine Wahl gelassen«, sagte Professor Alexander Gundelach zögernd. »Zeit für so was hier habe ich eigentlich nicht.«

»Können Sie sich vorstellen, warum wir Sie hergebeten haben?«

»Ja … nein, eigentlich nicht. Der Kommissar hat von einer Vernehmung gesprochen, aber genau …« Er zuckte die Schultern.

Rothenburg sah sich den Mann an. Gundelach hatte weißes, dichtes Haar und war mindestens einen Meter neunzig groß, so schätzte er. Als Gundelach durch die Tür zum Vernehmungsraum kam, war ihm sofort aufgefallen, dass der Professor fürchterlich müde und elend aussah. Seine Augen waren kaum größer als ein Zentimeter kleine Schlitze, die blasse Haut wirkte ledern und tot.

Morden ist anstrengend, dachte Rothenburg.

Er schaltete das Aufnahmegerät ein.

»Vernehmung des Alexander Gundelach, Zeit: zehn Uhr fünf. Anwesend KHK Rothenburg, KK Franta und KK Briesch.

R: Herr Gundelach, sagt Ihnen der Name Jan Hellmann etwas?

G: Nein.

R: Martin Zuber?

G: Nein.

R: Paul Lenze?

G: Nein … Stopp, sagten Sie Paul Lenze?

R: In der Tat.

G: Ja, der Name ist mir wohlbekannt.

R: Aha. Und wie stehen Sie zu ihm?

G: Bitte?

R: Wie stehen Sie zu ihm? Was verbindet Sie mit Paul Lenze?

G: Persönlich?

R: Egal.

G: Ich schreibe über ihn. Er ist sozusagen ein Forschungsobjekt von mir.

R: Haben Sie schon mal mit ihm geredet?

G: Geredet? Mit wem?

R: Herrgott, mit Paul Lenze natürlich.

G: Nie.

R: Warum nicht?

G: Er ist seit fast achtzig Jahren tot.

R: Was reden Sie? Haben Sie in den letzten Wochen denn keine Zeitung gelesen?

G: Nein, und davor auch nicht, wenigstens nicht den Lokalteil, auf den Sie wohl anspielen. Der ist unterirdisch. Ich habe auch keine Zeit dazu.

R: Ich werde es weitergeben. Sie wissen also nicht, dass die genannten Personen ermordet wurden?

G: Ermor… mein Gott, nein. Keine Ahnung.

R: Rauchen Sie Pfeife?

G: Ja, gelegentlich. Wieso? Darf ich hier rauchen?

R (schüttelt den Kopf): Welchen Tabak?

G: Die ›Millenium Edition‹ von W. O. Larsen. Aber den werden Sie nicht kennen.

R: Vielleicht doch. Was fahren Sie für ein Auto?

G: Einen weißen VW Passat Kombi.

R: Mit drei Aufklebern auf der Heckscheibe?

G: Drei? Ich dachte immer, da wären nur zwei drauf. Sind drei verboten?

B: Nein, aber wegen der allgemeinen Verkehrssicherheit ist es besser, wenn die Aufkleber nicht …

R: Okay, was haben Sie vorgestern Abend gemacht?

G: Ich habe zu Hause gearbeitet und meine Frau gepflegt.

R: Kann sie das bezeugen?

G: Nein.

R: Warum nicht?

G: Sie ist seit drei Jahren gelähmt und kann nicht sprechen.

…

R: Pause.«

Rothenburg lehnte sich zurück in seinem Stuhl und massierte sich die Schläfen. Peinlich berührt und zugleich wütend bis in die Haarspitzen fixierte er das Aufnahmegerät. Gromzki! Was zum Teufel hatte sich dieser Kerl nur dabei gedacht, ihn nicht darüber zu informieren. Oder hatte er, was fast noch schlimmer wäre, selbst gar keine Ahnung gehabt, wie es um die Frau bestellt war, und den Professor einfach aus dem Haus gezerrt? In jedem Fall würde er ein sehr ernstes Wort mit ihm sprechen müssen, der Teamgeist schien ihm in Gefahr zu geraten. Man konnte seine Mannschaft zwar nicht gerade als homogen bezeichnen, aber immerhin war es doch so, dass Franta und Briesch enormes Engagement zeigten und gut harmonierten. Mit ihnen waren auch konstruktive Diskussionen möglich. Franta war darüber hinaus eine erstklassige Ermittlerin, und Briesch war auf einem guten Weg dahin. Was Gromzki anging, hatte Rothenburg das Gefühl, dass er wie eine angezogene Handbremse auf sie wirkte. Und er hatte keine Lust mehr, ständig auf den Entsperrknopf zu drücken.

»Das tut mir sehr leid. Wie ist denn die Perspektive?« Rothenburg versuchte, die Frage mit so viel Mitgefühl wie möglich zu stellen, kam sich gleichzeitig aber ziemlich heuchlerisch vor.

Gundelach sah ihn fest an. »Es gibt keine, Herr Kommissar. Jedenfalls keine, die ihr jemals wieder ein einigermaßen erträgliches Leben in Aussicht stellen könnte.«

Rothenburg hasste die Situation, mit dem schweren Schicksal anderer Menschen konfrontiert zu werden und nichts tun zu können. In solchen Fällen war es oft am besten, gar nichts zu sagen, alles andere wirkte meist platt oder peinlich oder gar beides.

»Herr Kommissar, täusche ich mich, oder beschuldigen Sie mich allen Ernstes des Mordes an den drei Herren?«, fragte Gundelach nach einem Moment des betretenen Schweigens im Raum.

»Wir möchten von Ihnen einfache Antworten auf unsere einfachen Fragen, und dann können wir entscheiden, ob Sie ein Tatverdächtiger sind.«

»Und?«, fragte Gundelach sichtlich gereizt. »Was sagen Ihnen meine Antworten?«

»Dass Sie es getan haben könnten.«

»Aha. Das müssen Sie mir erklären!«

»Gerne«, sprang Gromzki überraschend in den Ring. »Ihr Auto wurde sowohl bei Lenze als auch bei Zuber unmittelbar zur Tatzeit am Tatort gesehen. Und bei Hellmanns Leiche haben Sie leider eine Prise Pfeifentabak verloren. Tja, und wenn das nicht so ein verdammt exklusiver wäre, würden Sie jetzt wahrscheinlich gar nicht hier sitzen. Das nennt man wohl wirklich Pech. Sie sind der einzige Mensch, der solch ein Auto hat und zugleich so einen exquisiten Tabak raucht. Damit wäre die Sache wohl ziemlich klar, meine ich.«

Gundelach sah sie an und lächelte gequält. »So, meinen Sie das?« Er seufzte und blickte zur Decke. »Und warum sollte ich das getan haben? Ich habe Ihnen vorhin schon erklärt, dass ich die drei Toten nicht gekannt habe. Was für einen Sinn sollte es haben, sie zu töten?«

»Jaja«, antwortete Rothenburg gedehnt, »diese Frage stellen wir uns schon seit Langem.« Er blätterte in seinen Unterlagen und zog einen losen Zettel zu sich. »Sind Ihnen denn folgende Namen bekannt: Paul Lenze … Ja, den kennen Sie, sagten Sie bereits. Weiter: Rudolf Hellmann und Ludwig Zuber?«

Gundelach starrte ihn an. »Woher kennen Sie die?«

»Beantworten Sie bitte die Frage!«

Gundelach schwieg. Er machte ein Gesicht, als ob eine Welt für ihn zusammenbrechen würde. Seine Mundwinkel zitterten mit den Händen um die Wette. Er rutschte unruhig auf seinem Stuhl hin und her.

»Herr Gundelach?«

»Ja?«

»Kennen Sie die Namen?«

Gundelach seufzte. »Ja, ich kenne sie alle. Sehr gut sogar.«

Rothenburg nickte. »Wir wissen, dass Sie nicht mit Ihnen gesprochen haben, weil sie alle lange tot sind. Wir wissen auch, dass diese drei die Vorfahren der Opfer waren. Und Sie – das ist uns jetzt auch bekannt – sind ein Nachkomme eines Kollegen dieser drei Ärzte. Jetzt möchten wir gerne von Ihnen wissen, was Sie für eine Rolle in dieser Geschichte spielen. Sie können sich vermutlich vorstellen, dass uns da ein paar Fragen unter den Nägeln brennen.«

Er sah Gundelach prüfend an. Er tat ihm fast leid, dieser alte Mann, wie er so dasaß, zusammengesunken, den Kopf bis auf die schmale Brust gebeugt, die Augen geschlossen, die Hände wie zu einem Gebet auf seinem Schoß gefaltet. Konnte es wirklich sein, dass dieses Häufchen Elend drei kaltblütige Morde begangen haben sollte? Warum nicht, was hatte er nicht schon alles erlebt? Es wäre nicht das erste Mal, dass das Unfassbare Realität wurde. Wichtig war jetzt, dass er professionell blieb und sich nicht von seinen Gefühlen leiten ließ.

»Könnte ich ein Glas Wasser haben?«, bat Gundelach leise.

Briesch nickte und verschwand. Als er mit einer Karaffe frischen Wassers und einem Glas zurückkam, setzte sich Gundelach aufrecht hin. Trank einen Schluck und atmete tief durch.

»Nun, Sie wollen wissen, was ich mit der Sache zu tun habe? Ich bleibe dabei, mit den Morden habe ich selbstverständlich nichts zu tun. Ich erkläre Ihnen aber gerne, woher ich die Namen kenne.«

Er sah Briesch und Gromzki an und lächelte sanft. »Setzen Sie sich doch bitte, es dauert eine Weile.«

Briesch verschwand wieder und brachte noch zwei Stühle. »Der Jüngste muss hier immer laufen«, erklärte er Gundelach, der ihn gar nicht beachtete. »Beim nächsten Mal hole ich Kaffee, wetten?«

»Mein Großvater war tatsächlich Mitglied eines deutschen Ärzteteams in Togo – bis 1914«, begann Gundelach, nachdem er einen großen Schluck Wasser getrunken hatte. »Die Mediziner sollten verschiedene ansteckende Krankheiten bekämpfen, die einen Teil der Bevölkerung dahinraffte. Ihre Aufgabe war es, ein Heilmittel und später auch einen Impfstoff zu entwickeln, um die Seuchen auszurotten, bevor die Seuchen die Menschen ausrotten würden.«

»Was für Seuchen?«, fragte Franta gespannt.

»Pocken, Malaria, Gelbfieber, Schlafkrankheit und noch ein paar andere. Einige Krankheiten waren vor der Kolonialisierung in Afrika unbekannt und wurden von den Europäern erst eingeschleppt, sodass die Eingeborenen ihnen überhaupt nichts entgegenzusetzen hatten und massenweise daran krepiert sind. Zum Beispiel die Syphilis.«

Briesch nickte ehrfurchtsvoll wie ein Student im ersten Semester.

Gundelach schien irritiert. »Nun gut, dieses Team also, um das es sich hier dreht, war im Jahre 1914 die sogenannte Schlafkrankheitskommission in Togo. Ihre Aufgabe war es, Kranke und

Krankheitsverdächtige aus dem ganzen Land in Lager zu bringen, dort zu internieren und an ihnen Versuche durchzuführen, um ein Heilmittel gegen die Schlafkrankheit zu finden. Aber sie sind auf der ganzen Linie gescheitert. Nicht nur, dass die Schlafkrankheit bis heute nicht richtig heilbar ist, nein, die Ärzte haben auch gegen jedes Wort ihres Berufsethos verstoßen, gegen das man nur verstoßen kann.«

Rothenburg nickte. »Das hat uns freundlicherweise schon ein Kollege von Ihnen erklärt. Herr Dr. Waacke, Sie werden ihn kennen.«

Gundelach hob den Kopf und lächelte. »Ein kompetenter Kollege. Er kennt sich gut aus, ich frage ihn oft um Rat.« Er nahm einen Schluck Wasser. »Es waren barbarische Zustände, die in diesen Konzentrationslagern herrschten. Einzelheiten erspare ich Ihnen, aber es war einfach furchtbar und menschenunwürdig. Das hat mein Großvater zum Glück auch so gesehen und versucht, mit seinen bescheidenen Mitteln dagegen vorzugehen.«

»Was heißt das?«, unterbrach ihn Franta.

»Nun, er hat diese Experimente verweigert und den Erkrankten medizinische Hilfe geleistet, die diesen Namen auch verdiente. Er hat versucht, auf seine Kollegen einzuwirken, und Protestschreiben formuliert, die er sogar nach Berlin ins Kaiserliche Gesundheitsamt und ins Kolonialministerium geschickt hat. Ich habe eine Protestnote von ihm aus dem Jahre 1914 gefunden, die er an die SPD-Fraktion im Reichstag gerichtet hat, und die eine Untersuchung ins Rollen gebracht hat. Und hier …«

Er holte aus der Innentasche seines Jacketts einen zerknitterten Zettel und strich ihn glatt.

»… dieses Papier trage ich immer bei mir, seit ich mich mit dem Mord an meinem Großvater beschäftige.«

Rothenburg hob die Augenbrauen. »Mord? Wer hat ihn ermordet?«

»Dazu komme ich gleich, haben Sie noch etwas Geduld. Es handelt sich um eine Petition von Eingeborenen, die sich gegen die Versuche zur Wehr setzen wollten. Nicht ohne Erfolg übrigens. Mein Großvater hat das Schreiben nach Berlin weitergeleitet.«

Er räusperte sich und las: »Im Bezirk Misahöhe werden gesunde Eingeborene täglich zur Anatomie Zweck nach Spitzbergen, Misahöhe und Palime zwänglich geführt. Virulentus Lymphe wird in Haemoorhage, Impfung oder Operation eingepumpt, in acht Tagen wird die ganze Körper schrecklich excaopiert oder geschwollen, dann ist der Patient tot.«

Gundelach sah Rothenburg fest an, um die Wirkung seiner Worte abzuschätzen. Rothenburg schürzte die Lippen und machte sich Notizen. Die anderen Polizisten starrten Gundelach einfach an. Gromzki fing sich als Erster.

»Das ist bestimmt alles ganz furchtbar und dramatisch«, sagte er mit einem süffisanten Unterton, »aber was hat das mit Ihnen und den drei Morden hier in Münster zu tun? Ich kann da beim besten Willen noch keinen Zusammenhang entdecken.«

Gundelach seufzte. »Ich weiß nicht, was ich mit den drei Morden zu tun haben soll, das habe ich Ihnen schon mehrfach erklärt. Ich versuche Ihnen hier die ganze Zeit begreiflich zu machen, dass ich die drei alten Männer vom Namen her kenne, aber nur von der wissenschaftlichen Seite. Hören Sie gut zu, meine Damen und Herren: Ich forsche über sie, weil die drei und noch ein vierter Arzt meinen Großvater ermordet haben.«

Franta starrte ihn an. »Also ist ihr Großvater das Opfer und nicht irgendein geschädigter Togolese?«

Gundelach blickte verständnislos in die Runde. »Ein geschädigter Togolese? Wieso? Ich verstehe nicht ganz.«

Rothenburg stand auf und ging zum Fenster. Die Sonne strahlte wieder mit voller Wucht, so warm hatte selten ein Mai begonnen. Auf dem Dach der Klinik flitzte eine Katze hinter einer anderen her. Revierkampf oder Spielerei? Wievielmal schöner waren doch die Rätsel der Natur im Gegensatz zu den Rätseln der menschlichen Abgründe!

»Warum, glauben Sie, haben die Kollegen Ihres Großvaters ihn getötet, wenn es denn so war?«

»Sie glauben mir nicht?« Gundelach verzog den Mund. »Ich bin Wissenschaftler und kein verrückter Rächer, der hundert Jahre später unschuldige Menschen umbringt. Ich habe jahrelang recherchiert und nun eindeutige und unwiderlegbare Beweise gefunden, dass Zuber, Hellmann, Lenze und Kaufmann meinen

Großvater erschlagen haben, weil er ihnen in die Quere kam und sie hindern wollte, ihre grausamen Studien fortzuführen.«

»Und wie haben sie das gemacht?«, wollte Briesch wissen.

»Sie haben ihn brutal mit Keulen erschlagen«, antwortete Gundelach bitter. »Vor seinem Haus. Er ist nur fünfunddreißig Jahre alt geworden. Mein Vater war damals erst zwei Jahre alt und zum Zeitpunkt des Mordes mit meiner Großmutter gerade wieder zurück in Deutschland. Sie hatte das feuchte Klima in Togo nicht vertragen und andauernd hohes Fieber. Hier in Münster hat sie sich schnell wieder erholt.«

Er holte ein Taschentuch aus seiner Jackentasche und schnäuzte sich dezent. »Könnte ich bitte einen Kaffee haben?«

Rothenburg sah Briesch auffordernd an, der die Augen verdrehte und verschwand. Nach ein paar Minuten kam er mit einer Thermoskanne und ein paar Tassen zurück.

Rothenburg setzte sich wieder an den Tisch, verteilte Tassen und Kaffee und spielte mit einem Kugelschreiber.

»Ich nehme an, Sie können uns handfeste Dokumente vorlegen, die Ihre Aussage stützen«, sagte er freundlich. »Dennoch ändert die Tatsache, dass Ihr Großvater ein Opfer war und kein Täter, ihre Lage hier nicht wirklich. Eher im Gegenteil. Man könnte Ihnen jetzt wirklich Rache als Motiv unterstellen.«

Gundelach schüttelte verständnislos den Kopf. »Rache? Ich? Sie sind total verrückt. Die Mörder sind alle längst tot. Was soll ich denn die Enkel umbringen?« Er ließ sich in seinen Stuhl zurückfallen und sah Rothenburg scharf an. »Sie sind ja wirklich total verrückt.«

»Beruhigen Sie sich«, erwiderte Franta sanft. »Das Problem des Nachvollziehens haben wir auch alle. Es klingt wirklich unglaublich, Sie haben völlig recht. Die einzig bislang denkbare Alternative wäre, dass es vielleicht doch ein Einwanderer aus Togo war. Aber bis wir den haben …« Sie hob abwehrend die Hände zum Zeichen, dass das wohl eine Jahrhundertaufgabe für die Münsteraner Kripo sein würde.

Alexander Gundelach stützte den Kopf auf die Hände und rieb sich mit den Fingerspitzen die Wangen. Er wirkte mit einem Male ruhig und sicher. Seine Miene hatte sich entspannt, die Augen waren hellwach. Ein leichtes Lächeln durchzuckte sein Gesicht.

»Und nun? Was haben Sie mit mir vor? Ich kann mir nicht vorstellen, dass Sie mich wegen dieser läppischen Indizien hier festhalten können. Sie können nicht beweisen, dass ich die drei Männer getötet habe. Und ich kann es nur wiederholen: Ich war es nicht. Es tut mir sehr leid für Sie, aber Sie müssen weitersuchen. Ich kann Ihnen jetzt nicht mehr weiterhelfen. Ich habe Ihnen wirklich alles gesagt, was ich weiß.«

Rothenburg verschränkte die Arme und wiegte den Kopf hin und her. »Sie können nach Hause gehen, Herr Gundelach. Was allerdings nicht bedeutet, dass Sie aus dem Spiel sind. Wir werden weitergraben, darauf können Sie sich verlassen. Bitte halten Sie sich zu unserer Verfügung.«

Der Professor erhob sich mühsam. »Graben Sie, Herr Kommissar, graben Sie. Ich werde Ihnen dabei helfen, so gut ich kann.« Dann schritt er zur Tür und verschwand wortlos, ohne sich noch einmal umzudrehen.

Minutenlang war es totenstill im Verhörzimmer. Es schien so, als ob jeder der vier Ermittler den Fall für sich noch einmal aufrollte, zusammenfasste und bewertete. Keiner wagte es, die Ruhe und Konzentration der anderen zu stören. Sie warteten auf ein Zeichen, einen Blickkontakt, ein Nicken, das den anderen signalisierte: Ich wäre jetzt so weit. Es war Briesch, der sich zuerst räusperte.

»Ich glaub, ich muss mal«, sagte er mit gedämpfter Stimme und ging hinaus.

»Er war es«, sagte Gromzki mit fester Stimme. »Todsicher. Es passt doch alles: hinreichende Indizien, ein glasklares Motiv, kein Alibi. Was brauchen wir denn noch? Warum hast du ihn laufen lassen, Nikolaus?«

»Das brauche ich dir wohl nicht zu erklären«, erwiderte Rothenburg. »Fester Wohnsitz, keine Fluchtgefahr, er haut uns nicht ab.« Er schüttelte den Kopf. »Gundelach hat recht, wir können ihm nichts beweisen. Noch nicht.«

»Beweisen? Was willst du denn noch? Natürlich hat er die Spritzen nicht mehr, die Feile ist längst irgendwo im Kanal, und den Wollmantel hat er auf dem Flohmarkt verhökert oder in den Müll geschmissen. Nikolaus, er hat Rache genommen für den Mord an seinem Opa, das wird jeden Haftrichter überzeugen.«

»Aber mich noch nicht, Klaus«, sagte Rothenburg scharf. »Ist er der Typ, der unschuldige Menschen ermordet? Irene? Was meinst du?«

Kommissarin Franta saß bewegungslos auf ihrem Stuhl und spielte gedankenversunken mit ihren Haaren.

»Ich weiß es nicht«, sagte sie geistesabwesend. »Da ist etwas, das ich nicht erklären kann. Aber ich bin mir noch nicht im Klaren, was es genau ist. Ich weiß nur, es würde überhaupt nicht zu Gundelach passen. Diese brutale Gewalt, dieser Exzess … Nein, ich kann es mir gerade nicht vorstellen.«

Briesch kam mit erleichterter Blase und Miene zurück und lehnte sich an eine Wand, die Arme hinter seinem Rücken verschränkt. Rothenburg stand auf und atmete tief durch.

»Ich werde die Sache mit Staatsanwalt Rabbel durchsprechen und fühle bei Kollau schon mal wegen Polizeischutz vor. Danach sehen wir weiter.«

»Wenn er es nun nicht war, was dann?«, fragte Franta.

»Dann schweben er selbst und noch ein Mensch in höchster Lebensgefahr«, sagte Rothenburg. »Wir haben also keine Zeit. Andreas, du organisierst seine Observation. Klaus, bleibst du noch einen Moment?«

Er wartete, bis die anderen den Raum verlassen hatten und Gromzki sich gesetzt hatte. Langsam stand er auf, lehnte sich an eine Wand und spielte mit einem Stift.

»Klaus, sag mir nur eines: Wusstest du, dass seine Frau schwerstbehindert in der Wohnung liegt?«, fragte er scharf.

Gromzki ließ den Kopf hängen und deutete wortlos ein Nicken an.

»Heißt das Ja?«

»Ja«, flüsterte Gromzki leise.

»Und warum sagst du mir das nicht, verdammt?«

Gromzki zögerte. »Ich … ich habe geglaubt, es ist nicht mehr wichtig, weil er es ja sowieso ist … der Täter, meine ich.«

»So, ist er das?« Rothenburg schüttelte den Kopf. »Klaus, so geht das nicht weiter mit dir, ehrlich nicht. Ich habe jetzt lange genug deine Patzer ausgebügelt und mir deine destruktiven Kommentare angehört. Alles ist immer schlecht, nichts wird klappen, und das schaffen wir ja sowieso nicht. Weißt du was: Ich kann nicht mehr, und ich will nicht mehr. Wenn du mir jetzt nicht endlich sagen willst, was mit dir los ist, kannst du dich um deine Versetzung kümmern, so leid mir das tut. Ich will eine Truppe, die funktioniert, die nach vorne schaut. Such es dir aus!«

Gromzki zitterte am ganzen Körper. »Ah, du willst also Jasager, möchtest, dass alle immer tun, was du …«

»Genug«, fauchte Rothenburg wütend. »Noch eine Kleinigkeit, und das Fass ist voll. Verstanden?«

Als Gromzki den Raum verlassen hatte, fühlte er sich einfach nur leer. So leer wie die Meisterschaftsvitrine von Preußen Münster, hätte Briesch gesagt.

Teil 5

4. bis 10. Mai

33

Frederik öffnete müde die Augen und sah auf seinen Digitalwecker. Er zeigte acht Uhr dreißig, höchste Zeit, sich auf den Weg zu machen. Er schlüpfte in seine Hausschuhe, schlich zur Zimmertür und horchte. Alles ruhig, natürlich. Svenja war längst in der Schule, Papa im Präsidium – wenn er gestern Abend überhaupt nach Hause gekommen war. Frederik überlegte kurz, wann er ihn das letzte Mal länger als eine halbe Stunde gesehen hatte, aber es fiel ihm nicht ein. Vielleicht Weihnachten oder Silvester. Da hatten sie mit Frank Lütjens und dessen Halbschwester Mona Käsefondue gegessen, und Papa hatte als großer Asterixfan darauf bestanden, dass jeder kurz unter die Dusche musste, der sein Brot im Käsetopf verloren hatte. Das hatte allen einigermaßen Spaß gemacht und das Essen beträchtlich in die Länge gezogen. Gegen dreiundzwanzig Uhr waren Rothenburg und Lütjens betrunken genug gewesen, um sich faul vor den Fernseher zu fläzen und laut kommentierend ein Stones-Konzert auf 3sat zu verfolgen. Um null Uhr hatten sich alle umarmt und gedrückt, um null Uhr zwanzig hatten alle selig geschlafen.

Frederik erledigte sein Morgenprogramm im Badezimmer und packte seine Sporttasche mit den nötigsten Klamotten. Im Wohnzimmer fischte er seinen Kinderpass aus der Dokumentenschublade und überlegte, wie viel Geld er wohl brauchen würde. Er öffnete seine kleine Blechdose und zählte sein Erspartes. Fünfhundert Euro, so viel war nicht nötig, zweihundert Euro würden dicke reichen. Er steckte Geld und Pass in seine Jacke, stellte die Sporttasche in den Flur und ging in die Küche, um sich Brote zu machen. Es würde eine lange Reise werden.

Während er die Brote belegte, dachte er darüber nach, was er auf den Abschiedsbrief an seinen Vater schreiben sollte. Svenja bekam nur ein paar Worte: »Mach dir ein schönes Leben, du weißt ja, wo ich bin«, oder so. Ihr war es doch sowieso ziemlich egal, ob der nervige kleine Bruder da war oder nicht. Aber Papa? Er hoffte, dass es ihm ganz und gar nicht gleichgültig war, aber wie sollte ein Vater denn seine Liebe zeigen, wenn er nie da war? Das war das wahre, einzige Problem, schon lange, und es würde sich gar nichts ändern, wenn er, Frederik, nichts unternahm.

Auch nach dem achten Brot fiel ihm nichts ein, was er seinem Vater hätte sagen wollen. Wozu eigentlich auch? Er wusste doch sowieso alles. Auch ohne ein einziges Wort würde Nikolaus Rothenburg verstehen, wohin er seinen Sohn getrieben hatte. Frederik stopfte die Brote in einen Gefrierbeutel, schnappte sich eine Flasche stilles Wasser und packte beides in die Sporttasche. Er sah auf die Uhr, es war neun, noch Zeit genug für einen letzten Blick in sein Zimmer. Er stellte das Fenster auf Kipp, machte ein letztes Mal sein Bett und starrte sehnsüchtig auf das Bild über seinem Schreibtisch. Es zeigte die ganze Familie Rothenburg an einem Strand irgendwo in Dänemark. Die Eltern hielten sich und die Kinder eng umschlungen und lachten unendlich glücklich in die Kamera. Er verstand nicht, warum dies alles vorbei sein sollte, einfach so. Er verstand es nicht und akzeptierte es nicht.

Frederik zog die Nase hoch und wischte sich eine Träne aus dem Auge. Dann zog er die Tür zu, nahm die Sporttasche und vergewisserte sich, dass er Pass, Geld und die Adresse mit der Telefonnummer eingesteckt hatte. Er nahm seinen Hausschlüssel vom Haken, steckte ihn in das innere Reißverschlussfach der Sporttasche und schlüpfte in seine Jacke. Er seufzte. Bekam er jetzt plötzlich noch Angst? Oder Zweifel?

Er zog die Haustür zu und stapfte die Treppe hinunter. Eine warme Maisonne empfing ihn, der Himmel war strahlend blau, Wind war nicht zu spüren. Er schaute kurz nach rechts und links. Es fehlte noch, wenn jetzt neugierige Nachbarn blöde Fragen stellen würden, eine Erklärung für seinen Ausflug hatte er sich nicht überlegt. Münster war zwar nicht besonders groß, aber doch hoffentlich anonym genug, dass er es ohne erkannt zu werden bis zum Bahnhof schaffen würde. Der Rest war dann ein Kinderspiel.

Hatte er sich so gedacht.

Frederik lief zur Schillerstraße. Die Sporttasche war nicht schwer, er hatte nur leichte Sachen eingepackt, die Wettervorhersage war gut, über zwanzig Grad und trocken, Regenzeug würde er vorerst nicht brauchen. Er schätzte, dass er etwa fünfzehn Minuten Fußweg vor sich hatte. Zeit, die er sich nehmen wollte, seine vertraute Umgebung noch einmal zu betrachten, sie in sich aufzunehmen und zu speichern. Wer weiß, wann und ob er jemals zurückkommen würde.

An der Kreuzung Dortmunder Straße ließ er einige Autos vorbeifahren. Er stellte die Tasche ab und beobachtete teilnahmslos den Verkehr. Als ein Polizeiwagen an die Kreuzung heranfuhr, zuckte er zusammen, machte sich klein und versuchte, sich unauffällig hinter einem wuchtigen Radfahrer zu verstecken. Frederik schielte zum Polizeiwagen und erschrak. Auf dem Beifahrersitz saß Siri Vucic, grinste und winkte ihm fröhlich zu.

Siri Vucic war eine junge und engagierte Streifenpolizistin, die Frederik schon oft im Präsidium gesehen hatte, wenn er seinen Vater besuchte. Vucic hatte sich immer gerne um ihn gekümmert, und Frederik mochte sie nicht nur deswegen besonders. Vielleicht auch, weil sie ihn sehr an seine Mutter erinnerte.

Nur heute mochte er sie nicht. Ganz und gar nicht.

Mist, dachte er, spätestens heute Mittag in der Kantine weiß Papa, dass ich nicht in der Schule bin. Der Vorsprung würde nie und nimmer reichen. Er hatte mit siebzehn Uhr kalkuliert, wenn Svenja aus der Schule kam und den Zettel finden würde. Dann würde er schon lange hinter der Grenze sein. Aber so? Er überlegte, ob er etwas unternehmen konnte. Zu blöd, wenn wegen dieser Frau alles umsonst gewesen wäre. Er sah dem Polizeiauto nach, das etwa fünfzig Meter hinter der Kreuzung an einer Bushaltestelle angehalten hatte. Hatte sie etwa auf ihn gewartet? Wollte sie mit ihm reden? Ihn fragen, warum er denn nicht in der Schule sei? Er starrte noch einige Sekunden auf den blau-weißen Wagen, dann flitzte er hin.

Siri Vucic öffnete das Seitenfenster und lächelte. »Hallo Frederik. Keine Schule heute?«

Frederik schnappte nach Luft und starrte sie an. Er konnte es den Menschen nicht verdenken, wenn sie Vucic mit seiner Mutter verwechselten. Einschließlich der gleichermaßen zerstochenen Ohrläppchen glichen sich die Frauen auffallend. Der einzige deutliche Unterschied war die Nase. Vucic hatte eine kleine Stupsnase, während Lisas Nase recht groß, kantig und vorne leicht nach unten gebogen war.

Sie waren beide auffallend hübsch.

Frederik atmete tief durch und bemühte sich, so freundlich wie möglich zu klingen.

»Klar hab ich Schule, eigentlich. Aber ich muss noch was für

Papa besorgen, eine Überraschung. Bitte sagen Sie ihm nicht, dass Sie mich gesehen haben, ja?«

»Ich schweige wie ein Grab«, sagte Vucic ernst. »Hat er etwa Geburtstag?«

»Geburtstag? Äh … nein, Hochzeitstag hat er … bald«, stotterte Frederik.

Vucic lächelte wieder. »Wie schön, dass du daran denkst. Ich glaube, so ein Kind wie dich wünsche ich mir auch mal.« Sie blickte kurz ihren Kollegen hinter dem Steuer an und lachte. »Aber alles zu seiner Zeit, Monsieur.«

Sie schloss das Fenster und nickte Frederik noch kurz zu. Er sah dem Polizeiwagen nach, wie er im Verkehr verschwand, und atmete tief durch. Das war knapp, dachte er und lächelte. Sein Vorsprung war wieder gesichert.

Er schulterte die Tasche und lief weiter zum Bahnhof. Er musste sich jetzt beeilen, um den Zug nicht zu verpassen. Er fuhr nur jede Stunde, und den Anschluss in Hamburg gab es nur alle drei Stunden. Ihm war es allemal lieber, wenn er in Aarhus oder Grenå auf Anschluss warten musste, als in Hamburg. Dort hatte es sein Vater noch sehr einfach, ihn suchen zu lassen, in Dänemark würde er sich sicherer fühlen. Er sprach schließlich Deutsch und ganz gut Schwedisch, und ein kleines Kind war er auch nicht mehr. Er würde schon klarkommen.

Im Reisezentrum des Bahnhofs kaufte er sich eine Fahrkarte und marschierte zum Gleis 12. Der Zug war pünktlich und zum Glück nicht voll. Frederik suchte sich einen freien Platz, stellte die Tasche auf den Nebensitz und holte »Asterix bei den Schweizern« heraus. Als der Zug anfuhr, ließ er das Heft sinken und starrte aus dem Fenster auf die Stadt, die seine Heimat war. Er schluckte, als sie an der Kanalschleuse vorbeifuhren. Wie oft hatten sie Radtouren am Kanal entlang gemacht, raus aus der Stadt, immer am Wasser entlang, und hatten den Schifferleuten zugewunken.

Er hatte keine Ahnung, ob er Münster jemals wiedersehen würde, aber er hoffte es und glaubte daran.

Mama, dachte er und fing an zu weinen.

Ich komme, Mama.

34

Die Räume der Lokalredaktion der Münsteraner Neuen Presse waren fast leer. Die Redakteure und Volontäre waren auf Terminen, nur die Sekretärin hatte ihren Kopf hinter einem gigantischen Flachbildschirm versteckt. Sie sah nicht auf, als Jodie eintrat und freundlich grüßte. Sie schien vielmehr dankbar zu sein, dass in diesem Augenblick das Telefon klingelte und sie so um den anstrengenden Job einer Begrüßung herumkam. Frank Lütjens kam aus einem kleinen Einzelbüro und winkte Jodie zu sich. Er zog die Tür hinter ihnen zu und küsste sie.

»Danke, dass du gekommen bist. Wie geht es Erin? Kaffee?«

Jodie ließ sich auf einen Stuhl fallen und nickte. »Gerne. Sie erholt sich ganz gut. Gestern Abend wollte sie schon wieder Whisky trinken.« Sie kramte in ihrer Handtasche und holte einen USB-Stick hervor. »Schönen Gruß von ihr. Wenn du Unfug damit anstellst, versenkt sie dich im schottischen Meer.«

Lütjens lachte. »So etwas in der Art habe ich mir gedacht.« Er steckte den Stick in seinen Computer und kopierte einen Ordner auf seinen Rechner.

»Wenn du dir jetzt bloß den Film noch einmal ansehen willst, gehe ich wieder«, sagte Jodie irritiert.

Lütjens schüttelte den Kopf. »Es geht mir um die Fotos, Jodie, nicht um den Film, das habe ich dir doch am Telefon erklärt. Nikolaus, also der Kommissar, kommt einfach nicht weiter, und ich möchte mir noch einmal die Fotos in aller Ruhe ansehen, um vielleicht doch noch einen Hinweis zu bekommen, wer dieser Idiot ist.«

»Du bist nicht die Polizei, Frank. Die haben Experten, die sich um so etwas kümmern.«

Er sah Jodie fest an. »Der Kommissar hat unglaublich viel für mich getan, Jodie. Es ist mir nicht immer so gut gegangen wie jetzt, und ich schulde ihm eine Menge. Ich möchte wenigstens versuchen, ihm zu helfen.«

»Weiß die Polizei, dass du die Fotos hast?«

»Nein, natürlich nicht. Das wissen nur du und ich.« Er schaute sie verliebt an und grinste. »Klingt schön, was? *Du und ich.*«

Jodie stand auf und küsste ihn auf den Nacken. »Ich muss mal pinkeln. Meinst du, dass eure Sekretärin mich lässt?«

»Wenn du ihr ein Kompliment machst, vielleicht.«

Als Jodie draußen war, öffnete Lütjens die Fotos in Photoshop. Er wählte drei aus, von denen er glaubte, dass darauf der Mörder am deutlichsten zu sehen war. Dann begann er, die dunkle Gestalt mit der Software-Lupe zu vergrößern und abzusuchen, Millimeter für Millimeter.

Der Hut brachte nichts. Es war ein schlichter schwarzer Schlapphut mit nicht *einem* besonderen Merkmal. Kein Schild, kein Bändchen, einfach gar nichts. Lütjens arbeitete sich weiter nach unten vor. Auf einem Bild konnte er den Haaransatz im Nacken erkennen, unregelmäßig rasiert und etwa ein bis zwei Zentimeter überstehende braune Haare. Instinktiv strich er mit einem Finger über seinen Nacken. Könnte auch meiner sein, dachte er und fluchte leise. Weil der Mantelkragen hochgeschlagen war, war kaum Haut zu erblicken, und das, was er sah, war unauffällig.

Er nahm sich den Mantel vor, danach die Hose, dann die Schuhe. Nichts, aber auch gar nichts. Es war einfach eine einzige schwarze Masse, die sich in seinen Arbeitsfenstern auftat, ohne Unregelmäßigkeiten oder Auffälligkeiten.

Es hatte keinen Sinn. Jodie hatte recht, die Polizeiexperten konnten das wohl besser.

Er fuhr mit seiner Lupe den linken Arm hinunter. Schwarz, einfach nur elendes Schwarz, dachte Lütjens und seufzte. Die Ärmel waren sehr kurz, sodass man ein Stück vom Handgelenk gut sehen konnte, bis es von einem Handschuh geschluckt wurde, natürlich ebenfalls schwarz.

Ein Grufti, überlegte Lütjens. Oder ein Autonomer.

Er wusste, dass das Unsinn war, aber langsam machte sich Resignation breit, und er war es gewohnt, sich mit seiner Art von Humor davon abzuschotten, so gut es eben ging. Seine Konzentration ließ nach, Zeit, dieses überflüssige Suchspiel zu beenden. Zwei Fotos hatte er bereits weggeklickt, bei dem letzten glitt die Lupe langsam den rechten Arm herunter.

»Sie ist gar nicht so muffig, wie sie tut.« Jodie war hereingekommen, setzte sich neben Lütjens vor den Rechner und strich ihm übers Haar. »Sie springt hervorragend auf ihren Wuschelkopf an. Was ist das da? Ich seh nur schwarz.«

»Ich auch«, seufzte Lütjens. »Ich habe nichts gefunden, nichts, aber auch gar nichts, was uns weiterhelfen könnte.«

Jodie stützte ihren Kopf auf eine Hand und fixierte den Monitor.

»Wow, eine alte Militäruhr, nicht schlecht.«

Lütjens starrte sie an. »Was sagst du da? Eine Militäruhr? Woher willst du das wissen?«

Jodie lachte. »Na hör mal, das ist mein Job. Siehst du, diesen dreieckigen Index bei zwölf Uhr? Daran kann man ganz leicht alte Fliegeruhren erkennen.«

»Ganz leicht, soso«, sagte Lütjens. Er war mit einem Male hellwach. »Was weißt du noch darüber?«

»Kannst du sie größer machen?«

»Keine Chance, dann sehen wir nur noch Pixel.«

Jodie zog ihren Stuhl näher an den Monitor und betrachtete den Ausschnitt. Die Uhr war deutlich zu sehen. Sie hatte ein schwarzes Ziffernblatt mit Zahlen von fünf bis fünfundfünfzig. Anstelle der Null oder der Sechzig zeigte eine Art Pfeilspitze nach oben. In der Mitte war ein zweiter Kreis mit Zahlen von eins bis zwölf. Die schwarze Farbe an der Seite ließ erahnen, dass auch der Schraubboden in Schwarz gehalten war.

Jodie starrte tief versunken mit verschränkten Armen auf den Bildschirm und hielt den Kopf leicht schief.

»Eine schöne Uhr«, sagte sie und strich sich eine Strähne aus dem Gesicht. »Eine verdammt schöne Uhr.«

Lütjens saß wie auf heißen Kohlen auf seinem Stuhl und wippte aufgeregt. »Und? Weiter?«

»Ich würde sagen, es ist eine alte Wempe-Uhr, hergestellt von den Hamburger Chronometerwerken, so ab 1914, vielleicht später. Ab 1914 kamen die Fliegeruhren auf, weil es für die Piloten zu umständlich war, jedes Mal ihre Taschenuhr hervorzukramen, wenn sie die genaue Zeit brauchten. Sie haben sich Damenuhren um die Oberschenkel gebunden. Daraus haben sich dann die Armbanduhren entwickelt. Interessant, findest du nicht?«

»Unglaublich. Gibt es diese Uhren denn überhaupt noch?«

Jodie zeigte auf das Bild. »Na ja, zumindest eine davon sehen wir ja hier. Es werden schon noch welche im Umlauf sein, in Trödelläden oder Militariashops. Aber wie viele es noch gibt …« Sie hob die Arme.

Lütjens hatte angefangen, aufgeregt in seinem Büro hin und her zu gehen. Er kratzte sich am Nacken.

»Wie wertvoll ist dieses Ding? So ungefähr.«

Jodie zuckte mit den Schultern. »Ich schätze mal, so einige tausend Pfund. Und wenn diese Uhr hier am Rande nicht so eine dicke Macke hätte, noch etwas mehr. Wenn du das genauer wissen willst, schau mal bei eBay nach, dort wirst du bestimmt fündig. Aber warum ist die Uhr denn überhaupt so wichtig?«

Lütjens schob Jodie sanft zur Seite. »Lass mich mal hier sitzen, bitte. Ich muss das Foto ausdrucken.«

Er vergrößerte den Ausschnitt bis zur optimalen Größe, probierte verschiedene Werkzeuge, Filter und Effekte aus, um die Uhr so scharf wie möglich zu bekommen.

»Gut so?«, fragte er Jodie.

»Perfekt.«

Er machte sich zwei Ausdrucke und legte sie mit zufriedener Miene vor sich ab. Dann speicherte er die Datei auf seinem Rechner und zog sich eine Version auf einen USB-Stick. Er lehnte sich zurück und verschränkte die Arme hinter dem Kopf.

»Kommissar Rothenburg ist mein bester Freund, wie du weißt. Wir haben viel zusammen erlebt, und nicht nur Schönes. Kurz: Ich schulde ihm viel, und das hier könnte eine Chance sein, ein kleines bisschen von dem zurückzugeben, was er mir in vielen Jahren gegeben hat. Der Mörder hier ist ein schwarzes Monstrum, das durch nichts zu identifizieren ist. Auf den Fotos ist nichts zu sehen, was die Polizei auch nur einen Millimeter weiterbringen würde. Aber das hier …«, er tippte mit einem Stift auf ein Foto, »… das hier könnte der Polizei wirklich helfen. Der Kerl trägt eine alte, seltene Uhr und …« Er stutzte einen Moment und sah zu Jodie auf. »Eigentlich ganz schön unvorsichtig, oder?«

Jodie setzte sich auf einen Ablagetisch und ließ die Beine baumeln. Ich bin ein verdammter Glückspilz, dass ich sie kennengelernt habe, dachte Lütjens. Morgen stecke ich im Dom eine Kerze an.

»Ja und nein«, sagte Jodie. »Ja, weil die Uhr natürlich sehr auffällig ist, wenn sie erkannt wird. Nein, weil selbst ein Mörder nicht an alles denken kann. Eine Uhr ist Alltag, Gewohnheit, Regelmäßigkeit. Man nimmt sie nicht einfach ab, es sei denn, man geht schwimmen oder duschen. Sonst klebt sie am Handgelenk.«

Lütjens sah auf seine Uhr, die neben der Tastatur lag. Sie störte ihn beim Tippen. Jodie folgte seinem Blick und lächelte.

»Klar, wenn sie stört, legt man sie beiseite. Aber immer so, dass man sie im Blick hat. Sie begleitet uns durch den Tag, ob wir nun schreiben, schrauben …«

»Oder töten«, unterbrach sie Lütjens. Er schaltete den Rechner aus, packte einen Ausdruck und den Stick in seine abgeschabte braune Aktentasche und stand auf.

»Jetzt werde ich den Kommissar überraschen. Kommst du mit?«

Jodie schüttelte den Kopf. »Ich helfe gern, wenn ihr mich noch einmal braucht. Aber jetzt gehe ich lieber zu Erin, und vorher muss ich noch für sie einkaufen.«

»Was denn?«, fragte Lütjens.

»Whisky. Wo kriege ich hier den besten?«

»Sind Sie eigentlich von allen guten Geistern verlassen, Rothenburg?«

Polizeichef Kollau tobte. Unablässig marschierte er mit forschen Schritten von einer Wand zur anderen und klatschte sie jedes Mal ab wie ein Volleyballspieler seine Mannschaftskameraden nach einem Ballwechsel. Staatsanwalt Rabbel zuckte bei jedem Schlag zusammen. Rothenburg überlegte, ob das eventuell auch mit Rabbels gestriger Feier zusammenhing, die mit der Taufe seiner jüngsten Tochter Jana anfing und glaubhaften Gerüchten zufolge erst gegen fünf Uhr am Morgen bei »Charlotte II« endete, wo sämtliche Nachteulen der Stadt gewöhnlich ihre Morgenpommes verspeisten.

»Warum, zum Teufel, haben Sie Gundelach laufen lassen? Erklären Sie mir das bitte! Habe ich in den Akten etwas überlesen, oder warum darf ein dringend Tatverdächtiger, der ein handfestes Motiv und kein Alibi hat, dessen Auto zweimal am Tatort gesehen wurde und der seinen seltenen Pfeifentabak am

Tatort zurückgelassen hat, warum darf dieser Mann nach ein paar Stunden Verhör seelenruhig wieder nach Hause gehen? Wo zum Teufel sind wir hier? Im Montessori-Kindergarten, oder wo?«

Rothenburg starrte aus dem Fenster. »Ganz einfach: Er war es nicht.«

Kollau blieb stehen und stützte seine Hände auf dem Schreibtisch ab.

»Aha, soso«, säuselte Kollau gefährlich sanft, »er war es also nicht. Und wer war es dann, wenn Sie mir die Frage gestatten, Herr Kriminalhauptkommissar? Der Osterhase vielleicht oder doch irgend so ein Durchgeknallter aus Togo, oder wie?«

»Warum nicht?« Rothenburg wandte seinen Blick vom Fenster ab und sah Kollau scharf an. »Wir haben keinerlei Beweise, dass Gundelach die drei Morde begangen hat. Er spielt eine Rolle in der Sache, das ist klar, aber wir wissen noch nicht, welche.«

Staatsanwalt Rabbel trank einen Schluck Wasser und räusperte sich.

»Ist es vielleicht denkbar, dass wir über Gundelach an den Mörder herankommen? Ich meine, wenn er wirklich in diese Geschichte verwickelt ist, dann kennt er doch wahrscheinlich sogar den Mörder, natürlich ohne zu wissen, dass er einer ist.«

Rothenburg nickte zustimmend. »Gundelach hat über die Großväter beziehungsweise Urgroßväter der Ermordeten geforscht, die als Ärzteteam in Togo in einer Art Konzentrationslager schlimme Experimente an den Eingeborenen gemacht haben.«

»Das ist mir aus den Akten bekannt«, unterbrach ihn Kollau ungeduldig. »Weiter.«

»Auch Gundelachs Großvater, der von Rathen hieß, war ein Mitglied dieses Teams«, fuhr Rothenburg ruhig fort, »wenn auch eines, das den anderen in die Quere kam und deshalb sterben musste, ermordet von seinen Kollegen. Sie haben sich und ihre Arbeit gefährdet gesehen und von Rathen deshalb erschlagen. Bislang konnten unsere Leute fünf Lagerärzte einwandfrei identifizieren: Ludwig Zuber, Paul Lenze, Rudolf Hellmann, Fritz Kaufmann und Heinrich von Rathen. Letzterer ist das Opfer, und Gundelach behauptet, dass die ersten vier die Mörder waren.«

»Und jetzt wird's spannend«, erklärte Rabbel. »Die Nachkommen von Zuber, Lenze und Hellmann sind ermordet worden. Die Enkel und Urenkel von Kaufmann, Adolf und Christian Waacke, leben noch und bekommen einen erhöhten Polizeischutz.«

»Gute Arbeit«, höhnte Kollau, »darauf wäre ich nie gekommen.«

»Wenn wir nun davon ausgehen«, fuhr Rabbel unbeirrt fort, »dass Gundelach tatsächlich nichts mit den Morden zu tun hat, stellt sich natürlich die Frage, ob es damals noch einen weiteren Arzt gab, dem diese scheußlichen Versuche nicht passten und der deshalb dran glauben musste. Gundelach kann kaum die gesamte Medizingeschichte des deutschen Kolonialismus aufgearbeitet haben. Ich könnte mir sehr gut vorstellen, dass in dieser Zeit mehr als nur ein Mord an aufsässigen Kritikern des Systems begangen wurde. Dass die drei Toten von heute ein Stück gemeinsame Geschichte vor hundert Jahren hatten, kann wirklich kein Zufall sein. Die eigentliche Ursache für die Morde liegt in der Vergangenheit, das steht für mich fest. Warum der Mörder allerdings gerade jetzt zuschlägt, bleibt die offene Frage.«

Polizeipräsident Kollau stützte sein Gesicht auf die Hände. Seine Augen funkelten müde, bevor sie kurz zufielen.

»Soll ich ehrlich sein, meine Herren? Ich weiß immer noch nicht, warum Gundelach noch frei herumläuft, obwohl er etwas wissen könnte, was er eigentlich gar nicht wissen kann.« Er zögerte einen Moment. »Oder wie war das noch mal?«

Rothenburg schmunzelte innerlich. »Hört sich vertrackt an, ich weiß.«

Er sah Kollau nachdenklich an. Er wusste, dass der Polizeipräsident immer noch nicht zufrieden war mit seiner Antwort, aber das war die Normalität. Ein Polizeichef hatte Druck zu machen und auf eine schnelle Lösung zu drängen, schließlich musste er in der Öffentlichkeit seinen Kopf dafür hinhalten. Jeder Mensch gab im Grunde genommen den Druck weiter, dem er selbst ausgesetzt war, um nicht innerlich zu bersten. Die Frage war, wie anständig man mit diesem Problem umging. Einfach den Druck eins zu eins weiterzugeben oder gar noch einen draufzusetzen, um gewissermaßen einen inneren Unterdruck zu erzeugen und somit Luft und Raum zu schaffen für neuen Druck, war zu simpel und in höchstem Maße unanständig, fand Rothenburg. Polizeichef

Kollau tendierte stark und völlig unnötig in diese Richtung. Aber er war eitel, machtbewusst und medienverliebt, und seine Leute hatten diese Bedürfnisse zu befriedigen.

»Nun gut«, sagte Kollau und verschränkte die Arme hinter seinem Kopf, »oder auch nicht gut. Ich habe Ihrem Scharfsinn bisher immer vertraut, Rothenburg, und habe eigentlich auch nicht vor, das zu ändern. Andererseits …«

»Andererseits was?« Rothenburg hob die Augenbrauen. »Wollen Sie mir etwa den Fall wegnehmen?«

Kollau schüttelte den Kopf. »Von wollen kann hier gar keine Rede sein. Aber Sie erinnern sich vielleicht, dass wir eine Abmachung hatten: noch eine Woche Zeit, bis wir Hilfe vom LKA anfordern. Diese Frist läuft morgen ab.«

»Eine schön einseitige Abmachung«, schnaufte Rothenburg wütend. »Nennen Sie es doch einfach, wie es ist: eine Drohung.«

Kollau hob abwehrend die Hände. »Bezeichnen Sie es, wie Sie wollen. Ich habe die Kollegen vom LKA schon vor einiger Zeit informiert, dass wir sie vermutlich um Unterstützung bitten werden. Der zuständige Abteilungsleiter war so freundlich, uns gleich zwei kompetente Beamte zu reservieren. Die werden frischen Wind in unsere Ermittlungen bringen. Profiling, neue Denkansätze und so weiter, Sie wissen schon.«

»Was haben Sie?«, brüllte Rothenburg und sprang auf. »Sie glauben also die ganze Zeit, dass wir den Täter sowieso nicht fassen, oder wie?«

»Bitte?« Kollau ließ sich verstört nach vorne fallen und hielt sich am Schreibtisch fest. »Herr Rothenburg, bitte mäßigen Sie sich.«

»Und dann sprechen Sie von Vertrauen, Scharfsinn und so einer Scheiße? Ich glaub's ja nicht.« Rothenburg ließ sich in seinen Stuhl fallen und schüttelte den Kopf.

Kollau sah Staatsanwalt Rabbel gleichzeitig verschwörerisch und flehentlich an, als wenn er ihn auf seine Seite ziehen und um Unterstützung bitten wollte. Aber Rabbel zuckte nur mit den Schultern.

»Ich bin der Ansicht, dass wir bislang alles Menschenmögliche getan und erreicht haben«, sagte er ruhig. »Dieser Fall ist außergewöhnlich, das wissen Sie selbst sehr gut. Dies ist kein Mord, weil der Baulöwe die Existenz einer kleinen Firma bedroht, kein Mord, weil sonst die Erbschaft futsch ist. Kein Psychopath, der wahllos Menschen erschießt, weil alle gegen ihn sind. Dieser Mann hat sich seine Opfer gezielt ausgesucht, in seinen Augen sind sie womöglich mitschuldig am Tod von Hunderten Menschen – wenn es denn so war. Das ist natürlich auch ganz schön krank und könnte auf einen religiösen oder humanistischen Eiferer hindeuten, bei dem sich einige Synapsen nicht richtig verbunden haben.«

»Sehen Sie«, sagte Kollau genüsslich und schlug mit der flachen Hand auf den Schreibtisch, »genau aus diesem Grunde wäre es doch mehr als wertvoll, wenn die Profiler vom LKA uns auf die richtige Spur bringen würden. Den Rest erledigen wir dann.«

Rothenburg sah ihn verächtlich an. »Sie meinen Zugriff mit SEK, Handschellen und so einem Zirkus, nicht wahr? Dafür sind wir noch gut genug, meinen Sie das? Wie Sie eben gehört haben – falls Sie überhaupt zugehört haben –, sind wir sehr wohl selbst in der Lage, unsere Täteranalyse zu machen. Dazu brauchen wir keine LKA-Heinis.«

»Na, na, na«, höhnte Kollau, »sind Sie jetzt beleidigt? Das ist aber reichlich unprofessionell.« Er stand auf, ging zum Fenster und drehte Rothenburg und Rabbel demonstrativ den Rücken zu. »Meine Entscheidung steht: Wenn Sie mir bis morgen Abend den Täter nicht geliefert haben, ziehen wir das LKA hinzu. Ob der Kerl dann Gundelach heißt oder nicht, werden wir sehen.«

Rothenburg atmete tief durch. Was für ein Riesenarschloch, dachte er. Das Wort Vertrauen kann er sich in den Hintern schieben.

Kollau drehte sich um und lächelte lammfromm. »Ich lege allerdings bis dahin immer noch größten Wert auf eine enge Zusammenarbeit mit mir. Kann ich mich darauf verlassen, Rothenburg?«

Er machte eine Schreibtischschublade auf und holte eine Zigarrenkiste heraus. »Rauchen Sie eine mit mir?«, fragte er gönnerhaft. »Ich weiß, es ist verboten, aber dies ist ja wohl eine außergewöhnliche Situation, finden Sie nicht?«

»Ich rauche nicht«, sagte Rabbel irritiert, »das wissen Sie doch.«

»Ich meinte ja auch den Kriminalhauptkommissar. Rothenburg, hören Sie mir überhaupt zu?«

Rothenburg starrte auf die kleine Kiste. Tausend Gedanken schossen ihm schlagartig durch den Kopf. Er schloss die Augen und versuchte, die unangenehme Anwesenheit des Polizeipräsidenten zu ignorieren. Er ballte die Hände zu Fäusten, wie um sich selbst anzuspornen. Er musste schnell filtern, sortieren, zuordnen, sonst war es weg, was es auch immer sein mochte.

»Rothenburg?«, hörte er Kollau aus der Ferne zwitschern. »Antworten Sie mir, verdammt noch mal.«

Er stand auf und ging langsam auf Kollau zu. »Ich rauche nur auf Partys, danke«, sagte Rothenburg ruhig. »Und im Übrigen habe ich zu tun.«

Ohne ein weiteres Wort verschwand er durch die Tür.

»Eieiei«, sagte Rabbel, »den haben Sie aber ordentlich sauer gemacht.«

»Hab ich das?«, murmelte Kollau. »Und das nur wegen der Zigarren.«

35

Rothenburg bat Sven Behle, mit ihm zu kommen, holte sich am Automaten noch einen Kaffee und fuhr dann seinen Computer hoch. Warum hatte es so lange gedauert, bis ihm klar wurde, was er auf dem Mordvideo von Martin Zuber gesehen hatte? Und ausgerechnet dieser ignorante Polizeipräsident war es gewesen, der ihm die Augen geöffnet hatte – natürlich ohne zu wissen, dass er es tat.

Sie hockten sich vor den Monitor und warteten, bis das Betriebssystem seinem Namen gerecht wurde.

»Was riecht hier so komisch?«, fragte Behle und schnüffelte wie ein Trüffelschwein unter dem Schreibtisch herum. »Hast du Käsemauken?«

»Käse stimmt schon mal«, antwortete Rothenburg und packte eine Tüte mit Brötchen aus. »Comté Extra aus dem französischen Juragebirge. Achtundzwanzig Monate hat er da in einer Festung gelegen und sich prächtig weiterentwickelt.«

Behle kräuselte seine Nase. »Komisch, mein Gouda setzt schon nach einer Woche Schimmel an.« Er grinste Rothenburg an. »Auch eine Art von Entwicklung, nicht?«

»Gouda ist doch kein Käse«, seufzte Rothenburg. »Und jetzt pass lieber auf.«

Er startete das Video und stellte den Vollbildmodus ein. Er biss kräftig in sein Brötchen und spülte mit einem Schluck Kaffee nach.

»Auf was soll ich denn achten?«, fragte Behle Kaugummi kauend. Er schaukelte mit seinem Stuhl wie Rothenburg früher in der Schule.

»Gleich. Einen Moment noch.«

Rothenburg war überrascht, wie unempfindlich er geworden war gegen die abscheuliche Gewalt, die auf dem Band zu sehen war. Wie oft hatte er den Film jetzt angeschaut? Viermal, siebenmal oder elfmal? Er wusste es nicht mehr. Er erinnerte sich, dass sich bei der ersten Vorführung durch diese verrückte Schottin alle Anwesenden mehr oder weniger permanent den Mund zugehalten hatten. Jetzt schloss er nur für einen Moment die Augen, als der Mörder Zuber die Spritze in den Bauch rammte.

»Stopp!«, rief er aufgeregt.

»Du hast doch die Maus«, bemerkte Behle geduldig, die Arme vor der Brust verschränkt.

Rothenburg fischte sich blitzschnell die Maus und klickte auf die rechte Taste. »Da!«, sagte er triumphierend. »Da ist sie tatsächlich.«

Behle streckte sich vor und starrte verständnislos auf den Monitor. »Sie? Wer ist da tatsächlich? Ich sehe nur den Mörder nach seinem Gemetzel. Das kennen wir doch alles schon.«

Rothenburg zeigte auf einen Punkt unten rechts auf dem Bildschirm. »Die Zigarrenkiste. Ich habe dieses Ding vielleicht schon einmal gesehen. Kannst du von diesem Standbild einen Schnappschuss machen und die Kiste so vergrößern, dass wir Details erkennen können?«

Behle schüttelte verständnislos den Kopf. »Klar würde das gehen. Ein paar Filter drüberlaufen lassen, scharfzeichnen, unscharf maskieren, das müsste klappen. Das Video hat eine hohe Auflösung, das macht uns die Sache leichter. Aber ich weiß nicht, wie deutlich der Schriftzug und die Farbe nach der Vergrößerung zu sehen sein werden. Ist die Kiste denn so wichtig?«

»Das weiß ich, wenn du mir den Ausdruck bringst und ich das andere Foto überprüft habe.«

»Wo ist denn das andere Foto?«

»Es hängt bei Heinrich Lenze an der Wand.«

Rothenburg und Franta nahmen Irenes Wagen, der Golf war trotz der milden Temperaturen nicht angesprungen. Ein Wunder, dass Sie bisher überhaupt noch damit fahren konnten, hatte der Mann vom Pannendienst gesagt. Da sei ja so ziemlich die gesamte Elektronik im Eimer. Ein Fall für den Schrottplatz, bei dem Verkaufswert.

»Gesetzt den Fall, die Kiste ist identisch«, überlegte Franta, während sie ihren Ford Focus über die Kanalbrücke an der Warendorfer Straße lenkte, »was bringt uns das?«

Rothenburg starrte aus dem Seitenfenster. »Solange wir nicht wissen, wem sie gehört, gar nichts.«

»Prima. Dann müssen wir also nur noch herausfinden, wem eine alte Zigarrenschachtel gehört, die auf einem fünfzig oder hundert Jahre alten Foto zu sehen ist. Kinderspiel.«

»Ich weiß«, seufzte Rothenburg, »aber es ist unsere einzige Chance, auf den Täter zu kommen. Wenn Lenze uns nicht sagen kann, wem die Kiste gehört, haben wir übermorgen die Leute vom LKA auf der Matte stehen. Keine schöne Vorstellung.«

»Hängt von den Typen ab«, sagte Franta und grinste. »Ich für meinen Teil hätte nichts gegen einen Kerl mit einem knackigen Arsch in der Hose. Eine gewisse Art von knisternder Spannung sichert die Kreativität.«

Rothenburg hob die Augenbrauen. »Und wenn es Frauen sind?«

»Dann hast du das Glück, auf zwei frische Hintern gucken zu dürfen … oder wo Männer sonst so hingucken.«

Rothenburg schüttelte den Kopf. »Ich fass es nicht. Wir stehen kurz davor, dass Kollau uns den Fall wegnimmt, und du denkst an scharfe Ärsche.«

Franta bog in die Mondstraße ein. »Das Leben ist doch nicht mehr zu ertragen, wenn kein Spaß mehr im Spiel ist.«

»So etwas nennst du Spaß im Spiel? Wenn ein Knackarsch vor dir herläuft? Ich glaub es nicht. Wir sind da, halt da vorne an.«

Franta lenkte das Auto auf einen Parkplatz direkt vor Lenzes Haus. »An was hast du denn noch Spaß? Mit Kollau streiten oder dich über Klaus ärgern?« Ihre Stimme klang nicht vorwurfsvoll, eher besorgt.

Rothenburg schwieg. Er hatte jetzt absolut keine Lust, darüber zu reden.

»Machst du dir etwa Gedanken über meine Psyche?«

Franta grinste. »Vielleicht. Nein, keine Bange. Sollte einfach nur ein kleiner Scherz sein, aber wahrscheinlich war gerade nicht der richtige Moment dazu. Alles gut.«

Sie stiegen aus dem Wagen und gingen über die Gehwegplatten durch den Vorgarten.

Heinrich Lenze öffnete die Haustür in derselben Kleidung wie bei Rothenburgs beiden vorhergehenden Besuchen. Seine zunächst finstere Miene hellte sich auf, als er Rothenburg erkannte.

»Ah, sieh an, unser Militärfreund von der Polizei. Haben Sie den Kerl immer noch nicht?« Er hatte die Arme in die Hüften gestemmt und verzog den Mund zu einem höhnischen Grinsen.

»Na, sonst wären Sie wohl nicht schon wieder hier und bräuchten meine Hilfe, was? Kommen Sie rein.«

»Militärfreund? Du?«, fragte Franta und sah Rothenburg erstaunt an. »Du bist doch vorzeitig abgehauen, dachte ich.«

Heinrich Lenze war schon wieder im Haus verschwunden und hatte Frantas Bemerkung nicht gehört. Rothenburg knuffte sie in die Seite.

»Pssst. Hier bin ich ein eifriger Soldatenbewunderer und interessiere mich für alles, was mit Militär zu tun hat, verstanden?«, flüsterte er ihr zu. »Dann ist er lammfromm. Ansonsten zickt er rum, und wir erreichen gar nichts.«

Sie zuckte die Achseln. »Mit mir kannst du aber leider nicht rechnen. Ich weiß noch nicht mal, ob eine Korvette eine Rakete oder ein amerikanischer Schlitten ist.«

»Ein Schiff«, zischte Rothenburg, »und jetzt bitte volle Konzentration.«

Heinrich Lenze mühte sich bereits in der Küche ab, um ihnen Kaffee und Kekse zu bereiten, als Rothenburg und Franta das Wohnzimmer betraten. Die Kommissarin blieb an der Türschwelle stehen und schnaufte deutlich hörbar. »Puuhh!«

»Was ist?«, fragte Lenze. »Irgendetwas nicht in Ihrem Sinne?«

»Viele Fotos haben Sie«, sagte sie mit heiserer Stimme. »Und so schöne.«

Lenze blickte misstrauisch um die Ecke. »Wollen Sie mich verarschen, oder meinen Sie das ernst?«

»Ich glaube, ich muss Ihnen etwas erklären«, griff Rothenburg ein. »Sie erinnern sich vielleicht, dass ich bei meinem letzten Besuch davon sprach, dass wir eventuell eine Spur hätten, die ins Militärmilieu führt.«

»Und? War ja wohl offensichtlich ein Fehlschuss«, brummte Lenze, während er den Tisch im Wohnzimmer deckte. Er wies ihnen das Sofa zu. »Setzen Sie sich. Ja, ich kann mich erinnern. Wenn ich Alzheimer hätte, würde ich mir eine Kugel verpassen.«

»Nun, die Spur war tatsächlich nichts, aber ich bin auf diese Weise in Kontakt mit einigen Menschen gekommen, die alte Soldatenfotos aus den verschiedenen Abschnitten der letzten hundert Jahre sammeln. Kaiserreich, Weimarer Republik, Nationalsozialismus bis hin zu den Gründungsjahren der Bundeswehr.

Unheimlich ausdrucksstarke Bilder zum Teil, Porträtaufnahmen, auf denen der ganze Schmerz und die Anstrengungen der Kriege zu sehen sind. Sehr stilvoll und überhaupt nicht reißerisch, das hat mir gefallen.«

Er sah aus den Augenwinkeln, wie Franta mit der Stirn runzelte. Was die schöne Irene jetzt wohl von mir denkt, überlegte er. Entweder, dass ich ein Spinner bin oder ein Militaristenarsch … oder sogar beides, wenn's ganz schlecht läuft.

»Und?«, fragte Lenze. »Was habe ich damit zu tun?«

»Ich habe bei einem Mann ein Foto gesehen«, log Rothenburg weiter, »von dem ich glaube, dass es identisch ist mit einem, das bei Ihnen hängt. Das würde ich gerne überprüfen. Es könnte sein, dass es uns weiterhilft.«

Lenze hob die Augenbrauen. »Aha«, machte er und nickte skeptisch, »und welches Foto sollte das bitte schön sein?«

Rothenburg stand auf und ging zur Wand mit den Aufnahmen, die er in die Zeit des Kaiserreichs einordnete. Er steckte die Hände in die Tasche und suchte die Wand ab. Nach ein paar Sekunden hatte er das Foto gefunden, tat aber noch eine Weile so, als ob er weitersuchen würde.

»Hier, das ist es«, sagte er, als er alle Fotos noch einmal aufmerksam betrachtet hatte. »Ich könnte schwören, es ist ein und dasselbe Motiv.«

Lenze erhob sich mit einem leichten Stöhnen und stellte sich neben Rothenburg. Das Foto war etwa so groß wie eine DIN-A5-Seite und im Querformat aufgenommen. Es zeigte vier weiße Männer in hellen Kitteln, die sich im Freien um einen Tisch gesetzt hatten und äußerst ernst und seriös in die Kamera schauten. Der Boden war sandig und mit kleinen Steinen und Schmutz übersät, im Hintergrund waren einige primitive Lehmhütten zu sehen, vor denen vereinzelt mehr oder weniger ausgemergelte Afrikaner standen und das imperialistische Fotoshooting beobachteten. Ein Dorfplatz mitten im Busch, schätzte Rothenburg. Togo? Auf dem Tisch waren einige Utensilien drapiert, die offensichtlich eine Eigenschaft eines jeden Arztes symbolisieren sollten … oder das, was sie eben am besten konnten, überlegte er. Ganz links lag ein abgeschlagener und ausgebluteter Kopf eines Kaffernbüffels auf dem Boden, darüber auf dem Tisch ein

Mikroskop und einige Reagenzgläser. Vor dem dritten Mann stand eine Schreibmaschine und ganz rechts eine Zigarrenkiste. Unten rechts stand in fast unleserlicher Sütterlinschrift *Togo 1914*. Rothenburg war fest davon überzeugt, dass er jedes andere Wort nicht hätte entziffern können. Deutsch-Südwestafrika? Nie im Leben!

Rothenburg schielte zu Franta, die zwischen den beiden Männern stand und das Foto interessiert betrachtete. Sie zuckte erst mit den Schultern und nickte dann kaum merklich.

Es konnte durchaus die Kiste sein, vielleicht. Jedenfalls dem ersten Blick nach zu urteilen.

Rothenburg spürte, wie eine aufkommende Spannung ihm die Luft zu nehmen drohte. Er ahnte, dass das Herumstochern im Nebel bald ein Ende haben könnte, wenn sie hier aus der Wohnung gingen mit dem, was sie haben wollten.

Wenn …

Auch dann waren noch drei schwere Hürden zu überwinden: Heinrich Lenze musste den Namen des Eigentümers wissen und rausrücken, und die Kiste musste einwandfrei als dieselbe wie auf dem Video identifiziert werden. Die letzte Hürde war mit Sicherheit die höchste von allen: die Suche nach der Zigarrenkiste und ihrem jetzigen Besitzer.

Man soll immer vorne beginnen, dachte Rothenburg.

»Können Sie uns etwas über das Foto erzählen, Herr Lenze?«, fragte er und bemühte sich, möglichst harmlos zu wirken.

»Wenn Sie wissen wollen, wer es gemacht hat, kann ich Ihnen nicht helfen. Damit das schon mal klar ist«, sagte Lenze. Er nahm das Foto von der Wand, legte es auf den Wohnzimmertisch und löste den Glasrahmen. »Das weiß ich von keinem der Fotos hier.«

Er setzte seine altmodische Lesebrille auf und betrachtete das Bild aus nächster Nähe. Rothenburg und Franta fixierten ihn. Keine Regung in seinem Gesicht durfte ihnen entgehen, sie mussten Lenzes Mienenspiel im Kopf behalten, um daraus letztendlich die richtigen Schlüsse zu ziehen, wenn es darauf ankam. Nach ein paar Minuten drehte Lenze das Foto um und las die Namen auf der Rückseite.

»Tja«, sagte er schließlich gedehnt.

»Was, tja?«, fragte Franta etwas zu ungeduldig. Sie fing sich einen missbilligenden Blick von Rothenburg ein. Ruhe bewahren, sagten ihr seine strafenden Augen, hab bitte Geduld. Hast du vergessen, was ich dir vor dem Haus gesagt habe? Sie verdrehte die Augen zur Decke.

»Darf ich fragen, wo Sie das andere Foto gesehen haben?«, fragte Lenze.

»Ich erzähle es Ihnen, wenn wir es uns für einen Tag ausleihen dürfen«, sagte Rothenburg. »Ich schwöre es beim Aufstieg des SC Preußen, dass Sie es morgen um diese Zeit wiederhaben.«

»Sehr witzig, Herr Kommissar.« Lenze schnaufte. »Aber nehmen Sie es nur mit. Ich glaube Ihnen ohne Preußens Fußballkunst, dass ich es unversehrt wiederbekommen werde. Auf die sollte man sich nun wirklich nicht verlassen.«

»Danke«, sagte Rothenburg, »das wird uns weiterbringen. Ich gehe davon aus, dass die Aufnahme 1914 in Togo gemacht wurde, wenn das da unten stimmt.« Er zeigte auf die Sütterlinkritzelei.

Lenze nickte. »Jaaa«, sagte er gedehnt, »das ist richtig. Fällt Ihnen etwas auf bei dem Zweiten von rechts?«

Rothenburg und Franta starrten auf den Mann, der in ihren Augen wie ein Allerweltsuntertan des Kaiserreichs aussah, genau wie seine drei Kameraden: geschniegelte kurze Haare mit einem furiosen Seitenscheitel, ein ausgesprochen langer Schnurrbart und ein betont strenger und anmaßender Gesichtsausdruck. So wie man sich eben einen Mann vorstellte, der nichts anderes kennt, als treu seine Pflichten im Dienste des Vaterlandes zu erfüllen.

»Er könnte Ihr Vater sein«, vermutete Franta. »Richtig?«

»Ja, es ist mein Vater, Paul Lenze. Ein hervorragender Wissenschaftler und Arzt. Er allein hat für diese Buschneger da unten mehr getan als diese verdammten Franzosen und Engländer in den ganzen Jahren nach 1914 zusammengenommen. Die haben es nicht mal ansatzweise geschafft, diese elenden Seuchen in den Griff zu kriegen, sie haben alles schleifen lassen, alle Vorkehrungen und Quarantänemaßnahmen wieder aufgehoben. Und was hat es gebracht? Es wurde schlimmer als jemals zuvor.« Er schüttelte den Kopf.

»Und die Schreibmaschine? Was bedeutet die?«, fragte Franta.

»Er hat sich oft die Finger wund getippt, so besessen war er von seiner Forschung und dem Willen, alles zu Papier zu bringen. Einige Wissenschaftler hassen ja die Bürokratie und lehnen jedwede Schreibarbeit ab, vielleicht weil sie nicht formulieren können oder weil sie einfach keine Lust darauf haben. Mein Vater tippte, sobald er sein Mikroskop in die Ecke stellte oder aus dem Lager zurückkam.«

Langsam vortasten, dachte Rothenburg, nur jetzt keinen Fehlschuss.

»Und der Kollege mit dem Mikroskop? Vermutlich einer dieser Menschen, die nicht schreiben wollten.«

»So ungefähr. Das ist Heinrich von Rathen, ein sehr ehrgeiziger, aber auch sonderbarer Mensch. Er war wohl ein guter Arzt, aber …«

Heinrich Lenze zögerte.

»Aber was?«, fragte Franta freundlich.

»Ein Sozialist war er, hat immer was von Menschlichkeit und so einem Zeug gefaselt, hat mein Vater mir einmal erzählt. Er und die anderen waren wohl ziemlich sauer auf ihn, weil er ihnen dauernd Steine in den Weg gelegt hat. Hat die Experimente behindert, wo er nur konnte, und seine pflichtbewussten Kameraden in Berlin angeschwärzt. Ein Verräter, wenn Sie's genau wissen wollen. Er ist aber schon 1914 gestorben.«

»Hat er sich mit einer Krankheit angesteckt?«, lockte ihn Rothenburg.

Heinrich Lenze zuckte mit den Schultern. »Vielleicht, ich weiß es nicht.«

Rothenburg zeigte auf den Mann hinter dem Kaffernbüffel. »Und der hier? Der war wahrscheinlich ein passionierter Jäger, oder? Lassen Sie mich raten: Rudolf Hellmann oder Ludwig Zuber.«

Lenze lachte kurz auf. »Ihnen sind die Namen bekannt? Ja, das kann man wohl sagen. Hellmann jagte für sein Leben gern Tiere … und Menschen.«

»Menschen?«, fragte Franta entsetzt. »Verstehe ich nicht.«

»Hellmann war sehr radikal in seinen Ansichten. Für ihn gab es nur Deutsche und Nichtdeutsche, egal ob Neger, Chinesen, Franzosen oder Norweger, für ihn alles Gesocks, das am besten ausgelöscht werden sollte. Wenn ein kranker Neger aus einem Lager abhaute, hatte er großes Glück, wenn ihn nicht Hellmann wieder einfing.« Er hob seinen Arm und ließ ihn wie eine Peitsche niedersausen. »Zack, zack, ein paar ordentliche Schläge mit dem Ochsenriemen, und die Sache hatte sich bald selbst erledigt.«

Rothenburg schluckte. »Und das hat keiner gewusst?«

»Doch, natürlich, alle haben es gewusst. Aber außer von Rathen hat es keinen interessiert. Es war eine andere Zeit, verstehen Sie? Da gab es Wörter wie Migrationshintergrund oder Integration und solchen Schwachsinn noch nicht. Deutschland war spät dran mit der Eroberung von Kolonien und musste beweisen, dass es genau wie England oder Frankreich in der Lage war, aus den Kolonien das Maximale rauszuholen. Und wenn Sie mich fragen, waren wir besser. Viel besser.«

»Weil sie noch mehr rausgeholt haben, als eigentlich möglich war?«, fragte Rothenburg.

»Unsinn«, erwiderte Lenze höhnisch. »Die Deutschen hatten die Neger einfach besser im Griff, weil sie wussten, wie man mit … nun ja … solchen Rassen umgehen muss.«

Rothenburg und Franta schauten sich an. Beide wären diesem alten Nazi am liebsten an die Kehle gesprungen, aber sie waren sich wortlos einig, dass sie noch einige Minuten durchhalten mussten. Danach war immer noch Zeit für ein paar einprägende Worte.

Rothenburg räusperte sich und zeigte auf die letzte Person. »Dieser Arzt hier mit der schönen Zigarrenkiste, wer ist das?«

Platzte jetzt die Bombe? Oder gab es einen Rohrkrepierer? Von Heinrich Lenzes nächstem Satz hing so viel ab, dass er es nicht wagte, überhaupt nur darüber nachzudenken. Er zitterte innerlich bis zum Zerbersten. Ihm war flau, sein Herz raste, seine feuchten Handflächen streifte er unauffällig an Lenzes klobigem Sofa ab.

Lenze schaute ihn argwöhnisch an. »Sie wollen mir doch nicht erzählen, dass Sie diesen einen Mann nicht kennen, wo Sie doch über alle anderen offensichtlich schon Bescheid wissen.«

Rothenburg setzte sich aufrecht hin und drehte das Foto um.

Ja, da stand tatsächlich der Name, den er sich erhofft hatte. Der ihn ein Stück weiterbringen würde. Er wies mit dem Zeigefinger auf den Namen. Sein Finger zitterte, er presste ihn fester auf das Foto, damit Lenze das Zucken nicht bemerkte.

Lenze nickte. »Ja. Er war ein Zigarrenraucher, wie man ihn noch nie gesehen hat. Eine nach der anderen hat er sich angesteckt, wie Zigaretten. Unglaublich. Dass Fritz Kaufmann vierundsiebzig Jahre alt geworden ist, grenzt wirklich an ein Wunder. Von seiner Lunge dürfte eigentlich nicht allzu viel übrig geblieben sein.«

Rothenburg presste die Lippen aufeinander und wollte etwas sagen, doch er bekam kein Wort heraus. Er starrte fortwährend die Kiste an.

»Ich habe ihn noch selbst gut gekannt«, fuhr Lenze fort, während er das Foto wieder in den Rahmen steckte und es Rothenburg gab. »Er trank viel und hatte Frauengeschichten. Ein richtiger Lebemann, wenn Sie so wollen, dem Kameradschaft wichtiger war als Forschung und Medizin. Aber ein aufrechter Deutscher, das muss man sagen. Von denen gibt es ja leider nicht mehr viele.« Er sah die Polizisten scharf an.

Aber Rothenburg hörte nicht mehr zu. Er fühlte sich mit einem Male zu müde, um mit diesem Ewiggestrigen eine Diskussion über gute und schlechte Menschen zu führen. Was sowieso müßig war, wie er fand. Sollten sich doch Ludwigsburg und Dortmund um diesen alten Drecksack kümmern.

Er stand auf, nickte Franta zu und steckte das Foto ein. »Sie haben es morgen wieder. Vielen Dank. Wir finden den Weg.«

Lenze holte sie erst an der Haustür ein. »Sie schulden mir noch eine Antwort. Wo haben Sie das Foto sonst noch gesehen?«, fragte er in einem leicht verärgerten Tonfall.

Rothenburg ging weiter bis zur Gartenpforte, bevor er sich umdrehte. »Das darf ich Ihnen beim besten Willen nicht sagen. Aber ich hoffe, dass Sie es in den nächsten Tagen in der Zeitung lesen können.«

Er stieg ins Auto, ohne Lenzes Entgegnung abzuwarten.

Wenn nicht, dachte er müde, bin ich morgen erledigt.

36

Wieder und wieder las er die Schlagzeile im Lokalteil: *Mordserie: Polizei lässt Tatverdächtigen frei*. Verdammt, was lief da schief? Was musste er der Polizei denn noch alles unter die Nase halten, bis die endlich begriffen, wer der Täter sein *musste*? Auto, Pfeifentabak, die Spritzen und die ausgestochenen Augen – sollte das alles nichts genützt haben? Das durfte nicht sein. Und er würde es auch auf keinen Fall tatenlos hinnehmen. Es stand schließlich alles auf dem Spiel für ihn. Wirklich alles.

Er sah auf den Kalender in seinem Büro. Morgen fing der Kongress an, morgen würde der große Professor Alexander Gundelach vor Hunderten von Historikern seinen Vortrag halten. Einen Vortrag, der seine Arbeit von Jahren mit einem Schwall von Worten zerstörte, der sein ganzes Leben zerstören würde.

Warum, zum Teufel, hatten sie ihn wieder laufen lassen?

Er ging zum Fenster und blickte auf den Domplatz. Es war spät am Nachmittag, und der großzügige Platz füllte sich mit Leben. Touristen spazierten umher oder saßen auf Bänken in der Sonne und bestaunten den mächtigen Paulus-Dom. Studenten rasten mit ihren Rädern über das Kopfsteinpflaster. Münster, wie man es kannte.

Er wiegte den Kopf und überlegte Alternativen. Manuskript verbrennen, Datei löschen? Schwachsinn, wer weiß, wo er überall Kopien hatte. Entführung? Auch totaler Unsinn, die Sache wäre nur aufgeschoben, und Alexander Gundelach wäre der große Held der Presse. Nein, er sah ein, es gab einfach keine Alternative.

Die Sache war klar. Gundelach musste auch sterben. Und zwar in den nächsten Stunden. Übermorgen war es zu spät.

Es war ganz und gar nicht sein Plan gewesen, den Professor auch noch zu töten, dazu hatte er zu viel Respekt vor der Leistung des großen Historikers. Schließlich hatte dieser ihn ja – wenn auch unwissentlich – erst auf die Idee gebracht, sich mit dem Thema zu beschäftigen, welches jetzt gewissermaßen das Geleitwort für seine Beerdigung werden würde. Aber wenn die Polizei ihm keine andere Wahl ließ …

Er packte seine Tasche und sah sich noch einmal zufrieden

in seinem kleinen Büro um. Kein Aktenordner stand einfach irgendwo, kein Blatt Papier verlor sich auf seinem Schreibtisch, kein Kugelschreiber konnte irgendwo hinrollen. Die Putzhilfen machten gerne bei ihm sauber, nichts war beiseitezuschieben oder eben mal hochzuheben. Ordnung und Struktur waren die Basis seines Lebens.

Er schloss sorgfältig ab und ging die Treppe hinunter zum Ausgang. Die Sonne blendete ihn, als er auf die Straße trat. Der Magen meldete Hunger an, und er musste nachdenken. Also schlug er den Weg Richtung Prinzipalmarkt ein und lief dann zur Salzstraße. In der »Kasserolle« bestellte er einen großen Erbseneintopf mit Mettwürstchen und ein Glas Cola. Ganz hinten in der Ecke war ein Tisch frei. Er setzte sich und aß langsam und bedächtig, weil er fest daran glaubte, dass beim gründlichen Kauen die Gedanken besonders üppig und kreativ flossen.

Er hatte nicht mehr viel Zeit zu überlegen, wie er Gundelach töten würde. Aber er wusste, dass er nach diesem vorzüglichen Eintopf einen Plan haben würde. Und den würde dann niemand mehr verhindern können.

»Welcher Scherzkeks hat sich eigentlich die Namen für die Besprechungsräume ausgedacht?«, fragte Briesch und schüttelte den Kopf. »Rot, grün, blau – das klingt doch mehr nach Verdreschen oder Kindergarten als nach Polizei.«

»Richtig«, stimmte Staatsanwalt Rabbel zu. »Meiner geht in die rote Gruppe und verhaut leider regelmäßig ein Kind aus der grünen.«

Rothenburg lag ein Spruch auf den Lippen, aber er hielt den Mund. Ihm war heiß und nicht nach Scherzen zumute.

»Spann uns nicht auf die Folter, Sven«, sagte er. »Sind die Kisten und Uhren identisch?«

»Uhren?«, fragte Rabbel. »Was für Uhren?«

Rothenburg machte eine abwehrende Handbewegung. »Später.«

Behle lehnte sich entspannt zurück und schmunzelte. »Bingo! Hundertzwanzigprozentig, ohne Zweifel. Ein und dieselbe Kiste und ein und dieselbe Uhr. Ein schönes Stück übrigens.«

Rothenburg atmete tief durch. Er wollte lächeln, aber die

Mundwinkel weigerten sich, auch nur einen Millimeter nach oben zu gehen. Die zweite Hürde war genommen, aber die größte stand noch bevor. Es gab noch keinen Grund zu triumphieren.

»Was heißt: ohne Zweifel?«

Behle schaute in seine Notizen. »Zuerst die Uhr: Dank der hervorragenden Photoshopkenntnisse unseres freien Mitarbeiters und der Macke im Glas steht fest, dass es sich um dieselbe Uhr handelt. Ein paar Besuche bei Uhrenhändlern haben darüber hinaus ergeben, dass es sich tatsächlich um eine deutsche Fliegeruhr von 1914 handelt, also etwa der Zeitpunkt, an dem das ganze Unheil seinen Lauf nahm. Es könnte sich durchaus um ein Erbstück handeln, das der Mörder am Handgelenk getragen hat, als er Martin Zuber tötete. Ganz schön blöde.«

»Wo haben Sie das Foto der Uhr denn her? Seit wann haben wir freie Mitarbeiter?«, machte Rabbel einen neuen Versuch.

Wieder schüttelte Rothenburg den Kopf. »Später. Weiter, Sven.«

»Okay, jetzt die Kiste. Zunächst das Grobe: Maße, Farbe, Text und Schrift stimmen vollkommen überein, jahrzehntelange Benutzung und Verwitterung einkalkuliert, das kann man heutzutage einfach simulieren, kein Problem. Die Scharniere waren leider auf der anderen Seite, die konnte ich nicht überprüfen. Wichtig waren die Kleinigkeiten: eine Schramme hier, ein paar Kratzer da, ein tiefer Ritzer. Passte auch alles perfekt. Ausschlaggebend für die totale Übereinstimmung war aber ein eingeritzter Name. Ich hab da mal was vorbereitet.«

Er grinste und stellte den Beamer an.

»Klappt heute schneller als zusammen mit dieser verrückten Schottin, was?«, feixte Briesch. »Man will sich ja auch näherkommen …«

»Ruhe«, raunzte Rothenburg ihn an und wandte sich wieder Behle zu. »Weiter.«

Der räusperte sich. »Äh, gut … Wo war ich? Ach ja. Seht mal hier auf dem alten Foto: An der vorderen Längsseite hat jemand ›F. Kaufmann‹ eingeritzt, vermutlich mit einem stumpfen Messer. Besonders elegant ist das nicht geworden, keine Gravur im eigentlichen Sinne, sehr krakelig und ungleich. Und jetzt hier, zum Vergleich der vergrößerte Videoschnappschuss. Urteilt selbst!«

Staatsanwalt Rabbel und die Polizisten starrten auf den Beamer. Behle hatte die Zigarrenkiste bis zum Äußersten gezoomt, um auch jedes kleinste Detail untersuchen zu können. Der Bildausschnitt war so groß, dass nur wenig mehr als der eingeritzte Name zu sehen war.

Sie waren sich alle einig: Kein Zweifel, es war dieselbe Kiste.

»Super«, brummte Gromzki, »und was jetzt?«

»Jetzt wird nach Kiste und Uhr gesucht, und zwar fix«, sagte Rothenburg. »Wir wissen jetzt, dass Dr. Fritz Kaufmann früher Besitzer der Uhr und dieser Zigarrenschachtel war, und wir kennen dank der erstklassigen Recherchen unserer nimmermüden Ermittler seine Enkel und Urenkel. Einer von denen oder jemand aus dem direkten Umfeld hat diese Kiste für den Spritzentransport benutzt. Einer, der diese Fliegeruhr am Handgelenk trägt. Eine solche Uhr verkauft keiner, die wird weitervererbt. Wir werden also zunächst bei Christian Waacke alles auf den Kopf stellen, und wir werden diese verdammten Dinger finden. Alles andere passt einfach nicht. Adolf scheidet mit seiner Armprothese als Täter aus, wie Sven mir versichert hat. Außerdem hat er gar keinen Führerschein.«

»Trotzdem, hier passt auch so einiges nicht«, erwiderte Gromzki und pulte sich Schmalz aus einem Ohr. »Ist es nicht so, dass wir schon seit einiger Zeit das Haus des Urenkels überwachen? Weil wir ihn für ein potenzielles Opfer gehalten haben, richtig? Und jetzt soll er auf einmal der Mörder sein? Das will mir nicht so recht in den Kopf. Was hätte er für ein Motiv?«

»Solange du in deinem Ohr prokelst, erklärt dir das keiner«, bemerkte Franta angewidert.

Gromzki hielt verlegen inne und putzte seinen Finger an einem Taschentuch ab. Er schüttelte genervt den Kopf. »Du musst mir gar nichts erklären, ich kenne eure abstruse Theorie. Ich finde sie total … na ja, abstrus eben.«

Rothenburg sah Gromzki scharf an. Das Fass war soeben übergelaufen, beschloss er. Vor ein paar Wochen, so erinnerte er sich, hatten sie beide eine ähnliche Situation erlebt. Ein mürrischer, fast lethargischer und destruktiver Gromzki, der nicht richtig bei der

Sache war und die Ermittlungen behinderte statt voranbrachte. In diesem psychischen Zustand war er dem Team definitiv keine Hilfe mehr, sondern eine Belastung. Rothenburg war mehrfach auf ihn zugegangen und hatte versucht herauszubekommen, was hinter seinem schlechten Gemütszustand steckte, aber es hatte nichts genützt. Gromzki hatte komplett dichtgemacht. Der nächste Schritt wäre nun eine lange Kur oder die berüchtigten Therapiesitzungen der Polizeipsychologin. Was er Gromzki eigentlich gerne ersparen würde.

»Merkwürdig oder nicht, es ist eine heiße Spur«, sagte Rothenburg in die Runde. »Das Motiv kann warten. Sonst noch was? Wie gesagt, wir haben's eilig.«

Sven Behle hob den Zeigefinger. »Ich hätte da noch eine Kleinigkeit, die ihr Blindschleichen natürlich übersehen habt. Wie ich es mir gedacht habe.«

»Aha, und was wäre das?«

Behle zoomte die Kiste kleiner und zeigte mit dem Laserpointer auf eine Art Stab, der aus der Kiste hervorlugte.

»Was ist das?«, fragte Briesch. »Etwa eine Spritze?«

»Nein«, erklärte Behle. »Für eine Nadel ist das Ding zu dick. Für den Kubus zu dünn, außerdem nicht durchsichtig. Die Farbe ist ein schwaches Gelb. Könnte ein Strohhalm sein oder so etwas.«

»Für den Schluck danach, was?« Briesch schüttelte sich.

»Er könnte die Kiste ausgepolstert haben, um die Spritze zu schützen«, schlug Franta vor.

»Oben auf dem Stäbchen ist etwas Dunkles«, fuhr Behle fort. »etwa einen Zentimeter lang und einen halben hoch. Ich vermute Staubkörnchen oder Erde. Genauer lässt sich das leider nicht sagen.«

Rothenburg nickte. »So was in der Art wird es sein.« Er atmete tief durch und schaute auf seine Armbanduhr. »Noch was?«

»Nein, jetzt bin ich fertig.«

»Gut«, meldete sich Rabbel. »Ich will jetzt verdammt noch mal wissen, wo das Uhrenfoto herkommt, und wer dieser freie Mitarbeiter ist.«

Rothenburg seufzte. »Geben Sie mir zehn Minuten. Dann komm ich in Ihr Büro und erkläre es Ihnen.«

Rabbel nickte. »Klingt geheimnisvoll.«

Rothenburg stand auf und machte ein Zeichen, dass die Besprechung vorbei war. »In einer halben Stunde treffen wir uns wieder hier. Bis dahin lasst mich in Ruhe nachdenken.«

Er scheuchte sie hinaus, griff zum Hörer und führte zwei Telefonate.

37

Polizeihauptmeisterin Siri Vucic klappte ihr Handy ein und steckte es langsam in ihre Jacke.

Sie seufzte. Es war nicht einfach, einen Kollegen zu haben, in den man verliebt zu sein glaubte, der noch verheiratet war und einer Frau hinterhertrauerte, die ihr glich wie ein Ei dem anderen – mit leichten Unterschieden an der äußeren Hülle. Es würde ihr nicht im Traum einfallen, sich in eine Beziehung einzumischen, auch wenn diese Beziehung den Namen eigentlich nicht verdiente, nein, das hatte sie weiß Gott nicht nötig. Aber wenn es nun einmal so war, dass es einen so erwischte, hatte man wirklich die Arschkarte gezogen. Vucic konnte und wollte nicht aktiv werden, um nichts auf der Welt hätte sie Rothenburg um eine Verabredung zum Essen oder Kino gebeten, eher würde sie sich mit diesem phlegmatischen Gromzki eine platte Hollywood-Komödie mit Adam Sandler reinziehen und anschließend bei McDonald's Fritten essen.

Nein, es war so, wie es war, und damit musste sie sich wohl abfinden.

Sie stupste ihren Kollegen Kai Nordmann an, der sich auf dem Fahrersitz zurückgelehnt hatte und döste.

»Wir müssen los, Kai. Sonderauftrag.«

Nordmann fuhr erschrocken auf und rieb sich die Augen. »Alles klar, Siri. Bin bereit. Wohin? Sonderrechte?«, stammelte er durcheinander.

Vucic schmunzelte. Nordmann war noch nicht lange im regulären Dienst und legte einen ungeheuren Eifer an den Tag, wenn er denn mal aktiv wurde. Einfach ein netter, sympathischer Kerl, wie sie fand. Keine Allüren, keine blöden Machosprüche über Frauen in Uniform, immer hilfsbereit und zuvorkommend. Das Einzige, was sie an ihm auszusetzen hatte, war seine unmögliche Frisur. Mit seinen kurzen Locken, die durch einen völlig missratenen Mittelscheitel in zwei Hälften geteilt wurden, erinnerte er sie an einen Sportjournalisten, den sie einfach nur bescheuert fand.

Aber Siri Vucic war klug genug, dieses Thema niemals anzusprechen.

»Raus aufs Land, nach Telgte. Keine Sonderrechte, im Gegenteil. Schön sachte ranfahren und vorsichtig beobachten. Ich sag dir, wo.«

Die Fahrt dauerte etwa zwanzig Minuten. Vucic blickte während dieser Zeit ununterbrochen aus dem Fenster und beantwortete nur knapp Nordmanns Fragen nach dem Weg. Sie versuchte, ihre Gedanken an Rothenburg wegzuwischen und ausschließlich an ihren Auftrag zu denken. Erst als sie von der Umgehungsstraße links in eine Straße Richtung Sportgelände abbogen, wandte sie sich ihrem Kollegen wieder zu.

»Sag mal, Kai«, fragte sie zaghaft, »hast du im Dienst schon mal deine Waffe benutzt?«

Nordmann blickte sie erstaunt an. »Meine Waffe?«, wiederholte er unsicher.

»Ja, Mensch. Das Stück Metall, das da an deiner Hüfte hängt.«

Nordmann bremste leicht ab und setzte den Blinker. »Zum Glück nicht. Und ich hoffe auch, dass das so bleibt.« Er sah sie stirnrunzelnd an. »Wieso? Muss ich gleich damit rechnen?«

»Keine Ahnung. Wahrscheinlich nicht, wir sollen ja nur beobachten und berichten. Es wäre einfach nur schön zu wissen. Halt hier links mal an, dahinten stehen unsere Zivilkollegen. Die muss ich kurz was fragen.«

Sie parkten auf einem breiten Schotterweg, der links und rechts von prächtigen Villen mit großzügig angelegten Gärten eingerahmt wurde. Auf der rechten Straßenseite konnte man direkt hinter den Häusern die ersten Bäume der Klatenberge sehen, einem bei Joggern und Spaziergängern beliebten Waldgebiet.

Nach ein paar Minuten kam Vucic vom Zivilwagen zurück und beugte sich durch das geöffnete Seitenfenster. »Alles ruhig, die Mama ist mit ihren vier Mädchen beschäftigt, der Herr des Hauses ist noch nicht da. Keine Verdächtigen um das Gelände herum.«

Nordmann stieg aus und legte die Arme aufs Dach des Polizeiautos. »Liebe Siri, könntest du mich bitte darüber aufklären, was wir hier eigentlich sollen, und wer diese Leute sind? Sollen wir beschatten oder beschützen?«

Vucic kam um den Wagen herum und lehnte sich neben Nordmann an die Hintertür.

»Eine gute Frage. Bis vor Kurzem sollte diese Familie beschützt werden, der Vater war ein potenzielles Mordopfer dieses irren Spritzenmörders. Jetzt allerdings hat sich der Spieß umgedreht. Rothenburg hält es für möglich, dass der Mann der Mörder sein könnte. Er bittet sich aber noch ein paar Minuten Zeit aus, um den Verdacht konkreter zu fassen und etwas zu überprüfen. Solange sollen wir Haus und Garten vorsichtig beobachten, aber noch nichts unternehmen, bis ich wieder von ihm höre. Alles klar?«

Nordmann schürzte die Lippen. »Ist der Mann gefährlich?«

Vucic lachte kurz auf. »Soll das ein Witz sein? Wenn er wirklich der Mörder ist, hat er drei Menschen brutal getötet. Ein wahrhaftiger Engel also.«

»Hm«, machte Nordmann. Seine linke Hand glitt langsam zum Pistolenhalfter und umfasste seine Walther P99.

»Was, hm?«

Nordmann scharrte mit dem Fuß im Schotter. »Ist das nicht ein bisschen auffällig, wenn wir hier mit einem Polizeiwagen stehen? Egal, ob wir jetzt beschatten oder beschützen müssen.«

»Hier stehen und fahren seit Tagen Polizeiwagen, mein Lieber. Da fällt es höchstens auf, wenn wir hier nicht stehen. Los, wir gehen zum Garten.«

Sie gingen ein paar Meter weiter und stellten sich, verdeckt von Büschen und Gestrüpp, an den Jägerzaun, von wo aus sie das Grundstück gut überblicken konnten.

Die Auffahrt war ein breiter und etwa fünfzig Meter langer Weg aus roter Asche. Rechts davon erstreckte sich erst eine große Rasenfläche, auf der sich eine Schaukel, eine Wippe und ein Sandkasten befanden, am Ende lag das zweigeschossige, weiß getünchte Wohnhaus. Zwischen den Spielgeräten und dem Haus mümmelten in einem Maschendrahtgehege ein paar winzige Kaninchen Gras und Löwenzahn, ihre Ställe waren bis auf einen alle offen. Am Ende der Auffahrt stand ein mit roten Geranien behangener Carport, breit genug für zwei Autos. Auf dem rechten Stellplatz parkte ein weißer Smart, der linke war leer.

»Wirklich idyllisch«, flüsterte Nordmann. »Gleich kommt die Hausfrau mit ausgebreiteten Armen aus dem Haus gelaufen und empfängt den Patriarchen mit einem Kaffee, wenn er mit seinem BMW vorfährt.«

Siri Vucic lächelte. »Vielleicht bei Inga Lindström. Da gibt's aber bestimmt keine vier kreischenden Mädchen. Los, raus aus den Büschen. Wir müssen uns zeigen.«

Nordmann blickte zum Haus, wo in diesem Moment die Tür aufging und drei Mädchen laut lachend auf die Wiese stürmten. Ein viertes kam mit Tränen in den Augen und laut weinend an der Hand der Mutter hinterher.

»Da hast du deine Idylle«, murmelte Vucic. Sie hatten sich jetzt am Tor der Auffahrt postiert.

Die Frau setzte sich an einen großen Gartentisch aus braunem Holz, nahm das Kind auf den Schoß und streichelte die langen blonden Haare. Als sie einen Moment aufblickte, sah sie die Polizisten. Vucic sah ihr an, dass sie die Anwesenheit der Polizei nicht uneingeschränkt begrüßte. Ihre Miene verriet mehr Besorgnis und Zweifel als Beruhigung. Aber sie hatte sich offensichtlich mit der Situation abgefunden und winkte den Beamten mit einem gequälten Lächeln zu. Dann schien ihr ein Gedanke gekommen zu sein. Sie legte den Kopf zur Seite und starrte auf den Kaninchenstall, lächelte schließlich und flüsterte dem Mädchen etwas ins Ohr. Das Kind hörte mit einem Schlag auf zu weinen, wischte sich die Tränen weg und strahlte über das ganze Gesicht. Mutter und Tochter standen auf und kamen auf die Polizisten zu.

»Hallo«, begrüßte sie die Frau, »das ist Ilvie, und ich bin Thea Waacke. Aber das werden Sie ja wohl schon wissen.«

»Richtig«, bestätigte Siri Vucic. Dann wandte sie sich dem Mädchen zu. »Hallo, Ilvie. Du hast da aber schöne Hasen.«

»Das sind doch keine Hasen«, gluckste Ilvie. »Das sind doch Zwergkaninchen.«

Vucic grinste. »Ach, ehrlich? Na, aber schön sind sie trotzdem.«

Thea Waacke gab den Polizisten die Hand. »Darf ich Sie mal ganz kurz um einen Gefallen bitten, so ein bisschen außer der Reihe?«

»Klar«, sagte Nordmann gönnerhaft. »Was gibt's denn?«

»Sehen Sie mal den Stall da.« Sie zeigte auf den Stall mit der geschlossenen Tür. »Mein Mann hat den Stall von Paule repariert und noch mit einem Vorhängeschloss abgesperrt. Ilvie will Paule dort wieder hineintragen, weil der Käfig jetzt endlich wieder repariert ist, aber mein Mann hat vergessen, das Schloss zu entfernen. Könnten Sie es vielleicht aufbrechen? Ilvie wäre so glücklich.«

Nordmann grinste Vucic an. »Na, das nenne ich doch mal Dienst am Bürger, Siri. Haben Sie einen dicken Schraubenzieher oder ein Stemmeisen, Frau Waacke?«

Sie lächelte. »Danke. Ich hole Werkzeug.«

Vucic und Nordmann öffneten das Tor, nahmen Ilvie in ihre Mitte und gingen über den Rasen zum Stall. Thea Waacke kam mit einem kleinen Werkzeugkasten zurück und stellte ihn vor den Stall.

»Ich hoffe, das geht damit.«

Nordmann warf einen prüfenden Blick auf das Schloss und auf das Werkzeug. »Hat ihr Mann hier einen Schatz versteckt oder was? Mit solch einem Schloss kann man schwere Eisentore verschließen … aber einen Karnickelstall? Na, es wird schon gehen.« Er zwinkerte Ilvie zu. »Zur Not schieße ich das Schloss kaputt.«

Er kniete sich vor den Stall und probierte es mit einem dicken Schraubenzieher, den er senkrecht als Hebel durch den Bügel steckte. Das Metall gab keinen Millimeter nach.

»Brauchen Sie das Schloss noch?«, fragte er Thea Waacke. »Sonst würde ich den Bolzenschneider aus dem Auto holen. Alles andere hat keinen Sinn.«

Frau Waacke schüttelte den Kopf. »Machen Sie das. Das Schloss kann gerne weg. Ich habe mich sowieso gewundert, warum hier so ein fettes Ding hängt.« Sie schnaubte verächtlich. »Bei einem Zwergkaninchen, wie peinlich.«

Als Nordmann mit dem Bolzenschneider zurückkam, sah er, dass Vucic mittlerweile mit Ilvie im Sandkasten mit Förmchen spielte.

»Gefährlicher Auftrag«, murmelte er kopfschüttelnd vor sich hin. »Zwergkaninchen und Sandkasten.«

Er setzte den Bolzenschneider an und schnitt den Bügel ohne Mühe durch.

»Fertig«, rief er stolz. »Paule kann nach Hause.«

Ilvie rannte zum Gehege, um Paule zu holen, ihre Mutter folgte ihr. Vucic dachte an das Telefonat mit Rothenburg, ging zum Stall und betrachtete ihn nachdenklich. Die Stalltür aus einem Holzrahmen und dünnem Metalldraht deckte nicht die ganze Front ab. Jeweils links und rechts waren noch etwa dreißig Zentimeter Holzwand. Der Boden war mit Stroh ausgelegt.

»Findest du es nicht merkwürdig, dass ein Stall repariert wird, in dem noch Stroh liegt? Und dass so ein fettes Schloss davorhängt?«

Nordmann sah sie verständnislos an. »Wie? Was sagst du da?«

Vucic starrte weiter auf den Stall. »Das ist doch Stroh, oder?«

Nordmann schüttelte den Kopf. »Willst du mich veräppeln? Was ist mit dem Stroh?«

Statt einer Antwort kniete sie sich nieder und öffnete langsam die Stalltür. Sie schloss kurz die Augen, dann langte sie mit einem Arm in den Stall und fuhr vorsichtig durch das raschelnde Stroh über den Boden. In der linken hinteren Ecke stieß ihre Hand auf etwas Hartes. Ihr wurde heiß, Adrenalin schoss durch ihren Körper. Sie lugte mit dem Kopf durch die Türöffnung und sah einen kleinen schwarzen Kasten, der sorgfältig unter einer Lage Stroh versteckt war.

Sie zog sofort ihre Hand zurück, streifte sich Handschuhe über und holte den Kasten aus dem Stall.

»Was machst du da?«, fragte Nordmann erstaunt.

»Pssst.« Vucic legte den Kasten vor sich ab und blickte zum Gehege. Thea Waacke und Ilvie waren noch damit beschäftigt, Paule zu fangen. »Stell dich zwischen mich und die beiden und sag Bescheid, wenn sie kommen«, flüsterte sie.

»Was ist das denn für eine Kiste?«, fragte Nordmann ungeduldig. »Ist die so wichtig?«

»Das werde ich gleich sehen. Jetzt pass auf, verdammt noch mal!«

Die Kiste war nur mit einem simplen Mechanismus gegen unbeabsichtigtes Öffnen gesichert. Vucic klappte einen kleinen Hebel zur Seite und hielt inne. Wenn das hier tatsächlich …

Sie holte tief Luft und schlug den Deckel hoch.

Nur Stroh. Sie blies die Luft mit vollen Backen aus ihrer Lunge. Sie tauchte ihren Zeigefinger in das Stroh und wühlte so lange, bis er gegen einen runden Gegenstand stieß.

Ihr Herz begann zu rasen. Sie blickte sich noch einmal zu Nordmann um. »Alles klar?«

»Ja, Mensch. Was ist denn bloß?«

Vucic fasste den Gegenstand zwischen Zeigefinger und Daumen und holte ihn aus der Kiste.

Gott im Himmel, dachte sie, jetzt wird's interessant.

Nachdem Rothenburg die Telefonate erledigt und dem Staatsanwalt die Herkunft des Uhrenfotos erklärt hatte, war er in einen Dienstwagen gesprungen und hatte für die Strecke bis zu Gundelachs Wohnung weniger als fünf Minuten gebraucht. Im Berufsverkehr und ohne Blaulicht.

Er klingelte und rannte die Treppe zum zweiten Stock hoch, wo der Professor schon in der Tür stand.

»Was gibt's denn so Dramatisches? Ich habe Ihnen doch schon versichert, dass ich nicht weglaufe.«

Rothenburg stützte sich am Türrahmen ab und keuchte. »Sie vielleicht nicht, nein. Aber möglicherweise ein anderer. Darf ich reinkommen?«

Gundelach stutzte und machte Platz. »Aha. Glauben Sie mir jetzt auf einmal, dass ich es nicht war, Herr Kommissar?«

Rothenburg ging ins Wohnzimmer und setzte sich in einen Sessel, ohne eine Aufforderung abzuwarten. »Ich persönlich habe nie geglaubt, dass Sie drei Menschen töten könnten.«

Gundelach lächelte mild. »Besten Dank. Was kann ich dann für Sie tun?«

»Sie kennen doch Christian Waacke?«

Gundelach hob leicht genervt die Augenbrauen. »Ja, das habe ich Ihnen bereits gesagt. Ein sehr tüchtiger Wissenschaftler, aber leider krankhaft ehrgeizig. Was ist denn mit ihm?«

»Ist Ihnen bekannt, dass er der Urenkel von Dr. Fritz Kaufmann ist?«

Gundelach stutzte. »Waacke … Kaufmann …? Nein, das wusste ich nicht.« Langsam ging er auf Rothenburg zu und setzte sich in einen Sessel ihm gegenüber. Er starrte auf den Holzboden und schüttelte den Kopf. »Waacke … Kaufmann … Mein Gott, deshalb also. Ich habe ihn schon mehrmals gewarnt und versucht, ihn davon abzubringen.«

»Abzubringen wovon?«

»Über den Verbrecher Fritz Kaufmann so wohlwollend zu

schreiben, wie er es tut. Es ist mittlerweile allgemein bekannt, dass Kaufmann nicht zimperlich mit den Afrikanern umgegangen ist. Später gehörte er zu den führenden Ärztefunktionären der Nazis. Es gibt sogar eine Untersuchungskommission, die seine Verstrickungen in Euthanasietaten in Westfalen untersuchen soll. Über so einen Menschen kann man doch unmöglich positiv schreiben, das habe ich Waacke mehrmals gesagt. Aber er ließ sich nicht von seinem Konzept abbringen und hat mir erzählt, die meisten Quellen seien einfach falsch interpretiert oder aus dem Zusammenhang gerissen worden. Und jetzt das …« Er erstarrte und schlug sich mit der flachen Hand an die Stirn. »Mein Gott, über seinen eigenen Urgroßvater. Das ist einfach nicht möglich.«

Gundelach saß wie ein Häufchen Elend im Sessel, hielt sich die Hände vor das Gesicht und grübelte.

»Nicht möglich?«, fragte Rothenburg. »Wieso?«

»In unseren Kreisen ist es nicht gerade … wie soll ich sagen … karrierefördernd, wenn man über einen Bekannten oder gar Verwandten eine Biografie verfasst. Und schon gar nicht, wenn es eine Lobeshymne wird. Das macht man einfach nicht. Unseriös, verstehen Sie?«

»Ich verstehe sehr gut. Aber haben Sie nicht eben gesagt, dass Waacke so überaus ehrgeizig ist? Er will doch Karriere machen. Wie passt das zusammen?«

Die beiden Männer sahen sich an und wussten gleichzeitig die einzig mögliche Antwort.

»Er hofft tatsächlich, dass nicht herauskommt, dass Fritz Kaufmann der Urgroßvater von ihm war und in Wahrheit alles andere als ein vorbildlicher Mediziner und Wissenschaftler gewesen ist«, sagte Gundelach fassungslos und wurde plötzlich kalkweiß im Gesicht. »Aber es kommt alles raus, und zwar schon morgen. Oh mein Gott.«

»Was ist denn morgen?«, fragte Rothenburg scharf.

»Ich eröffne morgen den Deutschen Historikerkongress mit einem Vortrag, und ich Esel habe ausgerechnet Waacke auch noch um Hilfe dabei gebeten.«

»Um Hilfe gebeten? Was für ein Vortrag?«

»Die Experimentierpraxis in den Kolonien und das Erkenntnisinteresse daran. Ich werde den Mord an meinem Großvater als

Aufhänger nehmen, um über die Ursachen und Hintergründe und seine Auswirkungen auf die Experimentierpraxis in den Kolonien zu referieren.« Gundelach schnaufte. »Du liebe Güte. Glauben Sie, dass die Morde etwas mit meinem Vortrag zu tun haben?«

Rothenburg war aufgestanden und stellte sich an das geöffnete Fenster.

»Vielleicht. Was weiß Waacke über Ihren Vortrag?«

Gundelach überlegte nur kurz. »Alles.«

»Alles? Auch, dass Fritz Kaufmann der Mörder Ihres Großvaters war?«

Gundelach schluckte schwer. »Ja.«

»Wieso weiß er so viel? Ist es üblich, den Kollegen vorher schon alles zu verraten?«

Gundelach schüttelte den Kopf. »Ganz und gar nicht. Aber ich hatte Probleme mit einigen Quellen. Ich wusste, dass im Institut für Ethnologie noch unveröffentlichte Primärquellen auf Mikrofiche schlummern mussten, die beweisen würden, dass mein Großvater von den anderen Kollegen ermordet wurde. Und sie beweisen, dass die Zustände in den Konzentrationslagern wirklich menschenunwürdig und die Experimentierpraxis ein Verbrechen waren. Ich hatte aber wegen meiner Frau wenig Gelegenheit, diese Quellen in Ruhe zu studieren, und die Zeit drängte. Deshalb habe ich Waacke über mein Vorhaben informiert und ihn gebeten, einige Mikrofiches zu sichten, zu kopieren und mir zu schicken. Und das hat er auch getan. Die brisantesten habe ich mir natürlich selber besorgt.«

»Aber es war Ihnen klar, dass er diese Mikrofiches auch lesen würde?«

Gundelach seufzte. »Sicher, das sollte er ja sogar. Aber es ging nicht anders. Und außerdem: Normalerweise funktioniert es ganz gut, wenn man einen Kollegen um Vertraulichkeit bittet. Aber so, wie die Dinge hier liegen …«

Er wurde durch ein klingelndes Handy unterbrochen.

»Miss Marple«, schmunzelte Gundelach, »wie amüsant.«

Rothenburg hatte das Handy schon am Ohr und lauschte. »Großartig. Nimm es und verkrümelt euch schnell … Wohin? Weiß ich doch nicht. In die Büsche, ins Auto, in den Wald, ins

Freibad, egal. Bloß weg vom Grundstück. Er muss gleich nach Hause kommen, und er ist gefährlich. Unternehmt nichts, bis wir da sind. Hörst du, Siri? Nichts! Verstanden? Ende!«

Er klappte sein Handy zu und sah Gundelach fest an.

»Herr Professor? Es scheint, der Alptraum geht zu Ende.«

Rothenburg sprang in seinen Wagen und forderte über Funk Verstärkung an. Dann klemmte er das Blaulicht aufs Dach und raste Richtung Warendorfer Straße. In letzter Sekunde überquerte er die Bahngleise an der Danziger Freiheit, bevor die Schranken heruntergelassen wurden. Er war auf Höhe der Mondstraße in Mauritz, als sich Miss Marple erneut meldete.

»Ja?«

»Geht's dir noch gut?«, brüllte eine Stimme statt einer Begrüßung.

Rothenburg wurde blass. »Lisa? Bist … bist du das?«, stammelte er.

»Ja, ich bin Lisa, und du, du bist ein vollkommener Idiot.«

Rothenburg wurde heiß. Seit seinem Telefonat vorhin mit Siri Vucic durchströmte bereits eine Sonderration Adrenalin seinen Körper, die seine Konzentration und Anspannung auf einem hohen Niveau hielt. Lisas wütende Stimme katapultierte den Adrenalinspiegel im Nu über den gesetzlich erlaubten Grenzwert.

Jetzt bloß die Ruhe bewahren, dachte Rothenburg. Schön zustimmen und auf später vertrösten. Er musste sie irgendwie milde stimmen, und zwar ganz schnell.

»Schön, deine … Stimme zu hören.« Er räusperte sich. »Was gibt's denn? Es geht gerade nicht so gut, weißt du?«

»Nicht so gut?«, schrie Lisa durch das Handy. »Soll ich dir mal sagen, was nicht so gut ist?«

Rothenburg sackte auf seinem Sitz zusammen. »Was denn?«

Für einen Moment herrschte Stille. Er hoffte insgeheim, dass sich Lisa einen schlechten Scherz mit ihm machen wollte. Aber eigentlich kannte er sie besser. Lisa mochte und machte solche Scherze nicht. Sie klang jetzt ruhiger und einfach nur wütend.

»Nicht so gut ist, wenn ein Vater nicht weiß, wo sein Sohn ist.«

»Frederik?«, fragte Rothenburg verblüfft. Sein Herz begann zu rasen.

»Hast du noch mehr Söhne, du Idiot?«

»Wo ist er, verdammt noch mal? Nun sag schon!«

»Im Hafen von Grenå.«

Rothenburg trat unwillkürlich auf die Bremse. »Wo ist er?!«

»Er hat mich heute Mittag aus dem Zug angerufen, ob ich ihm entgegenkommen könne. Er ist abgehauen, geflüchtet vor deiner Ignoranz. Und natürlich hat der Herr Kommissar Unentbehrlich nichts davon mitbekommen. Wir haben uns in Grenå getroffen.«

Rothenburg starrte aus der Windschutzscheibe. »Aber wieso …«

In diesem Moment gab es einen gewaltigen Krach. Er hörte nur noch zerberstendes Glas und knirschendes Blech. Rothenburg wurde mit voller Wucht nach vorne geschleudert und nur von seinem Gurt zurückgehalten. Er brauchte ein paar Sekunden, um zu begreifen, dass ihm ein Auto hinten reingefahren war, weil er ohne ersichtlichen Grund auf offener Straße angehalten hatte. Wütend trommelte er aufs Lenkrad.

»Scheiße, Scheiße, Scheiße«, brüllte er. Er hatte fast Tränen in den Augen vor ohnmächtigem Zorn. Er lehnte seinen Kopf ans Lenkrad.

Das phantastische Ende einer Mörderjagd, dachte er. Ein Verkehrsunfall und eine tobende Nochehefrau.

»Nikolaus«, krächzte Lisa aus dem Handy, »was ist da los bei dir? Es hat eben fürchterlich geknallt.«

Rothenburg hob den Kopf und suchte das Mobiltelefon. Es lag auf dem Beifahrersitz. Er nahm es und atmete tief durch, bevor er antwortete.

»Hör zu, Lisa, ganz kurz: Mir ist eben einer ins Auto gefahren. Ich bin gerade auf dem Weg, diesen irren Mörder zu fassen, und meine Kollegen sind schon vor Ort. Ich bitte dich …«

»Hallo, Sie da«, wurde Rothenburg von einer tiefen männlichen Stimme unterbrochen. »Auch wenn Sie die Polizei sind, können Sie doch nicht einfach so bremsen, wie es Ihnen passt.«

Rothenburg blickte zur Seite und sah in das strenge Gesicht eines Mittvierzigers mit hoher Stirn und kurz geschnittenen grauen Haaren. Der Mann trug einen teuren Businessanzug, ein weißes Hemd und eine schwarze Krawatte mit weißen Playboy-Bunnies.

Auch das noch, dachte Rothenburg.

Er lächelte den Mann müde an. »Einen Moment bitte noch. Es ist wichtig.« Dann sprach er wieder ins Handy. »Lisa, hörst du? Ich verspreche dir, ich rufe dich heute Abend noch an, und dann klären wir alles. Aber jetzt … Es geht echt nicht, ich muss los, der Kerl ist gefährlich.«

»Wie willst du weiterfahren, wenn du einen Unfall hattest?«, fragte Lisa bissig.

Stimmt, dachte Rothenburg. Scheiße.

»Hallo Sie, könnten Sie jetzt endlich mal Ihr Telefonat beenden und mir sagen, was das hier …«

Rothenburg platzte der Kragen. Er drückte auf Auflegen und stemmte sich mit voller Kraft gegen die Tür, die allerdings entgegen seiner Annahme gar nicht klemmte, ohne Widerstand aufsprang und dem Geschäftsmann gegen die Beine knallte. Der Grauhaarige schrie laut auf vor Schmerzen.

»'tschuldigung«, murmelte Rothenburg. Er stopfte ihm eine Visitenkarte ins Jackett, hakte ihn unter und schleifte ihn zurück zu seinem schwarzen BMW Z3. Die Wucht des Aufpralls hatte Motor- und Innenraum stark gestaucht, der Mann fand kaum Platz hinter dem Lenkrad. Er wimmerte wie ein kleines Kind. Rothenburg hielt ihm seinen Dienstausweis vor die Nase.

»Jetzt hören Sie mir mal zu, Sie aufgeblasener Schnösel«, sagte er mit sanfter Stimme. »Sie gefährden mit Ihrem Verhalten eine polizeiliche Aktion. Deshalb machen Sie jetzt bitte Folgendes: Sie rufen einen Abschleppwagen und lassen sich in eine Werkstatt ziehen. Dann rufen Sie die Nummer auf der Visitenkarte an, aber bitte nicht vor morgen Mittag. Das wär's. Haben Sie mich verstanden?«

Ohne eine Antwort abzuwarten, drehte er sich um, lief zu seinem Wagen und drehte den Zündschlüssel.

Er atmete tief durch, als der Motor beim dritten Versuch ansprang.

38

Privatdozent Dr. Christian Waacke hatte schon ein komisches Gefühl, als er auf den Schotterweg einbog, der zu seinem Haus führte. Dass ein Polizeiwagen oder Zivilauto der Kripo nahe der Einfahrt parkte, daran hatte er sich gewöhnt. Als vor einigen Tagen die Polizei mit den verstärkten Streifenfahrten und Kontrollen begann, hatte er noch stets Beklemmungen bekommen, sobald er von seinem Grundstück fuhr und seinen Wagen an den Polizisten vorbeilenkte. Er hatte sich jedes Mal zwingen müssen, den Beamten freundlich zuzuwinken. Erst als er den Schotterweg verlassen hatte und auf die Asphaltstraße abgebogen war, konnte er sich wieder beruhigen.

Er erinnerte sich aber nicht daran, schon einmal zwei Polizeiautos auf einmal gesehen zu haben.

Waacke bremste sanft ab und überlegte. Nur die Ruhe bewahren, das konnte alles heißen. Vielleicht die Ablösung, die er bisher noch nicht mitbekommen hatte. Er schaute auf die Uhr. Der Minutenzeiger hatte die helle Pfeilspitze auf zwölf Uhr fast erreicht, es war kurz vor achtzehn Uhr. Er kam jeden Tag um diese Zeit nach Hause. Nein, die Ablösung war das mit Sicherheit nicht.

Irgendetwas stimmt hier nicht.

Er legte den Rückwärtsgang ein und steuerte das Auto auf den nahe gelegenen Parkplatz des Freibads. Er schlug die Tür leise zu und ging mit schnellen Schritten links am Freibad vorbei zu dem kleinen Weg, der direkt in den Wald hineinführte. Nach etwa fünfzig Metern zweigte ein Trampelpfad links ab, den er gerne benutzte, wenn er entweder seine Familie überraschen oder einfach ungesehen zu seinem Haus kommen wollte. Er öffnete die Gartenpforte und stand am Hinterausgang. Er lauschte.

»Komm, Paule, komm«, hörte er Thea und Ilvie kreischen.

War das blöde Kaninchen endlich abgehauen?

Er schlich bis zur Ecke und spähte in den Garten.

Waacke erstarrte.

Oh mein Gott. Das darf nicht wahr sein.

Eine Polizistin in Uniform hielt seine Zigarrenkiste in der Hand und telefonierte.

Wie war das möglich?

Ein besseres Versteck als den kaputten Stall gab es doch gar nicht. Im Haus war kein Quadratzentimeter sicher vor den Kindern und der Putzwut ihrer Haushaltshilfe. Er hatte lange mit Thea darüber gestritten, ob sie sich nicht doch einen Tresor anschaffen sollten, aber er hatte einfach kein stichhaltiges Argument dafür gefunden. Die Zeiten der Kosovo-Banden waren lange vorbei, und in ihrem Wohngebiet war seit Jahren nicht mehr eingebrochen worden. Die einzige Stelle auf dem gesamten Grundstück, die von Freund und Feind unberührt blieb, waren die fünfzig Quadratzentimeter hinten links im kaputten Zwergkaninchenstall.

Hatte er gedacht.

Was zum Teufel war bloß passiert?

Ein Riese von einem Polizisten stand am Kaninchengehege und feuerte Thea und Ilvie an.

»Jetzt, Frau Waacke! Sie müssen das Tier zum Zaun treiben und ihre Hände links und rechts weit ausgestreckt halten«, gab Kai Nordmann gerade einen Tipp zum Besten.

Waacke trat einen Schritt zurück und dachte nach. Noch war nicht alles verloren. Er hatte noch eine Chance, wenn die Polizistin ihren Anruf noch nicht abgesetzt hatte oder die Information noch nicht weitergeben konnte. Mit Gundelach konnte er auch später abrechnen, das hier war jetzt wichtiger. Aber er musste schnell handeln. Blitzschnell sozusagen.

Er stieß den Hintereingang auf und rannte in die Küche. Aus der Besteckschublade griff er sich das neue japanische Tamahagane-Messer und lief zur offen stehenden Terrassentür. Er hielt einen Moment inne, um die Situation abzuschätzen. Die Polizistin war ihm am nächsten, sie stand nur etwa fünf Meter von ihm entfernt und hatte ihm den Rücken zugewandt. Sie hielt ihr Handy noch am Ohr, in der anderen Hand die Zigarrenkiste. Der große Polizist stand mit Thea und Ilvie vor dem Stall, ihre drei Schwestern tobten weiter hinten im Garten und waren mit sich selbst beschäftigt.

Waacke presste die Lippen aufeinander. Wenn es schnell genug ginge, würden Thea und die Kinder gar nichts mitbekommen. Das Problem war natürlich der Polizist, falls er sich zu seiner

Kollegin umdrehen sollte. Egal, er hatte jetzt keine Wahl mehr, er musste die Kiste wiederhaben, sonst war alles vorbei. Es musste schnell und vor allem lautlos gehen. Vier große Schritte, und er wäre bei der Frau, könnte sie ins Haus ziehen und sie unschädlich machen.

Jetzt! Los! Du schaffst es. Das ist deine letzte Chance.

Er hob den Arm mit dem Messer und stürmte los. Die Polizistin rührte sich nicht, sie sprach auch nicht ins Handy. Offenbar wartete sie auf ihren Gesprächspartner oder auf die Vermittlung. Mit einem Ohr hörte er Thea und Ilvie weiter nach dem Kaninchen rufen.

Gut so, das lenkt den anderen Bullen ab.

Noch zwei Meter, dann hatte er die Polizistin erreicht. Aber sein rechtes Bein stieß plötzlich gegen etwas Hartes. Er strauchelte, versuchte, sich auf den Beinen zu halten und mit der messerfreien Hand die Bluse der Polizistin zu greifen. Sein linkes Bein gab nach, es wurde wie von einer unsichtbaren Schnur nach hinten weggezogen. Er fiel auf die Knie, sein Gesicht landete ungebremst im Rasen. Er spürte einen brennenden Stich in seiner Schulter.

Der Schreck und der Schmerz lähmten seine Gedanken.

Was war das denn?

Einige Sekunden war es totenstill im Garten. Dann hörte Waacke es zweimal klicken über ihm. Er fuhr herum und blickte in die funkelnden Augen von zwei Männern mit schwarzen Sturmhauben, die ihm ihre Pistolen an den Kopf hielten.

»Messer weg, oder ich puste deinen verdammten Schädel ins Gebüsch«, brüllte einer der beiden.

Hauptkommissar Rothenburg erreichte Waackes Haus erst kurz vor den Rettungswagen. Er sah die Fahrzeuge des Mobilen Einsatzkommandos auf dem Parkplatz des Freibads und funkte den Einsatzleiter an.

»Auftrag ausgeführt, Zielperson gefasst und leicht verletzt«, knarrte es aus dem Funkgerät zurück.

Aus, vorbei.

Rothenburg lehnte sich zurück und starrte aus dem geöffneten Seitenfenster auf eine Gruppe von Kindern, die laut lachend auf dem Weg ins Freibad war. Zwei Jungen waren etwa in Frederiks Alter, schätzte er, sie hatten die Arme um die Schulter des andern gelegt, neckten sich und stießen einen Fußball vor sich her. Wann hatte er Frederik zum letzten Mal vergnügt und glücklich gesehen? Er konnte sich nicht erinnern.

Er hatte versagt, als Vater, das stand fest. Was nutzten all die bemühten Versprechungen, das leere Gerede, die kleinen vertröstenden Zettelchen auf dem Küchentisch, wenn im Grunde doch klar war, dass sich nichts ändern würde, solange er keinen entscheidenden Schritt auf Frederik zuging? War er dazu bereit? Mit all den Konsequenzen, die einem solchen Schritt folgten?

»Der Herr Hauptkommissar wird freundlichst zum Kaninchenstall gebeten«, unterbrach Briesch seine Gedanken. Er schaute auf und nickte.

»Zum Kaninchenstall. Gut, ich komme.«

Er merkte, dass er sehr langsam ging, unbewusst, ohne Absicht, wie er glaubte. Erst als er Siri Vucic sah, wie sie unbewegt mit einem Sanitäter am Gartentisch saß, ein Glas Wasser vor sich, das sie umklammerte, und einer Miene aus Stein, wusste er, warum ihn seine Beine nicht hierhintragen wollten. Er zögerte und blieb am anderen Tischende stehen.

»Alles in Ordnung, Siri?«

Sie blickte auf. Ihre Miene bewegte sich, zeigte zugleich eine unendliche Erleichterung und eine gerade bewusst gewordene Resignation.

»Nein«, sagte sie mit zitternder Stimme, »nichts ist in Ordnung. Aber ich komme damit klar.«

Rothenburg seufzte. Er war nicht sicher, was sie meinte, hielt es aber für das Beste, keine großen Fragen zu stellen. Dann legte er eine Hand auf ihre Schulter.

»Ich habe einen Fehler gemacht, Siri. Ich hätte euch niemals allein hierherschicken dürfen. Es tut mir leid.«

Siri starrte auf ihr Wasserglas und schüttelte den Kopf. Ihr flehender Blick sagte Rothenburg, dass es jetzt am besten wäre, einfach den Mund zu halten.

»Es ist vorbei«, sagte sie nur.

Er nickte kurz und ging zurück zum Parkplatz.

39

Der 10. Mai war ein Sonntag, und die Sonne bewies noch immer ein erstaunliches Durchhaltevermögen. Keine Wolke trübte den strahlend blauen Himmel, eine leichte Brise sorgte für ein nahezu perfektes Wetter.

Die Fahrradständer an der Universitätsklinik waren bis auf den letzten Platz besetzt. Rothenburg schloss sein Rad an einem Mülleimer an und ging zum Osteingang der Bettentürme. Die freundliche Frau an der Information teilte ihm mit, dass Erin MacDuff schon vor drei Tagen die Station zur Intensivbeobachtung auf 15 B verlassen konnte und nun auf Ebene 16 lag.

»Kennen Sie sie gut?«, erkundigte sie sich interessiert.

»Nur ein bisschen. Warum?«

Die Frau setzte ein rätselhaftes Lächeln auf. »Wir haben so viel Spaß mit ihr, dass einige Mitarbeiter dort oben ehrlich traurig sein werden, wenn sie uns verlässt.«

Rothenburg lächelte zurück. »Das glaube ich Ihnen aufs Wort.«

Er fuhr nach oben und öffnete vorsichtig Erins Zimmertür. Auf sein Klopfen hatte er keine Reaktion bekommen, und er wusste jetzt auch, warum: Jodie Grant saß auf dem Schoß von Frank Lütjens, beide waren eingeschlafen, trotz der grellen Sonnenstrahlen, die durch die halb heruntergelassenen Jalousien das Zimmer mit einem warmen Licht erhellten. Frank schnarchte leise vor sich hin. Erin hatte es sich in ihrem Bett bequem gemacht, hörte etwas mit einem tragbaren CD-Player, blätterte in einer Computerzeitschrift und murmelte vor sich hin. Rothenburg meinte, etwas von »Kann ich bitte einen Kaffee haben?« verstanden zu haben, war sich aber nicht sicher. Ihr Kopf war großzügig mit einem Verband bandagiert. Auf ihrem Nachttisch stand ein Glas mit einer kupfern schimmernden Flüssigkeit, die mit Sicherheit kein Apfelsaft war. Rothenburg trat seitlich an ihr Bett und bemerkte erst jetzt, dass Erins Bluse bis zum letzten Knopf geöffnet war und eine Brust sich sozusagen eigenmächtig befreit hatte. Er trat schnell an das Bettende, wo ihm die Zeitschrift den direkten Blick auf ihren Oberkörper verwehrte, und räusperte sich. Erst diskret, dann fast aufdringlich. Erin schaute auf und grinste.

»Der Oberbulle«, sagte sie und nahm die Stöpsel aus den Ohren, was zur Folge hatte, dass das Magazin nun auf der Bettdecke lag. »Haben Sie Langeweile, oder was?«

Rothenburg schüttelte den Kopf. »Ich möchte mich bei Ihnen bedanken. Ohne Ihre Hilfe hätten wir den Fall nicht gelöst. Wenn das Video nicht gewesen wäre, würde Waacke immer noch frei herumlaufen und ...« Er stutzte und durchdachte kurz die Konsequenzen. Es war natürlich unmöglich, jede Entwicklung korrekt vorherzusagen, aber so viel schien doch wohl klar, dass einer großen wissenschaftlichen Karriere Waackes nichts mehr im Wege gestanden hätte, und dass Alexander Gundelach für immer seinen Hut hätte nehmen müssen. Und was die geschichtliche Forschung anging ... »Und Sie haben ein kleines Stück historischer Wahrheit gerettet.«

Er zeigte auf ein CD-Cover auf dem Nachttisch. »Lernen Sie gerade Deutsch?«

Erin zuckte die Schultern. »Wissen Sie, wie öde es ist, hier rumzuliegen? Jodie hat mir einen Sprachkurs mitgebracht, so hält man es einigermaßen aus.« Sie kniff irritiert die Augen zusammen. »Ist irgendwas mit mir?«

»Äh ... Ihre ... ich meine ... die Bluse ist offen.« Mein Gott, wie peinlich, dachte Rothenburg. Was stammel ich denn so blöd?

Erin sah an sich herunter und grinste. »Alte Angewohnheit. Aber wenn es Sie stört, pack ich das Ding wieder ein, kein Problem.« Sie stopfte ihre Brust in die Bluse und knöpfte sie brav bis auf zwei Knöpfe zu. »So recht, Bulle?«

Rothenburg lächelte und nickte. »Wie geht es Ihnen?«

»Mein Kopf brummt ganz schön, aber ich habe ja meine eigene Medizin.« Sie wies mit dem Kopf auf das Glas. »Besser als jede Tablette. Mögen Sie Whisky?«

»Nein, ich bevorzuge Bier.«

Erin schüttelte den Kopf. »Sie wissen gar nicht, was Sie verpassen. Zwanzig Jahre alter Glenrothes aus Speyside. Einfach fucking geil, das Zeug.«

»Finden das die Ärzte hier auch? Ich habe gehört, Sie verstehen sich alle ganz gut hier auf der Station.«

Sie zwinkerte ihm zu. »Top secret.«

»Quatsch, top secret.« Jodie war aufgewacht und begrüßte den

Kommissar. »Möchten Sie wissen, wer sich abends hier immer im Zimmer einfindet, wenn Erin zum *Whisky Tasting* einlädt?«

»Danke, kein Bedarf.«

»Möchten Sie denn auch mal …«

»Er trinkt nur Bier«, warf Erin spöttisch ein. *»A truly strong German man.«*

Jodie ging zu ihr und tätschelte ihren Arm. »Alles klar? Ich glaube, ich bin kurz eingenickt.« Sie rieb sich über das Gesicht und wandte sich dann Rothenburg zu. »Entschuldigen Sie, ich sehe ein bisschen unordentlich aus, aber ich bin fast Tag und Nacht hier, um auf Erin aufzupassen, sonst würde sie nur Scheiß machen. Whisky trinken ist das eine, aber dann will sie auf einmal wild tanzen oder sich Konzertfilme anschauen. Sie können sich vorstellen, mit welcher Lautstärke. Die Ärzte haben ihr das alles natürlich streng verboten, weil ihr Kopf absolute Ruhe braucht. Aber sie scheint diesen Begriff aus ihrem Wortschatz gestrichen zu haben. Sie denkt, sie ist schon wieder ganz gesund und kann tun, was ihr Spaß macht. So ist sie.«

Jodie lächelte Erin fast verliebt an, die sich mittlerweile wieder die Kopfhörer aufgesetzt hatte. »Und darum hänge ich so an ihr.«

»Ja, sie ist wirklich etwas Besonderes. Wird sie wieder vollständig gesund?«

»Die Ärzte sagen Ja. Wenn sie sich nicht vorher selbst das Trommelfell massakriert.«

Rothenburg nickte und wies diskret auf den schlafenden Frank Lütjens. »Wie läuft's mit dem Kollegen da? Hilft er Ihnen ein bisschen, oder pennt er nur?«

Jodie trat zu Lütjens und tupfte ihm vorsichtig etwas Speichel aus dem Mundwinkel. »Frank kommt oft hierher, dann können wir uns abwechseln. Er hat erzählt, dass die Sache mit dem Mörder fast danebengegangen wäre. Stimmt das?«

»Ja, das stimmt. Eine Kollegin hat ziemliches Glück gehabt, dass das MEK so schnell zur Stelle war. Es war mein Fehler.«

»Hat er gestanden?«

Rothenburg nickte. »Alles.«

»Gut.« Jodie ging zum Fenster und zog die Jalousien weiter hoch. Der Blick über die Stadt aus dem sechzehnten Stock war phantastisch. Ein rot-grünes Farbenspiel aus Dächern und Bäumen, am Horizont erhoben sich sogar einige sanfte Hügel. Sie wusste von Lütjens, dass das die Baumberge waren. Die Alpen des Münsterlandes, wie er scherzhaft hinzugefügt hatte.

Sie wandte ihm den Rücken zu und verschränkte die Arme vor der Brust. »Es war furchtbar, ganz grauenhaft. Haben Sie schon einmal einen Menschen sterben sehen, Herr Kommissar?«

»Zum Glück nicht.«

Jodie nickte. »Ich hoffe, ich kann es irgendwann verdrängen. Vergessen werde ich es nie.«

Rothenburg stellte sich neben sie und legte ihr eine Hand auf den Arm. »Nehmen Sie ihn mit nach Schottland?«

»Wen?«

»Frank.«

Sie lächelte. »Wer weiß schon, was passiert? Wir wollen es so probieren, wie es gerade passt. Ohne großen Umzug und so. Mal sehen, ich weiß nicht, vielleicht. Es kam so schnell.«

Sie wusste sofort, was ihre Worte bedeuteten. Sie war noch immer die alte Jodie Grant und noch immer nicht angekommen.

Sie schaute auf die Uhr. »Es ist gleich zwölf Uhr. Möchten Sie dabei sein, wenn Frank Erin erklären muss, was sie als deutsche Krankenhausspezialität serviert bekommt? Und wenn Erin antwortet?«

Rothenburg schüttelte den Kopf. »Ich habe noch einen wichtigen Termin, danke. Obwohl es bestimmt sehr amüsant wäre.« Er reichte ihr zum Abschied die Hand, die Jodie lächelnd nahm. Ein wohliger Schauer durchfuhr ihn, als er den Händedruck spürte. Für den Bruchteil einer Sekunde sah er ihr direkt in die Augen.

Mein Gott!

Professor Alexander Gundelach hatte für das Treffen das Restaurant »Kleiner Kiepenkerl« vorgeschlagen. Wegen der hervorragenden Töttchen, wie er am Telefon sagte. Rothenburg bestellte dennoch lieber den marinierten Lammrücken mit Erbsenschoten. Kalbskopf war nicht unbedingt seine Lieblingsspeise. Sie hatten draußen einen Platz ergattert, die Mittagssonne schien kräftig, ein leichter Wind wehte. Trotz der warmen Temperaturen trug Gundelach Hemd, Krawatte und einen dunkelblauen Anzug.

»Ich brauche das Fett in dem Essen, damit ich vernünftig denken kann«, begann er das Gespräch. »In letzter Zeit hatte ich so meine Zweifel daran, dass mein Gehirn noch richtig funktioniert. Ich verstehe einfach nicht, was Waacke zu so grausamen Taten geführt hat. Der Mord an meinem Großvater ist doch so lange her. Kein Mensch hätte ihm dafür einen Vorwurf gemacht.«

Rothenburg nippte an seinem Mineralwasser.

»Zählen Sie doch mal zwei und zwei zusammen: Waacke lobt in seiner Biografie seinen Urgroßvater in den Himmel, wie Sie sagen. Fritz Kaufmann war also ein exzellenter Mediziner und Wissenschaftler und tat unheimlich viel für die Seuchenbekämpfung in den Kolonien. Ein ehrbarer Deutscher von untadeligem Charakter, absolut unfähig zu solch plumpen Taten wie Mord, sodass dieses natürlich gar nicht erwähnt wird. Und jetzt kommen Sie mit Ihrem geplanten Vortrag vor der versammelten historischen Elite und führen sein Buch schon im Vorhinein ad absurdum, und das, ohne es je gelesen zu haben, denn es ist ja noch gar nicht fertig. Sie bitten ihn um Hilfe für Ihre eigene Forschung. So erfährt er von Ihnen, dass Sie herausgefunden haben, dass Fritz Kaufmann seinen Kollegen, Ihren Großvater, umgebracht hat, weil dieser die Experimente nicht mehr mittragen wollte. Dann nennen Sie Kaufmann auch noch einen Verbrecher, weil er unzählige Menschen totgespritzt hat. Kurz: Waacke kann sein Buch eigentlich in die Tonne werfen. Können Sie sich ausmalen, was diese Vorstellung bei Waacke ausgelöst hat? Seine Arbeit von Monaten oder Jahren wäre völlig umsonst gewesen. Seine gesamte Lebensplanung wäre mit einem Schlag … Verzeihung … im Arsch.«

»Es sollte seine Habilitationsschrift werden«, erklärte Gundelach kopfschüttelnd. »Er wäre bei der Vergabe von interessanten Stellen für immer aus dem Rennen gewesen.«

Rothenburg nickte. »Sehen Sie? Was hätte er also tun sollen?«

Gundelach starrte ihn an. »Das Einfachste wäre doch gewesen, mich aus dem Weg zu räumen. Meinen Sie nicht?«

Rothenburg nickte wieder. »Das hatte er auch vor, als sein ursprünglicher Plan gescheitert war. Zunächst wollte er Sie nur mundtot machen sozusagen, Sie kaltstellen. Vermutlich hatte er zu viel Respekt und Achtung vor Ihnen als Wissenschaftler, als dass er sich persönlich an Ihnen vergriffen hätte. Vielleicht hat er

Ihnen auch etwas zu verdanken. Er versuchte also ›nur‹, Ihnen drei Morde anzuhängen. Dann wären Sie einfach ein Mann gewesen, der seinen Großvater gerächt hätte. Sie wären vor Gericht und im Knast gelandet, hätten als unglaubwürdig und womöglich krank gegolten, und kein Mensch hätte sich weiter für den Mord an Ihrem Großvater interessiert. Dafür vielleicht umso mehr für Waackes Urgroßvater, den Helden aller Syphiliskranken … Schmeckt das Töttchen?«

Er warf einen misstrauischen Blick auf den braunen, undefinierbaren Inhalt der großen Suppenschüssel und dachte kurz daran, Gundelach nach einer kleinen Kostprobe zu fragen. Der Professor spießte gerade genüsslich einen großen Fettklumpen auf, und Rothenburg ließ leichten Herzens von seinem Vorhaben ab.

Gundelach räusperte sich und lächelte amüsiert. »Danke, ausgezeichnet. Ich weiß, es sieht gewöhnungsbedürftig aus, aber es schmeckt einfach gut. Würzig.«

Rothenburg zuckte die Schultern.

»Wie wollte Waacke mir die Morde denn eigentlich anhängen?«, fragte Gundelach weiter.

»Er hat sich wirklich Mühe gegeben«, erklärte Rothenburg. »Er hat sich exakt das gleiche Auto zugelegt wie Sie und herausgefunden, wo man Ihren sündhaft teuren Pfeifentabak kaufen kann. Sein Trumpf war natürlich, dass Ihr Großvater damals das Mordopfer war und es nach einer nachträglichen Racheaktion aussehen würde, wenn alles klappte. Und für die Deppen von der Polizei hat er Lenze, Zuber und Hellmann so übel zugerichtet, dass sie irgendwann darauf kommen mussten, dass es sich um einen symbolischen Akt handelte. Die ausgestochenen Augen sollten für die Schlafkranken stehen, die dann auch noch blind wurden, die Todesspritze für diese schlimmen Experimente an den Eingeborenen.« Er schüttelte den Kopf. »Mein Gott, traut man denn einem Wissenschaftler so etwas zu?«

Gundelach lehnte sich zurück und säuberte mit der Serviette seinen Mund. Er blickte den Kommissar fest in die Augen und seufzte tief.

»Was für ein Aufwand! Einfach unglaublich, aber irgendwie auch logisch, wenn man den Wissenschaftler Waacke kennt. Wie gesagt, ich kannte ihn nicht privat, nur als sehr ehrgeizigen Forscher. Seine Waagschale des Gebens und Nehmens hing immer ziemlich schief, diesen Eindruck hatten andere Kollegen auch. Ich hätte mir eigentlich denken können, dass mit seiner Hilfsbereitschaft mir gegenüber irgendetwas nicht stimmte. Aber ich war in einer Notlage, ich hatte ungeheuren Zeitdruck und wusste mir nicht anders zu helfen.«

»Unter normalen Umständen ja wohl auch kein Problem?«

»Nein, sicher nicht. Aber seine Ambitionen waren offenbar groß genug, um alles zu riskieren, um seine Arbeit und besonders seinen Ruf zu schützen. Er scheint zerfressen vom Ehrgeiz gewesen zu sein. Und noch ein paar Stunden, und alles wäre umsonst gewesen.«

Rothenburg schob sich ein Stück Fleisch in den Mund. »Wie ist Ihr Vortrag denn so angekommen?«

Gundelach lächelte. »Dank der tatkräftigen Manipulation Ihrer Presseabteilung konnte ich diese üble Geschichte komplett aus meinem Vortrag heraushalten. Wenn die Presse Wind davon bekommen hätte, dass ich ein potenzielles Mordopfer war, wäre der Inhalt meiner Rede den meisten Kollegen wahrscheinlich völlig gleichgültig gewesen. So aber glaube ich, dass die große Zustimmung tatsächlich ehrlich gemeint war. Es ging in Wirklichkeit ja nur am Rande um den Mord an meinem Großvater. Er war für mich sozusagen ein sehr persönlicher Grund, noch einmal die Experimentierpraxis in den deutschen Kolonien zu hinterfragen. Das Thema ist ja nicht ganz neu, aber es gibt noch viele weiße Flecken auf dieser Landkarte.«

»Weiße Flecken?«, fragte Rothenburg.

»Unerforschtes Terrain. Quellen, die noch keiner ausgewertet und editiert hat, Zusammenhänge, die durch dieses Manko noch kein Mensch gesehen hat, berühmte Wissenschaftler, die Dreck am Stecken haben.«

»Und die gibt es?«

Gundelach lachte bitter. »Mehr als genug. Nehmen Sie nur mal Robert Koch als Beispiel, den berühmten Entdecker des Tuberkulose-Erregers.«

»Was ist mit dem?«

»Koch hat in Deutsch-Ostafrika umfangreiche Versuche mit Atoxyl zur Bekämpfung der Schlafkrankheit durchgeführt. Er wusste genau, dass diese Arsenverbindung hochgiftig war und zur Erblindung führen konnte. Trotzdem hat er munter weitergespritzt, es waren ja nur Neger.«

Rothenburg hob die Augenbrauen. »Robert Koch hat das gemacht?«

Gundelach nickte. »Wie viele andere Forscher auch, die sich da unten herrlich austoben konnten. Wen interessierten schon die Hottentotten in Deutsch-Südwestafrika oder die Fulbe in Kamerun? Die Mediziner konnten sich auf Kosten der Afrikaner hier in Europa einen Namen machen und ihre wissenschaftliche Karriere vorbereiten oder weitertreiben. Wie viele Menschen unnötigerweise gestorben sind, kann heute keiner mehr sagen. Aber es waren mit Sicherheit mehrere tausend.«

Rothenburg schwieg und schob seinen halb vollen Teller ein Stück beiseite. Ihm fiel wieder ein, dass er sich schon nach den ersten Gesprächen mit Gundelach und Waacke fest vorgenommen hatte, ein Buch über die dunklen Zeiten deutscher Ärzte zu lesen. Natürlich hatte das nicht geklappt, natürlich war wieder etwas dazwischengekommen, und sei es auch nur ein Handballtraining oder ein Bier mit Frank Lütjens. Ihm schien wirklich der nötige Wille zu fehlen. Oder eben die Erkenntnis, dass es neben dem Beruf des Polizisten noch andere Elemente im Leben gab, für die es sich lohnte, einen oder ein paar mehr Blicke zu riskieren.

Der Kellner kam und räumte die Teller ab. Gundelach wartete, bis er Kaffee gebracht hatte, und machte plötzlich ein sehr ernstes Gesicht. Er presste die Lippen zusammen und rutschte unruhig auf seinem Platz hin und her. Rothenburg schien es fast so, als ob er nach den richtigen Worten suchte.

»Herr Kommissar, ich möchte Ihnen etwas geben«, sagte er leise.

Rothenburg sah erstaunt auf. »So? Was denn?«

Gundelach holte einen kleinen schwarzen Kasten aus seiner Aktentasche. Rothenburg erstarrte. Was …?

»Verzeihen Sie die schwarze Kiste, ich habe so schnell keine andere gefunden«, beruhigte ihn der Professor rasch. »Es hat nichts mehr mit dem Fall zu tun … Oder vielleicht doch – als Konsequenz für mich?«

Er schob die Kiste langsam zu Rothenburg und lehnte sich zurück. »Erschrecken Sie bitte nicht!«

Rothenburg öffnete den Deckel und wurde blass.

»Was … was bedeutet das?«

Gundelach blickte ihn fest an. »Sie und Ihr Team haben mir die Möglichkeit gegeben, mein Leben so fortzusetzen, wie ich es für richtig halte. Diese Adrenalinspritze wollte ich heute meiner Frau geben, weil sie schon seit Langem danach verlangt. Aber nach all dem, was jetzt passiert ist, ist es mir unmöglich, ihrem Todeswunsch auf diese Art und Weise zu entsprechen. Ich würde mich auch wie einer von denen fühlen, die kranke Menschen einfach totspritzen. Verstehen Sie?«

Er stand auf und nahm seine Tasche.

»Nehmen Sie die Spritze. Ich werde eine andere Lösung finden, irgendwie, irgendwann.«

Rothenburg war unfähig zu antworten. Er fühlte sich wie ein Boxer, der mit seinem siegreichen rechten Haken eine Kettenreaktion von Schicksalsschlägen in Gang setzt.

Gundelach lächelte ihn an. »Danke für alles.«

Dann verschwand er Richtung Domplatz.

Rothenburg sah sich die Spritze an. Was für ein Teufelswerkzeug, dachte er. Wer entscheidet, ob es Leben oder den Tod bringt?

Mit einem Gefühl von Vorsicht und Abscheu verschloss er den Deckel der Kiste.

Dann zog er sein Handy aus der Jackentasche und wählte eine Nummer in Schweden.

Nachtrag

In diesem Roman kommen zwei Personen vor, die tatsächlich gelebt haben: Robert Koch und Claus Schilling. Robert Koch hat um 1907 zweifelhafte Versuche an Afrikanern verantwortet, Claus Schilling ist wegen Verbrechen gegen die Menschlichkeit während der Nazizeit 1946 in Landsberg/Lech hingerichtet worden.

Die koloniale Experimentierpraxis in Togo entspricht in ihrer Darstellung der Wahrheit. Die 1908 gegründete Schlafkrankheitskommission hatte die Aufgabe, Kranke und Krankheitsverdächtige in Konzentrationslagern zu isolieren und an ihnen Heilmittel und Impfstoffe zu erproben. Bis 1914 starben Hunderte von Afrikanern an den Versuchen, Tausende erblindeten.

Danksagung

Dieses Buch wäre ohne die Hilfe vieler lieber Menschen nicht möglich gewesen. Sie alle haben Geduld und Nachsicht mit mir gehabt, wenn ich sie mit Fragen gequält oder sie um ihre Hilfe gebeten habe.

Ein großes Dankeschön an
Werner, Heike, Uli und Magdalena für ihren Mut, die erste Fassung zu lesen.
Alex und Judith für ihre Ausdauer und Genauigkeit bei der zweiten.
Gerald und Christiane für ihre Gelassenheit bei der Beantwortung Hunderter medizinischer Fragen.
Dorothee Engel vom Hamburger Buchkontor für die Vermittlung zum Emons Verlag.
Ganz besonders Professorin Sonja Ständer und Dr. Lars Lemcke vom Universitätsklinikum Münster für die Entwicklung von Erins Krankheit und die Möglichkeit der Teilnahme an einer Tumoroperation.
Professor Wolfgang U. Eckart für die Verifizierung der Textstellen über Robert Koch.
Zum Schluss und vor allem meiner Familie in Hamburg und im Münsterland für die seelische und moralische Unterstützung, Aufmunterung, Kritik und den herzhaften Humor.

Alle eventuellen Fehler gehen auf meine Kappe.